Tom Kristensen
Ein schnelles Angebot

SERIE PIPER

Zu diesem Buch

Der neue Job in der Osloer Investmentgesellschaft Finanzpartner kommt Mads Hammer gelegen, schließlich ist ihm vor kurzem gekündigt worden, ausgerechnet jetzt, als seine Frau Line schwanger ist. Mit voller Kraft stürzt er sich auf die neue Herausforderung, denn er will nicht nur die Probezeit überstehen, sondern auch möglichst hohe Bonuszahlungen abkassieren. Daß dabei seine Beziehung in die Brüche geht, merkt er erst, als es fast zu spät ist. Da stößt er bei seiner Arbeit auf merkwürdige Zusammenhänge. Was war mit seinen beiden Vorgängern, von denen der eine wegen Insiderhandels im Gefängnis sitzt und der andere Selbstmord begangen hat? Erst der Mord an einem Journalisten, der über Finanzpartner recherchiert hat, zwingt Mads zum Handeln. Entsetzt stellt er fest, daß er selbst als Sündenbock für einen riesigen Aktienschwindel herhalten soll. Ihm bleibt nur die Flucht, die ihn von Oslo über Stockholm bis nach Florida führt. Zum Glück hilft ihm sein väterlicher Freund Klas Bergman mit seiner langjährigen Berufserfahrung in der Finanzbranche … Ein atemberaubend spannender Thriller aus der Finanzwelt, in dem sich der Traum vom schnellen Geld als Alptraum entpuppt.

Tom Kristensen, geboren 1955 auf der Insel Tjøme im Oslofjord, ist Betriebswirt und Diplomingenieur. Er war im Bankwesen, in norwegischen und internationalen Industrieunternehmen sowie als internationaler Finanzberater tätig. Heute lebt er mit seiner Familie in Oslo.

Tom Kristensen
Ein schnelles Angebot

Kriminalroman

Aus dem Norwegischen von
Günther Frauenlob

Piper München Zürich

Deutsche Erstausgabe
Juli 2004

Titel der norwegischen Originalausgabe: »En kule«

Umschlag/Bildredaktion: ZERO, München
Foto Umschlagvorderseite: LOOK/Millennium
Foto Umschlagrückseite: Ørnelund
Gesamtherstellung: Clausen & Bosse, Leck
Printed in Germany ISBN 3-492-26113-2

www.piper.de

1

Mads Hammer saß auf der äußersten Kante des Ledersofas und stützte sich mit den Ellbogen auf den Oberschenkeln ab. Konzentriert lauschte er dem Mann, der vor ihm auf dem Stuhl saß.

Niels August Henriksen, Geschäftsführer der Firma Finanzpartner AG, lehnte sich zurück und atmete den Rauch seines Zigarillos durch die Mundwinkel aus. Er ließ Mads nicht eine Sekunde aus den Augen.

Es war frühmorgens. Vor den Panoramafenstern ging die Sonne auf und tauchte die Festung Akershus jenseits des Hafens in morgendliches Licht. Sie saßen in einem der größten und mondänsten Büros von Aker Brygge, dem Stadtteil mit den teuersten Räumlichkeiten in Oslo. Doch Mads dachte weder an das Büro noch an die Aussicht.

»Eine Sache müssen Sie wissen, Hammer«, sagte Henriksen. Seine Stimme war heiser und laut.

»Es gibt eine ganze Reihe von Investmentgesellschaften in Oslo. Überall dort arbeiten Personen mit einem gewaltigen Ego, die sich für die besten der Welt halten. Sie verdienen ein paar Millionen im Jahr und sehen das als Bestätigung dafür, daß sie viel schlauer sind als die meisten anderen in diesem Land.«

Mads schluckte. Noch vor zwei Tagen war er arbeitslos gewesen.

»Die Wahrheit ist, daß die meisten von ihnen Arschkriecher sind, Schafe, ohne Verstand und ohne Gespür für das Geniale. Ihnen fehlt die Fähigkeit, in großen Maßstäben zu denken. In wirklich großen! Verstehen Sie mich?«

Mads nickte vorsichtig und schluckte erneut. Er hatte eine neue Chance bekommen, die Chance seines Lebens, das wirklich große Geld zu machen. Wenn alles gut lief, würde er in wenigen Jahren ein Gehalt in siebenstelliger Höhe einstreichen. In sechs oder sieben Jahren konnte er Gesellschafter werden und mit einem achtstelligen Gehalt rechnen.

Er hatte Glück gehabt. Die Firma Finanzpartner gehörte zu den wichtigsten Investmentgesellschaften Oslos. Er konnte es kaum glauben, daß er hier saß.

Henriksen war zierlich, hatte markante Gesichtszüge und volles graues Haar, das nach hinten gekämmt war. Wie immer war er tadellos gekleidet – mit einem schwarzen Anzug und einem kreideweißen, frisch gebügelten Hemd. Der Rauch quoll stoßweise aus seinem Mund, während er fortfuhr:

»Es gibt nur einige wenige Große in dieser Branche. Von ihnen lebt der Rest der Schafherde, in deren Glanz sonnt sie sich.«

Er klopfte die Asche in den Kristallaschenbecher, beugte sich zu Mads vor und sah ihm tief in die Augen.

»Den Schafen in unserer Branche fehlt etwas Essentielles. Gute Schulnoten und Hartnäckigkeit – das reicht nicht. Sie brauchen komplexere Fähigkeiten.«

Mads lehnte sich vorsichtig zurück. Seine Hände schoben sich in die Ritzen des Ledersofas und krallten sich fest.

Arbeitslos sein, das war etwas für Fünfzigjährige draußen in der Provinz. Daß es ausgerechnet ihm passieren würde, mit achtundzwanzig Jahren und als Angestellter von Stockholm Securities, einer der renommiertesten schwedischen Investmentbanken, war schlichtweg undenkbar gewesen. Stockholm Securities – der Name hatte einen ganz besonderen Klang, und das weit über die Grenzen Schwedens hinweg.

»Man braucht drei Dinge, Hammer. Erstens einen Kopf, der schneller denkt und mehr Kapazität hat als die Köpfe der Konkurrenten. Man muß sein Fach beherrschen, die Spielregeln kennen, kreativ und lösungsorientiert sein. Ein guter Kopf ist eine Notwendigkeit, aber alles andere als ausreichend. Da können sogar noch einige von den Schafen mithalten.« Henriksen lächelte zum ersten Mal seit langem. Doch das Lächeln verschwand ebenso schnell, wie es gekommen war.

»Zweitens muß man in der Lage sein, sein Herz zu gebrauchen. In vielen Situationen ist das Herz tatsächlich das wichtigste Arbeitsmittel. Man muß es verstehen, sich in einen Klienten hineinzuversetzen und mit Gefühl und Verständnis zu reagieren. Niemand, wirklich niemand wird bereit sein, etwas von Ihnen zu kaufen, wenn Sie nicht wenigstens ein Minimum an Herz zeigen.«

Mads mußte zu Boden blicken. Er konnte Henriksens intensiven Blick nicht allzulange ertragen.

Die Meldung, daß das Osloer Büro von Stockholm Securities geschlossen werden würde, war für die fünfzig Angestellten ein Schock gewesen. Die Geschäftsführung des Stockholmer Hauptsitzes teilte mit, daß das Büro in Oslo ein Strategiefehler gewesen sei – das war der offizielle Wortlaut. In Wirklichkeit war es Stockholm Securities nie so recht gelungen, auf dem norwegischen Markt Fuß zu fassen. Aus diesem Grund wurde in Norwegen kein Geld eingespielt, weder im Aktienhandel noch im Corporate Finance. Die schwedische Geschäftsführung war zu schwach. Die Händler, die sie an sich banden, bekamen hohe, feste Gehälter und Firmenwagen der Luxusklasse. Zu guter Letzt tat keiner mehr etwas. Die besten Deals machten die Händler privat. Drei Jahre nachdem die Osloer Niederlassung ins Leben gerufen worden war, wurde allen gekündigt und das Büro im Lauf weniger Wochen geschlossen.

Die Nachricht von der Kündigung war zu einem denkbar ungünstigen Zeitpunkt gekommen. Line war schwanger. Was würde geschehen, wenn sie in Mutterschutz ging? Sie arbeitete als Programmiererin in der IT-Branche und erhielt dort reichlich Aktienoptionen, hatte aber ein relativ geringes Grundgehalt, und für die Optionen konnten sie sich nichts kaufen. Eher im Gegenteil. Vorläufig hatten sie ihnen bloß zusätzliche Steuern beschert. Mit ihrem geringen Grundgehalt würden sie nicht lange zurechtkommen. Außerdem war ihr Vater der Ansicht, es sei die Pflicht des Ehemannes, die Familie zu versorgen.

Nimm es nicht so schwer, Mads. Du bist nicht der erste, der

arbeitslos geworden ist, hatte Line gesagt. Sie begriff nicht, wie sehr es ihn quälte, keinen Job zu haben.

Sie hätten sparsamer sein sollen, natürlich. Die teuren Restaurantbesuche waren nicht nötig gewesen, ebenso wenig die Wochenenden im Ausland, die Designerklamotten und der Schmuck. Doch das Schlimmste war der Gedanke daran, was sein Schwiegervater sagen würde. Wie er die Hiobsbotschaft wohl bei seinen Bekannten in der Freimaurerloge verbreiten würde. Ganz deutlich glaubte er die nasale Stimme seines Schwiegervaters zu vernehmen:

»Hören Sie, Richter Lorentzen, ich muß Ihnen von meinem Schwiegersohn erzählen. Wußten Sie schon, daß ihm gekündigt wurde? Allmählich glaube ich wirklich, daß er nichts taugt. Es wird noch damit enden, daß meine Tochter ihn versorgen muß.«

Alles in ihm zog sich zusammen.

Auch bei den Personalagenturen hatte niemand angebissen, ein paar Wochen nach seiner Bewerbung war ein dünner Brief gekommen, in dem sie ihm für sein Interesse dankten und mitteilten, daß sie zur Zeit keine freien Stellen anzubieten hätten.

Doch dann hatte das Telefon geklingelt. Ein Personalvermittlungsbüro, das er gar nicht angeschrieben hatte. Ob er sich eine Anstellung als Berater im Corporate-Finance-Bereich vorstellen könne? Er hätte fast einen Herzinfarkt bekommen. Fünf Tage und zwei Gespräche später hatte er das Angebot in der Tasche.

»Ihr Kunde investiert nicht einfach in eine Aktie, er kauft sich das Gefühl, am Glück teilzuhaben.« Henriksen deutete mit dem Zeigefinger auf Mads. »Ihre Fähigkeit, die Gefühle und Bedürfnisse der anderen zu verstehen, bedeutet alles. Das ist es, was den Schafen fehlt. Sie wissen nichts über die Bedeutung des Herzens bei solchen Geschäften.«

Er machte eine kleine Pause, in der er Mads betrachtete und herumrätselte, was wohl im Kopf dieses gutgekleideten, hübschen jungen Mannes vor sich ging.

Sie hatten alle Informationen über ihn eingeholt. Mads war mit Line verheiratet, einer sechsundzwanzigjährigen WAP-Programmiererin bei Schibsted Telecom. Sie wohnten in einer Dreizimmerwohnung im Osloer Stadtteil Briskeby. Ihre Miete betrug gut zehntausend Kronen im Monat. Fünfundzwanzigtausend hatten sie auf dem Sparbuch und zwanzigtausend in Anteilen an einem Aktienfonds. Der Kredit, den sie für ihr Studium aufgenommen hatten, belief sich auf insgesamt dreihundertfünfzigtausend Kronen. Sie fuhren einen zwölf Jahre alten Mercedes. Mads war sportlich, lief gerne und hatte früher einmal auf Kurzstrecke trainiert. Als Jugendlicher war er zeitweise auf die schiefe Bahn geraten: Mit siebzehn hatte er eine Bewährungsstrafe für Einbrüche in Wochenendhäuschen und Geschäfte bekommen. Er wurde auch verdächtigt, hinter einer Reihe von Autodiebstählen gestanden zu haben. Doch solche Erfahrungen waren nicht immer von Nachteil, dachte Henriksen und drückte langsam seinen Zigarillo aus.

»Die dritte Eigenschaft ist die wichtigste. Sie ist es, die letztlich die Besten von den Mittelmäßigen abhebt. Verstehen Sie mich nicht falsch, Kopf und Herz sind wichtig. Aber ohne die dritte Eigenschaft taugen Sie gar nichts, Hammer.«

Den letzten Satz flüsterte er fast, hob seine Augenbrauen und sah zu Mads hinüber, der offensichtlich keine Ahnung hatte, worum es ging.

»Man muß es zwischen den Beinen haben. Man braucht einen Schwanz!« Er packte sich selbst fest zwischen die Beine und starrte sein Gegenüber an.

»Ohne Schwanz ist man ein Nichts. Sie müssen so geil auf das sein, was Sie haben wollen, daß nichts Sie stoppen kann, koste es, was es wolle! Ohne Ständer ist man nichts als ein armes Würstchen!«

Mads blickte zu Boden. Er fand es unangenehm und merkwürdig, daß ihn sein neuer Chef derart anstarrte und sich selbst dabei zwischen die Beine griff.

Henriksen ging zum Fenster und sah hinaus, während er fortfuhr:

»Man braucht Kopf, Herz und Schwanz, um einen wirklichen Coup zu landen.« Er hatte seine Stimme wieder gesenkt und sprach wie zu sich selbst. »Für die meisten Investmentbanker sind alle Deals über ein paar Millionen richtige Coups.«

Mads schwitzte. Die Probezeit sollte sechs Monate dauern. Danach mußten Henriksen und die anderen Gesellschafter überzeugt sein, daß er, Mads Hammer, Kopf, Herz und Schwanz am rechten Fleck hatte.

Mit einem Ruck drehte Henriksen sich um.

»Schafe!« rief er und schlug mit der Hand derart fest auf die Glasplatte des Tisches, daß die Kaffeetassen bedrohlich klirrten. Mads zuckte zusammen und sah erschrocken zu Henriksen auf. »Für uns Finanzpartner beginnt ein Coup bei Hundert! Hundert Millionen Kronen! Meinen Sie, daß Sie das in Ihren Kopf kriegen, Hammer?«

Henriksen beugte sich über die Tischplatte. Sein Kopf war nur noch wenige Zentimeter von Mads' Gesicht entfernt. Aus seinem Mund roch es unangenehm nach Zigarillo.

»Was sind Sie für einer, Hammer? Sind Sie einer von denen, die einen Coup landen können?«

2

Line haßte es, in der Rush-hour die Straßenbahn nehmen zu müssen, und ganz besonders haßte sie es, wenn diese wie jetzt verspätet kam und brechend voll war. Noch dazu regnete es heftig, und sie hatte weder Regenzeug noch Schirm dabei, so daß sie nach fünfzehn Minuten Wartezeit bis auf die Haut durchnäßt war.

Als sie in die Straßenbahn stieg, wurde ihr wieder übel. Es war warm und stickig. Die Fenster waren beschlagen, und all die Gerüche quälten sie. In den letzten Wochen war es immer schlimmer geworden, dabei waren es noch fünf lange Monate bis zum Geburtstermin.

Das billige After-shave des jungen Mannes neben ihr zwang sie, mehrmals zu schlucken. Als sich ein paar Haltestellen später ein nach Knoblauch und Aschenbecher stinkender Mann hinter sie stellte, verließ sie fluchtartig die Straßenbahn. Sie hatte das Gefühl, sonst ersticken zu müssen. Bis nach Hause waren es noch vier Haltestellen, und so blieb ihr nichts anderes übrig, als den Rest des Weges zu laufen. Mittlerweile regnete es nicht mehr, es goß.

Sobald sie zu Hause war, riß sie sich die nassen Kleider vom Leib und ging ins Bad. Sie stand lange unter der Dusche, es dauerte, bis ihr Körper wieder warm wurde. Danach zog sie ihren Morgenmantel an, kochte sich eine Tasse Tee und setzte sich mit der Abendzeitung an den Küchentisch.

Mads kam etwas später nach Hause. Als sie seine Schritte auf der Treppe hörte, ging sie in den Flur hinaus. Mads öffnete die Tür und warf sich vor ihr auf die Knie. Tropfen rannen von seinem durchnäßten Mantel.

»Ich bete dich an, meine Königin!« sagte er und küßte leidenschaftlich ihre nackten Zehen. Hinter seinem Rücken hielt er einen großen Blumenstrauß.

In diesem Moment kam das ältere Ehepaar, das gegenüber wohnte, aus seiner Wohnung. Verwundert blieben die beiden stehen und betrachteten ihre jungen Nachbarn.

Line zog vorsichtig ihre nackten Füße zurück, doch das ältere Ehepaar glotzte sie unbeirrt an. »Machen Sie sich keine Gedanken, wir sind nur frisch verliebt«, sagte sie aufgesetzt freundlich und schloß vorsichtig die Tür.

Mads überreichte ihr den Blumenstrauß. Dann öffnete er ihren Morgenmantel und legte sein Ohr an ihren Bauch. Sie spürte seine nassen Haare auf der Haut.

»Ich höre, wie er strampelt«, sagte er.

»Merkwürdig. Und du hörst auch, daß es ein Junge ist?«

»Ganz deutlich«, sagte er und küßte ihren Nabel, ehe er ihren Morgenmantel wieder zuknotete.

»Dir bleibt genau eine Stunde, um dich zurechtzumachen«, sagte er, während er seinen Mantel aufhängte. »Wir gehen mit Falch-Pedersen, dem Leiter des Aktienhandels, und seiner Frau ins Restaurant. Er ist der einzige im Vorstand von Finanzpartner, mit dem ich mich noch nicht getroffen habe. Er hat gesagt, er wolle mich gerne näher kennenlernen. Genauer gesagt – uns.« Mads zuckte mit den Schultern. »Dafür kommen wir in ein verdammt feines Restaurant. Rate mal, wo wir hingehen?«

Line musterte ihn. Mads hatte sich im Lauf der letzten Tage vollkommen verändert. Natürlich freute sie sich für ihn. Das Warten war endlich vorüber. Sie wußte, wieviel ihm der neue Job bedeutete. Die Zeit der Ungewißheit hatte an ihm gezehrt und schließlich auch an ihrer Beziehung.

»Keine Ahnung. Noch mehr interessiert mich aber seine Frau.«

»Sie ist jung. Falch-Pedersen ist einer dieser alten Böcke, die ihre ausgediente Frau durch eine jüngere ersetzen. Nachdem seine Kinder aus dem Haus waren, hat er seine Frau vor die Tür gesetzt und ist mit einer zusammengezogen, die so alt wie seine jüngste Tochter ist. Etwa in deinem Alter, denke ich.«

»Klingt ja nett. Ich hoffe, wir können über irgend etwas reden.«

Sie warteten fast eine Stunde im exklusiven Le Canard, ehe Falch-Pedersen mit seiner Frau auftauchte. Mads wollte gerade die Rechnung für seine zwei Drinks und Lines Mineralwasser begleichen, als sie an den Tisch kamen. Falch-Pedersen wirkte gestreßt und war ganz außer Atem. Er begrüßte Line überschwenglich und küßte sie auf beide Wangen. Seine junge Frau stellte sich als Yvonne vor und streckte Mads die Hand auf eine Weise entgegen, die ihn einen Moment lang glauben ließ, sie erwarte einen Handkuß.

Yvonne trug ein schickes Armani-Kostüm und einen Seidenschal von Hermès. In ihrem blonden Haar steckte eine Designersonnenbrille, und die Finger waren mit Ringen geschmückt. Sie sah genau so aus, wie sich Line die Frau Nummer zwei vorstellte – zwanzig bis dreißig Jahre jünger als ihr Ehemann und vollbusig.

»Wir waren auf dem Weg hierher noch im Henie-Onstad-

Kunstcenter«, erklärte Yvonne ihr verspätetes Auftauchen. »Eine fabelhafte Ausstellung läuft da gerade, die *müssen* Sie einfach sehen. Zur Zeit stellen ein paar junge französische Künstler aus.«

Der Duft ihres schweren Parfüms legte sich über den Tisch.

»Interessant«, erwiderte Line und setzte ihr charmantestes Lächeln auf. Am liebsten wäre sie gegangen, denn sie war reichlich verärgert, daß die beiden sie über eine Stunde hatten warten lassen.

Ein Kellner erschien mit den Speisekarten und nahm die Bestellung der Aperitifs entgegen. Falch-Pedersen begutachtete die Weinkarte, während die anderen die Menüs studierten.

Wenig später tauchte der Kellner mit den Getränken auf. Falch-Pedersen hob sein Glas. »Willkommen in der Familie«, sagte er an Mads und Line gewandt. »Ich möchte Sie beide näher kennenlernen. Und da ist ein gemeinsames Essen doch eine gute Gelegenheit. Außerdem wollte Yvonne mal wieder in die Stadt.« Er zwinkerte seiner jungen Frau zu, die ihrem Mann ihr strahlendstes Lächeln zuwarf und ihn auf die Wange küßte.

»Eine Sache müssen Sie wissen«, sagte Falch-Pedersen zu Mads. »Finanzpartner – das ist nicht nur ein Arbeitsplatz, der alles von Ihnen fordert, das ist auch eine besondere Lebensart.«

Line warf Mads einen raschen Blick zu. Er begriff sofort, was sie meinte: Es würde ein langer Abend werden.

»Heißt das, Sie bekommen Ihren Ehemann nur selten zu Gesicht?« wollte Line von Yvonne wissen.

»Ich sehe ihn selten, manchmal sehr selten. Ich kann Ihnen nur einen guten Rat geben: Schaffen Sie sich einen Hund an.« Yvonne kicherte.

Dann begann sie, ausführlich über ihre Leidenschaft für die Kunst zu sprechen, während Line darüber nachdachte, wie anstrengend es doch war, so freundlich zu dieser aufgedonnerten, oberflächlichen Frau zu sein.

»Spielen Sie?« fragte Falch-Pedersen Mads und wischte sich die Mundwinkel mit einer Serviette ab.

»Was meinen Sie?«

»Poker, Wetten, Pferderennen?«

»Nein. Dafür habe ich mich noch nie interessiert. Und Sie?«

Falch-Pedersen verzog seinen Mund zu einem schiefen Lächeln. »Das kann man wohl sagen. Ich bin ein notorischer Spieler. Nach meiner Frau ist das meine größte Leidenschaft.« Er beugte sich zu Mads hinüber. »Wenn nicht sogar umgekehrt.«

Mads lachte etwas zu laut. Die Atmosphäre wurde formell und steif. Falch-Pedersens Gespräch mit Mads war ins Stocken geraten und verstummte ganz, als seine Frau in immer kürzeren Abständen zum Weinglas griff. Mads spürte, wie er vor lauter Anspannung Kopfschmerzen bekam.

»War Peter Heffermehl nicht früher Geschäftsführer der Finanzpartner AG?« fragte Mads, während die dritte Flasche Wein und der fünfte von sieben Gängen serviert wurde.

»Kennen Sie ihn?« fragte Falch-Pedersen.

»Nein. Ich habe bloß mitbekommen, daß er vor ein paar Jahren von der Bühne verschwunden ist. Er galt ja als eine Art Nestor der Investmentbranche. Was ist damals geschehen?«

Die Investmentbranche in Oslo war überschaubar, und es kursierten reichlich Gerüchte, als sich Heffermehl vor zwei Jahren plötzlich zurückzog. Eines dieser Gerüchte besagte, daß er vom Geld und Streß genug bekommen hatte und sich nun ganz seinem Hobby widmen wollte, der Pferdezucht. Ein anderes Gerücht behauptete, Heffermehl sei von den anderen Vorstandsmitgliedern aus dem Geschäft gedrängt worden. Niemand kannte den wahren Grund. Heffermehl hatte die Finanzpartner AG zu einem lukrativen, florierenden Unternehmen gemacht, und er genoß großen Respekt in der Branche. Es war deshalb mehr als unwahrscheinlich, daß die anderen Gesellschafter ihn loswerden wollten.

»Er hat sich zurückgezogen und einen großen Hof in Trøndelag gekauft.« Falch-Pedersens Augenbrauen zogen sich zusammen. »Er war Mitte Fünfzig und wollte den Rest seines Lebens dort verbringen.«

»Fredrik nähert sich selbst diesem Alter«, unterbrach ihn Yvonne mit unnatürlich glänzenden Augen. »Ich würde ja nicht auf einem Bauernhof wohnen wollen. Falls wir aufs Land ziehen sollten, dann nur auf ein Weinschlößchen in Italien oder Südfrankreich.« Sie kicherte und hob ihr Glas. »Außerdem war Heffermehl die reinste Spaßbremse. Viel zu seriös, wenn ihr mich fragt.« Sie nahm einen weiteren Schluck.

Falch-Pedersen legte seine Hand auf die seiner Frau. Er wollte Yvonne ganz offensichtlich zum Schweigen bringen.

Verärgert zog sie ihre Hand weg. »Das hast du doch selbst gesagt, Fredrik«, insistierte sie. »Er war eine Bremse, sowohl sozial als auch fürs Geschäft. Er ist wirklich der langweiligste Mensch, der mir je begegnet ist.«

»Das ist Geschichte, Yvonne. Wir sollten unsere Zeit nicht mit ihm vergeuden.«

»Warum kannst du nicht frei heraus sagen, daß ihr ihn rausgeschmissen habt?«

Falch-Pedersen sah seine junge Frau resigniert an. »Das stimmt, ja.« Er richtete seinen Blick auf Mads. »Peter Heffermehl mußte gehen. Wir waren uneins über die zukünftige Strategie der Finanzpartner AG.«

Yvonne Falch-Pedersen schnaubte über die Erklärung ihres Gatten und begann Line vom Kunstgeschichtsseminar zu erzählen, das sie gerade besuchte.

Sie hatten sieben Gänge, vier Flaschen Wein und zwei Runden Cognac hinter sich, und Yvonne Falch-Pedersen war sichtlich beschwipst. Auch Mads spürte die Wirkung des Alkohols.

»Henriksen hätte niemals Geschäftsführer werden dürfen«, vertraute Yvonne Line an und beugte sich dabei so weit vor, daß ihre Brüste fast aus dem Ausschnitt rutschten. »Er macht die Firma kaputt. Fredrik hätte diesen Posten bekommen müssen, er ...«

Fredrik Falch-Pedersen legte seine Hand erneut über die ihre und warf ihr einen vielsagenden Blick zu. Diesmal ließ sie ihre Hand an Ort und Stelle, lehnte sich zur Seite und gab ihrem

Ehemann einen Kuß auf die Wange. Trotz ihres leicht benebelten Zustandes begriff sie, daß sie zu weit gegangen war.

Falch-Pedersen bat um die Rechnung. Offenbar hatte er es plötzlich eilig.

Mads wurde auf dem Weg nach draußen von Falch-Pedersens Frau mit einer heißen Umarmung beehrt und revanchierte sich, indem er sie eng an sich drückte. Line verdrehte die Augen. Ein paar Minuten später tauchte das Ehepaar Falch-Pedersen in ein Taxi ab und verschwand.

»Es ist nur gut, daß nicht Falch-Pedersen dein direkter Vorgesetzter ist. Ich glaube, ich würde irgendwann Schwierigkeiten mit seiner vollbusigen Frau bekommen.« Line machte eine vielsagende Geste.

Mads lachte. Er war berauscht und glücklich. Motivation und Drive waren zurückgekehrt. Teure Restaurants, guter Wein, schöne Kleider, viel Geld. Er würde sich problemlos wieder an dieses Leben gewöhnen.

3

Mads spürte bohrende Kopfschmerzen, als er am nächsten Morgen erwachte. Es war wohl doch zuviel Cognac und Wein gewesen. Beim Frühstück warf er ein paar Ibuprofen ein und hoffte auf baldige Besserung.

Um sechs Uhr morgens öffnete er die Tür zu den Büroräumen der Finanzpartner AG.

Der eigentliche Empfangs- und Flurbereich war groß, sehr groß sogar. Der edle Holzfußboden war mit erlesenen Perserteppichen belegt, und an den Wänden hingen einige große, abstrakte Gemälde in massiven Goldrahmen. Eine Aura von Erfolg und Reichtum lag über den Räumlichkeiten. Genug, damit sich die meisten Kunden klein fühlten.

Es war still, außer ihm war noch niemand gekommen. Nachdem er sich einen Kaffee aus dem Automaten genommen hatte, ging er in das Büro, das ihm zugeteilt worden war. Er blieb stehen und sah sich um. Der Kontrast zu den übrigen Räumen war gewaltig. Sein Büro war klein und sparsam eingerichtet: ein Schreibtisch und ein Stuhl, ein paar leere Metallregale, ein Telefon, ein Rechner und ein kleines Fenster, das zum Hinterhof hinausging. Verglichen mit den anderen Büros der Finanzpartner AG konnte dieses glatt als Besenkammer durchgehen. Vermutlich eines der kleinsten Büros in ganz Aker Brygge. Weiter unten im Flur gab es zwei leere Büroräume. Er hatte keine Ahnung, warum er nicht einen von ihnen bekommen hatte, mochte aber nicht danach fragen.

Er schaltete den PC ein und begann zu arbeiten. Von seinem neuen Chef Ove Ringdal hatte er bereits seine ersten Aufträge bekommen.

Erst gegen acht kam die erste Kollegin: Elise, die Sekretärin. Sie schaute kurz bei ihm herein, um ihn zu begrüßen, kennengelernt hatten sie sich schon am Tag zuvor.

Zwischen acht und neun trafen die anderen ein. In Mads' Stockwerk arbeiteten nur sechs Personen: die vier Mitarbeiter aus dem Corporate Finance, die Sekretärin Elise sowie der Geschäftsführer Henriksen, dessen Büro am Ende des Flurs lag. In der Etage unter ihnen befanden sich die Räume des Aktienhandels. Dort arbeiteten fünfzehn Händler, sieben Analysten, eine Reihe von Sekretärinnen, eine Empfangsdame und der Leiter der Handelsabteilung, Falch-Pedersen.

Um neun Uhr steckte Elise ihren blonden Schopf durch den Türspalt.

»Ringdal möchte mit Ihnen sprechen. Können Sie gleich in sein Büro kommen?«

»Natürlich.« Mads schloß das Programm, mit dem er gerade arbeitete, und ging zu Ringdal.

Er hatte sich noch nicht richtig an das Äußere seines Chefs gewöhnt. Durch den überdimensionalen Oberkörper, den Stiernacken und den glattrasierten Kopf sah er eher wie ein Bodyguard aus, nicht wie der Chef der Corporate-Finance-Abteilung einer Investmentgesellschaft.

Ringdal bat ihn, Platz zu nehmen.

»Sie kommen zurecht?«

»Ja, danke, alles in Ordnung.«

Ringdal saß entspannt hinter seinem Schreibtisch. Zwei große haarlose Fäuste lagen auf der Tischplatte, und die roten Hosenträger dehnten sich über seiner Brust. »Ich tue mich seit meiner Rückkehr aus den USA mit den norwegischen Arbeitsbedingungen ein wenig schwer.«

»Ach ja?« Mads bemerkte die kleine amerikanische Flagge auf dem Konferenztisch. Ringdals Büro war ansonsten vollkommen kahl. Man konnte sich in den Mahagoniflächen der Tische und Schränke spiegeln. Wie das Büro von Henriksen hatte der Raum große Panoramafenster mit Blick über den Hafen und Aker Brygge.

»Der große Unterschied zwischen den Arbeitnehmern in den USA und in Norwegen ist, daß sich der norwegische Staat um alle kümmert, egal wie schlecht sie arbeiten. Wenn man in den USA gefeuert wird, hat man nicht nur den Job verloren, sondern ist außerdem noch obdachlos.«

Mads wurde heiß und kalt. Er spürte, daß Ringdal über ihn sprach. Mads hatte am eigenen Leibe erfahren, wie es war, arbeitslos zu sein. Es war die Hölle gewesen. Er bezweifelte, daß sein Chef jemals etwas Ähnliches durchgemacht hatte.

Ringdal stand auf, setzte sich vor Mads auf einen Stuhl und beugte sich zu ihm herüber.

»Ich entstamme einem vollkommen anderen Milieu als Sie, Hammer. Ich habe acht Jahre in den USA gelebt und dort als Investmentbanker gearbeitet. Vermögensverwaltung und Kapitalmarkttransaktionen. Ich habe in New York gewohnt, in Washington und in Boston.«

Was zum Teufel machst du dann in einer norwegischen Investmentgesellschaft, dachte Mads, doch er fragte höflich: »Und was hat Sie nach Norwegen zu Finanzpartner gebracht?«

»Nennen wir es eine Herausforderung. Ich bekam ein Angebot, das ich nicht ablehnen konnte.«

»Das gleiche kann ich wohl auch sagen«, sagte Mads und versuchte, freundlich zu lächeln.

»Ich bin seit zwei Jahren in Norwegen, habe mich aber noch immer nicht daran gewöhnt, hier zu arbeiten.«

»Nun ja, es wird Ihnen vermutlich nichts anderes übrigbleiben«, meinte Mads achselzuckend.

Ringdal sah ihn an, als halte er ihn für einen eigensinnigen kleinen Jungen, und schüttelte den Kopf. »Sie irren sich, Hammer. Ich brauche mich an überhaupt nichts zu gewöhnen. Das soziale Netz und der Schutz der Arbeitnehmer sind anders, aber die Ansprüche, die ich an meine Untergebenen stelle, sind die gleichen wie in den USA.« Ringdal wirkte kühl. Seine Stimme war monoton und verriet keine Emotionen. »Nur damit Sie wissen, wie Sie mich einzuschätzen haben, Hammer: Niemand hat eine Garantie, in meiner Corporate-Finance-Abteilung zu bleiben. Sie wurden aufgrund Ihrer Leistungen ausgesucht. Nur Ihre Leistungen zählen etwas. Sie haben genau sechs Monate Zeit, um mich davon zu überzeugen, daß Sie die richtige Wahl sind.«

Mads konnte seinen Chef schon jetzt nicht leiden. Ringdal führte sich wie eine aufgeblasene Bulldogge auf.

»Ich werde Sie nicht enttäuschen.« Mads spürte, wie seine Stimme ein wenig brüchig wurde und räusperte sich vorsichtig. Die Kopfschmerzen wurden stärker.

»Ich erwarte uneingeschränkte Loyalität und vollen Einsatz. Ich erwarte, daß die Arbeiten fristgerecht erledigt werden und daß die Qualität stimmt. Wie mein früherer Chef in den USA sagte: If you can't get it done within the next twenty-four hours, work nights.«

Mads rang sich ein Lächeln ab, verstand aber nur zu gut, daß Ringdal es genau so meinte, wie er es gesagt hatte.

Ringdal erhob sich. »Ich möchte, daß Sie sich bei Ihren Kollegen vorstellen. Wir beginnen mit Karl Tiller, er sitzt nebenan.«

Gemeinsam gingen sie in das Büro von Tiller, der konzentriert vor dem Bildschirm saß. Ringdal stellte sie einander vor. Karl Tiller stand auf und wischte seine Handfläche am Hosenbein ab, bevor er Mads die Hand gab. Er war ein ganz gewöhnlicher Durchschnittsnorweger, der es unbemerkt bis in die Osloer Finanzwelt geschafft hatte: Mitte Dreißig, hohe Stirn und ein paar Kilo zuviel. Tiller begrüßte seinen neuen Kollegen und sagte, er freue sich, seine Bekanntschaft zu machen, ehe er sich wieder an den Computer setzte, um weiterzuarbeiten. Die Vorstellung war ebenso rasch vorüber, wie sie begonnen hatte.

»Den vierten Mann, Nicolai Heftye, werden Sie in ein paar Tagen kennenlernen. Er ist zur Zeit in London«, sagte Ringdal.

Er führte Mads auf den Flur und dann in den Aufzug, damit dieser einen Blick in die Handelsabteilung werfen konnte.

Sie sah genauso aus, wie Mads sie sich vorgestellt hatte. Hinter der Tür lag eine kleine Rezeption, dahinter befand sich der große Handelsraum, es folgten die Büros der Analysten, das Backoffice und das Zimmer von Falch-Pedersen. Die fünfzehn Händler trugen weiße oder hellblaue Hemden, hatten einen Bildschirm vor sich und fast alle einen Telefonhörer zwischen Schulter und Kinn geklemmt. Überall lagen Papiere, leere Pappbecher und Schachteln von Burger King oder McDonald's. Die Händler nahmen Ringdal und Mads kaum zur Kenntnis, sondern warfen ihnen nur flüchtige Blicke zu, während sie weitertelefonierten.

Ringdal und Mads gingen den Flur hinunter und wechselten ein paar Worte mit einem der Analysten. Durch die offene Tür grüßten sie Falch-Pedersen, der am Schreibtisch saß und ihnen zuwinkte, jedoch keine Anstalten machte, sie hineinzubitten.

Wenig später saß Mads wieder in seinem kleinen Büro. Die Einführung in die Firma war damit offenbar abgeschlossen.

»Mads?«

»Ja?«

»Hallo, hier ist Klas. Gratuliere zum neuen Job!«

Es war Klas Bergman. Einige Wochen waren vergangen, seit sie zuletzt miteinander telefoniert hatten. Tags zuvor hatte Mads ihm per E-Mail von seiner Stelle bei der Finanzpartner AG berichtet.

»Ich freue mich für dich, Mads. Was ist das denn für ein Unternehmen?«

»Vorläufig läuft alles bestens«, antwortete Mads. »Wo steckst du? Rufst du vom Handy aus an?«

»Ich bin gerade auf dem Flughafen in Kopenhagen. Meine Sekretärin hat mir von deiner E-Mail erzählt. Halt mich auf dem laufenden über deinen neuen Job, ja? Wie geht es eigentlich Line?«

»Ihr wird ziemlich schnell schlecht, ansonsten geht es ihr aber gut.«

Klas lachte. »Glaub mir, Mads, da kommt noch was auf euch zu. Selbst nach dreißig Jahren erinnere ich mich genau an die Zeit, als meine Kinder in den Windeln steckten. Ich möchte das nicht noch einmal erleben.«

»Danke für die Ermutigung. Wie geht es dir?«

»Ich kann nicht klagen. Bin gerade auf dem Weg nach Bangkok. Du weißt ja, Stockholm Securities hat auch da ein paar Großkunden. Danach fahre ich weiter nach Singapur und Hongkong.«

»Wolltest du nicht zu Stockholm Securities, um es etwas ruhiger angehen zu lassen? Jetzt bist du mehr unterwegs als je zuvor.«

»Du hast mich nicht erlebt, als ich noch jünger war.« Klas lachte. »Du, die anderen haben schon eingecheckt. Ich muß los. Ich wollte nur sagen, daß ich mich wirklich für dich freue. Mach's gut.«

Mads legte auf und lehnte sich zurück. Er spürte, wie er Klas vermißte, die Sicherheit, die er ausstrahlte. Trotz des Altersunterschieds war ihm Klas in der Zeit bei Stockholm Securities ein guter Freund geworden. Für Mads war er eine stärkere Vaterfigur, als es sein leiblicher Vater jemals gewesen war. Klas arbeitete bei Stockholm Securities als Compliance Officer und war einer der fachkundigsten Männer, die Mads kannte. Er verfügte über langjährige Auslandserfahrung und hatte sich ein beeindruckendes Netzwerk in der internationalen Finanzwelt aufgebaut. Obwohl er sich dem Rentenalter näherte, war er ständig auf Reisen.

Mads versuchte seine Erinnerungen beiseite zu schieben. Jetzt war der falsche Zeitpunkt für Nostalgie. Er hatte eine neue Stellung. Natürlich war die Atmosphäre bei Stockholm Securities angenehm gewesen. Aber es war der Niederlassung in Oslo nun einmal nicht gelungen, genug Geld zu verdienen und die fähigsten Händler und Analysten an sich zu binden. Das Osloer Büro von Stockholm Securities war eine Totgeburt gewesen. Jetzt hatte er einen neuen Job mit neuen Chancen. Anders als bei seinem vorigen Arbeitgeber wurden bei der Finanzpartner AG astronomische Bonussummen ausbezahlt, hier verdiente man richtiges Geld und hatte seinen Erfolg selbst in der Hand.

Ringdal und Henriksen standen am Fenster von Henriksens Büro und beobachteten das Leben auf Aker Brygge. Die Sonne war untergegangen, und es begann zu dämmern.

»Was meinst du?« fragte Henriksen. »Können wir ihn gebrauchen?«

»Ganz bestimmt«, antwortete Ringdal. »Der Junge war arbeitslos. Er ist hungrig. Er will sich von seiner besten Seite zeigen. Und außerdem hat es ihn nicht gerade kaltgelassen, als ich erwähnte, daß wir alle Non-Performer der Gesellschaft feuern.«

»Wirklich?« Henriksen holte seine Zigarilloschachtel hervor und zündete sich einen an. »Das ist gut. Wir brauchen jemanden, der wirklich motiviert ist. Was hast du mit ihm vor?«

»Wir haben da einige Sachen am Laufen.« Ringdal fuhr sich mit seiner fleischigen Hand über den kahlen Schädel. »Wir brauchen bald einen richtigen Deal.«

Henriksen drehte sich zu Ringdal um und sah ihn direkt an. »Das nenne ich das Understatement des Jahres.«

4

»Hallo Mads, wir haben Besuch.« Line hatte ihn kommen hören und öffnete ihm die Tür. Sie küßten sich, und Mads hängte seinen Mantel auf.

»Wer ist es denn?«

»Dreimal darfst du raten.«

»Torstein, Torstein oder Torstein?«

»Wie ...?«

»Das rieche ich«, antwortete Mads. Im selben Moment war ein Freudenschrei aus dem Wohnzimmer zu hören. Torstein kam angeschossen, legte seine Arme um Mads' Kopf und drückte ihn nach unten.

»Hör auf«, sagte Mads und kämpfte sich frei. »Weißt du denn nicht, daß sich meine Frau bei allen üblen Gerüchen übergeben muß? Komisch, daß sie den Fischgestank erträgt, den du von den Lofoten mitgebracht hast.«

Torstein lachte. »Ich rieche bloß nach Natur und Calvin Klein. Hab ich richtig gehört – mein kleiner Bruder hat wieder eine gute Arbeit?«

»Gut ist ein dehnbarer Begriff. Sie ist in Ordnung. Zieht euch was über und kommt mit, ich muß euch etwas zeigen.«

Line und Torstein begleiteten Mads nach draußen. Stolz ging er an der Reihe der geparkten Autos entlang und blieb neben einem nagelneuen silbergrauen Golf 1,9 TDI stehen.

»Na, was sagt ihr jetzt? Ganz frisch vom Händler. Die Firma stellt mir einen Wagen zur Verfügung.« Mads legte seinen Arm um Line.

»Vom Firmenwagen hast du gar nicht erzählt«, sagte Line.

»Ich wollte dich überraschen.«

»Es ist schon gut, daß ihr euch von dem rostigen Mercedes trennen könnt«, sagte Torstein und nickte zu dem alten grauen Wagen hinüber, der hinter dem neuen Golf stand.

»Darf ich mal eine Runde fahren?« fragte Line.

»Natürlich«, erwiderte Mads und zog die Schlüssel aus der Innentasche, »aber erst mußt du Torstein sagen, was für einen phantastischen Mann du hast.«

Line schmiegte sich an ihn, schob ihre Hände unter sein Hemd und begann ihn stürmisch zu küssen.

Mads zog sich lächelnd zurück und legte ihr die Schlüssel in die Hand. »Okay, du hast mich überzeugt.«

Line setzte sich ins Auto, warf ihre langen, blonden Haare mit einer theatralischen Geste nach hinten und kurbelte die Scheibe nach unten. »Feigling«, sagte sie zu Mads, startete den Motor und verschwand am Ende der Straße.

Mads schüttelte den Kopf. »Sie ist verrückt«, sagte er zu seinem Bruder, aber Torstein schlug ihm nur lachend auf die Schulter.

Oben in der Wohnung holte Mads zwei Dosen Bier aus der Küche und warf eine davon seinem Bruder zu.

»Ein Golf 1,9 TDI. Mit der ganzen Sonderausstattung kostet der gut und gerne seine dreihundertfünfzigtausend Kronen. Wie sind die übrigen Konditionen?« Torstein ließ sich aufs Sofa fallen und nahm einen kräftigen Schluck Bier. Mit seinen Jeans und seinem Norwegerpullover sah er sportlich aus. Sein widerspenstiges blondes Haar stand nach allen Seiten ab.

»Grundgehalt dreihunderttausend, gratis Telefon und kostenlose Zeitungsabos und ein Firmenwagen. Eigentlich nicht so außergewöhnlich. Aber es gibt viel bessere Chancen auf fette Bonuszahlungen als bei Stockholm Securities. Außerdem locken sie damit, daß man nach sieben bis zehn Jahren Gesellschafter werden kann.«

»Und dann kannst du das richtig große Geld machen, nicht wahr?«

»Ich rechne damit, daß die Gesellschafter zwischen fünf und fünfzehn Millionen Kronen pro Jahr einstreichen.«

»Wow, das ist verdammt viel Geld.«

Mads nickte. »Und du? Wie läuft's auf den Lofoten?«

»Gut. Sigrun kümmert sich um das Haus, die Kinder und den Webstuhl. Sie kann sogar das eine oder andere Stück verkaufen. Und ich will mich als Reeder versuchen.«

»Als Reeder? Willst du deinen Job als Zimmermann aufgeben?«

Torstein zerdrückte die Bierdose zwischen den Fingern. »Es ist an der Zeit, etwas Neues auszuprobieren. Die Zimmerei bringt uns doch kein Geld. Ich bin eigentlich in Oslo, weil ich auf der Suche nach einem Kredit bin. Ich brauche Geld für den Kutter, den ich mir kaufen will.«

»Du wirst also bald wirklich nach Fisch stinken?«

»Den Plan habe ich schon lange. Ich werde nicht von der Fischerei leben, sondern von den Touristen. Die will ich zu den Fischgründen vor den Lofoten bringen. Im Winter und Frühling werden wir Kabeljau fangen und im Sommer und Herbst Dorsch und Seelachs. Ich vermiete die Angelausrüstung, und noch an Bord bekommen die Touristen selbstgefangenen, frischen Fisch mit Fladenbrot und Butter. Für die ist das ein unglaubliches Naturerlebnis. Weißt du eigentlich, daß du uns noch kein einziges Mal besucht hast?«

»Tut mir leid. Die Wildnis war noch nie etwas für mich. Aber kann man denn davon leben?«

»Im Tourismus ist viel Geld zu holen. Man muß es nur professionell genug angehen.«

»Wieviel mußt du investieren?«

»Ein paar Millionen. Wir haben so viele Hypotheken aufgenommen wie möglich und unser ganzes Gespartes investiert. Jetzt fehlt nur noch das letzte Puzzleteilchen.«

»Sag Bescheid, wenn ich dir helfen kann.«

»Danke, das werde ich, ganz bestimmt.«

»Wie geht es eigentlich Mutter und Vater, redest du mit ihnen? Vater wäre sicher begeistert, daß du wie er beruflich mit Schiffen zu tun hast«, sagte Mads. »Wie der Vater, so der Sohn.« Er versuchte einen humorvollen Ton zu treffen, doch ohne Erfolg.

Torstein warf Mads einen Blick zu, der mehr ausdrückte als viele Worte. Seit er vor bald zwanzig Jahren zu Hause ausgezogen war, hatte er kein Wort mehr mit dem Vater gewechselt.

Auch zur Mutter hatte er nur selten Kontakt – bis auf die obligatorischen Karten zum Geburtstag und zu Weihnachten.

Mads wechselte rasch das Thema.

5

Mads stand auf, als er die Schritte des Zeitungsboten auf der Treppe und das Klatschen der Zeitung auf der Türschwelle hörte. Es war fünf Uhr morgens. Er schaltete die Kaffeemaschine ein, die er schon am Abend vorbereitet hatte, und ging unter die Dusche. Nachdem er sich angezogen hatte, stieg er noch einmal ins Bad. Er zögerte einen Augenblick, ehe er das tags zuvor gekaufte Gel in die Haare massierte und sie glatt nach hinten strich. Genau wie Gordon Gekko im Film *Wall Street*. Die roten Hosenträger mußten noch ein Weilchen warten.

Zehn Minuten später war er fertig. Er hatte in der kleinen Küche zwei Scheiben Knäckebrot gegessen, Kaffee getrunken und rasch die Zeitung durchgeblättert. Bevor er ging, gab er Line noch einen Kuß, doch sie schlief fest und bemerkte es nicht.

Draußen auf der Straße war es still, kaum jemand war zu sehen. Bei so wenig Verkehr brauchte er nur fünf Minuten, bis er den neuen Wagen auf einem der Angestelltenparkplätze der Firma parken konnte.

Mads hatte sich vorgenommen, früh zu beginnen. Jeden Tag. Und er hoffte, der erste zu sein. Diese Strategie wollte er beibehalten. So mußten die Gesellschafter bemerken, daß er es ernst meinte. Es sollte bald keinen Zweifel mehr geben, daß Mads derjenige war, der am längsten arbeitete, von früh morgens bis spät in die Nacht.

Sein kleines Büro war mit der Zeit etwas freundlicher geworden. Elise hatte ein paar Bilder aufgehängt, und er selbst hatte ein paar Bücher in die Regale geräumt.

Mads schaltete das Licht ein und setzte sich vor den Bildschirm. Zwei dicke Mappen lagen auf seinem Schreibtisch. Elise hatte sie ihm am Tag zuvor gebracht. Sie enthielten Informationen über zwei Internetfirmen, Superstore und NetWiz. Auf einem handgeschriebenen Zettel von Ringdal stand, daß er je einen Entwurf für eine zwei- bis vierseitige Kurzstudie wolle. Beide sollten am Freitag der nächsten Woche fertig sein, um Punkt zwölf.

Diese Deadline wäre machbar gewesen, wenn Henriksen ihm nicht auch noch eine Unternehmensanalyse mit einem noch engeren Zeitraum aufs Auge gedrückt hätte. Er sollte Marktinformationen über private Gesundheitsdienste in Schweden und Norwegen beschaffen und darüber hinaus so viele Daten wie möglich über Privatkliniken und Gesundheitszentren zusammentragen. Das Material sollte bereits am nächsten Montag vorliegen, was bedeutete, daß er die Studien zu Superstore und NetWiz aufschieben und die nächsten zwei Wochen rund um die Uhr arbeiten mußte.

Er spürte eine Unruhe im Körper. Die ganze Zeit über schwelte der Gedanke an die sechsmonatige Probezeit in seinem Hinterkopf. Eine gute Studie zu schreiben war nichts für Anfänger, doch er hatte keine Wahl. Mads war sich im klaren darüber, daß er keinen der Aufträge allein mit Hilfe von Telefonaten, Datenbanken und Internet würde bewerkstelligen können. Er mußte sich mit Leuten treffen und nach versteckten Informationen suchen. Wenn er jedoch ein paar Tage für Reisen aufwandte, blieb ihm noch weniger Zeit für die eigentliche Analyse.

Mads startete seinen Rechner und fing an.

Die nächsten Tage gingen ineinander über. Er stand noch vor dem Zeitungsboten auf, war immer der erste im Büro und ging als einer der letzten. In manchen Nächten wachte er schweißgebadet auf und dachte an alles, was er noch nicht geschafft hatte.

Mittags nahm Elise die Bestellungen fürs Essen auf. Er aß wie die meisten anderen im Büro, während seine Finger über die Tastatur knatterten. Oft bat er nur um einen Hamburger und eine Cola.

Mit der Zeit kam er mit PageMaker ganz gut zurecht, dem Computerprogramm, mit dem in der Firma Präsentationen erstellt wurden. Mit der Analyse ging es weniger gut voran. Ihm fehlten noch immer viele Informationen, und es war nahezu unmöglich, Statistiken oder Erklärungen zu entdecken, die sich verwenden ließen. Er versuchte alle möglichen und unmöglichen Quellen anzuzapfen, doch niemand hatte eine Übersicht über die privaten Gesundheitsdienste in Norwegen und Schweden, und so blieb ihm keine andere Wahl, als sich einen nach dem anderen eigenhändig vorzunehmen.

Nach sechs Tagen Mikrowellenessen aus der Teeküche war er es leid. Er brachte kein Plastikschalenhühnchen mit Reis mehr hinunter und konnte auch keine Cola light mehr sehen.

Die Analyse der Gesundheitsdienste für Henriksen nahm langsam, aber sicher Formen an. Ein bißchen Feinschliff fehlte noch, doch das konnte er Montag morgen erledigen. Mit den Kurzstudien für Ringdal hatte er noch nicht einmal begonnen, aber er wollte jetzt einfach nicht daran denken. Es war Sonntag nachmittag, und er wollte nach Hause zu Line, um wenigstens das Abendessen mit ihr zu genießen. Line schlief gewöhnlich noch, wenn er zur Arbeit ging, und auch abends war sie oft schon eingeschlafen, wenn er zwischen neun und elf nach Hause kam. Ihre einzige Kommunikation bestand aus einem Telefongespräch pro Tag (Mads wollte nicht, daß sie öfter telefonierten) und kleinen Zetteln, die sie sich auf den Küchentisch legten. Außerdem spürte er, daß eine Erkältung im Anmarsch war. Seine Nase war verstopft, und ihm war heiß.

Mads packte seinen Aktenkoffer und machte sich auf den Heimweg. Es war schon halb sechs.

»Hallo, kennen wir uns nicht irgendwoher?«

Line saß am Küchentisch und sah ihn über ihre runde Lesebrille hinweg an, die ihr auf die Nasenspitze gerutscht war. Der kleine Tisch quoll über von aufgeschlagenen Büchern, und der Laptop stand angeschaltet vor ihr. Mads ließ sich auf einen Stuhl fallen, zog sein Taschentuch heraus und schneuzte sich kräftig.

»Erkältet hast du dich also auch noch.« Sie lehnte sich zurück und nahm einen Schluck aus ihrer Teetasse. »Wie läuft es? Bist du fertig?«

»Die Fristen sind verflucht eng. Ich arbeite wie ein Verrückter, aber sie erwarten, daß Analysen, die normalerweise Wochen dauern, in ein paar Tagen erledigt werden. Ich mußte jetzt einfach nach Hause. Ich verkrafte keinen weiteren Abend mit geschmacksneutralem Hühnchen und lauwarmer Cola.« Mads strich sich über die Stirn. Er schwitzte.

»Weißt du, worüber ich mich freue?«

Mads schüttelte den Kopf und schneuzte sich noch einmal.

»Daß wir unser Kind schon gemacht haben.«

Mads rang sich ein Lächeln ab, doch er hörte nur zu gut, daß mehr Ernst in ihrer Stimme lag, als ihm lieb war.

»Tut mir leid, Line. Ich muß jetzt einfach alles geben. Ich bin neu und in der Probezeit. Danach wird es sicher besser.«

»Schon klar, Mads. Aber jeden Tag von fünf Uhr morgens bis zehn Uhr abends arbeiten, Samstage eingerechnet, ist doch ein bißchen viel. Dein Arbeitgeber kann dich nicht behandeln, wie er will.«

»Dann arbeitest du besser nicht als Investmentbanker. Das ist eine ganz eigene Branche.«

Mads sah, wie Line diese ganz besondere Falte zwischen den Augenbrauen bekam, ein sicheres Zeichen, daß sie verärgert war.

»Ich weiß nur zu gut, was knappe Fristen und Arbeitsstreß bedeuten. Du hast doch keine Ahnung, wie es ist, als Programmiererin in einer privaten IT-Firma zu arbeiten. Der große Unterschied zwischen uns ist, daß ich gewisse Ansprüche an meinen Arbeitgeber stelle.«

Mads fuhr sich ärgerlich mit der Hand durchs Haar.

»Spezialisierte Programmierer wie dich gibt es nicht wie Sand am Meer. Dagegen wimmelt es nur so von qualifizierten Leuten, die als Investmentbanker arbeiten wollen. Das ist eine Frage von Angebot und Nachfrage. Deshalb kannst du auch Ansprüche stellen.«

Line stand abrupt auf und ging ins Wohnzimmer. Mads wurde immer wärmer, und er wischte sich den Schweiß von der Stirn. Anscheinend hatte er Fieber. Er stand auf und stellte sich in die Wohnzimmertür. Line hatte den Fernseher eingeschaltet und starrte mürrisch auf die Mattscheibe. Ein tiefes, brodelndes Husten kam aus seinem Hals.

»Du bist erkältet und hast Fieber. Du solltest ins Bett gehen«, meinte Line.

Da es Mads auch später noch nicht besser ging, fuhr Line zur Apotheke am Hauptbahnhof, die rund um die Uhr geöffnet hatte. Dort kaufte sie Vitamin C, Nasentropfen, Ibuprofen und die stärksten Halstabletten, die sie finden konnte.

6

Der Wecker klingelte wie gewöhnlich um halb fünf. Schlaftrunken taumelte Mads in die Dusche, wo er sich vom kalten Wasser wecken ließ. Sein Hals war geschwollen, aber er dachte nicht einmal daran, sich krank zu melden.

Zwanzig Minuten später setzte er sich ins Auto. Er fühlte sich besser, er mußte sich besser fühlen. Eben hatte er eine Handvoll Vitamintabletten und vier Ibuprofen genommen. Gab es denn nichts Stärkeres? Er spürte, daß er etwas brauchte, was sein System von Grund auf in Ordnung brachte.

Auf dem Weg in sein Zimmer holte er sich eine Tasse schwarzen Kaffee. Der Stoff seines Hemdes klebte am Rücken, und er fror. Ein paar Male im Jahr wurde er krank, doch meistens war es nach drei Tagen vorbei. Am schlimmsten war das Fieber. Er konnte damit leben, daß Nase und Hals verstopft waren, doch wenn es sich zu einer richtigen Halsentzündung auswuchs, war er mindestens vier Tage außer Gefecht gesetzt und brauchte eine Penizillinkur. Diesmal war es nicht so schlimm, vorläufig zumindest. Mit ein bißchen Glück würde das Schlimmste schon nach einem Tag überstanden sein.

Auf dem Schreibtisch lag der letzte Entwurf der Analyse für Henriksen. Mads nahm sie und ging noch einmal seine Korrekturen vom vergangenen Tag durch, doch Wörter und Buchstaben verschwammen vor seinen Augen. Er schloß die Lider, schüttelte den Kopf und wischte sich den Schweiß von der Stirn. Verflucht, warum mußte er ausgerechnet jetzt eine Grippe bekommen?

Schließlich gelang es ihm, sich so weit zu konzentrieren, daß er alle Korrekturen vom letzten Entwurf einarbeiten konnte. Dann druckte er die Analyse aus, schob sie in eine Plastikmappe und legte diese deutlich vor Ablauf der Frist auf Henriksens Schreibtisch. Es war eigentlich egal, denn Elise hatte erzählt, daß Henriksen bis Mittwoch in Kopenhagen sein würde.

Um zehn Uhr holte er sich seinen fünften Kaffee. Das heiße Getränk linderte seine Halsschmerzen. Am Kaffeeautomaten traf er einen Kollegen, den er bisher nur flüchtig gegrüßt hatte. Es war Nicolai Heftye, der vierte Mann von Corporate Finance. Er war groß und ungelenk und hatte die Haare wie Mads glatt nach hinten frisiert. Im Gegensatz zu Mads trug er rote Hosenträger, und auf der Brusttasche seines weißen Hemdes waren seine Initialen eingestickt.

»Sie schwitzen, sind Sie gerannt?«

Mads blickte zu Boden und schüttelte den Kopf. »Die Grippe.« Er schob einen Plastikbecher in die Öffnung und drückte den Knopf. Kochend heißer Kaffee lief in seinen Becher.

»Von allen Mitteln, die nicht wirken, ist Cognac noch immer das beste.«

Mads hatte diesen Satz schon oft gehört, aber er tat so, als finde er ihn amüsant. Heftye hatte einen breiten Mund mit ungewöhnlich langen, gelben Zähnen.

»Natürlich. Das habe ich auch schon versucht. Es geht sicher bald vorüber.« Mads zog sein Taschentuch heraus und putzte sich die Nase. »Wie lange arbeiten Sie eigentlich schon hier?«

»Bald vier Jahre. Im Grunde bin ich am längsten hier. Ringdal hat vor zwei Jahren angefangen und Karl Tiller vor drei.«

»Dann waren Sie also schon hier, als Heffermehl noch Geschäftsführer war?«

»Er hat mich damals eingestellt. Als Henriksen das Zepter übernahm, holte er Ringdal als Abteilungsleiter, und wir zogen von der Storgata hierher nach Aker Brygge.«

Mads spürte, wie er von Kopf bis Fuß gemustert wurde.

»Und Sie haben sich im Probezimmer installiert?«

Mads nahm vorsichtig einen Schluck heißen Kaffee. »Probezimmer? So wird also die Besenkammer genannt, die ich bekommen habe?«

Heftye grinste. »Ringdal besteht darauf, daß die Neuen dort sitzen, bis sie die Probezeit überstanden haben. Er will nicht, daß man sich zu wohl fühlt, ehe man bewiesen hat, daß man zu etwas taugt.«

»The American way?«

»Ganz genau«, antwortete Heftye. »Ich glaube, das ist in norwegischen Firmen sonst nicht so üblich. Ringdal hat ein paar Sachen aus den Staaten mitgebracht.«

»Ich habe mich schon gefragt, warum ich nicht statt dessen in eines der beiden leerstehenden größeren Büros ziehen kann.«

»Jetzt wissen Sie es. Sie sind ein Rekrut und müssen beweisen, daß Sie so hungrig sind, daß Sie ein ganzes Kamel verschlingen könnten. Erst dann werden Sie fest angestellt und bekommen ein größeres Büro.«

Mads dachte, daß Heftye wohl kaum Probleme haben würde, sich Kamele zwischen seine enormen Kiefer zu schieben.

»Das Probezimmer bekommt allmählich einen etwas zweifelhaften Ruf. Mit den beiden, die vor Ihnen dort gesessen haben, ist einiges schiefgelaufen.«

»Ach ja? Was ist denn passiert?« Mads wischte sich den Schweiß von der Oberlippe.

»Der letzte war eigentlich eine tragische Gestalt. Vor zwei Monaten hat er Selbstmord begangen. Er hat sich in seiner Garage in seinen Wagen gesetzt, mit einem Plastikschlauch, der vom Auspuff ins Wageninnere führte.«

Mads spürte, wie es ihm kalt den Rücken hinunterlief. »Wie hieß er?«

»Mikkel Petlund.«

Mads schüttelte den Kopf. Den Namen hatte er noch nie gehört.

»Wie lange war er hier?«

»Etwas über ein Jahr. So ist das Leben. Er machte nicht gerade den Eindruck von einem Selbstmörder. Aber so ist das wohl. Man weiß doch wenig über die Menschen.«

»Und der andere?«

»Den Namen Roald Hoff haben Sie doch sicher schon gehört?«

Mads nickte. Vor ein paar Jahren hatte dieser Name Schlagzeilen gemacht. Hoff war wegen eines schweren Falles von Insiderhandel verurteilt worden. Jeder in der Finanzwelt wußte von diesem Skandal.

»Er sitzt im Kreisgefängnis von Drammen und verbüßt sein zweites Jahr.«

»Der hat auch in meinem Büro gesessen?«

»Stimmt genau. Das waren die Jungs aus dem Probezimmer. Sie sind der dritte, das heißt, der dritte, seit Ringdal die Leitung übernommen hat. Wir sind gespannt, wie es mit Ihnen laufen wird.«

Mads nahm einen Schluck Kaffee und rang sich ein Lächeln ab.

Nicolai Heftye hatte während der gesamten Unterhaltung seinen Kaffee umgerührt. Jetzt zog er den Plastiklöffel heraus und warf ihn in den Mülleimer.

»Ich muß los«, sagte er und verschwand.

Mads ging in sein kleines Büro zurück – das Probezimmer. Er setzte sich und sah sich um. Sein Körper fühlte sich klamm an.

Sein Vorgänger hatte vor zwei Monaten Selbstmord begangen.

7

Das Telefon klingelte nur selten bei Mads, und so schrak er auf, als es läutete. Es war Torstein.

»Wie geht's, kleiner Bruder? Gefällt dir dein neuer Job?«

»Könnte schlimmer sein. Nur etwas viel Arbeit. Zur Zeit rund um die Uhr.«

»Hört sich gut an.« Torstein lachte. »Du klingst ansonsten aber gar nicht gut.«

»Eine kleine Grippe. Die geht sicher bald vorbei.« Mads versuchte, durch seine verstopfte Nase etwas Luft zu bekommen. »Wie ist es mit dem Boot weitergegangen? Hast du das Geld zusammengekriegt?«

»Zu guter Letzt ja. Es war schwieriger, als ich gedacht hatte.«

»Wer hat dir den Kredit gegeben?«

»Cato, erinnerst du dich an ihn?«

»Dein alter Klassenkamerad? Wenn ich mich recht entsinne, fuhr der doch schon einen Jaguar, ehe er alt genug war, überhaupt den Führerschein zu machen.«

»Genau. Er hat mich zu ein paar Freunden mitgenommen, die mit Kreditvermittlung zu tun haben. Sagt dir Oslo Finanzvermittlung etwas?«

»Nein«, antwortete Mads und schloß die Augen. Er ahnte schon, wie das Ganze enden würde.

»Jedenfalls haben sie jemanden aufgetan, der mir das nötige Geld gegeben hat.«

»Und wieviel hast du aufgenommen?«

»Eine Million. Das ist etwas mehr, als ich brauche, aber es tut ganz gut, in der ersten Zeit ein bißchen Luft zu haben.«

Mads spürte, daß er Kopfweh bekam. Er wußte nicht, ob die Grippe daran schuld war oder Torstein.

»Zu welchen Bedingungen?«

»Es wird teuer. Teurer, als ich zu Beginn gedacht hatte.«

»Ja?«

»Vierzehn Prozent Zinsen und zusätzlich fünf Prozent Vermittlungsgebühr.«

Mads lehnte sich zurück. Eigentlich war er die Projekte seines Bruders leid. Torstein war immer schon so gewesen. Es verging nicht ein Jahr, ohne daß er sich in irgend etwas verstrickte. Zuletzt hatte er versucht, alte Autos aus England zu importieren. Mit jedem Verkauf hatte er weiteres Geld verloren.

»Das ist teuer«, war das einzige, was Mads über die Lippen brachte. Er konnte ihn einfach nicht mehr zurechtweisen. Torstein war alt genug, um allein zurechtzukommen.

»Mach dir keine Sorgen, kleiner Bruder. Du hast ja keine Vorstellungen davon, wieviel Geld man im Tourismus machen kann, wenn man nur groß genug einsteigt. Den Kredit zahle ich im Handumdrehen zurück.«

»Na dann viel Glück.« Mads sah das optimistische Lächeln seines Bruders vor sich. Jedesmal der gleiche Enthusiasmus, wie hoffnungslos das Projekt auch war.

Alle kamen pünktlich. Ringdal hatte für Mittwoch nachmittag um fünf eine Sitzung der Corporate-Finance-Abteilung anberaumt. Auch Henriksen war anwesend. Laut Ankündigung sollte es sich um eine Strategiesitzung handeln.

Mads befand sich auf dem Weg der Besserung. Das Fieber war abgeklungen, und die Erkältung hatte sich glücklicherweise nicht zur Halsentzündung entwickelt, doch er stopfte noch immer Vitamine und Pillen in sich hinein.

Sie setzten sich um den großen Mahagonitisch im Sitzungszimmer: Henriksen, Ringdal, Heftye, Tiller und Mads. Alle in schwarzen Anzügen, weißen Hemden und Schlipsen in verschiedenen Rottönen. Alle außer Mads hängten ihre Anzugjacken hinter sich über die Stuhllehne. Er fühlte sich noch nicht sicher genug, um in Henriksens und Ringdals Anwesenheit seine Anzugjacke abzulegen.

Ringdal begann damit, allen einen Zettel auszuhändigen. Mads sah sofort, worum es sich handelte. Links standen die Namen der Mitarbeiter der Corporate-Finance-Abteilung, in der Mitte war eine Spalte mit den Provisionen und rechts eine mit potentiellen Deals und Namen von Firmen.

Mads bemerkte, daß Heftye auf dem Stuhl hin- und herrutschte, und er begriff auch, warum. Hinter seinem Namen standen eine Null bei den Provisionen und lediglich drei potentielle Deals. Tiller hatte zwei Millionen erwirtschaftet, und hinter Ringdals Namen waren sieben Millionen verzeichnet. Ganz unten stand Mads. Er war der einzige, bei dem weder in der Spalte mit den Provisionen noch bei den potentiellen Deals etwas aufgeführt war.

Henriksen schaltete den Projektor ein. Der Zettel, den sie gerade studierten, wurde in Großformat an die Wand geworfen. Alle, die etwas zu verbergen hatten, bekamen ihr Elend jetzt in dreißig Zentimeter hohen Lettern vorgehalten.

»Die Corporate-Finance-Abteilung hat die schlechtesten Monate seit vielen Jahren hinter sich. Ich kann mich nicht daran erinnern, jemals so schlechte Resultate gesehen zu haben«, begann Henriksen und sah jeden einzelnen am Tisch an.

Mads bemerkte, wie Heftye in seinem Stuhl zusammenschrumpfte. Er versuchte, seinen langen, ungelenken Körper so klein und unauffällig wie möglich zu machen, und kritzelte auf einer Ecke des Zettels herum.

»So darf es nicht weitergehen. Jeder einzelne von euch ist angestellt worden, um mindestens zehn Millionen pro Jahr zu machen. Mit Ausnahme von Ringdal liegen alle weit darunter.«

Mads betrachtete die anderen am Tisch. Niemand erwiderte seinen Blick. Warum sagte Henriksen denn nicht, daß Mads erst seit ein paar Tagen bei ihnen war? Er konnte doch nicht mit dem gleichen Maß gemessen werden wie die anderen?

Heftye schrieb immer wieder das Wort »mindestens« auf seinen Zettel, so daß die Buchstaben dicker und dicker wurden und schließlich ineinanderflossen.

»Es gibt keine Entschuldigungen für so erbärmliche Resultate.« Henriksen schwieg. Es wurde vollkommen still. Nur der schwere Atem des übergewichtigen Karl Tiller war zu hören.

Ringdal saß am Kopfende des Tisches und hatte die Arme vor seinem gewaltigen Brustkorb verschränkt. Er und Henriksen musterten die drei anderen mit eindringlichen Blicken.

Dann begann Henriksen die potentiellen Deals durchzugehen. Tiller hatte zusätzlich zu seinen zwei Millionen Provision fünf potentielle Deals mit Firmen, von denen Mads noch nie gehört hatte. Henriksen bohrte und fragte. Mit wem Tiller im jeweiligen Unternehmen in Kontakt stehe, wieviel Kapital sie bräuchten, wie groß die Eigenkapitalreserve sei, wie die Wachstumschancen und der zukünftige Kapitalbedarf aussähen, wie weit er von einer möglichen Vertragsunterzeichnung entfernt sei und mit welcher Provision man rechnen könne. Die Fragen hagelten nur so auf Tiller ein, unter dessen Armen sich immer größere Schweißringe abzeichneten. Er war sichtlich erleichtert, als das Verhör endlich vorbei war.

Als nächster war Heftye an der Reihe. Henriksen hielt einen Moment still, blieb stehen und betrachtete ihn mit herabgezogenen Mundwinkeln. Heftye hob den Kopf und begegnete Henriksens Blick.

»Was zum Teufel soll das, Heftye? Arbeiten Sie nicht?«

»In der letzten Zeit ist es nicht sonderlich gut gelaufen, das muß ich zugeben.«

Henriksen nickte vielsagend. »Ach ja, das müssen Sie zugeben.« Henriksen klopfte so hart mit dem Zeigefinger auf den Projektor, daß das Bild an der Wand ins Hüpfen geriet. »Seit sechs Monaten sehe ich die immer gleichen potentiellen Deals bei Ihnen. Sie werden keinen davon landen und auch sonst keine mehr anbringen. Sie haben sich zu einem einzigen großen

Kostenfaktor entwickelt. Finden Sie, daß Sie Ihr Gehalt verdient haben?«

Mads sah wie die anderen zu Nicolai Heftye hinüber, der mit den Schultern zuckte. Er wich ihren Blicken aus.

»Ich habe gefragt, ob Sie das Gehalt verdienen, das Sie bekommen!«

»Zwei meiner Deals haben gute Chancen, bald zu einem Abschluß zu kommen. Die werden fünf Millionen an Provisionen bringen.«

»Danach habe ich nicht gefragt«, sagte Henriksen. »Ich habe gefragt, ob Sie Ihr Gehalt verdienen.«

»Ja«, sagte Heftye laut und deutlich und verschränkte die Arme vor der Brust. Auf seinen Wangen breiteten sich hektische rote Flecken aus. »Ich verdiene das Gehalt, das ich bekomme.«

»Heftye meint also, er verdient jede Krone, die ihm als erfahrener Mitarbeiter der Corporate-Finance-Abteilung ausbezahlt wird«, konstatierte Henriksen und wandte sich an die übrigen Anwesenden. »Er glaubt, sein Gehalt zu verdienen, ohne selbst etwas beigetragen zu haben. Aus meiner Sicht verdient dieser Mann überhaupt nichts. Wir haben weder Zeit noch Geld für Mitarbeiter wie Heftye. Dieser Mann frißt die Bonuszahlungen von uns anderen auf.«

Heftyes Kiefer arbeiteten. Die Flecken auf seinen Wangen waren jetzt dunkelrot. Er sah Henriksen an, ohne mit der Wimper zu zucken.

»Henriksen hat recht. Unsere Leistungen waren in diesem Jahr wirklich miserabel«, stimmte ihm Ringdal zu. »Wir brauchen etwas wirklich Großes. Einen Coup oder zwei, um die Bilanzen wieder zurechtzurücken. Ich bin sicher, daß Heftyes Leistungen sich wieder steigern werden.«

Heftye warf Ringdal einen dankbaren Blick zu. Seine Kiefer arbeiteten ruhiger. Mads goß sich ein Glas Mineralwasser ein und nahm einen großen Schluck. Die Stimmung hatte ihn ins Schwitzen gebracht.

Henriksen ging dazu über, Heftye über seine potentiellen

Deals auszufragen, an denen er gerade arbeitete. Er antwortete kurz und präzise auf alle Fragen.

Als Henriksen mit Heftye fertig war, stand Ringdal auf und begann von seinen Projekten zu berichten. Zwei davon betrafen NetWiz und Superstore, die Firmen, über die Mads Kurzstudien erstellen sollte. Mads spürte einen Anflug von schlechtem Gewissen. Ihm blieben nur noch zwei Tage, ehe er die Resultate abliefern sollte, dabei hatte er gerade erst mit der Arbeit begonnen.

Schließlich ging Henriksen zu Mads und legte ihm die Hände auf die Schultern.

»Das ist Mads Hammer. Unser Neuzugang. Wir haben ihn hierher geholt, nachdem das Osloer Büro von Stockholm Securities geschlossen wurde. Wir setzen große Hoffnungen in diesen Jungen. Beim nächsten Mal werden wir uns die Deals anschauen, die Mads im Sinn hat. Er hat sicher viele Kontakte aus seiner Zeit bei den schwedischen Kollegen. Die Friedenszeit ist auch für Sie bald vorüber, Hammer. Dann beginnt die Jagd.«

Ringdal war der einzige, der lachte.

8

Die Strategiesitzung war zu Ende. Ringdal ging in sein Büro und packte einen Stapel Papiere in seinen Aktenkoffer. Er nahm seinen Mantel vom Garderobenständer, verschloß die Bürotür und ging mit raschen Schritten zum Ausgang. Diesmal nahm er nicht wie üblich den Aufzug in die Tiefgarage, sondern stieg im Erdgeschoß aus und ging dann nach draußen in die klare Winterluft.

Es war kalt. Ringdal schob den Jackenkragen hoch und lief auf einen der Eingänge in den Wohnblocks zu. Beddingen 20 lag etwas abseits der geschäftigen Einkaufsstraßen. Zwei Reihen Klingelknöpfe gehörten zu den Wohnungen. Auf einem Schildchen stand »O. Ringdal«.

Das Licht in der Wohnung war an. Ringdal hängte seinen Mantel auf und ging ins Wohnzimmer. Das Apartment war einfach eingerichtet und erweckte den Anschein, als ob niemand dort wohne: keine Blumen, keine Bilder an den Wänden. Auf einem Sofa vor den großen Panoramafenstern saß ein athletisch gebauter Mann von Mitte vierzig. Er trug schwarze Jeans, einen schwarzen Rollkragenpullover und eine gefütterte, dunkle Anzugjacke mit braunen Flicken an den Ellenbogen. Sein Haar war dunkel und kurzgeschoren.

Ringdal ging zu einem Barschrank, schenkte sich einen Whisky ein und setzte sich zu dem Mann.

»Schwarze Kleider, schwarze Schuhe, schwarze Haare und verflucht schwarze Augen. Glaubst du, es ist ein Zufall, daß du Schwartz heißt?«

»Wohl kaum«, antwortete Schwartz und grinste.

»Hast du Neuigkeiten für mich?« Ringdal beugte sich vor. »Zum Beispiel etwas Neues über Trosvik & Partners?«

Schwartz zog einen Ordner aus seiner schwarzen Ledertasche und klappte ihn auf. »Laß mich kurz zusammenfassen«, sagte er. »Trosvik & Partners ist ein Bauunternehmen in Tønsberg, das seit 1956 existiert. Ursprünglich bekamen sie Aufträge für den Bau von Geschäftshäusern und größeren Wohnsiedlungen in Vestfold, doch mit der Zeit auch in anderen Teilen des Landes. Die Firma gehört zu hundert Prozent der Familie Trosvik. Der Sohn des Firmengründers, Karl Trosvik, ist der heutige Geschäftsführer.«

»Und die Zahlen?«

»Im letzten Jahr wurden siebzig Millionen Kronen umgesetzt und ein Gewinn von fünf Millionen nach Steuern gemacht. Das Eigenkapital beträgt gut und gerne dreißig Prozent.«

Ringdal nippte an seinem Whisky. »Gut, und wie sieht es mit diesem neuen Baumaterial aus?«

»Vor vier Jahren haben Trosvik & Partners die Rechte an einem neuen Baumaterial von einem lokalen Erfinder erworben. Der wichtigste Bestandteil dieses neuen Materials nennt sich Plastit. Daraus werden Elementplatten hergestellt, die offenbar einzigartig sind. Sie sind knapp fünf Zentimeter dick und sehr leicht, sie haben eine große Festigkeit, gute Wärmedämmungseigenschaften und sind feuerbeständig. Dazu kommt, daß sie billig in großen Mengen produziert werden können.«

»Das hört sich unglaublich an.«

»Es geht noch weiter. Mit Hilfe eines eigens entwickelten Nut- und Federsystems können aus diesen Elementplatten ganze Häuser errichtet werden. Der Aufbau dauert nur wenige Stunden. Die Firma hat ein kleineres Musterprojekt für obdachlos gewordene Menschen auf dem Balkan durchgeführt.«

»Wie wurde das finanziert?«

Schwartz blätterte in seinen Papieren. »Vom Außenministerium. Außerdem haben Trosvik & Partners ein paar Musterhäuser in Norwegen gebaut.«

»Das Marktpotential muß ja erheblich sein.«

Schwartz grinste. »Sagen wir lieber gigantisch. Das Material könnte die Bauweise von Häusern revolutionieren. Allein in Katastrophengebieten und Entwicklungsländern gibt es einen kaum zu sättigenden Bedarf an solchen Häusern.«

»Und wo ist der Haken?«

»In der letzten Zeit wurden Rißbildungen im Material bemerkt. Man weiß bis heute nicht, woher sie stammen. Die Firma hat viel Geld und Zeit in die Lösung dieses Problems gesteckt.«

Ringdal nickte nachdenklich und leerte sein Whiskyglas in einem Zug. »Hast du noch mehr herausgefunden, was ich wissen muß?«

»Da ist alles drin«, sagte Schwartz, schloß den Ordner und schob ihn zu Ringdal hinüber. »In dem Ordner findest du Kopien von den Sitzungsprotokollen der Geschäftsleitung der letzten Jahre, Presseartikel, Broschüren, Jahresbilanzen und Budgets. Außerdem noch ein paar interne Memos und Aufzeichnungen von interessanten privaten Telefongesprächen.«

Ringdal sah Schwartz neugierig an. »Worum ging es dabei?«

»Die Chinesen sind interessiert. In ein paar Wochen wird eine chinesische Delegation erwartet. Es ist die Rede von einem Riesenauftrag für Plastithäuser.«

»Und die Materialprobleme?«

»Es hat nicht den Anschein, als ob die Chinesen informiert wären.«

Ringdal lehnte sich zurück und fuhr sich mit der Hand über seinen blanken Schädel. Schwartz sah seinen Auftraggeber erwartungsvoll an.

»Gut. Ich will mir das näher ansehen. Ich werde ein paar Tage brauchen, bis meine Entscheidung gefallen ist. In der Zwischenzeit suchst du weiter nach Kandidaten.« Ringdal packte den Ordner ein und stand auf. »Ich muß gehen. Nimm Kontakt mit mir auf, sobald ihr etwas Neues erfahrt.«

Schwartz erhob sich und begleitete Ringdal zur Tür. Eine halbe Stunde später verließ auch Schwartz die Wohnung.

Mads saß in seinem Büro. Er spielte mit einem Stift und starrte nachdenklich vor sich hin. Die Ziele von Henriksen und Ringdal konnten Probleme mit sich bringen, doch sie boten auch gute Möglichkeiten. Je schlechter die Resultate waren, die Heftye und Tiller ablieferten, desto größer waren seine Chancen, positiv aufzufallen. Die beiden wirkten nicht gerade wie Überflieger. Verdammt, es mußte doch möglich sein, bei den Gesellschaftern Eindruck zu schinden! Mads schlug mit der flachen Hand auf den Tisch, daß es knallte. In diesem Moment kam Heftye herein und schloß die Tür.

»Was zum Teufel treiben Sie da? Verprügeln Sie Ihren Schreibtisch?«

Mads lehnte sich zurück und sah zu Heftye auf, dessen Gesicht nach der Zurechtweisung während der Sitzung noch immer rot war.

»Nur eine kleine mentale Entladung. Schon vorbei.«

»Gut. Bei mir sieht das nämlich anders aus.«

Mads zog das Taschentuch heraus und putzte sich die Nase.

Er hatte eigentlich keine Zeit, mit ihm über die Geschäftsleitung zu reden.

»Haben Sie Ringdal bemerkt?«

Mads zuckte mit den Schultern. »Ja, wieso?«

»Haben Sie ihn beobachtet, als er ›seine‹ potentiellen Deals vorstellte?«

»Waren es denn nicht seine?«

»Vier davon waren verdammt noch mal von mir! Ich habe sie an Land gezogen! Ringdal hat sich vorgedrängelt und ins Rampenlicht geschoben, um als Held dazustehen, dieses Schwein!«

Mads signalisierte Heftye, leiser zu sprechen. »Warum haben Sie nichts gesagt?«

Nicolai Heftye zog die Augenbrauen hoch. »Wie lange sind Sie hier?«

»Vermutlich zu kurz, um alles mitzubekommen.«

»Ganz richtig. Henriksen und Ringdal würden einen malträtieren, wenn man behaupten würde, ihre Deals seien nicht sauber.«

Mads kratzte sich an der Wange. »Das ist nicht gut.«

»Nicht gut?« fauchte Heftye. »Außerdem stammten mindestens drei seiner sieben Millionen von mir. Er hat sie einfach übernommen. Verdammter Kleptomane.«

Mads warf ihm einen irritierten Blick zu. Heftye verschränkte die Arme vor der Brust und lehnte sich mit dem Rücken an die Tür. »Ich dachte, Sie sollten das wissen. Es ist ja nicht auszuschließen, daß Sie mal in eine ähnliche Situation kommen.«

Mads nickte nachdenklich und schneuzte sich noch einmal. »Danke, ich werde mir das merken.«

Heftye öffnete die Tür und verschwand in sein eigenes Büro.

Ob es nun stimmte oder nur auf die gewöhnliche üble Nachrede oder Neid zurückzuführen war, wußte Mads nicht. Vermutlich war Heftye einfach ein schlechter Händler. Mads hatte schon oft erlebt, daß Mitarbeiter den Kollegen die Schuld gaben, wenn sie ihre eigenen Budgets nicht erfüllen konnten. Heftye brauchte jemanden, bei dem er sich beklagen konnte. Mads war sich aber nicht so sicher, ob er gern die Klagemauer für Kollegen abgab, die ihre Verkaufsziele nicht erreichten.

»Müde?«

Elise stand in der Tür von Mads' Büro. Sie hatte die Arme vor der Brust verschränkt und lächelte. Zu ihrer kurzen grauen Bluse trug sie enge schwarze Leggings. Elise war nicht gerade das, was Mads als Schönheit bezeichnet hätte. Sie war klein, hatte einen burschikosen Haarschnitt und ein etwas zu breites Gesicht. Aber sie hatte Charme, viel Charme, der besonders zur Geltung kam, wenn sie lächelte.

Mads nahm die Hände von der Tastatur und drehte sich zu ihr um. Er konnte ihr Parfüm bis zu seinem Platz riechen. Es duftete gut. Mads fuhr sich mit der Hand durchs Haar und atmete schwer aus. »Sehe ich etwa müde aus?«

»Ja«, erwiderte sie. »Sie könnten eine Pause gebrauchen. Es ist nicht gut, sich so auszupowern.«

»Das war meine eigene Entscheidung.«

»Es gibt doch diesen Spruch: Work hard, play hard. Aber ich habe nicht den Eindruck, daß Sie sich auch um letzteres kümmern.«

»Mag sein.«

»Ein paar Leute vom Aktienhandel und ich wollen nach der Arbeit noch einen trinken gehen, kommen Sie mit?«

Mads sah auf die Uhr. Es war sechs, und es war Donnerstag. Es würde ihm guttun, unter Menschen und in die Stadt zu kommen. Er war schon lange nicht mehr ausgegangen. Mit den Sachen, die er für Ringdal erledigen sollte, sah es ganz gut aus. Vermutlich würde er sie problemlos vor der Deadline abliefern können. »Geben Sie mir noch eine Stunde, ich komme einfach nach. Wohin geht es denn?«

»Zuerst gehen wir wohl ins Lipp. Dort bleiben wir sicher eine Weile. Wie es danach weitergeht, weiß ich nicht.«

»Dann treffen wir uns da.«

Elise löste etwas in ihm aus, was sein Herz schneller schlagen ließ. Er wandte sich wieder der Tastatur zu. Die Zahlen auf dem Bildschirm schienen auf einmal vollkommen uninteressant. Elise hatte recht. Wenn man sich auf der Arbeit so ausgepowert hatte wie er in der letzten Zeit, war es wichtig, rauszukommen, neue Menschen kennenzulernen, das System zu erden. Er freute sich auf einen netten Abend mit ein paar Kollegen.

Das Lipp war ein fester Treffpunkt für Leute aus der Finanzbranche. Es bestand aus einer Bar, die über zwei Etagen reichte, und einem mittelmäßigen Restaurant. Mads tauchte eine Dreiviertelstunde nach den anderen auf. Seine Kollegen saßen an einem Tisch auf der Empore mit guter Aussicht auf den unterhalb liegenden Tresen: drei aus der Handelsabteilung und Elise. Sie rückte zur Seite und machte ihm Platz. Mads begrüßte die drei anderen mit Handschlag. Zwei davon waren Aktienhändler, die sich als Jens und Arne Vidar vorstellten und ungefähr in seinem Alter waren. Die vierte war Kristine, die Sekretärin der Handelsabteilung – eine dünne, hochgewachsene Frau mit schmalem Gesicht.

Mads bestellte sich ein großes Bier und prostete Elise zu. Dann versuchte er das Gespräch zwischen Jens und Arne Vidar zu verfolgen, konnte aber wegen der lauten Musik nur Bruchstücke aufschnappen. Sie diskutierten über ein Unternehmen, das gerade an der Osloer Börse notiert worden war. Die Bar war nur spärlich besucht, normalerweise füllte sie sich erst gegen Mitternacht, und dann mußte man lange anstehen, um überhaupt hineinzukommen.

»Nun, wie gefällt es dir in unserer Abteilung?« fragte Elise in sein Ohr und zündete sich eine Zigarette an.

»Gut«, antwortete Mads und lächelte. Er freute sich, daß sie ihn dutzte.

»Typisch Mann, diese Antwort, hätte ich mir eigentlich denken können. Könntest du das nicht etwas genauer ausführen?«

Mads erwiderte Elises herausfordernden Blick. »In den ersten Wochen hatte ich so viel zu tun, daß ich kaum Zeit hatte, meine Kollegen kennenzulernen. Inzwischen gefällt mir die

Hektik. Mit der Zeit werde ich wohl auch herausfinden, ob ich mich in der Abteilung wohlfühle oder nicht.«

»So spricht ein Mann«, sagte Elise und prostete ihm zu.

»Einer, der es in der Welt zu etwas bringen will«, fügte Kristine hinzu.

Die beiden Frauen kicherten.

Mads stand auf und ging zur Bar, um sich noch ein Bier zu bestellen. Als er zurückkam und sich wieder setzte, lächelte Elise ihm zu und fragte. »Du bist verheiratet, oder?«

Mads nickte. »Und du?«

»Nie gewesen. Bis vor drei Monaten habe ich mit jemandem zusammengewohnt. Dann habe ich ihn rausgeworfen. Ich konnte die stinkenden Socken und Unterhosen in meinem Bad einfach nicht mehr ertragen.«

Mads lachte. »Und jetzt bist du jung und frei?«

»Vor allem bin ich reif für eine längere Pause, ehe ich mich wieder in eine neue Sache stürze. Es hat seine Vorteile, Single zu sein.«

Mads beobachtete sie, während sie die Zigarette ausdrückte. Ihre Nägel waren lackiert und gepflegt.

»Kanntest du eigentlich meine beiden Vorgänger?« fragte Mads.

»Mit dem Kennen ist das so eine Sache.« Ihr Gesicht war ernst geworden. »Es waren zwei Tragödien. Nein, ich kannte keinen von ihnen sonderlich gut. Das ist in unserer Abteilung nicht üblich. Niemand in der Corporate Finance kennt seine Kollegen besonders gut.«

»Ist das ein Thema, über das ihr nicht sprecht?«

»Wie meinst du das?«

»Petlund und Hoff. Was mit ihnen geschehen ist.«

»Warum sollen wir darüber reden? Roald Hoff sitzt wegen Insiderhandel im Gefängnis, und Mikkel hat Selbstmord begangen, nachdem eine größere Unterschlagung aufgeflogen ist. Das alles war eine einzige Tragödie.«

»Hat er wirklich etwas unterschlagen?«

Elise nickte. »Vielleicht hätte ich es auch nicht erwähnen sollen. Es ist nie richtig an die Öffentlichkeit gekommen. Ich nehme an, man wollte das seiner Familie ersparen, nachdem er sich das Leben genommen hatte.« Sie zündete sich eine weitere Zigarette an.

Mads nahm einen Schluck Bier. Er hätte gern weitergefragt, doch das Thema quälte sie ganz offensichtlich. Immerhin hatte sie ihm seine Fragen beantwortet.

Das Lokal füllte sich langsam, aber sicher. Der Lärmpegel stieg beachtlich an, und sie mußten näher zusammenrücken, um sich unterhalten zu können. Die drei vom Aktienhandel verschwanden schließlich nach unten, während Mads und Elise oben sitzenblieben. Sie sprachen über Gott und die Welt. Sie erzählte ihm von ihrer Jugend in Sandefjord und von den ersten Annäherungsversuchen der pickeligen Sandefjordjungs mit ihren viel zu langen Armen und Beinen und mit Flaum am Kinn, und von ihren ersten schüchternen Versuchen, mit jemandem zu schlafen.

Mads spürte, wie der Alkohol seinen Körper aufheizte. Er wünschte sich, daß auch Line ein klein wenig von Elise hätte. Elise war viel ... unkomplizierter.

Etwas später nahm sie seine Hände und studierte sie genau. Ihre warmen Finger strichen vorsichtig über seine Haut. Sie sah ihm in die Augen: »Du hast große Hände.«

Mads nickte. »Das liegt in der Familie. Es bedeutet, daß ich ein Mann der Tat bin.«

»Tatsächlich? Ich habe gehört, daß Männer mit großen Händen und Füßen auch einen großen ...« Sie lächelte und starrte ihm herausfordernd in die Augen. Ihre roten Lippen glänzten.

Mads schluckte. Plötzlich fühlte sich seine Hose im Schritt eng an. Sein Kopf rauschte. »Wirklich?« war das einzige, was er herausbrachte.

Mit einem Mal ließ sie seine Hände los und stand auf. »Komm, laß uns nach unten gehen und die anderen suchen.«

9

Das erste Piepsen reichte schon. Mit einer raschen Bewegung stellte Line den Wecker aus. In der letzten halben Stunde hatte sie wachgelegen und auf das Klingeln gewartet. Im Bett neben ihr atmete Mads schwer. Lautlos schlich sie sich aus dem Schlafzimmer.

Um halb fünf kam Mads in die Küche getaumelt. Line hatte Eier gekocht, Kaffee gemacht und Kerzen angezündet.

»Darf ich fragen, womit ich das verdient habe?« fragte Mads, während er sich an einen gedeckten Frühstückstisch setzte.

»Du hast es nicht verdient. Ich bin nur zu dem Schluß gekommen, daß das die einzige Möglichkeit ist, dich einmal zu Gesicht zu bekommen. Gestern abend ist es spät geworden, oder?«

Mads rieb sich die Augen. Erst nach zwei Uhr morgens war er nach Hause gekommen.

»Line. Es tut mir leid. Tagsüber überstürzt sich einfach alles. Ich verspreche dir ...«

»... daß es bald besser wird«, vollendete sie den Satz. »Weißt du eigentlich, wie oft ich dich in den letzten Wochen gesehen habe?«

Mads fuhr sich mit der Hand durchs Haar. Er blieb ihr eine Antwort schuldig.

»Die Stunden, in denen wir zusammen waren, kann ich an einer Hand abzählen. Bist du dir darüber im klaren?«

Mads nahm einen Schluck aus seiner Kaffeetasse. »Momentan ist wahnsinnig viel zu tun.«

»Ich bin schwanger, verstehst du? Ich liebe dich, und ich möchte mehr mit dir zusammen sein. Ich habe noch nie erlebt, daß jemand derart von der Arbeit absorbiert wird wie du.«

Mads köpfte das Ei und begann zu essen. »Heute liefere ich den letzten Teil des Auftrags ab, mit dem ich mich die letzten Wochen herumgeschlagen habe«, sagte er zwischen zwei Löffeln. »Wir können am Wochenende etwas unternehmen. Das verspreche ich dir. Dieses Wochenende werde ich mir freinehmen.«

Er streichelte mit seinem nackten Fuß über den ihren und

sandte ein stilles Stoßgebet zum Himmel, daß er nicht gleich wieder einen neuen, eiligen Auftrag bekommen würde.

Sie sah ihn skeptisch an. »Das glaube ich erst, wenn ich es sehe.«

Mads nahm ihre Hand und hielt sie fest. »Dieses Wochenende unternehmen wir etwas. Versprochen. Sollen wir irgendwo hinfahren?« Er wünschte sich, etwas überzeugender zu wirken.

»Eigentlich könnte ich mir gut vorstellen, in Oslo zu bleiben. In die Stadt zu gehen, in ein Konzert, in ein Restaurant oder einfach nur einen Spaziergang zu machen. Ganz normale Sachen.«

»Gut, dann machen wir das.« Mads nahm einen Schluck Kaffee. »Bevor ich duschen gehe, muß ich dir noch etwas erzählen.«

»Daß deine Überstunden eigentlich Yvonne Falch-Pedersen heißen?«

Mads mußte lächeln. »Nicht ganz so schlimm. Es geht um meinen Vorgänger, Mikkel Petlund. Der hat vor zwei Monaten Selbstmord begangen.«

»Mein Gott, was ist geschehen?«

»Er hat sein Auto in der Garage gestartet und mit einem Schlauch die Abgase ins Wageninnere geleitet. Gestern habe ich erfahren, daß da irgendwelche Unterschlagungen gelaufen sind, ehe er sich das Leben genommen hat.«

»Schrecklich.«

»Das ist aber noch nicht alles. Der Vorgänger von Petlund sitzt wegen eines groben Falls von Insiderhandel im Gefängnis. Sein Name ist Roald Hoff.«

»Ich glaube, ich habe mal etwas darüber gelesen. Sieht ja so aus, als hätte Finanzpartner ein bißchen Pech mit deinen Vorgängern gehabt. Wann kommst du heute nach Hause?«

Mads atmete schwer und schniefte. »Es ist sicher besser, wenn ich dir keine bestimmte Zeit verspreche. Ich muß etwas fertigmachen. Es ist noch ungewiß, wie lange ich dafür brauchen werde.«

»Und morgen?«

»Morgen ist Samstag, da nehme ich mir frei.«

Die Studien wurden wie vereinbart Freitag mittag um zwölf Uhr abgeliefert. Ringdal nahm sie kommentarlos entgegen. Der Bericht über NetWiz umfaßte fünf Seiten, der zu Superstore sechs.

Drei Stunden später kam Ringdal in sein Büro.

»Sie haben noch nicht gelernt, wie man so etwas macht.« Er warf beide Entwürfe auf Mads' Schreibtisch. »Das ist viel zu lang, zuviel Text. Das müssen Sie kürzen und in Kapitel gliedern, außerdem enthält es noch zu viele Schreibfehler. Stellen Sie mehr Informationen in Tabellen zusammen und fügen Sie Illustrationen ein. In den Unterlagen gibt es ein paar brauchbare Grafiken. Eine Kurzstudie soll zum Kaufen anregen und keine klinische Beschreibung einer Firma sein. Fragen Sie sich doch mal selbst: Wie kann ich meine Präsentation so aufbauen, daß gewisse Investoren sich gerade für diesen Betrieb interessieren? Sie arbeiten in einer Verkaufsabteilung, Hammer, nicht in der wissenschaftlichen Abteilung irgendeiner Universität.«

Mads überraschte es nicht, daß seine ersten Entwürfe zurückkamen. Bei Finanzpartner wurden diese Sachen offensichtlich anders angegangen als bei Stockholm Securities. Er mußte die Texte umschreiben und sich Unterlagen zu vergleichbaren Fällen heraussuchen, um herauszufinden, wie man das bei Finanzpartner machte.

»Außerdem will ich, daß Sie sich diese Sache einmal ansehen.« Ringdal legte zwei dicke Ordner auf Mads' Schreibtisch. »Es geht um die Fastenvik-Gruppe. Ein Werftenkonsortium aus dem Vestland, das in Familienbesitz ist und eventuell verkauft werden soll. Ich brauche Budget- und Cash-flow-Analysen. Schauen Sie sich bitte das ganze Material an und machen Sie eine kurze Zusammenfassung für mich.«

»Bis wann?«

»Ich brauche es im Laufe der nächsten Woche. Die korrigierten Studien liefern Sie bis Montag bei Henriksen ab. Ich verreise für ein paar Tage.«

Mads sah auf die Uhr. Es war zehn nach drei am Freitag nachmittag. Er verdrehte die Augen und konnte ein leises Stöhnen nicht unterdrücken. Ringdal machte auf dem Absatz kehrt und ging.

Mads arbeitete die Studien noch einmal durch. Ringdal hatte heftig zum Rotstift gegriffen. Es sah aus, als wären die Seiten in Blut getaucht worden.

Bis sechs Uhr arbeitete Mads konzentriert. Dann verließ er das Büro. Auf dem Heimweg hielt er an einem Kiosk und kaufte einen Strauß Tulpen. Ein paar Minuten später schloß er die Wohnungstür auf. Line war bereits zu Hause. Ihre Lieblings-CD von Sting lief in voller Lautstärke. Mads warf einen Blick ins Wohnzimmer. Line saß auf dem Sofa und blätterte in einer Zeitung. Auf dem Tisch stand eine geöffnete Mineralwasserflasche. Mads ging zur Anlage und stellte die Musik leiser. Die Blumen hielt er hinter seinem Rücken versteckt.

Line lehnte sich zurück und sah ihn an. Mads merkte sofort, daß etwas nicht in Ordnung war.

»Hallo«, sagte er lächelnd.

»Hallo«, antwortete sie kaum hörbar und blickte auf ihre Armbanduhr. »Du kommst früh.«

»Ja.« Er ging zum Sofa und setzte sich neben sie. Dann gab er ihr einen Kuß auf die Wange. »Wie war es bei dir heute?«

»Ganz schön hektisch.«

Sie wich ein wenig vor ihm zurück. Wenn alles wie immer gewesen wäre, hätte sie sich längst an ihn geschmiegt.

Mads warf einen Blick auf die Uhr. Es war halb sieben. »Hast du schon gegessen? Soll ich was kommen lassen? Eine Pizza oder etwas vom Chinesen?«

»Nein danke. Ich habe eine Verabredung. Ich konnte ja nicht wissen, daß du so früh kommst.«

»Du gehst essen?«

»Ich habe mich mit einer Freundin verabredet. Du kannst dir ja trotzdem etwas zum Essen bestellen.« Sie stand auf. »Ich muß mich fertigmachen.«

»Es wäre schön, wenn wir den Abend gemeinsam verbringen könnten.«

»Du meinst jetzt, da du einmal früh nach Hause kommst und es dir paßt? Wie heißen diese Überstunden eigentlich?«

»Wie meinst du das?«

»Wie ich das meine? Du weißt sehr wohl, wie ich das meine!« Sie faltete die Zeitung zusammen, ging ins Bad und schloß hinter sich ab.

Mads stand auf und klopfte an die Badezimmertür. »Line, sag mir, was los ist!«

Keine Antwort. Das einzige, was er hörte, war das Geräusch der Dusche, die aufgedreht wurde.

Mads zischte »Scheiße«, ging ins Wohnzimmer zurück und setzte sich. Den Blumenstrauß warf er auf einen Stuhl. Irgend jemand mußte ihn mit Elise im Lipp gesehen haben. Das war die einzig mögliche Erklärung. In dieser Hinsicht war Oslo ein Kaff. Bestimmt war es eine Freundin von Line gewesen, vermutlich die, mit der sie jetzt essen gehen wollte.

Mads ging in die Küche und holte sich ein Bier. Dann setzte er sich wieder ins Wohnzimmer und wartete.

Als Line im Bad fertig war, verschwand sie gleich ins Schlafzimmer. Sie zog sich gerade an, als Mads die Tür öffnete.

»Line ...«

»Ich will nicht darüber reden. Wir besprechen das ein anderes Mal.«

»Du schuldest mir aber eine Erklärung, worum es geht.«

»Mir ist zu Ohren gekommen, daß du deine Abende in Bars verbringst statt auf der Arbeit. Mit wem gehst du aus?«

»Ich gehe mit niemandem aus. Ich war mit ein paar Kollegen noch ein Bier trinken. Wer immer dir das erzählt hat, muß mich zusammen mit Elise, unserer Sekretärin, gesehen haben. Wir sind ein paar Minuten allein sitzen geblieben. Das ist alles.«

»So, das ist also alles«, sagte Line und lachte höhnisch. Sie zog eine enge, schwarze Jeans an und ging wieder ins Bad. Mads folgte ihr.

»Ehrlich gesagt, Line, finde ich dein Verhalten ziemlich albern.«

Sie antwortete nicht, legte Lidschatten auf und tat so, als bemerke sie ihn nicht.

»Ich möchte mit dir darüber reden. Es ist nicht so, wie du denkst.«

Doch sie ignorierte ihn vollkommen. Wenn Line in dieser Stimmung war, konnte Mads gleich aufgeben. Dann nützte es auch nichts, mit ihr zu sprechen.

Ein paar Minuten später verschwand sie, ohne ein weiteres Wort.

Als Line kurz vor eins die Wohnungstür aufschloß, lag Mads im Bett und wartete. Er tat so, als schliefe er, während sie vorsichtig hereinkam und sich mit dem Rücken zu ihm hinlegte. Ihre Haare rochen nach Zigarettenqualm.

Acht Stunden später schrak Mads auf. Hastig griff er nach dem Wecker. Es war schon nach neun. Plötzlich fiel ihm ein, daß Samstag war. Er rieb sich das Gesicht und warf einen Blick auf Lines Seite des Bettes: sie war leer. Er sah in der Küche und im Wohnzimmer nach, aber vergeblich. Auf dem Küchentisch lag ein Zettel. Line war in die Stadt gegangen und wollte erst im Lauf des Nachmittags zurückkommen. Das war alles, weder ein Gruß noch ein freundliches Wort.

Mads duschte, aß ein schnelles Frühstück und fuhr ins Büro. Dann konnte er ebensogut die Zeit nutzen, um die Sachen für Montag fertig zu machen. Eigentlich paßte ihm das gut. Ihr zu sagen, daß er dieses Wochenende arbeiten mußte, hätte vermutlich eine noch größere Katastrophe ausgelöst.

Außer ihm war niemand im Büro. Er begann sich durch Ringdals rote Anmerkungen zu kämpfen. Die Firma Finanzpartner hatte einen eigenen Archivraum mit acht Archivschränken. Er ging systematisch vor, um so viele Studien wie möglich zu finden. Irgendwie mußte er ja herausbekommen, wie Ringdal sich das vorstellte.

Es war still. In den Geschäftsräumen war kein Laut zu hören. Ohne weiter nachzudenken, blätterte er sich durch die Hängeordner des Archivs. Er begann mit der obersten Schublade und arbeitete sich nach unten durch. Er fand uralte Jahresberichte diverser Firmen und veraltete Prospekte. Handgeschriebene Sitzungsprotokolle und Firmenbroschüren. Seitenweise Korrespondenz und interne Notizen.

Gegen zwölf kam Heftye ins Büro, so daß er die systematische Suche abbrechen mußte. Sobald dieser zwei Stunden später wieder verschwunden war, machte Mads weiter. Er hoffte noch immer, etwas zu finden.

Zu seiner Überraschung bemerkte er, daß es bald sechs Uhr war, als er die letzten dicken Hängeordner durchstöberte. Er verfluchte sich selbst und seine Neugier. Bei seiner Suche hatte er nur das gefunden, was man gewöhnlich in einem gemeinsamen Archiv ablegte, doch es hatte ihn beinahe den ganzen Tag gekostet. Stunden, in denen er sonst die Arbeit hätte erledigen können, wegen der er gekommen war. Er packte zusammen und ging.

Line saß in der Küche und arbeitete an ihrem Laptop, als er hereinkam.

»Hallo«, grüßte sie, ohne aufzublicken. »Du bist wohl arbeiten gewesen?«

Mads setzte sich zu ihr. »Sieh mir auf die Lippen«, sagte Mads und deutete auf seinen Mund. Dann sagte er deutlich: »Ich habe nichts Böses getan.«

Sie betrachtete ihn mit einer deutlichen Falte zwischen den Augenbrauen.

»Glaubst du mir nicht?«

Sie klappte den Laptop zusammen. »Ich weiß, ehrlich gesagt, nicht, was ich glauben soll. Ich sehe dich ja kaum noch. Du arbeitest rund um die Uhr. Jedenfalls habe ich das bis gestern geglaubt.«

»Ich war mit ein paar Kollegen aus der Firma ein Bier trinken. Das muß doch wohl erlaubt sein?«

»Ist es denn auch normal, daß ihr zu zweit mit den Sekretärinnen zusammensitzt und Händchen haltet?«

»O mein Gott.« Mads lehnte sich zurück. »*Das* hast du also gehört?«

Line sagte nichts.

»Sie hat sich meine Hände angesehen. Da ist doch wohl nichts dabei.«

»Sie hat sich deine Hände angesehen?«

Mads stellte sich hinter sie, legte seine Arme über ihre Schultern und nahm ihre Hände. »Ich schwöre es dir, Line. Die anderen, mit denen wir unterwegs waren, haben einen Augenblick den Tisch verlassen, und Elise hat meine Hände genommen und sie sich etwas genauer angesehen. Mehr war da nicht.«

»Und das soll ich dir glauben?« Sie legte ihre Wange an die seine. Er spürte, wie die Anspannung langsam aus ihrem Körper wich.

»Ich würde alles tun, um es dir zu beweisen.«

Sie machte sich von ihm frei und stand auf. »Wirklich?« Sie nahm seine Hand und zog ihn mit sich ins Schlafzimmer. Dort schubste sie ihn aufs Bett, öffnete seinen Gürtel und zog den Reißverschluß auf.

»Du hast mehr zu beweisen, als du ahnst«, sagte sie und legte sich über ihn.

10

Die SAS-Maschine nach New York startete um elf Uhr in Gardermoen. Sie landete exakt um ein Uhr Ortszeit in Newark. Zwei Stunden später bestieg Ringdal ein Flugzeug, das ihn weiter nach Miami bringen sollte, wo er Viertel nach fünf landen würde.

Normalerweise freute er sich auf seine Reisen nach Miami. Diesmal nicht. Ollie hatte ihn gebeten zu kommen, um ihre zukünftige Geschäftsbeziehung zu diskutieren, wobei er das etwas harscher ausgedrückt hatte. Es hatte eher geklungen wie: Get your ass over here.

Finanzpartner hatte schon eine ganze Weile keine Resultate mehr vorweisen können. Olav Henrik Gundersen war in den letzten Jahren Ringdals wichtigster Kunde gewesen. Er war nicht gerade das, was man einen geduldigen, langfristigen Investor nannte, ganz im Gegenteil. Ollie operierte kurzfristig, mit vollem Einsatz und erwartete bei jedem Deal gigantische Profite. Wer liefern konnte, wurde reich belohnt. Die anderen drückte er aus wie seine dicken Havannazigarren. Entweder man brachte etwas oder eben nicht. Ringdal hatte ihm den Zugang zu den lukrativsten Deals von Finanzpartner verschafft, und Ollie hatte im Lauf der letzten Jahre mehrere hundert Millionen investiert und damit mehr als das Doppelte herausgeholt. Doch im vergangenen Jahr hatten sie nichts an Land ziehen können, was für Ollie von Interesse gewesen wäre, und er war ungeduldig geworden. Er war auch nicht der Typ, der mit seiner Meinung hinter dem Berg hielt. Ringdal hatte bei ein paar Gelegenheiten Ollies engste Ratgeber getroffen. Sie wurden wie Hunde behandelt, angeschnauzt und herumgetreten. Sie blieben wohl nur wegen des Geldes bei ihm. Ollie zahlte besser als die meisten anderen.

Ringdal machte es sich auf seinem Sitz in der ersten Klasse bequem und bekam ein Glas Gin Tonic von der Stewardeß serviert, ehe das Flugzeug abhob. Er nippte nur an dem Drink. Sein Magen war angeschlagen, aber er hatte keine Medikamente dabei.

Einige Minuten später hoben sie vom Rollfeld ab. Ollie hatte ihn über den Atlantik kommandiert. Ringdal gefiel es ganz und gar nicht, wenn Ollie in dieser Stimmung war. Er hoffte, daß er sich wieder beruhigt hatte, bis er ankam, spätestens aber, bis er ihn in die Pläne bezüglich Trosvik & Partners eingeweiht hatte.

Eine Stunde vor der Landung erfuhren sie vom Kapitän, daß in Miami »thunderstorms« herrschten und daß sie mit »severe turbulences« während der Landung rechnen müßten. Nur einmal zuvor war er in Miami bei Unwetter gelandet. Es war die Hölle gewesen, und er freute sich nicht gerade darauf, das noch einmal durchzumachen. Er rief die Stewardeß zu sich und bestellte noch einen Gin Tonic.

Eine halbe Stunde und zwei Gin Tonic später spürte er, daß das Flugzeug den Sinkflug begonnen hatte. Die Erdnußtüten hatte er zu kleinen Streifen zerrissen und zu unförmigen Klumpen zusammengeballt. Er sah aus dem Fenster. Unter ihnen war es schwarz, und zwischen den Wolken sah er Blitze züngeln. Viele Blitze. Sein Magen gab ihm deutlich zu verstehen, daß die letzten zwei Drinks höchst unerwünscht gewesen waren, und schickte eine Dosis Magensäure durch die Kehle. Er winkte eine Stewardeß zu sich und bat um ein Glas Wasser. Sein Nebenmann saß unbeeindruckt da und las im Wall Street Journal.

Der Knall, als der Blitz das Flugzeug traf, ließ viele der Passagiere aufschreien. Das Licht in der Kabine blinkte mehrmals. Ringdal umklammerte seine Armlehnen so fest, daß seine Knöchel weiß wurden. Das Flugzeug machte einen kräftigen Satz, und danach fühlte es sich an, als führen sie quer über einen Kartoffelacker. Sogar sein Nebenmann legte das Wall Street Journal beiseite und sah Ringdal erstaunt an, als ob dieser die Ursache für das schreckliche Zittern sei. Während der letzten Viertelstunde hielt sich Ringdal krampfhaft an den Lehnen fest und starrte mit aufgerissenen Augen an die Rückenlehne des Sitzes vor ihm.

Die Landung verlief hingegen perfekt. Er bemerkte kaum, wie das Flugzeug auf der Rollbahn aufsetzte.

Ringdal holte den Wagen ab, den er bei Avis bestellt hatte, einen großen Lincoln. Sein Hemd war durchnäßt, und das Tier in seinem Magen begann sich langsam wieder zu regen. Es hatte sich während des gesamten Landeanflugs versteckt.

Olav Henrik Gundersens Vater, Oscar Gundersen, hatte bereits als Neunzehnjähriger in der Osloer Schiffsreederbranche angefangen. Aus reinem jugendlichen Übermut war er nach ein paar Jahren in die USA ausgewandert und hatte sich in Florida niedergelassen. Dort lernte er ein Mädchen kubanischer Abstammung kennen, das er später heiratete und das ihm zu einer dauerhaften Aufenthalts- und Arbeitsbewilligung verhalf. Er bekam einen Job in einer Kreuzfahrtreederei in Miami. Langsam, aber sicher begann er, Geld auf die Seite zu legen, um seinen Traum zu verwirklichen: Er wollte Kreuzfahrtreeder werden.

Mit fünfundzwanzig Jahren kaufte sich Oscar Gundersen sein erstes Kreuzfahrtschiff. Ein altes Schiff, das er sich mit seinem ganzen Ersparten und dem Geld, das er bei Freunden, Bekannten und gutgläubigen norwegischen Banken zusammengekratzt hatte, gerade leisten konnte. Mühsam fügte er Stein auf Stein, ehe er ein paar Jahrzehnte später, zu Beginn der neunziger Jahre, eine mittelgroße Kreuzfahrtreederei aufgebaut hatte, mit Sitz in Florida.

Ollie war dreißig, als sein Vater starb und er als Alleinerbe die Reederei übernahm. 1993 verkaufte er alle Kreuzfahrtschiffe einschließlich der Hafenrechte für hundertfünfzig Millionen Dollar an Carnival Cruise. Danach begann er seine Karriere als Investor. Er zog aus steuerlichen Gründen auf die Bahamas, hatte aber auch noch in Florida Büros und Wohnungen. Eigenhändig steuerte er sein Imperium mit Hilfe eines ganzen Netzes von Unternehmen in Steuerparadiesen auf der ganzen Welt. Seine Investitionen waren erfolgreich, und am Ende der neunziger Jahre war er Dollarmilliardär.

Ollie wohnte in Fort Lauderdale, eine Stunde nördlich von Miami. Die Straßen waren noch immer naß von den nachmittäglichen Regenschauern. Es war über dreißig Grad, und die Luftfeuchtigkeit betrug neunzig Prozent. Ringdals Magen schmerzte. Mehrmals nahm er sich vor, unterwegs etwas gegen das Sodbrennen zu kaufen, doch immer fuhr er an den Supermärkten vorbei, die am Straßenrand lagen.

Eine gute Stunde später rollte der Wagen über die gewaltige Garagenauffahrt zu Ollies Elf-Millionen-Dollar-Palast. Die Kleider klebten an seinem Körper, sobald er den klimatisierten Wagen verließ und in die feuchtwarme Luft trat. Er fühlte sich noch unwohler. Mittlerweile war es dunkel geworden. Er klingelte und wurde von Ollies puertoricanischer Haushaltshilfe hereingelassen.

Der Eingangsbereich sah aus wie eine Mischung aus römischer Villa und der Rezeption eines internationalen Hotels. Ein Ort, den man in Norwegen kaum als gemütlich bezeichnet hätte.

Die Haushaltshilfe führte ihn durch die Empfangshalle und weiter durch eines der Wohnzimmer auf die Terrasse hinter dem Haus, wo sich der Pool befand. Ollie schwamm gerade mit kräftigen Armzügen durch das große erleuchtete Becken. Als er sie bemerkte, stieg er aus dem Wasser. Ollie war in vielerlei Hinsicht beeindruckend. Er war über einen Meter neunzig groß und wog hundertsechzig Kilo. Tropfnaß kam er auf Ringdal zu und umarmte ihn, der mit seinen ein Meter achtzig und gut hundert Kilo beinahe schmächtig wirkte.

»Ove«, sagte er überschwenglich, »you look terrible.« Er lachte und führte ihn zu einer der Sitzgruppen am Pool. »Ove, du brauchst ein Bad. Did you bring your swimsuit?«

Ringdal schüttelte den Kopf und lächelte gequält. Sein Anzug war von Ollies nasser Umarmung ganz feucht geworden.

»Ich leih dir was, du brauchst wirklich ein Bad, Ove.«

Ollie ging ins Haus, um Badezeug zu holen. Ringdal blieb stehen, naß und mit dem Aktenkoffer in der Hand. Die Magenschmerzen wurden langsam unerträglich. Er mußte sobald wie möglich etwas dagegen unternehmen. Ollie kam mit einer Badehose und einem großen, weißen Morgenmantel zurück.

»Zieh dich aus und nimm ein Bad. Du siehst wirklich so aus, als hättest du das nötig.«

Ringdal nahm die Badesachen in Empfang und begann sich auszuziehen.

»Wie geht's dir, Olav?« begann er zaghaft.

»Not too bad«, antwortete Ollie. »Jetzt zieh schon die Badehose an, reden können wir später.«

Wieder verspürte Ringdal ein Stechen im Magen. Er freute sich nicht gerade auf das bevorstehende Gespräch.

Es war eigentlich eine Befreiung, die Kleider abzulegen. Die Nacht in Florida war heiß. Ringdal stieg vorsichtig ins angenehm kühle Wasser. Dann drehte er ein paar Runden. Als er aus dem Wasser kam, hatte Ollie sich mit einem Drink in einen der Liegestühle gesetzt.

»Here, have a drink.« Ollie hatte seinem Gast einen Gin Tonic gemixt, seinen Lieblingsdrink, doch in diesem Moment konnte er sich kaum etwas Schlimmeres vorstellen. Allein bei dem Gedanken, was dieser Stoff mit seinem Magen anstellen würde, krümmte er sich unwillkürlich. Er zog den Bademantel an und setzte sich mit dem Drink in der Hand neben Ollie.

»Jetzt können wir reden, Ove. Prost.«

Ringdal hob sein Glas, benetzte aber bloß seine Lippen. Das Tier in seinem Magen stieß seine Krallen in alle Richtungen, und drückte eine große Dosis Magensäure in seinen Mund.

Ollie zündete sich eine seiner handgedrehten kubanischen Zigarren an.

»Any good news from Norway?«

»Allerdings. Wir bereiten gerade einen interessanten Deal vor, Ollie, aber wir brauchen noch deine Einwilligung, ehe wir loslegen.«

»Erzähl.«

Ringdal berichtete langsam und ausführlich von Trosvik & Partners, einem kleinen Betrieb, der jedoch solide war und Gewinn machte. Detailliert ließ er sich über das Potential aus, das in dem neuen Material lag, und über die enormen Absatzmöglichkeiten der Platten aus Plastit. Er sprach über die Chinesen, die Interesse bekundet hatten, und über die Probleme der Rißbildung, die die Firma bisher zur Zurückhaltung gezwungen hatte. Mit der richtigen Hilfestellung würde Trosvik & Partners gigantische Umsätze machen und die Aktie wie eine Rakete in die Höhe schießen.

Ollie lag mit geschlossenen Augen da und blies dicke Qualmwolken in den Himmel. Als Ringdal fertig war, richtete er sich auf und sah ihn an.

»Ich habe ein Problem«, sagte Ollie.

»Ja?«

»Wir haben ein Abkommen. Ein Abkommen, das darauf basiert, daß beide Partner sowohl geben als auch nehmen.«

Ringdal spürte, wie alle Krallen in seinem Magen gleichzeitig zuschlugen. Er krümmte sich.

»Bis jetzt ist nur einer der Partner seinen Verpflichtungen nachgekommen«, fuhr Ollie fort. »Der andere Partner hat bloß genommen.«

»Das stimmt nicht ganz, Ollie. Du weißt sehr wohl, daß ich ...«

»Jetzt hör mir mal zu, Ove. Ich habe dich gebeten zu kommen. Und jetzt paß auf, was ich dir zu sagen habe.«

Ringdal schwieg. Er drückte sich die Unterarme auf den Bauch.

»Jeden Monat überweise ich hunderttausend Dollar auf ein Konto in Panama. Über verschiedene Gesellschaften verwaltet deine Handelsabteilung durchschnittlich fünfzig Millionen Dollar von mir, außerdem erhältst du zehn Prozent von meinem Gewinn an all den Deals, die du heranschaffst. Bis vor einem Jahr funktionierte das gut«

Ringdal nickte zustimmend.

»Das letzte Jahr war eine Katastrophe. Deine Handelsabteilung hat einen schlechten Job gemacht, und auch von der Corporate-Finance-Abteilung ist nichts gekommen. Mittlerweile sind vierhunderttausend Dollar an die Gesellschaft in Panama überführt worden. Ich habe meinen Teil des Abkommens die ganze Zeit über eingehalten. Du deinen nicht. So kann es nicht weitergehen.«

»Wir sind uns darüber völlig im klaren, Ollie.« Seine Stimme klang brüchig. »Das letzte Jahr ist wirklich schlecht gelaufen. So darf es nicht weitergehen. Früher haben wir ...«

Ollie fiel Ringdal ins Wort: »Weißt du, was dein Problem ist, Ove? Dein großes Problem ist, daß du in der Vergangenheit lebst. Wenn ich das getan hätte, wäre niemals etwas aus mir geworden.« Er nahm einen neuen Zug von seiner Zigarre. »Du weißt doch wohl, warum ich so einen kleinen Scheißbetrieb wie Finanzpartner brauche, oder? Ich könnte jederzeit zu einem der Großen gehen. Alfred Berg würde mich mit offenen Armen aufnehmen. Ich könnte auch zu Goldman Sachs oder Merrill Lynch wechseln!« Seine Stimme schwoll an. »Der einzige Grund, weshalb ich deine kleine Scheißfirma nutze, ist doch, daß du mir ganz besondere Deals anbieten kannst, die keine der großen Investmentgesellschaften wagen würde. Ich kaufe deine Sonderarrangements, und wenn du mir diese nicht mehr liefern kannst, brauche ich weder dich noch deine Aktienhändler. Habe ich mich klar genug ausgedrückt?«

»Du drückst dich klar genug aus.«

Ollie lehnte sich zurück und schloß die Augen, während er seine Zigarre paffte. Ringdal löste den Gürtel des Bademantels. Ihm war heiß geworden.

»Ich habe mich entschlossen, dir eine letzte Chance zu geben, Ove. Du bekommst diese eine Gelegenheit, um zu zeigen, daß du deine Fähigkeiten nicht verloren hast. Wie groß ist die Erstinvestition bei Trosvik & Partners?«

»Rund vierzig Millionen norwegische Kronen für achtzig Prozent der Aktien. Zusätzlich brauchen wir zehn Millionen für die eigentliche Pump-and-Dump-Operation.«

»Und ihr braucht meine Leute?«

»Ja, wir brauchen Unterstützung von deinen Leuten in der Schweiz.«

Sie blieben eine Weile still sitzen. Ringdal konnte das Summen der Insekten in der Tropennacht hören. Die scharfen Krallen in seinem Bauch arbeiteten. Er konnte nicht mehr.

»Ollie«, sagte er leise.

»Ja?«

»Du hast nicht zufällig etwas gegen Sodbrennen?«

11

Die hektische Stimmung und das gediegene Ambiente machten das Theatercafé zu einem der beliebtesten Restaurants Oslos, wo auch einige Prominente ein und aus gingen.

Man hatte ihnen einen zentralen Tisch zugewiesen, und sie wollten allgemeine Aufmerksamkeit. Manche Gäste an den anderen Tischen drehten sich um und sahen zu ihnen herüber. Es kam nicht oft vor, daß sich so viele profilierte Personen der norwegischen Finanzwelt an einem Tisch versammelten.

Mads saß am Ende des länglichen Tisches, flankiert von einigen Fondsmanagern. Nicolai Heftye saß am anderen Ende und unterhielt sich angeregt mit einer der beiden Frauen am Tisch. Auch Henriksen, Falch-Pedersen, Karl Tiller und drei Männer vom Aktienhandel waren unter den insgesamt vierundzwanzig Gästen. Die Firma Finanzpartner organisierte mehrmals pro Jahr solche Essen für ihre wichtigsten Kunden. Diesmal hatte die Corporate-Finance-Abteilung eingeladen.

Falch-Pedersen saß neben Petter Stordalen, dem jungen Mann, der mit der Entwicklung von Einkaufscentern und der Hotelkette Choice aus dem Nichts ein Vermögen gemacht hatte. Neben Henriksen saß Jan Haudemann Andersen, auch Haussemann genannt, der sein ganzes Leben mit Aktien spekuliert und erst kürzlich mit Erfolg ein paar größere Aktienpositionen abgestoßen hatte.

Im übrigen bestand die Versammlung aus Menschen, deren Gesichter immer wieder auf den Seiten der Finanzpresse erschienen, und aus solchen, die dort gerne einmal erschienen wären. Doch sie waren eben nicht so erfolgreich wie Stordalen oder Haudemann Andersen.

Die Zeit verging, immer mehr Jahrgangsweine wurden geleert, und der Geräuschpegel stieg weiter an. Die Fondsmanager neben Mads ignorierten ihn vollständig. Er war noch immer ein neuangestellter Nobody und daher uninteressant.

Es bedurfte dreier Runden Kaffee und Armagnac, ehe die letzten der Versammlung Anstalten machten, den Tisch zu verlassen. Anschließend war die ganze Gesellschaft eingeladen, den feuchtfröhlichen Abend im In-Club Acqua zu beschließen.

Nicolai Heftye und Mads gingen noch mit und fanden einen Platz an der überfüllten Bar. Mads spürte zwar den Alkohol, fühlte sich jedoch in überraschend guter Form. Zum ersten Mal seit langem konnte er sich entspannen. Sie standen mit einem Bier in der Hand da und sahen sich im Lokal um.

»Ich bin mir sicher, daß sie einen Narren an mir gefressen hat«, sagte Nicolai mit glänzenden Augen.

»Wer?« fragte Mads.

»Caroline. Die Fondsmanagerin von Storebrand. Sie hat während des Essens neben mir gesessen. Und sie war geil auf mich, das habe ich gespürt – deutlich.«

»Die alte Schachtel? Die ist doch mindestens fünfzig. Jetzt hör aber auf.«

»Sie hat ihre Hand auf meinen Oberschenkel gelegt«, sagte Nicolai grinsend.

»Und wo waren deine Hände?«

»Rate mal.«

»Mein Gott, Nicolai. Wenn du schon mit einer unserer Kundinnen schlafen mußt, dann such dir wenigstens eine etwas attraktivere Frau aus als diese grauhaarige Tante.«

»Sie hat aber dicke Möpse.«

»Na, dann wohl bekomm's.«

Sie grinsten und nahmen einen Schluck Bier.

»Mir ist zu Ohren gekommen, daß Elise ein Auge auf dich geworfen hat.«

»Wie meinst du das?

»Du weißt verdammt gut, wie ich das meine. Spiel nicht die unschuldige Jungfrau. Elise hat schon immer einen Sinn für neue, junge Kollegen gehabt.«

»Ich bin verheiratet, Nicolai.«

»Ach ja? Der Ehering war doch noch nie ein Hindernis.« Er beugte sich zu Mads hinüber. »Hätte ich auch nur die kleinste Chance bei Elise, ich würde sie nutzen.« Er fischte sich eine Zigarette aus der Schachtel, und sogleich wurde ihm von einem der Barkeeper Feuer gegeben.

»Paß auf«, sagte Nicolai und blies Mads den Rauch ins Gesicht, »Elise ist gut. Sie kriegt, was sie will.«

Henriksen zog mit ein paar Gästen im Schlepptau vorbei. Im Gedränge bemerkte er Mads und Nicolai nicht.

»Weißt du eigentlich, wo Ringdal ist?«

»Auf einer seiner USA-Reisen.«

»Was macht er dort?«

»Seine Kontakte pflegen, denke ich. Viele davon sind aktive Investoren bei unseren Projekten.«

»Ringdal hat direkt nach Heffermehls Weggang angefangen, oder?« fragte Mads.

»Ringdal kam noch am selben Tag in den Vorstand von Finanzpartner, an dem Heffermehl aufhörte. Sie haben sich sozusagen die Klinke in die Hand gegeben.«

»Ging es brutal zu?«

»Verflucht brutal. Heffermehl hatte diese Firma aus dem Nichts aufgebaut. Er war ein seriöser, ehrlicher Mann. Vielleicht zu ehrlich, um in dieser Branche zu überleben.«

Mads zuckte mit den Schultern. »That's life. Er scheint da draußen auf seinem Bauernhof keine Not zu leiden.«

»Das nicht. Das Problem ist bloß, daß die Firma nie wieder so viel Geld eingenommen hat wie zu Heffermehls Zeiten. In den letzten zwei Jahren sind die Umsätze langsam, aber sicher zurückgegangen, während die Kosten gestiegen sind. Henriksens erste Amtshandlung war es, neue Geschäftsräume zu beziehen. Die Miete in Aker Brygge kostet ein Vermögen im Vergleich zu dem, was wir in der Storgata bezahlt haben. Und das zahlen wir in Form von geringeren Provisionen.« Nicolai nahm einen Schluck Bier. »Hast du übrigens schon mein neues Auto gesehen?«

»Apropos Provision?« fragte Mads säuerlich.

Nicolai schob die Unterlippe vor und nickte. »Mercedes CL 500. Acht Zylinder.«

Mads schloß die Augen. Es war noch ein weiter Weg, bis er das Niveau seines Kollegen erreicht haben würde.

12

Ein in Deutschland registrierter Audi mit getönten Scheiben fuhr auf das Gelände der stillgelegten Schiffswerft von Tønsberg. Die alten Fabrikhallen und Bürogebäude waren in den letzten Jahren von einer Reihe kleinerer Betriebe bezogen worden, nachdem die alte Traditionsfirma Kaldnes Mekaniske Verksted in Konkurs gegangen war. Ein paar Arbeiter in Overalls starrten den Mann im schwarzen Anzug neugierig an, der aus dem Auto stieg und sich an den Pförtner wandte.

Ein paar Minuten später trat er in eines der alten Bürogebäude und stieg die Treppe in den zweiten Stock hinauf. Auf dem Türschild stand »Trosvik & Partners – Verwaltung«. Auf englisch mit deutschem Akzent fragte er die junge Rezeptionsdame nach Karl Trosvik. Wenig später tauchte Trosvik auf, führte den Mann in ein Besprechungszimmer und schloß die Tür.

»Christian van der Bilot. Danke, daß Sie so schnell Zeit für mich gefunden haben«, stellte sich der Besucher vor.

Sie setzten sich an den Konferenztisch. Das Sitzungszimmer war einfach eingerichtet. Zwei Kaffeetassen und Mineralwasser standen bereit. Karl Trosvik schenkte Kaffee ein.

»Lassen Sie mich mein Anliegen kurz wiederholen.« Bilot öffnete seine Aktentasche und zog eine Visitenkarte heraus, die er Trosvik hinüberschob. »Ich repräsentiere die Swiss Industrial

Corporation. Wir sind ein multinationaler Konzern mit Beteiligungsinteressen an verschiedenen Unternehmen weltweit. Wir sind ständig auf der Suche nach Industriebetrieben mit besonderem Entwicklungspotential, die gleichzeitig ihre Wirtschaftlichkeit bewiesen haben. Trosvik & Partners ist ein solcher Betrieb.«

Auf Karl Trosvik wirkte der korrekt angezogene Mann vor ihm sehr professionell. Verglichen mit ihm fühlte er sich unsicher und linkisch.

»Ich gehe davon aus, daß Sie von unserem neuen Werkstoff, dem Plastit, gehört haben?« meinte Trosvik in stockendem Englisch. Hieß Werkstoff »material«? Oder hätte er besser das englische Wort »product« verwenden sollen?

»Das Plastit ist ein ganz wesentlicher Faktor. Doch ich möchte nicht verschweigen, daß wir auch an dem äußerst professionellen Management Ihrer Firma interessiert sind.«

Trosvik schlug den Blick nieder. Er war es nicht gewohnt, zu loben oder Lob zu empfangen. »Was wollen Sie konkret? Was haben Sie für Vorstellungen?«

»Darf ich Ihnen zunächst die Swiss Industrial Corporation vorstellen? Ich nehme doch an, es ist Ihnen wichtig, daß wir eine seriöse Firma sind?«

Trosvik nickte. Eigentlich hatte er darüber nicht so genau nachgedacht. Aber wenn sie sich einkaufen wollten, war es natürlich wichtig, daß es sich um eine seriöse Firma handelte.

Bilot holte eine beeindruckend silbern glänzende Broschüre aus seinem Aktenkoffer. Auf dem Umschlag stand in Goldbuchstaben der Firmenname. Swiss Industrial Corporation war eine Holding AG ohne eigenes operatives Geschäft, deren Schwerpunkt auf der Übernahme und der strategischen Entwicklung von Unternehmensbeteiligungen lag. Der Hauptsitz lag zwar in Zürich, doch die Firma hatte Anteile an großen Industriegesellschaften in Europa und Südostasien. Trosvik kannte nicht einen einzigen der in der Broschüre aufgelisteten Namen. Aber es sah beeindruckend aus und wirkte solide.

»Ich will Ihnen nicht verschweigen, daß wir Trosvik & Partners im Vorfeld genau unter die Lupe genommen haben«, fuhr Bilot fort. »Das tun wir natürlich bei allen Unternehmen, in die wir uns einkaufen wollen. Wir haben alle öffentlichen Quellen sondiert, um so viele Informationen wie nur möglich zu erhalten. Was wir bis jetzt gefunden haben, ist interessant. Wir möchten Ihnen ein Angebot machen.«

»Ich höre mir Ihr Angebot gerne an.« Trosvik rieb sich mit seinen Händen unter dem Tisch vorsichtig über die Beine.

»Wie Sie richtig bemerkt haben, war es der Werkstoff Plastit, der unsere Aufmerksamkeit geweckt hat. Wir sehen durchaus, welches Potential ein solches Produkt haben kann – weltweit.«

Trosvik tat das Lob gut. Es war ein nicht enden wollender Kampf gewesen, die Banken und öffentlichen Institutionen von dem Produkt zu überzeugen. Bis jetzt hatte er nur ein paar Fördermittel und Kredite vom Außen- und Forschungsministerium sowie vom staatlichen Wirtschaftsentwicklungsfonds erhalten, doch das war noch lange nicht genug, um das Produkt auf das notwendige Niveau zu heben.

»Wir haben nicht nur das Geld, sondern auch das Know-how und die Erfahrung, wie man ein solches Produkt weiterentwickeln und international vermarkten kann.«

»Das Plastit hat wirklich ein großes Potential. Das haben wir die ganze Zeit gewußt«, meinte Trosvik. Hieß es »big potential« oder »great potential«, fragte er sich und entschied sich für das letztere.

»Wir sind uns aber auch dessen bewußt, daß Sie im Moment ... gewisse Probleme haben.«

Karl Trosvik empfand diesen Kommentar wie einen kleinen Nadelstich.

»Gewisse unerklärliche Rißbildungen im Material, nicht wahr?«

Trosvik nickte resigniert. Sie hatten es also herausgefunden. Bis jetzt wußten noch nicht allzu viele von den Materialproblemen. Nur drei oder vier Männer im Betrieb und ein paar am Technischen Institut, mit denen sie die Sache diskutiert hatten.

»Sie brauchen eine Finanzspritze, um das Problem zu lösen und den internationalen Markteintritt vorzubereiten. Swiss Industrial Corporation könnte ein Partner dafür sein.«

Es gab nur noch eine Frage, auf die Karl Trosvik eine Antwort wollte. Und es gab nur eine Möglichkeit, es herauszufinden: »Was können Sie uns bieten?«

»Im ersten Schritt bieten wir den jetzigen Aktionären zwanzig Millionen Kronen für siebenundsechzig Prozent der Aktien. Danach führen wir eine Kapitalerhöhung in Höhe von weiteren zwanzig Millionen Kronen durch, die unseren Anteil auf achtzig Prozent anhebt.«

»Und wir behalten die restlichen zwanzig Prozent?«

»Ihre Familie bleibt mit zwanzig Prozent an einer Gesellschaft beteiligt, die darauf vorbereitet wird, gemeinsam mit einem professionellen und internationalen Partner auf dem Weltmarkt Fuß zu fassen. Außerdem haben Sie zwanzig Millionen auf der Bank.«

Trosvik goß sich ein Glas Mineralwasser ein. Seine Hand zitterte ein wenig. Das Angebot lag sogar etwas über dem, was sich sein Vater und er im Vorfeld gedacht hatten. Doch das durfte er sich nicht anmerken lassen. Er war sich mit seinem pensionierten Vater einig geworden, vorläufig keine Signale zu geben, wie gut das Angebot auch sein mochte. Das beste Angebot kam niemals gleich zu Beginn. Es gab immer Spielraum für Verbesserungen.

»Was meinen Sie dazu?« wollte Bilot wissen.

»Ich denke, es ist ein bißchen wenig.« Trosvik hoffte, daß ihn seine Körpersprache nicht verriet.

»An was hatten Sie gedacht?«

Die Frage kam überraschend. Trosvik war nicht darauf vorbereitet, eine Gegenforderung zu stellen. »Ich bin lediglich der Meinung, daß es höher sein sollte. Ich muß das mit meiner Familie besprechen.«

»Natürlich«, sagte Bilot. Er schloß seinen flachen Aktenkoffer, der aufgeklappt neben ihm auf dem Tisch gelegen hatte. »Wir müssen aber noch ein paar grundsätzliche Bedingungen klären, ehe wir überhaupt einsteigen.«

»Worum geht es?«

»Sie verpflichten sich, Ihren restlichen Aktienanteil im Lauf der nächsten drei Jahre nicht ohne unsere Einwilligung zu verkaufen, und Sie persönlich bleiben mindestens noch diese drei Jahre Geschäftsführer der Gesellschaft.«

»Zu welchen Konditionen?«

»Darüber werden wir uns sicher einig«, sagte Bilot mit einem Lächeln. »Ihr Gehalt wird kein Problem sein.«

Karl Trosvik konnte sein Lächeln nicht mehr zurückhalten.

»Wir hätten gerne bis morgen mittag um zwölf Uhr eine Antwort auf unser Angebot. Sie können mich über Handy erreichen.«

Dann verließen sie das Sitzungszimmer. Trosvik konnte es kaum erwarten, seinem Vater von dem Angebot zu erzählen.

»Da, jetzt ruft er an.«

Schwartz beugte sich vor. Sein Kollege drehte den Lautstärkeregler hoch. Nach dreimaligem Klingeln wurde der Hörer am anderen Ende der Leitung abgehoben.

»Ja, hallo?« Die Stimme eines älteren Mannes war zu hören. Der Klang war kristallklar. Das Aufnahmegerät lief.

»Der Schweizer war hier«, sagte Karl Trosvik.

»Was hat er geboten?« Die Stimme des Vaters war plötzlich frisch und lebendig.

»Zwanzig Millionen für siebenundsechzig Prozent, plus eine Kapitalerhöhung über weitere zwanzig, so daß ihr Anteil auf achtzig Prozent steigt.«

»Teufel auch!«

Schwartz rutschte auf dem Stuhl herum und lauschte dem Gespräch.

»Findest du das gut?« fragte der Sohn.

»Natürlich, aber die können noch mehr bieten.«

»Was tun wir?«

»Ich will wissen, was sie sonst noch gesagt haben.«

Karl Trosvik gab seinem Vater eine rasche Zusammenfassung des Treffens und erwähnte auch die Bedingungen, die Bilot gestellt hatte.

»Wir setzen sie unter Druck«, sagte der Vater. »Wenn sie zwanzig Millionen für siebenundsechzig Prozent zahlen wollen, werden sie auch zu dreißig Millionen bereit sein. Sagen wir, daß sie ihre siebenundsechzig Prozent für dreißig Millionen bekommen können. *Take it or leave it.*«

Schwartz blickte seinen Kollegen vielsagend an.

»Ich bin mir nicht sicher, ob wir so hart sein sollten. Wir sollten nicht zu viel riskieren.«

»Das ist kein Risiko«, sagte der Vater. »Sie brauchen uns, nicht wir sie.«

»Ich glaube, da irrst du dich, Vater. Wir brauchen sie, um weiterzukommen. Sie haben Geld und ein internationales Netzwerk.«

Schwartz konnte sich das Lachen nicht mehr verkneifen. »Da kämpft die Angst mit der Gier«, flüsterte er seinem Kollegen zu.

»Natürlich brauchen die uns«, fuhr der Vater fort. »Warum sollten sie sonst ankommen und an unsere Tür klopfen?«

»Einverstanden, wir werden versuchen, höher zu gehen. Ich will nur eine Sache klarstellen. Wenn sie wirklich alles darauf ankommen lassen, was tun wir dann? Sollen wir riskieren, daß sie ihr Geld nehmen und wieder verschwinden?«

»Nein«, antwortete der Vater. »Wenn es hart auf hart kommt, nehmen wir das Angebot an. Aber fünf Millionen mehr sollten schon drin sein.«

»Die Angst hat die Oberhand gewonnen«, flüsterte Schwartz.

»Ich rufe ihn an und bitte ihn für morgen um einen Termin. Aber ich möchte, daß auch du daran teilnimmst«, sagte Karl.

»Ich komme mit«, versicherte ihm sein Vater und legte auf.

Schwartz griff zum Telefon und rief Bilot an.

13

Es war Freitag abend, kurz vor sieben. Im Treppenhaus roch es nach Essen. Mads rannte die Stufen hoch. Er kam spät, wie gewöhnlich.

Line stand in der Küche. Ihr Gesicht war rot, und das Haar hing ihr in die Augen. Der Rauch vom Rinderbraten hing wie eine graue Dunstglocke in der ganzen Wohnung. Es war ihr erster Versuch gewesen, Rinderbraten zu machen.

»Sag mal, Mads, warum bist du nicht eher gekommen?«

»Ich mußte noch etwas fertig machen.«

Ihre Augen blitzten. »Wir hatten eine Abmachung.«

»Tut mir leid. Kann ich etwas helfen?«

»Meine Eltern kommen in einer halben Stunde. Du kannst im Wohnzimmer den Tisch decken«, sagte Line.

Mads ging ins Schlafzimmer und zog sich ein anderes Hemd an. Dann deckte er den Tisch. Die Einladung war nicht mehr zu vermeiden gewesen. Er freute sich nicht gerade darauf, von seinem Schwiegervater über seine neue Stellung ausgefragt zu werden. Den Golf hatte er so geparkt, daß Lines Eltern ihn sehen mußten, wenn sie kamen.

Mads schüttelte den Kopf, als er sah, wie viele Beilagen Line zubereitet hatte: Gekochte Möhrchen, Blumenkohl, Preiselbeermarmelade, eingelegte Gurken, Sauce und Kartoffeln.

»Paß bitte auf, während ich mich umziehe«, sagte sie, warf ihm die Schürze zu und verschwand ins Schlafzimmer. Er hatte keine Ahnung, worauf er aufpassen sollte. Das einzige, was ihm in den Sinn kam, war der Wein. Er öffnete zwei Flaschen Rotwein und stellte sie auf den Küchentisch.

Da klingelte es an der Tür. Hastig versuchte Mads, das enge Küchenfenster zu öffnen. Der Essensdunst war beinahe unerträglich. Dabei kippte die eine Weinflasche um und fiel auf das Schälchen mit der Preiselbeermarmelade. Das Schälchen zerbrach, und die Marmelade rann an seinem Hosenbein entlang auf den Küchenboden. Wieder klingelte es.

»Mach doch auf, Mads«, hörte er aus dem Bad. Er wischte das Schlimmste weg und lief zur Tür.

Während Mads seinen Schwiegereltern die Hand gab, spürte er den musternden Blick von Lines Vater. Er nahm ihnen die Mäntel ab und hängte sie in den überfüllten Garderobenschrank.

»Es duftet schon«, bemerkte seine Schwiegermutter.

»Ich komme gleich«, rief Line aus dem Bad.

Mads führte die beiden ins Wohnzimmer und bat sie, Platz zu nehmen. Der Schwiegervater holte seine Pfeife heraus, und der Rauch mischte sich mit dem dicken Essensdunst aus der Küche.

»Es duftet richtig«, wiederholte die Schwiegermutter und lächelte unsicher.

Dann stand Line in der Tür, frisch geschminkt und umgezogen. Sie begrüßte ihre Eltern und begann Teller, Servietten, Messer und Gabeln, die Mads bereits hingelegt hatte, zu verschieben. Dann verschwand sie in die Küche.

Mads blickte auf seine Hände. Er wartete jeden Moment auf einen Aufschrei aus der Küche wegen seines Mißgeschicks mit der Weinflasche, aber es kam nichts.

»Du hast eine Arbeit gefunden«, konstatierte sein Schwiegervater.

Mads bemerkte, daß er noch immer Marmeladenreste an seiner Hose hatte. »Ja«, antwortete er. »Möchtet ihr etwas trinken?« Er ging in die Küche, um Bier und Wein zu holen.

»Du Trottel«, zischte Line. Sie hatte den Boden aufgewischt und räumte gerade die zerbrochene Schale weg.

»Tut mir leid«, antwortete Mads. Warum mußte alles schiefgehen, wenn die Schwiegereltern zu Besuch kamen? Er ging zurück ins Wohnzimmer und schenkte den Gästen Wein ein. Er selbst nahm sich eine Dose Bier.

»Es ist eine relativ kleine Firma, nicht wahr?« hakte sein Schwiegervater nach.

»Mittelgroß«, antwortete Mads. »Ganz in Ordnung.« Viel besser, als arbeitslos zu sein, wollte er noch hinzufügen.

»Finanzpartner heißen die, oder?« Der Schwiegervater zog

an seiner Pfeife und musterte Mads. »Ich habe gehört, die hätten mal was mit der Börsenaufsicht zu tun gehabt?«

»Das gilt wohl für die meisten Investmentgesellschaften«, sagte Mads.

»Habt ihr das Auto draußen gesehen?« fragte Line, die gerade mit einem Tablett hereinkam. Der Rinderbraten war in viel zu dicken Scheiben aufgeschnitten und mit den verschiedensten Gemüsen garniert. Die Schwiegermutter lobte ihre Tochter, wie schön sie alles angerichtet habe.

»Den silbergrauen Golf?« meinte der Schwiegervater.

»Ist das ein Firmenwagen?« wollte Lines Mutter wissen.

Line nickte, und das Auto wurde nicht mehr erwähnt.

Dann kam Lines Schwangerschaft zur Sprache. Mutter und Tochter übernahmen für einen Moment die Bühne und diskutierten, welche Kleider Line tragen könne, wenn das Kind im Bauch heranwuchs. Der Schwiegervater fiel ihnen ins Wort und meinte, daß sie dann wohl bald eine größere Wohnung bräuchten. Er empfahl ihnen, ihre Ersparnisse einzusetzen und sich etwas Eigenes zu kaufen. Die Wohnungspreise würden doch nur noch weiter steigen.

»Da brauchen wir erst mal ein paar saftige Provisionen, ehe wir genug Eigenkapital haben«, sagte Mads.

Der Schwiegervater überhörte die Bemerkung.

Der Rinderbraten war vollkommen trocken, die Kartoffeln hart und die Sauce geronnen, aber alle hatten nur lobende Worte für Line und das Essen.

Mads sagte wenig und trank dafür um so mehr. Line warf Mads kritische Blicke zu, je mehr Rotwein er sich nachschenkte. Dann erzählte sein Schwiegervater lang und breit, wie er sich als einer der Seniorpartner von Stephansen, Lund & Lossius Stück für Stück hochgearbeitet habe, um dort hinzukommen, wo er heute war. Sie stellten nicht mehr Leute ein, als es die finanzielle Situation der Firma erlaubte, und waren immer sehr vorsichtig mit dem Geld. Erst nach einigen Jahren hätten sie es sich erlaubt, ein wenig Geld aus der Firma abzuziehen. Mit Hilfe einiger unflexibler Steuermodelle, dachte Mads. Er haßte es, wenn sein Schwiegervater ermahnende Geschichten in der dritten Person erzählte, die auf ihn gemünzt waren.

Als sich die Gäste kurz nach zwölf endlich zurückzogen, war Mads erschöpft. Außerdem hatte er einen kleinen Schwips. Eine harte Arbeitswoche lag hinter ihm.

Auch Line war müde und ging schlafen, sobald ihre Eltern gegangen waren. Mads übernahm das Aufräumen und fiel nach dem Abwaschen ins Bett. Am nächsten Tag wollte er früh zur Arbeit.

Bilot hatte das schon mehr als einmal gemacht. Es war mit der Zeit eine Art Routine geworden. Er rechnete damit, daß es weniger als zwanzig Minuten dauern würde, bis sie sich einig geworden waren. Alles andere hätte ihn überrascht.

Ein weiteres Mal besuchte er die Geschäftsleitung von Trosvik & Partners. In seinem flachen Aktenkoffer hatte er die Ausdrucke verschiedener Gespräche zwischen Karl Trosvik und seinem Vater. Die wichtigsten Abschnitte hatte er ins Deutsche übersetzt. Manches davon amüsierte ihn richtiggehend. Karl Trosvik und sein Vater wußten nicht, daß sie schon vor Beginn der eigentlichen Verhandlungen verloren hatten.

Karl und Oscar Trosvik warteten im Sitzungszimmer. Sie begrüßten den korrekt angezogenen Schweizer mit Handschlag. Dem Anlaß gemäß trugen sie Anzüge. Alle lächelten freundlich. Es sollte harmonisch ablaufen, schließlich wollte man sich einig werden.

Nach ein paar einleitenden Höflichkeitsphrasen ergriff Bilot die Initiative: »Sie haben unser Angebot studiert?«

»Ja, wir haben es geprüft«, antwortete Karl Trosvik. Er zögerte etwas. »Unser Problem ist, daß uns der Preis zu niedrig erscheint.«

Bilot verzog keine Miene. »Wollen Sie damit sagen, daß Sie

ein höheres Angebot erwarten?« Er sah von einem zum anderen.

»Sie haben den Wert unserer Firma auf dreißig Millionen geschätzt. Wir sind vierzig Millionen wert«, sagte Oscar Trosvik.

Bilot zeigte keine Regung. »Ich glaube, Sie haben die Situation mißverstanden«, sagte er mit gedämpfter Stimme. »Unsere Gesellschaft verhandelt nie über den Preis. Wenn wir ein Angebot machen, geschieht dies nach gründlichen Analysen der Branche und des fraglichen Unternehmens. Unser Angebot ist fair und basiert auf der Marktsituation.«

Vater und Sohn wechselten Blicke. »Preise sind immer verhandelbar«, sagte Oscar Trosvik. »Wir sind gerne bereit, über ein paar Hunderttausend mehr oder weniger zu verhandeln, aber es sollte in dieser Größenordnung liegen.«

Bilot überlegte einen Augenblick lang, ob er einfach aufstehen und gehen sollte, um dann beide wie kleine, bettelnde Affen im Schlepptau zu haben. Doch er ließ es sein. Es hätte Aufsehen erregen können, falls sie von einem der Angestellten beobachtet worden wären.

»Wir können Ihnen folgendes anbieten«, sagte Bilot. Er verbreitete Ruhe und Autorität, wie sie nur Spieler ausstrahlen können, die alle Trümpfe in den Händen halten. »Swiss Industrial Corporation kauft siebenundsechzig von insgesamt hundert Aktien für dreihunderttausend Kronen pro Aktie. Sie erhalten insgesamt 20,1 Millionen für siebenundsechzig Prozent der Aktien. Danach wird Swiss International Corporation die Aktien aus einer Kapitalerhöhung über weitere siebenundsechzig Aktien in Höhe von je dreihunderttausend Kronen übernehmen. Trosvik & Partners bekommen 20,1 Millionen frisches Kapital, und die Swiss International Corporation hält nach der Emission 80,24 Prozent an Trosvik & Partners.«

Karl Trosvik blickte seinen Vater angespannt an. Er konnte dem Rechenstück nicht ganz folgen, hatte aber noch einmal bestätigt bekommen, daß sie zwanzig Millionen ausbezahlt bekommen sollten. Ihm persönlich würde knapp die Hälfte davon zustehen. Fast zehn Millionen. In seinen Gedanken begann er das Geld bereits auszugeben.

»Wenn wir uns einig werden, müssen zwei Bedingungen erfüllt sein«, fuhr Bilot fort. »Sie unterzeichnen ein Nicht-Verkaufs-Abkommen für ihre restlichen zwanzig Prozent. Darüber hinaus verpflichtet sich Karl Trosvik, weiterhin Geschäftsführer zu bleiben. Beide Abkommen gelten für eine Zeit von drei Jahren.«

Oscar Trosviks Blick verdunkelte sich. »Sie können rechnen, aber Sie hören nicht zu. Der Preis ist zu niedrig. Wir wollen vierhundertfünfzigtausend pro Aktie.«

Bilot lächelte Karl Trosvik freundlich an, der seinem Vater verzweifelte Blicke zuwarf.

»Tut mir leid. Swiss Industrial Corporation kann Ihnen kein anderes Angebot machen. Sie bekommen zwanzig Millionen und behalten einen wesentlichen Anteil an einer Gesellschaft, die aufgebaut werden soll, damit ihr Potential richtig genutzt werden kann. Swiss Industrial Corporation besitzt ein jahrzehntelanges Know-how und ein großes internationales Netzwerk. Wir wissen, daß wir Ihnen ein gutes Geschäft angeboten haben.«

Karl Trosvik kritzelte auf dem Block vor sich herum. Zu spät erkannte er, daß er eine dreiundvierzig Fuß große Yacht der Marke Grand Soleil skizziert hatte.

Der Vater sah die Zeichnung und verdrehte die Augen. Dann verschränkte er die Arme trotzig vor der Brust. Bilot wartete. Er wußte, daß es bloß eine Frage der Zeit war, bis sie akzeptierten. Das Spiel amüsierte ihn.

»Das war es also? Sie haben kein anderes Angebot?« fragte Oscar Trosvik nach einer längeren Pause.

»Wir bieten Ihnen einen guten Preis und eine Partnerschaft, aber wir sind nicht bereit, noch mehr zu zahlen.«

Bilot überlegte, ob er aufstehen sollte, um diesen Punkt zu

unterstreichen, aber Karl Trosvik kam ihm zuvor. »Was meinst du, Vater?«

»Komm mit«, sagte Oscar Trosvik und stand auf. »Sie entschuldigen uns einen Augenblick?« Er schob seinen Sohn durch die Tür, ehe er sie hinter sich schloß.

Bilot streckte sich und lächelte breit, nachdem die beiden durch die Tür verschwunden waren. Er sah auf die Uhr. Bis jetzt hatten sie eine Viertelstunde gebraucht. In fünf Minuten würde alles über die Bühne gegangen sein. Er holte den fertig ausgefüllten Vertrag aus der Tasche. Alle Zahlen waren bereits eingesetzt. Unter dem Vorbehalt einer zufriedenstellenden Due Diligence für die Ausbezahlung. Sobald der Vertrag unterzeichnet war, würde er nach Oslo fahren. Er hatte den ganzen Abend frei. Ringdal würde er erst am nächsten Vormittag treffen. Vielleicht sollte er sich ein gutes Essen gönnen und mal einen Blick auf das Osloer Nachtleben werfen?

Zwölf Minuten später setzte sich Bilot in seinen exklusiven Leihwagen und nahm die E18 in Richtung Oslo.

14

Mads freute sich auf die Verabredung zum Essen mit Klas Bergman. Seit der Schließung der Osloer Zweigstelle von Stockholm Securities war dieser nur noch selten in Oslo, um die größten norwegischen Kunden zu besuchen. Als Compliance Officer war es eine seiner wichtigsten Aufgaben, die Kreditwürdigkeit der Aktienkäufer fortlaufend zu überprüfen. Stockholm Securities war mit einer Reihe von norwegischen Investmentgesellschaften und Banken im Geschäft.

Elise hatte einen Tisch im Grand Café bestellt, einem ruhigen, stillen Restaurant, wo sie ungestört sprechen konnten. Mads kam zehn Minuten zu früh. Klas tauchte eine Viertelstunde später auf. Er war ganz der alte: grauer Anzug, graue Haare, schlank und mit einem breiten Lächeln auf den Lippen. Mads stand auf und drückte Klas' Hand mit beiden Händen.

»Du siehst wie immer gut aus«, sagte Mads.

»Ebenso«, sagte Klas und setzte sich ihm gegenüber.

Sie saßen eine Weile da und freuten sich über das Wiedersehen. Ein Kellner brachte ihnen die Speisekarte.

»Wie geht es dir in deiner neuen Firma?«

»Gut. Viel zu tun, um ehrlich zu sein, verdammt viel zu tun. Mein Job beginnt unsere Ehe zu gefährden.«

»Paß bloß auf, damit habe ich reichlich Erfahrung.«

Mads wußte Bescheid. Klas hatte zweimal geheiratet und sich zweimal scheiden lassen. In den letzten Jahren hatte er zu seiner ersten Frau zurückgefunden. Sie hatten gelernt, miteinander zu leben und ihre großen Unterschiede zu akzeptieren.

»Aber ich habe endlich wieder Arbeit. Ich will nie wieder ohne Arbeit herumlaufen müssen.«

»War es denn so schlimm?«

»Es war so schlimm.«

Sie bestellten jeder ein Sandwich und ein Mineralwasser.

»Und Line?«

»Sie faucht herum wie eine Tigerin.« Mads verzog seinen Mund zu einem Lächeln.

»Viele Frauen werden so, wenn sie schwanger sind.«

»Ich glaube eher, daß sie so ist, weil ich zuviel arbeite.«

»Und was ist mit ihr selbst, sie ist doch Programmiererin bei einer IT-Firma?«

Mads nickte. »Sie hat aber nicht so viel Streß. Programmierer sind gefragt, die können sich ihre Arbeitszeit aussuchen.«

»Bring ihr mehr Aufmerksamkeit entgegen, Mads.«

»Ich will es ja versuchen. Aber in den ersten Wochen habe ich fast rund um die Uhr gearbeitet. Da war kein Raum fürs Privatleben.«

»Das liegt aber auch daran, welche Prioritäten du setzt.«

Mads lächelte. Es nützte nichts, Klas Bergman täuschen zu wollen.

»Vielleicht bereue ich es, wenn ich mal älter bin, aber ich kann jetzt einfach nicht daran denken. Ich will Erfolg.«

»Der wird schon kommen, Mads. Mit deinem Eifer und dem Willen, den du zeigst, wirst du Erfolg haben. Laß dich nur nicht vollkommen vom Job auffressen.« Er legte sich die Serviette umständlich auf den Schoß. »Aber mit jugendlichem Übermut läßt sich nur schwer diskutieren. Ich weiß aus bitterer Erfahrung, daß das schwierig ist.«

Das Essen kam, und sie aßen eine Weile, ohne etwas zu sagen.

»Es dauert noch, bis Line ihr Kind bekommt. Ich muß jetzt zeigen, was ich kann. Ich habe sechs Monate Probezeit«, meinte Mads.

»Du wirst immer glauben, daß die nächsten sechs bis zwölf Monate wichtig sind und daß du es danach langsamer angehen lassen kannst. Hoffentlich kommst du früher als ich zu einer Art Selbsterkenntnis. Du weißt, daß du mir nicht egal bist, Mads.« Klas Bergman hob sein Glas und prostete ihm zu.

Bergmans Besorgnis machte Mads verlegen. Er hatte das schon bei ihrer ersten Begegnung bemerkt. Mads hatte nie einen richtigen Vater gehabt. Er erinnerte sich nur vage an einen mürrischen, zurückgezogenen Mann, der sich weder für ihn noch für Torstein interessiert hatte. Seine einzigen Erinnerungen waren eine unendliche Aneinanderreihung schmerzlicher Episoden. Auch Klas Bergman hatte keinen engen Kontakt zu seinen eigenen beiden Söhnen bekommen. Das Verhältnis zwischen ihm und Mads entschädigte ihn für das, was ihm sonst versagt geblieben war.

Prospekte, Budget- und Cash-flow-Analysen reihten sich aneinander. Elise legte schon wieder einen großen Aktenordner auf Mads' Schreibtisch. Ringdal wälzte die langweilige Arbeit auf ihn ab. Mads dagegen wollte viel lieber nach draußen in die Betriebe, die Hitze der Verhandlungen spüren, sich smarte Lösungen überlegen und die Genugtuung spüren, wenn die Unterschrift auf der gestrichelten Linie landete. Er wollte Investoren treffen, Präsentationen machen, sehen, wie Anteilsscheine gezeichnet wurden, und sich dafür verantwortlich fühlen, daß das

Geld in die Firma Finanzpartner strömte. Er hatte genug davon, im Probezimmer vor dem Bildschirm zu sitzen.

Mads blätterte gerade die Unterlagen durch, die Elise ihm gebracht hatte, als das Telefon klingelte. Er hob ab und hörte eine unbekannte Stimme.

»Guten Morgen. Mein Name ist Sjur Sander, ich bin Journalist bei Dagens Næringsliv. Haben Sie einen Augenblick Zeit, um mit mir zu sprechen?«

Mads zögerte. Ein Journalist von Dagens Næringsliv, der größten Wirtschaftszeitung Norwegens. Sein Herz schlug schneller. Journalisten, die bei Investmentgesellschaften anriefen, bedeuteten in der Regel Ärger. Warum zum Teufel meldete er sich gerade bei ihm?

»Worum geht es?«

»Um gleich zur Sache zu kommen: Ich wollte Sie fragen, ob wir uns kurz treffen könnten.«

»Treffen?«

»Nur eine Viertelstunde. Zum Beispiel im Kaffe & Krem auf der Vikaterrasse. Könnte ich Sie dort im Lauf des Tages sprechen?«

»Ich ...«

»Nur eine Viertelstunde, Herr Hammer. Ich habe Material für Sie, das Sie interessieren dürfte.«

»Was für Material?«

»Das würde ich Ihnen lieber persönlich sagen. Können Sie in der Mittagszeit kommen? Wie wäre es um halb eins?«

»Ich bin neu in dieser Gesellschaft. Sie wollen sicher mit unserem Geschäftsführer, Niels August Henriksen, sprechen. Ich kann ...«

»Ich möchte mit Ihnen sprechen. Sagen wir halb eins?«

Mads sah auf die Uhr. Es war kurz nach zehn.

»Ich weiß nicht. Ich habe viel zu ...«

»Sie sollten im eigenen Interesse kommen und mir zuhören. Fünfzehn Minuten, und Sie können wieder gehen. Dafür haben Sie Zeit.«

»Gut. Um halb eins. Wie finde ich Sie?«

»Ich finde Sie«, sagte Sander und legte auf.

Kaffe & Krem war einer dieser neuen, trendigen Coffeeshops, die in den letzten Jahren in ganz Oslo wie Pilze aus dem Boden geschossen waren. Das Lokal war voller junger modebewußter Menschen, die ihren Caffè latte, Espresso, Cortado oder einen anderen neuen Coffeedrink genossen. Ein paar verwaiste Raucher saßen draußen an einem Tisch und schlotterten in der Wintersonne. Mads bestellte einen doppelten Espresso und suchte sich einen freien Platz dicht am Fenster.

»Mads Hammer?«

Er spürte eine Hand auf der Schulter. Hinter ihm stand ein Mann unbestimmbaren Alters. Er trug ein weißes Hemd und eine höchst unmoderne Lederweste. Über seinem Arm hing eine dicke, schwarze Lederjacke. Unter seiner Oberlippe steckte eine Portion Kautabak. Sie gaben sich die Hand, und der Mann stellte sich als Sjur Sander vor. Er setzte sich neben Mads und stellte eine Tasse gewöhnlichen schwarzen Kaffee auf den Tisch.

»Hier kriegt man ja nicht mal mehr ein einfaches Bier«, sagte er mit einem aufgesetzten Lächeln.

»Können wir es kurz machen? Ich habe wenig Zeit«, sagte Mads. Sein Herz hämmerte. Er konnte seinen Blick nicht von der merkwürdig geschwollenen Oberlippe des Journalisten losreißen. Es mußte eine große Menge Kautabak sein.

»Natürlich.« Sander musterte ihn genau. Das Lächeln war verschwunden. »Sie sind jetzt bald einen Monat bei der Firma Finanzpartner, nicht wahr?«

»Stimmt.« Wie konnte er das wissen?

»Sie sind neu und unverbraucht und voller Energie und Enthusiasmus?«

»Wie meinen Sie das?« fragte Mads irritiert.

Sander beugte sich zu ihm vor. Sein Mundgeruch war überwältigend.

»Es gibt ein paar Sachen, die darauf hindeuten, daß da so

einiges in ihrer Gesellschaft passiert, was nicht ans Tageslicht kommen darf.«

Mads studierte seinen Nebenmann genau, während er an dem glühendheißen Espresso nippte. Was meinte er nur?

Sander fuhr mit gedämpfter Stimme fort: »Ich habe gute Kontakte zur Polizei. Genauer gesagt, zum Dezernat für Wirtschaftskriminalität. Ihre Firma wird überwacht. Auch habe ich mir einige der Transaktionen, die die Firma Finanzpartner in den letzten Jahren durchgeführt hat, genauer angesehen. Man muß kein journalistisches Genie sein, um herauszufinden, daß da etwas faul ist.«

Mads spürte, wie sich sein Magen zusammenzog. Er brachte nicht mehr heraus als: »Ach ja? Und weiter?«

»Da wird ein gefährliches Spiel gespielt mit Regeln, die weit über das Erlaubte hinausgehen.«

Mads lachte nervös. »Ich bin ganz Ohr. Was ist passiert?«

Sander schüttelte den Kopf. »Das kann ich Ihnen nicht anvertrauen.«

»Das ist doch alles Unsinn«, sagte Mads. Sein Kopf war heiß. »Ich verstehe nicht, warum sie mich hierher zitieren, um mir irgendwelchen Unsinn zu erzählen.«

»Das ist kein Unsinn, Mads. Vorläufig müssen Sie mir einfach glauben.«

»Warum? Woher soll ich denn wissen, ob Sie überhaupt Journalist sind?«

Sander zog eine Visitenkarte aus dem Portemonnaie. Mads sah sie sich genau an: Unter dem blauen Logo von Dagens Næringsliv stand »Sjur Sander, Journalist«.

»Was wollen Sie eigentlich?«

»Sie haben gerade erst in der Firma angefangen. Sie sind sauber. Vorläufig. Ich brauche jemanden im Inneren der Firma, der mir helfen kann.« Sander beobachtete die Reaktion von Mads und nippte an seiner Kaffeetasse.

»Sie wollen mich doch wohl nicht allen Ernstes als Spion rekrutieren?«

»Ihre Geschäftsleitung versteht sich darauf, Spuren zu verwischen. Ich brauche handfeste Beweise.«

Mads wurde langsam übel. »Soll ich vielleicht Dokumente stehlen, Gespräche belauschen und Schubladen durchwühlen, damit Sie Ihre Schlagzeilen kriegen?«

»Nichts Unerlaubtes«, beruhigte ihn Sander. »Nur Augen und Ohren offen halten. Sie sind neu. Sie sind noch nicht Teil des Systems. Sie können mithelfen, in dieser Sache aufzuräumen.«

Es klingelte in Mads' Ohren. Der Journalist glaubte tatsächlich, daß Mads seinen eigenen Arbeitgeber ausspionieren würde.

»Warum sollte ich für Sie oder Ihre Zeitung als Spion arbeiten?« flüsterte Mads.

»Weil das in Ihrem eigenen Interesse liegt. Wir werden alles daran setzen, Sie aus der Sache herauszuhalten, wenn es eines Tages knallt. Glauben Sie mir, Herr Hammer, es ist nur eine Frage der Zeit. Und dann wird viel Staub aufgewirbelt werden.« Er nickte vielsagend. »Sehr viel Staub.«

Mads empfand nichts als Verachtung für die Gestalt mit ihrer ausgebeulten Oberlippe und ihrem unsäglichen Gestank. Lieber hätte er dem Teufel persönlich geholfen, als etwas für diesen Mann zu tun.

»Hören Sie zu, Sander, ich glaube Ihnen kein Wort. Da müssen Sie sich schon mehr Mühe geben. Sie haben doch bloß Gerüchte, die Sie nicht einmal vorzubringen wagen. Vielleicht könnte ich sie ja unmittelbar entkräften?«

»Falsch geschlußfolgert«, sagte Sander. »Ich habe viel mehr, als Sie glauben, aber ich habe meine Gründe, es Ihnen nicht zu sagen – noch nicht. Sie könnten an einer Zusammenarbeit viel verdienen und alles verlieren, wenn Sie es nicht tun.«

»Lassen Sie mich eine Sache klarstellen.« Mads richtete seinen Zeigefinger auf Sander. Seine Wangen waren heiß. »Seien Sie so freundlich, mich nicht mehr mit Ihren Anrufen zu belästigen, und gehen Sie mir in Zukunft aus dem Weg.«

Mads stand auf und knöpfte sich den Mantel zu. Seine Hände zitterten vor Aufregung. Mehrere Gäste drehten sich zu ihnen um.

»Rufen Sie mich an, wenn Sie sich anders entscheiden sollten«, war das letzte, was Mads hörte, ehe er aus dem Lokal stürmte.

15

Mads ging das Gespräch mit Sander nicht aus dem Kopf. Er rekapitulierte es wieder und wieder.

Sander mußte auf irgend etwas gestoßen sein. Es liefen genug Sachen, die nicht ganz dem Gesetz entsprachen. So etwas kam in fast allen Investmentgesellschaften vor, und das beinahe täglich. Doch für gewöhnlich handelte es sich dabei um weniger ernste Angelegenheiten: Man bewilligte Kunden Kredite, verkaufte mehr Aktien, als eigentlich möglich war, garantierte seinen Klienten Gewinne, tauschte Informationen zwischen der Corporate-Finance- und der Handelsabteilung aus, gab einzelnen Investoren Vorkaufsrechte für bestimmte Papiere und betrieb illegalen Eigenhandel. Das meiste davon war allerdings etwas für die Börsenaufsicht. Wenn wirklich das Dezernat für Wirtschaftskriminalität eingeschaltet war, mußte es sich um schwerwiegendere Verbrechen wie Unterschlagung oder Aktienschwindel handeln. Verbrechen, für die man zu Haftstrafen verurteilt werden konnte.

Wie konnte ein Journalist nur glauben, daß Mads gegen seinen eigenen Arbeitgeber vorgehen würde? Der Gedanke war ganz einfach absurd. Sein Herz schlug rasch, und ihm war übel. Er sah schon die Schlagzeilen auf der Titelseite von Dagens Næringsliv. Mit seinem Bild und seinem Namen. Ein einziger Artikel würde reichen, um den Rest seiner beruflichen Karriere zu zerstören.

Es gab zu diesem Zeitpunkt nur eine mögliche Verhaltensweise.

Mads ging den Flur hinunter und klopfte an Henriksens Tür.

»Ich hoffe, ich störe nicht. Aber ich muß mit Ihnen sprechen.«

Henriksen sah Mads einen Moment lang verwundert an und bat ihn dann, Platz zu nehmen. Irgend etwas in seiner Stimme oder in seiner Körpersprache machte ihn stutzig. Die Sonne erhellte die Rauchwolken, die über dem Büro lagen. Es roch nach Zigarillos.

»Schießen Sie los. Ich höre.«

»Heute ist etwas Merkwürdiges geschehen, worüber ich Sie informieren möchte. Ich wurde von einem Journalisten von Dagens Næringsliv angerufen, der darauf bestand, sich mit mir zu treffen.«

Henriksen zog die Augenbrauen hoch. »Und, haben Sie sich mit ihm getroffen?«

»Er hat darauf bestanden.« Mads spürte einen Anflug von Schuld. Natürlich hätte er Henriksen gleich unterrichten sollen. »Ich habe mich gerade mit ihm auf der Vikaterrasse getroffen.«

»Aha. Was wollte er?«

»Er behauptete, Informationen über Finanzpartner zu haben. Über ... gesetzeswidrige Vorgänge.«

Henriksen nickte nachdenklich. »Hat er gesagt, was für Vorgänge?«

»Nein. Er wollte nicht sagen, worum es ging.«

»Wie heißt er?«

»Sjur Sander.«

Henriksen stand auf und legte Mads die Hand auf die Schulter. »Hat er sonst noch etwas gesagt?«

Mads zögerte. »Er wollte mich benutzen, um an Informationen zu kommen. Ich sollte für ihn spionieren.« Er bemerkte, wie seltsam sich das anhörte, als er es laut aussprach.

»Was haben Sie geantwortet?«

»Ich habe ihn zum Teufel geschickt.« Mads spürte, wie die Hand auf seiner Schulter zudrückte.

Henriksen ging zu seinem Schreibtisch zurück und nahm

einen Zigarillo aus der Schachtel. Er zündete ihn an, ohne Mads aus den Augen zu lassen. Dann sagte er mit ruhiger Stimme: »Ich kenne Sander gut. Er verfolgt uns seit Jahren.«

»Hat er schon einmal über uns geschrieben?«

»Ein paarmal. Er hat die Sache mit Roald Hoff aufgedeckt. Sie erinnern sich?«

Mads nickte.

»Seither beobachtet uns Sander. Aus irgendeinem Grund haßt er uns. Während seiner Recherchen zu Roald Hoff versuchte er, die Geschäftsleitung mit der Sache in Verbindung zu bringen. Sogar noch, nachdem die Polizei mit der Sache fertig war. Seitdem hat er sich irgendwie festgebissen. Sie sind nicht der erste, den er als Insider zu gewinnen versucht.«

»Er hat das schon einmal probiert?«

»Bei ein paar Gelegenheiten. Vermutlich bewegt er sich fernab jeglicher journalistischer Grenzen. Ich kann es nicht fassen, daß die Redakteure einer so renommierten Zeitung das durchgehen lassen. Sander muß allein darauf gekommen sein.«

»Sollten wir nicht mit den Redakteuren der Zeitung darüber sprechen?«

»Das würde es nur noch schlimmer machen. Ich kenne die Journalisten. Sie können eine Firma wie die unsere zugrunde richten, wenn sie nur wollen. Das sind Ratten. Eine oder zwei kann man unter Kontrolle halten, aber wenn sie in Scharen auftreten, fressen sie dich bei lebendigem Leibe.«

Mads stand auf. »Ich wollte nur, daß Sie darüber informiert sind.«

»Sie haben das richtig gemacht, Hammer. Es war gut, daß Sie mich unterrichtet haben. Und ich möchte Sie bitten, mich sofort zu informieren, falls so etwas noch einmal vorkommen sollte.«

»Natürlich. Ich glaube aber, daß er sich in Zukunft zurückhalten wird. Er sollte mich richtig verstanden haben.«

»Seien Sie sich nicht zu sicher. Die geben nicht so schnell auf.«

Mads ging hinaus und schloß die Tür hinter sich.

Elise steckte den Kopf herein. »Mads, Ringdal will dich sprechen, sofort.« Sie setzte ihr strahlendstes Lächeln auf. Mads mußte sich selbst eingestehen, daß er sich zu dieser kleinen, schlagfertigen Frau hingezogen fühlte. Sie hatte wirklich Sex-Appeal.

Er sammelte die Dokumente zusammen, an denen er gerade arbeitete, und steckte sie in eine Mappe. Ringdal wollte sicher von ihm wissen, wie er vorankam. Er konnte es eigentlich nicht fassen, daß Ringdal nicht persönlich kam, sein Büro war nur wenige Schritte entfernt. Statt dessen gab er Elise Bescheid, die ganz am anderen Ende des Ganges saß.

Zum zweiten Mal an diesem Tag ging er den breiten Flur entlang und klopfte bei Ringdal an.

»Gut, daß Sie hier sind«, meinte dieser zur Begrüßung.

Ringdal hatte die Ärmel seines Hemdes hochgekrempelt. Die breiten, knallroten Hosenträger verliefen in einem Bogen über seinen gewaltigen Brustkorb. Ihm gegenüber saß Nicolai Heftye, der ihn mit seinen gelben Pferdezähnen breit angrinste. Mads setzte sich neben ihn aufs Ledersofa.

»Ich habe Herrn Heftye gerade die Verantwortung für einen neuen Deal übertragen. Einen sehr wichtigen Deal«, eröffnete Ringdal. »Sie werden mit Heftye zusammenarbeiten, Hammer.«

Mads sank in sich zusammen. Noch mehr Analysen und Prospekte. Noch mehr Nacht- und Wochenendschichten. Seine Ehe verkraftete das nicht mehr. Line hatte in den letzten Tagen nicht mehr mit ihm gesprochen. Nicolai lächelte immer breiter.

»Das Unternehmen heißt Trosvik & Partners. Der Firmensitz ist in Tønsberg. Ein Schweizer Konzern hat soeben achtzig Prozent der Aktien gekauft. Er hat uns engagiert, um eine Kapitalerhöhung durchzuführen und die Firma an die Börse zu bringen. Wir fahren morgen nach Tønsberg, um loszulegen.«

»Gibt es etwas Schriftliches über die Sache, was wir uns ansehen können, ehe wir fahren?«

»Sie werden Tonnen von Material erhalten, Hammer. Keine

Sorge«, antwortete Ringdal. »Es liegt an uns, einen Deal durchzuführen, der das Potential hat, zu einem der größten Abschlüsse in der Geschichte dieser Firma zu werden. Und Sie werden die entscheidenden Mitarbeiter sein. Meinen Sie, daß Sie das schaffen werden, Hammer?«

»Klar«, antwortete Mads pflichtbewußt. Nicolai grinste. Mads dachte an die Arbeitsbelastung, doch er brachte es einfach nicht fertig zu sagen, daß er bereits jetzt zuviel zu tun hatte.

»Sie sind dazu auserwählt worden, diese Sache durchzuziehen. Sie werden mir fortlaufend berichten. Auch Henriksen wird alles genau verfolgen. Wir erwarten Honorare im Bereich von hundert Millionen und mehr. Wenn das ein Erfolg wird, wird es bei der nächsten Auszahlung Provisionen regnen.«

Mads spürte das Adrenalin steigen. Sein Atem ging schneller.

»Für Sie, Hammer, wird das die entscheidende Prüfung sein, ob Sie zu uns passen oder nicht. Eine eventuelle Festanstellung hängt davon ab, wie Sie diese Aufgabe gemeinsam mit Heftye meistern.«

Der große Test. Er sollte sich endlich beweisen und mehr tun, als bloß Marktstudien zu verfassen und Analysen anzufertigen. Sie würden ihn ins kalte Wasser schmeißen, um zu sehen, ob er schwimmen konnte. Bei einem der größten Deals, die die Firma Finanzpartner seit langem über die Bühne gebracht hatte. Das war seine Chance. Er war motiviert. Plötzlich war er furchtbar motiviert.

»Wir haben ein paar Informationen über die Firma zusammengetragen.« Ringdal holte zwei dicke Mappen hervor und gab jedem eine. »Darin finden Sie auch ein paar Informationen über den neuen Besitzer, unseren Auftraggeber.«

»Wer ist das?« fragte Mads.

»Swiss Industrial Corporation.«

Mads schüttelte den Kopf. Den Namen hatte er noch nie gehört. Er blätterte rasch die Mappe durch und sah, daß sie die üblichen Unterlagen enthielt: Geschäftsberichte, Absprachen, Strategiepläne, Broschüren.

»Sie können davon ausgehen, daß wir uns Tag und Nacht dafür einsetzen«, sagte Nicolai.

Seine Wangen waren gerötet. Auch er hatte viel zu beweisen. Die Finanzpartner AG hatte die beiden hungrigsten Wölfe an dieses Projekt gelassen.

»Morgen früh um halb acht fahren wir los. Wir haben eine Verabredung mit dem Geschäftsführer und dem Vorstandsvorsitzenden um neun Uhr. Ich erwarte, daß Sie sich bis dahin gründlich mit dem Material vertraut gemacht haben.« Er stand auf. »Den Rest können wir morgen auf der Fahrt nach Tønsberg besprechen.« Er blickte demonstrativ auf die Uhr. »Und jetzt muß ich los. Ich habe eine Sitzung, die vor fünf Minuten begonnen hat.«

Das Industriegelände bestand aus alten Ziegelbauten, an den zerrissenen Begrenzungszäunen lag Müll, und Reste von drekkigem Schnee zierten den löchrigen Asphalt. Mads wußte nicht recht, was er erwartet hatte, auf jeden Fall aber nicht so etwas. Hier sollte der Betrieb liegen, aus dem der Deal des Jahres werden sollte?

Die drei Männer stiegen aus dem Mercedes und sahen sich verwundert um. Auch Ringdal war noch nie hier gewesen und konnte seine Enttäuschung kaum verbergen. Wortlos nahm er seine Anzugjacke vom Rücksitz und zog sie über. Ihre dunklen Anzüge standen in scharfem Kontrast zur Umgebung. Noch ein Mercedes bog ein und kam neben dem ihren zum Stehen. Es war Henriksen, der beim ersten Treffen dabeisein wollte.

Sie nahmen ihre Aktenkoffer aus dem Kofferraum und gingen gemeinsam auf das Gebäude zu, in dem die Räume von Trosvik & Partners lagen.

Karl Trosvik war in den letzten Tagen wie auf Wolken geschwebt. Er hatte das große Los gezogen, den Jackpot im Lotto gewonnen. Oder beides. Es veränderte einen Menschen, plötzlich zehn Millionen Kronen auf dem Konto zu haben.

Die Angestellten hatten die Information über den neuen Mehrheitseigner mit einer Mischung aus Angst und Schrecken entgegengenommen. Später war kontrollierter Optimismus zu verspüren gewesen. Schließlich war von einem kapitalstarken Schweizer Unternehmen die Rede, das Trosvik & Partners weiter nach vorn bringen konnte, als es die alten Besitzer jemals vermocht hätten. Plastit sollte zu einem Weltprodukt werden. Trosvik & Partners sollte zwanzig Millionen zusätzliches Kapital erhalten. Swiss Industrial Corporation sei eine Managementholding für Industriebetriebe, hatte der alte Oscar Trosvik in seiner Rede vor den Angestellten gesagt, und langsam wurde auch dem letzten klar, daß der neue Besitzer alles andere als Kurzarbeit und das Ende der Firma bedeutete. Tønsberg sollte eine Industrielokomotive bekommen, auf die alle stolz sein konnten. Karl Trosvik würde weiter als Geschäftsführer fungieren, und die Familie würde ihren Firmenanteil von zwanzig Prozent behalten.

Karl Trosvik, der die Delegation in Empfang nahm, war überrascht, daß sie gleich zu viert kamen. Es wurde eng im Sitzungszimmer, und als der Vorstandsvorsitzende Bilot hinzukam, hatten sie noch weniger Platz. Der ganze alte Vorstand war ausgewechselt worden, und Bilot hatte den Vorsitz übernommen. Er würde bis auf weiteres in Tønsberg bleiben und in der Firma arbeiten, was für Karl Trosvik eine vollkommen neue Situation war. Er hatte niemals einen direkten Vorgesetzten gehabt, wenn man von seinem Vater absah.

Karl Trosvik freute sich, daß er daran gedacht hatte, zu diesem Anlaß eine Anzugjacke überzuziehen. Trotzdem fühlte er sich unwohl. Die alte, abgetragene Jacke mit den großen Karos und der schmale, rote Lederschlips unterschieden sich allzu deutlich von den korrekten, dunklen Anzügen. Das alles sah mit einem Mal schrecklich unmodern aus.

Bilot hieß sie willkommen. Karl Trosvik schenkte Kaffee ein. Er war etwas verärgert darüber, erst vor wenigen Stunden über diese Sitzung informiert worden zu sein. Bilot hatte die Delegation aus Oslo eingeladen, ohne vorher mit ihm darüber gesprochen zu haben. Immerhin war er der Geschäftsführer, und von einer Investmentgesellschaft namens Finanzpartner hatte er noch nie gehört. Karl Trosvik kannte ein paar Finanzdienstleister in Tønsberg, die vielleicht auch in Frage gekommen wären. Er beschloß, später mit Bilot darüber zu reden. Wenn er weiterhin als Geschäftsführer arbeiten sollte, mußte er auch Entscheidungsvollmacht haben. Karl Trosvik zupfte seinen Schlips zurecht.

»Zuerst möchte ich mich bedanken, daß Sie sich Zeit für uns genommen haben«, begann Henriksen in perfektem Englisch. »Wir haben einen Eindruck davon bekommen, welche enormen Herausforderungen Trosvik & Partners ins Haus stehen, und sind überzeugt, daß die Firma Finanzpartner in der nun anstehenden entscheidenden Phase ein wichtiger Mitspieler für Sie sein kann.« Henriksen stellte die anderen drei vor und skizzierte kurz das Firmenprofil von Finanzpartner. »Wir haben unsere besten Mitarbeiter mit der Sache betraut«, schloß er und machte eine Handbewegung in Richtung seiner Kollegen. »Sie hätten kein besseres Team bekommen können.«

Karl Trosvik blickte skeptisch von einem zum anderen. Was wußten denn diese Menschen aus Oslo in ihren Boss- und Armani-Anzügen über das Wesen der Industrie?

Bilot ergriff das Wort und stellte in wenigen Worten den Geschäftsführer des Unternehmens vor, den Sohn des großen Firmengründers Oscar Trosvik. Er hatte Karl Trosvik gebeten, eine Präsentation vorzubereiten, eine gründliche Einführung mit Schwerpunkt auf dem neuen Material Plastit. Karl Trosvik stand auf und räusperte sich. Noch einmal vergewisserte er sich, daß der Schlipsknoten richtig saß.

Er begann seine Präsentation auf Englisch, kam aber nur langsam und zäh voran. Zu guter Letzt stotterte er so sehr, daß ihn Bilot schließlich aufforderte, auf norwegisch fortzufahren. Dankbar sprach Trosvik in seiner Muttersprache weiter, viel schneller und mit deutlich mehr Enthusiasmus.

»Die Elementplatten werden die Bauweise von Häusern revolutionieren. Ein Haus mit einer Grundfläche von hundertfünfzig Quadratmetern wird von zwei Personen im Lauf eines Tages errichtet werden können. Diese Bauweise ist einzigartig. Normale Menschen werden mehr Schwierigkeiten haben ein Zelt aufzustellen, als ein Haus aus Plastit zu bauen.« Die Anwesenden murmelten überrascht. Die Finanzleute aus Oslo folgten seinem Vortrag aufmerksam und interessiert.

Karl Trosvik führte eine Bilderserie vor, die den Bau eines Demonstrationshauses aus Plastit zeigte. Die Männer in ihren Anzügen nickten beeindruckt.

»Aus verschiedenen Ländern waren Delegationen hier, die sich für unsere Entwicklung interessiert haben. Aus China waren zwei Delegationen bei uns, unter anderem von der Projektleitung des weltgrößten Staudammprojekts. Sie haben sicher von den Drei Schluchten gehört? Fast anderthalb Millionen Menschen müssen zwangsumgesiedelt werden, und all diese Menschen brauchen neue Häuser. Wir können sowohl rasch als auch billig liefern. Die Häuser haben gute Isolationseigenschaften und brauchen nur minimale Wartung. Wir haben ein bißchen gerechnet.« Karl Trosvik lächelte die Anwesenden an. »Die Zahlen sind unglaublich. Das wäre eine Bestellung, von der wir kaum zu träumen wagen.«

Selbst Bilot nickte lächelnd. Auch wenn er die Sprache nicht verstand, so war ihm der Inhalt des Vortrags klar.

Die Präsentation dauerte fünfzig Minuten. Die Gäste wirkten allmählich etwas müde, und besonders der jüngste der Versammlung konnte sich nur mit Mühe wachhalten. Er schien die letzte Nacht nicht geschlafen zu haben.

Nach der Präsentation führte Karl Trosvik sie kurz über das Firmengelände. Mit Ausnahme des Demonstrationshauses an der Längsseite der Industriehalle, über die die Firma disponierte, gab es nicht viel zu sehen. Das Haus war sechzig Quadratmeter groß und ähnelte einer Holzhütte mit Küche, Wohnzimmer, Bad und zwei Schlafzimmern. Alle liefen herum und betasteten das Haus, als sei es ein Gebrauchtwagen. Sie waren beeindruckt. Wirklich beeindruckt.

»Interessantes Potential, aber ein Scheißbetrieb«, sagte Nicolai. Ringdal hatte Mads und ihn gerade vor Aker Brygge abgesetzt. »Eine verdammte Kaschemme.«

»Daß das der große Deal wird, glaube ich auch nicht«, meinte Mads.

»Hast du den Geschäftsführer gesehen? Der war wie ein Clown angezogen. Und mit diesem Bauern sollen wir zusammenarbeiten. Ich frage mich nur, wie der mit diesem pedantischen Vorstandsvorsitzenden aus der Schweiz zurechtkommt. Sie leiden wohl beide unter einem massiven Kulturschock.«

Mads lachte. »Immerhin haben die Schweizer Besitzer da ein Potential gesehen. Sonst wären die nicht so massiv eingestiegen.«

»Aber du siehst, was jetzt abläuft. Jetzt wollen sie wieder raus. So schnell wie möglich.« Nicolai knöpfte seinen Mantel zu. Es wehte eine frische Brise. »Aber das ist mir nur recht. Ich helfe ihnen da gerne wieder raus, solange sie nur eine fette Provision bezahlen. Wir müssen das hinkriegen, Mads. Verflucht noch mal. Das ist verdammt wichtig für unsere Bonuszahlung.«

»Ich bezweifle, daß das so viel wird. Es könnte schwierig werden, die zu verkaufen.«

»Wenn die Firma wirklich das Potential hätte, wie eine Rakete abzugehen, hätte Ringdal uns das auch nicht überlassen. Wir sollten sehen, was wir tun können.«

»Ein Bier täte jetzt richtig gut«, sagte Mads. »Kommst du mit?«

»Klar. Ich fühle ein dringendes Bedürfnis, mich zu betrinken und die schärfste Braut der Stadt zu vögeln.« Sein Gesicht bestand aus nichts als Zähnen.

16

Es war schon spät, als Ringdal an diesem Abend das Büro verließ. Er nahm ein Taxi und ließ sich zu einer Adresse im Osloer Stadtteil Grønland fahren. Gleich hinter dem Grønlands Torv veränderte die Stadt ihren Charakter vollkommen. Die Geschäfte sahen fremdländisch aus. Auf den Straßen waren fast ausschließlich Farbige und Asiaten. Dicke Frauen mit bunten Schals und Kinderwagen und weiteren Kindern im Schlepptau hasteten über die Bürgersteige. An den Straßenecken lungerten Gruppen von Jugendlichen herum. Ringdal beobachtete das Treiben durch das Fenster des Taxis. Er konnte sich einfach nicht an diesen Teil der Stadt gewöhnen.

Das Taxi fuhr ein paar kleine Nebenstraßen entlang, auf denen Kinder im Dunkeln spielten. Die Straßenbeleuchtung war hier nur spärlich, und die Häuser zeigten deutliche Verfallsspuren. Vereinzelt waren die Fenster zerbrochen, und der Putz bröckelte von den Fassaden. Überall lag Müll.

Sie hielten vor einem zweistöckigen Wohnblock an. Ringdal zahlte und stieg aus. Nachdem das Taxi verschwunden war, wurde es unangenehm still. Er schauderte, ging rasch auf die Haustür zu und klingelte. Zwei herrenlose Hunde betrachteten ihn aus einigem Abstand. Ein paar Sekunden später wurde er von Schwartz hereingelassen. Schweigend gingen sie zu seinen Geschäftsräumen in der zweiten Etage hoch. In seinem sparsam eingerichteten Büro brannte nur eine Schreibtischlampe. Ringdal setzte sich in einen der gelborangenen Lehnstühle, ohne seinen Mantel abzulegen.

»Ich will, daß du dir ein paar Sachen anschaust«, sagte Ringdal.

Schwartz setzte sich hinter seinen Schreibtisch und nahm einen Schluck aus der Tasse vor ihm.

»Natürlich, Chef! Worum geht es?« Schwartz stellte die Tasse hin und leckte sich die Lippen.

»Sjur Sander, Journalist bei Dagens Næringsliv. Erinnerst du dich an ihn?«

Schwartz nickte bestätigend.

»Er ist wieder aufgetaucht und hat versucht, Mads Hammer als eine Art Informant zu werben.«

»Informant?«

»Er wollte, daß Hammer spioniert und ihm Material bringt.«

»Dieser Drecksack. Wie hast du davon erfahren?«

»Hammer hat es selbst erzählt. Er hat Henriksen sofort alles mitgeteilt.«

»Wirklich?« Schwartz sah einen Augenblick lang so aus, als amüsiere er sich, und nahm einen weiteren Schluck aus der Tasse. »Und jetzt willst du, daß wir die beiden unter Aufsicht behalten?«

»Mehr als das. Ich will, daß du herausfindest, worauf Sander gestoßen ist. Er ist wieder auf unserer Spur.«

»Das muß nicht sein. Vielleicht ist er auch bloß auf der Suche nach etwas. Oder er ist noch immer sauer, weil er es nie geschafft hat, euch zu überführen. Er will Blut sehen. Vielleicht haßt er Investmentbanker und alles, wofür sie stehen.« Schwartz grinste.

Ringdal rieb sich den Oberarm, wobei er wechselweise die Faust ballte und die Finger streckte. Er versuchte, die Verspannung zu lösen, die seit der letzten Trainingseinheit in seinen Muskeln steckte. »Du kannst das als einen neuen Auftrag betrachten. Finde heraus, was Sander weiß und was er Mads Hammer erzählt hat. Außerdem will ich, daß du Hammer beobachtest. Wir dürfen nichts riskieren, und ich bin mir nicht sicher, ob Hammer Henriksen wirklich die ganze Geschichte erzählt hat.«

»Die Sache mit Trosvik & Partners läuft?«

»Klar«, sagte Ringdal und schüttelte seinen Arm aus. »Nicolai Heftye und Mads Hammer haben den Auftrag gekriegt.«

Schwartz grinste schief. »Freut mich zu hören, daß ihr unsere Dienste gebrauchen könnt. Was diesen neuen Auftrag angeht«, er machte eine Pause, »so kann das nicht über das feste Honorar laufen.« Er leerte seine Tasse und schmatzte zufrieden. »Wenn ich herausfinden soll, was dieser Schmierfink von Journalist treibt, will ich eine Sonderzahlung.«

»Wieviel?«

»Fünfzigtausend. Ich lasse es dich aber wissen, falls das zuwenig sein sollte. Es kann sein, daß dieser Auftrag schwieriger ist, als daß man ihn für eine solche Summe erledigen könnte.«

»Wohl kaum«, sagte Ringdal und stand auf. »Du kriegst fünfzigtausend. Wir zahlen dir schon jetzt mehr als genug.«

»Ich habe meine Angestellten zu bezahlen, die Miete, Telefon, Benzin, Strom. Hast du eine Ahnung, was es kostet, in Bjerke auf die Trabrennbahn zu gehen?« Schwartz verschränkte die Hände hinter dem Nacken und lachte.

»Ach, hör schon auf. Rufst du mir ein Taxi?«

Nach der Arbeit nahm Line die Straßenbahn zum Haus ihrer Eltern. Sie hatten es sich vor zehn Jahren gekauft. Es lag friedlich in einem noblen Villenviertel hinter einem großen Apfelgarten. Auf dem Rasen lagen noch Schneereste, und die kahlen Zweige der Bäume bewegten sich im Wind.

Beide Eltern waren zu Hause. Es gab Fleischbällchen und Kohlgemüse. Sie sprachen über Lines Arbeit und wieviel Glück sie mit der Anstellung bei Schibsted Telecom gehabt hatte. Nach dem Essen setzte sie sich mit ihrer Mutter ins Wohnzimmer. Es gab Kaffee und Konfekt. Ihr Vater verschwand nach oben ins Arbeitszimmer.

»Wie geht es dir?« fragte Lines Mutter. »Du siehst ein bißchen blaß und müde aus.«

»Es geht so«, antwortete Line. »Mads arbeitet viel. Wir sehen uns kaum.«

»Arbeitet er sehr viel?«

Line legte die Beine hoch und sah ihre Mutter verzweifelt an. »Er arbeitet nicht viel, er arbeitet immer. Die Firma Finanzpartner ist sein Leben. Er geht morgens um fünf und kommt selten vor neun Uhr abends wieder, und er findet es schon gut, wenn er an den Wochenenden morgens ein paar Stunden zu Hause ist.«

»Und das Kleine?« fragte ihre Mutter.

»Uns beiden geht es gut«, sagte Line und strich sich vorsichtig über den Bauch. »Er wächst und wird groß.«

»Du kannst doch noch gar nicht wissen, ob es ein Junge wird, oder?«

Line lächelte. »Mads ist überzeugt davon, daß es ein Junge wird, deshalb sage ich vorläufig ›er‹. Aber ich würde mir ein Mädchen wünschen.«

Sie saßen einen Moment lang da und lauschten dem Wind, der um die Hausecken pfiff.

»Hat Vater auch so viel gearbeitet?« fragte Line.

»Mindestens«, antwortete die Mutter. »Er war weder für die Hausarbeit noch für die Kindererziehung sonderlich begabt. Am schlimmsten war es, nachdem deine kleine Schwester zur Welt gekommen war. Ich hatte heftige Depressionen. Damals hing unsere Ehe wirklich am seidenen Faden.«

»Manchmal frage ich mich, ob unsere Ehe halten wird«, sagte Line leise und schlug den Blick nieder. Sie war unsicher, ob sie ihre Mutter einweihen sollte.

»Dafür gibt es niemals eine Garantie. Das könnt nur ihr beiden herausfinden. Aber du mußt wissen, daß selbst diejenigen, die du für die glücklichsten Menschen hältst, ihre Auseinandersetzungen und Kämpfe haben. Was sagt Mads? Redet ihr darüber?«

»Wir reden nicht. Ich rede, obwohl ich in der letzten Zeit versuche, so wenig wie möglich zu sagen. Das hilft aber auch nichts.«

»Und was sagt er dann?«

»Daß er mich gern hat. Und daß es nur eine Phase ist, die wir durchstehen müssen.« Sie zögerte einen Augenblick. »War Vater auch so?«

»Er war schlimmer.«

Sie lächelten beide.

»Am meisten regt mich auf, daß er sich so wenig für meine Schwangerschaft und das Kind interessiert.«

»Er beschäftigt sich bestimmt damit. Er hat im Moment aber

wohl mehr als genug mit sich selbst und diesem neuen Job zu tun. Du solltest ein bißchen Geduld mit ihm haben.«

»Nun, wie geht's?« Ihr Vater war ins Wohnzimmer gekommen und ging zum Pfeifenbord, das neben seinem Fernsehsessel stand.

»Gut«, antwortete Line. Das war die Standardantwort, die sie ihrem Vater gab. Er hätte doch kein Verständnis für das gehabt, worüber sie gerade sprachen.

»Es gibt da eine Kleinigkeit, die ich dir sagen wollte«, sagte er, während er seine Pfeife stopfte. »Ich war neulich mit einem Kollegen von der Börsenaufsicht essen.« Sorgsam zündete er sich die Pfeife an und paffte kleine Rauchwölkchen ins Wohnzimmer. »Wir kamen zufällig auf das Thema Finanzpartner.«

Rein zufällig, dachte Line.

»Es steht außer Zweifel, daß in dieser Gesellschaft Dinge vorgefallen sind, die bestenfalls als fragwürdig zu bezeichnen sind. Ich dachte, ich sage dir das besser.«

Line atmete tief durch. »Ich habe keine Ahnung davon, Papa. Du solltest mit Mads darüber sprechen.«

»Ich wollte es dir ja auch nur sagen«, sagte ihr Vater etwas beleidigt. »Nun, dann ziehe ich mich wieder zu meiner Arbeit zurück«, sagte er und verschwand.

Mit einer raschen Bewegung wischte sich Line eine Träne von der Wange. Ihre Mutter stand auf und setzte sich neben sie aufs Sofa. Sie nahm Lines Hand und drückte sie. »Gräm dich nicht, meine Kleine. Das kommt schon wieder in Ordnung.«

Line legte ihren Kopf an die Schulter ihrer Mutter. »Im Moment sehe ich nur nicht, wie.«

»Das hat auch mit der Schwangerschaft zu tun«, sagte ihre Mutter und streichelte ihr mit der Hand über die Wange. »Manchmal bekommen die Gefühle einfach die Übermacht.«

Line richtete sich auf und fuhr sich mit dem Zeigefinger unter den Augen entlang.

»Ich bin mir darüber im klaren, aber im Augenblick glaube ich nicht, daß die Schwangerschaft unser größtes Problem ist.«

»Haben Sie einen Augenblick Zeit?« Mads sah bei Henriksen hinein.

»Nur ganz kurz. Ich muß gleich gehen«, antwortete dieser.

Mads zögerte. Henriksen schien schlechte Laune zu haben. Er trat ein und schloß die Tür hinter sich. Henriksen bearbeitete die Tastatur seines Rechners. Er schrieb eine ganze Weile weiter, ehe er aufblickte. »Nun, was haben Sie auf dem Herzen?«

Mads atmete schwer. »Es geht um meine Arbeit.«

»Was ist damit?«

»Ich bin von meinen Kapazitäten her am Anschlag. Mit den Aufgaben, die ich momentan zu erledigen habe, wird es unmöglich sein, eine gute Arbeit für Trosvik & Partners abzuliefern. Ich bräuchte Entlastung bei den anderen Aufgaben.«

Henriksen schloß die Augen und wiegte seinen Oberkörper langsam vor und zurück. »Wie lange arbeiten Sie schon in dieser Branche, Hammer?«

»Über drei Jahre.«

»Sie waren vorher bei Stockholm Securities.« Seine Augen waren noch immer geschlossen. »Wie hat es Ihnen dort gefallen?«

Mads zögerte. »Nicht so besonders.«

»Elende Resultate, nicht wahr?«

Mads antwortete nicht. Er begann zu begreifen, worauf Henriksen hinauswollte. Er hätte niemals kommen und sich beschweren dürfen, doch jetzt war es zu spät.

Henriksen öffnete die Augen und blickte ihn direkt an. Er sah aus wie eine Katze vor dem Sprung. »Stockholm Securities wurde geschlossen, und Ihnen hat es dort nicht sonderlich gefallen. Aber Sie hatten vielleicht weniger zu tun und konnten um vier Uhr nach Hause?«

»Nein. Um vier bin ich nie nach Hause gegangen. Ich glaube, ich habe in den Wochen, in denen ich hier bin, bewiesen, daß ich bereit bin, rund um die Uhr zu arbeiten.«

»Aber Sie beklagen sich, Hammer. Sie wollen, daß andere Ihre Arbeit erledigen.«

Mads wäre am liebsten gegangen. Es war idiotisch gewesen, hierher zu kommen. »Es war in der letzten Zeit ein bißchen zu viel. Line ist schwanger und beklagt sich, daß ich nie zu Hause bin.« Er begriff sofort, daß er besser den Mund gehalten hätte. So machte er es nur noch schlimmer.

»Sie passen vermutlich nicht in diese Branche, Hammer. Vielleicht wächst Ihnen alles über den Kopf? Wollen Sie Elternzeit nehmen? Das Arbeitsrecht gesteht Ihnen das zu. Sie haben sich sicher gut informiert?« Henriksen grinste höhnisch.

Mads schüttelte den Kopf. »Es tut mir leid. Das einzige, was ich will, ist eine bestmögliche Arbeit für Trosvik & Partners abzuliefern. Mir war nicht ganz klar, wie ich das bei all dem anderen schaffen sollte. Aber ich habe die Message verstanden. Ich werde mein Bestes geben.«

»Nein«, rief Henriksen. »Sie haben nichts verstanden.« Er richtete sich auf und stützte sich mit den Handflächen auf die Tischplatte. »Es ist mir scheißegal, wieviel sie arbeiten, Mads Hammer. Von mir aus dürfen Sie gerne den ganzen Tag zu Hause sein. Das einzige, was mich interessiert, sind die Resultate. Alles andere ist unwesentlich. Wenn Sie weniger arbeiten wollen, sollten Sie noch mal bei den Schweden nachfragen oder sich bei der Post bewerben. Wenn Sie aber weiterhin in der Investmentbranche bleiben wollen, müssen Sie eine vollkommen andere Einstellung an den Tag legen. Wir können keine Menschen gebrauchen, die sich über zuviel Arbeit beklagen. Kommen Sie nie wieder mit einem solchen Bullshit zu mir!« Henriksens Stimme überschlug sich fast, und sein Hals war violett verfärbt.

Mads griff nach der Türklinke und wollte gehen.

»Stop!« schrie Henriksen. »Setzen Sie sich!«

Mads verdrehte die Augen und nahm widerwillig Platz. Er spürte das Adrenalin durch seine Adern schießen und hatte Probleme, sich zu beherrschen.

Henriksen umrundete den Schreibtisch und stellte sich neben ihn. Mads spürte Henriksens Hand auf seiner Schulter. Seine Stimme war leise und eindringlich:

»Ich halte viel von Ihnen, Hammer. Vom ersten Moment an, als ich Sie gesehen habe, war ich mir im klaren darüber, daß Sie die Fähigkeiten haben, es in dieser Branche weit zu bringen. Sie müssen Geduld haben und Perioden extremer Arbeitsbelastung überstehen. Als Belohnung werden Sie reich werden, reicher als die meisten in diesem Land. Die Arbeit erfordert aber Ihre ganze Persönlichkeit. Das müssen Sie auch Ihrer Frau klarmachen.«

Mads saß reglos da. Er brauchte noch immer seine ganze Energie, um seine Wut unter Kontrolle zu halten.

»Wir stehen unter extremem Zeitdruck. Alle haben zuviel zu tun. Das geht jedem hier so. Wir sind aber auch die Investmentgesellschaft mit den höchsten Gehältern. In den kommenden Jahren werden wir noch viel besser werden. Das werden Sie auch auf Ihrem Konto bemerken.«

Er klopfte ihm ein paarmal auf die Schulter, kehrte an seinen Schreibtisch zurück und begann zu schreiben. Die Audienz war beendet.

Mads stand auf und ging hinaus.

17

Samstagvormittag. Der erste freie Tag seit langem.

Erst gegen zehn Uhr wachte er auf. Das Bett neben ihm war leer. Er stand auf und ging in die Küche. Line saß am Küchentisch und starrte gedankenverloren aus dem Fenster.

»Na«, sagte er.

»Wir müssen miteinander reden«, entgegnete sie.

Ein flaues Gefühl breitete sich in seinem Magen aus. Er setzte sich zu ihr an den Tisch.

»Würdest du mit mir zu einem Familientherapeuten gehen?«

»Zu einem Familientherapeuten?« Er sah sie verwundert an. Sein erster Gedanke war, wie er dafür Zeit finden sollte.

»Wir brauchen Hilfe, um miteinander zu reden.«

»Warum sollten wir Hilfe brauchen? Wir hatten damit doch früher nie Probleme.«

»Wir hatten schon immer Probleme, miteinander zu reden. Ich glaube, wir brauchen einen Außenstehenden, der uns zuhört. Zum Beispiel in der Frage, welche Prioritäten wir setzen.«

»Du meinst, welche Prioritäten ich setze? Daß ich zuviel arbeite?« Er fuhr sich mit der Hand durchs Haar. »Warum reicht es nicht, wenn wir zwei darüber reden? Wir brauchen keinen weiteren Zuhörer.«

Line musterte ihn. Sie hatte schon geahnt, daß es ein hoffnungsloses Gespräch werden würde. »Es geht mir nicht gut. Ich möchte, daß uns jemand von außen zuhört. Jemand, der uns helfen kann, Lösungsansätze zu finden.«

Mads beugte sich über den Tisch und nahm ihre Hand. »Es ist nur eine Frage der Zeit, bis sich meine Arbeitssituation verbessert. Wenn das Kind erst da ist, werde ich mehr zu Hause sein, versprochen. Aber ich stecke momentan noch in der Probezeit.«

»Es ist aber nicht nur deine Arbeitssituation. Wir müssen auch über andere Dinge reden. Es reicht nicht, wenn du ein bißchen mehr zu Hause bist, wenn das Kind da ist. Wir müssen eine Arbeitsaufteilung finden, die wirklich funktioniert. Ich kann nicht alles alleine machen wie jetzt. Wir müssen darüber reden. Kommst du mit?«

»Nein. Das können wir doch auch ohne einen Psychologen regeln. Ich habe kein Bedürfnis, fremde Menschen mit unseren Problemen zu belasten.«

»Dann gehe ich eben allein.«

»Das ist mir egal. Für mich wäre es ohnehin nur rausgeschmissene Zeit. Hast du schon gefrühstückt?«

Sie schüttelte den Kopf.

»Dann decke ich jetzt den Tisch.« Mads stand auf und nahm die Pfanne. »Willst du auch Eier und Speck?«

»Nein, ich habe keinen Hunger.« Sie erhob sich. »Ich gehe duschen.«

»Machen wir heute etwas zusammen?«

»Willst du damit sagen, daß du heute nicht arbeiten gehst?« fragte Line ungläubig.

»Genau.«

Line verdrehte die Augen. »Das paßt ja prima«, sagte sie sarkastisch. »Du nimmst dir genau an dem Tag frei, an dem ich arbeiten muß. Du bist nicht auf die Idee gekommen, mich vorher mal zu fragen, oder?«

Eine Stunde später setzte sich Mads ins Auto. Schnee lag in der Luft. Er fuhr durch die Stadt und nahm die E6 in Richtung Süden. Für einen Samstagvormittag war viel los, doch der Hauptverkehrsstrom verlief in die Gegenrichtung.

Bei der Abfahrt Drøbak verließ er die Schnellstraße. Kopfsteinpflasterstraßen führten quer durchs Zentrum der Kleinstadt am Oslofjord mit ihren charakteristischen Sørlandhäuschen. Ihm fiel auf, wie sehr sich hier alles von Oslo unterschied. Die Menschen schienen mehr Zeit zu haben. Sie spazierten über die Straßen und wirkten nicht so hektisch wie die Leute in der Hauptstadt. Vielleicht würde es ihm und Line hier besser gehen?

Nachdem er sich ein paarmal verfahren hatte, fand er die Adresse, die er suchte. Es war ein kleines weißes Haus am Hang oberhalb des Fjordes. Am Ende des verwilderten Gartens lag ein altes Segelboot an einem hölzernen Anleger.

Das Haus hatte keine Klingel. Er klopfte an. Ein großer Mann von Mitte Fünfzig öffnete. Mads stellte sich vor.

»Hatten Sie nicht vor einigen Tagen mit meiner Frau telefoniert?« fragte der Mann.

»Genau.«

Der Mann gab Mads die Hand und trat zur Seite, um Mads hereinzulassen. Im Wohnzimmer war es dunkel. Die Gardinen waren halb zugezogen, und die Luft roch abgestanden. In der Ecke stand ein Vogelbauer mit einem Kanarienvogel. Auf dem Sofa saß eine ältere Frau. Mads fiel ein Schwarzweißfoto von einem Jungen mit einer Abiturientenmütze auf, das auf einer Kommode stand.

Das war er, dachte Mads. Das mußte ein Bild von ihrem verstorbenen Sohn Mikkel sein.

»Danke, daß Sie mich empfangen«, sagte Mads. »Ich hoffe, Sie empfinden das nicht als zu aufdringlich.«

»Ganz und gar nicht«, sagte Frau Petlund. »Wir sind eher verwundert darüber, daß niemand aus der Firma Kontakt mit uns aufgenommen hat, nach … nach allem, was geschehen ist. Wollen Sie eine Tasse Kaffee?«

»Nein danke. Ich kann nicht lange bleiben.«

Mads öffnete den Reißverschluß seiner Jacke und sah sich rasch um. Er wußte nicht recht, warum er die Eltern von Mikkel Petlund angerufen und sie gefragt hatte, ob er sie besuchen dürfe. Vielleicht aus Mitleid mit dem Jungen, der noch vor ein paar Monaten auf dem gleichen Bürostuhl gesessen hatte wie er jetzt? Vielleicht aber auch aus blanker Neugier?

»Ich habe den Arbeitsplatz bei Finanzpartner bekommen, den ihr Sohn vorher hatte«, sagte Mads. »Ich sitze im gleichen Büro.« Er spielte an seinem Ehering herum und warf noch einen Blick auf das Foto. Es zeigte einen hübschen jungen Mann mit einem schmalen Gesicht. Seine Augenbrauen waren zusammengewachsen und markant. »Ich bekam einfach den Wunsch, mit seiner Familie zu sprechen. Mehr über ihn zu erfahren und herauszufinden, wer er war.«

»Setzen Sie sich«, sagte Frau Petlund. »Sind Sie sicher, daß Sie keinen Kaffee wollen?«

»Danke, nein.« Er warf ihr ein freundliches Lächeln zu und setzte sich auf einen der Stühle, während der Hausherr neben seiner Frau Platz nahm und seine großen Hände auf die Tischplatte legte. Er hatte die gleichen zusammengewachsenen Augenbrauen wie sein Sohn.

»Wir haben eigentlich gar nichts von dem verstanden, was passiert ist«, sagte der Vater. »Aber so ergeht es vielleicht den meisten Eltern von Kindern, die sich das Leben nehmen.«

»Kam es denn vollkommen unerwartet?« fragte Mads.

»Er war ein sehr lieber Junge«, sagte Frau Petlund. Plötzlich begann sie zu weinen. Dann zog sie ein Taschentuch aus dem Ärmel ihrer Strickjacke und putzte sich die Nase. Ihre Stimme klang belegt, als sie fortfuhr. »Mikkel hatte sich gerade zusammen mit Åse eine Wohnung gekauft. Sie waren seit der Schulzeit zusammen und hatten erst kurze Zeit davor mit dem Renovieren begonnen. Sie waren so glücklich. Wir haben nichts verstanden, bis wir ein paar Wochen später die Erklärung hörten. Wir können es noch immer nicht glauben.«

»Was ist geschehen?«

Die Hände des Vaters lagen noch immer ruhig auf dem Tisch. Er hob seinen Blick und sah Mads an. »Haben Sie es denn nicht gehört?«

Mads schüttelte den Kopf. »Nein«, log er. Er wollte nicht erzählen, was Elise ihm gesagt hatte.

»Einige Tage vor … dem Selbstmord hat Mikkel Gelder von einem Kundenkonto auf ein Konto einer Luxemburger Bank überwiesen, über das er disponierte.«

»Das behaupten sie«, sagte die Mutter zornig.

»Nun, ja. Die Polizei behauptet, er hätte das getan. Zwanzig Millionen Kronen. Niemand weiß, wohin dieses Geld verschwunden ist.«

»Aber er hatte doch wohl keine Zeichnungsberechtigung über Kundengelder?« fragte Mads.

»Sie behaupten, er habe die Dokumente gefälscht«, sagte die Mutter.

Petlund legte den Arm beschützend um seine Frau. »Die Polizei hat uns die ganze Geschichte erzählt. Mikkel hatte Geld bekommen, um mitzumachen. Er wurde bestochen und ist aufgeflogen, und in seiner Verzweiflung hat er sich dann das Leben genommen. Das behauptet jedenfalls die Polizei. Er selbst hat immer wieder hartnäckig ausgesagt, nichts mit der Sache zu tun zu haben. Er behauptete, vollkommen unschuldig zu sein.«

»Er war so glücklich«, fuhr die Mutter fort. »Ich kann nicht verstehen, wie er so etwas tun konnte. Er brauchte dieses Geld nicht.« Sie begann wieder zu weinen.

Mads umklammerte die Lehne seines Stuhls. »Ich sollte besser gehen. Ich wußte nicht …«

»Das Schlimmste ist, daß niemand aus Ihrer Firma zu uns gekommen ist und uns erklärt hat, was geschehen ist«, sagte Petlund bitter. »Nur zwei Mitarbeiter von Finanzpartner waren bei der Beerdigung. Sie saßen auf den hintersten Bänken und verschwanden wieder, ehe es vorüber war. Später haben wir einen Pappkarton mit seinen Sachen bekommen. Sonst haben wir nichts von denen gehört.«

»Ich verstehe nicht, wie man so kaltschnäuzig sein kann«, sagte Frau Petlund. »Vielleicht hat Mikkel ja einen Fehler gemacht, aber sie hätten sich uns gegenüber wenigstens wie Menschen aufführen können. Ich verachte diese Leute.«

Petlund beschwichtigte seine Frau. »Sie meint das nicht so. Wir sind einfach völlig verzweifelt.«

»Das verstehe ich«, sagte Mads. »Es tut mir leid. Ich hätte nicht kommen sollen.«

Petlund stand auf und begleitete ihn zur Tür.

Mads ging zum Auto. Er fühlte sich wie ein Eindringling und verstand nicht mehr, warum er gekommen war. Es hätte ihm doch klar sein müssen, wie schmerzhaft sein Besuch für Mikkel Petlunds Eltern sein mußte. Er schämte sich für seine eigene Neugier.

Es war dichter Verkehr bis Oslo. Mads' Gedanken irrten umher. Er hatte Kopfschmerzen.

Gerade als Mads seinen Golf vor dem Wohnblock in Briskeby abstellte, fuhr ein grauer Volvo S60 vorbei. Zwei Straßenecken weiter hielt der Wagen an. Der Mann hinter dem Steuer nahm sein Handy und wählte eine Nummer.

»Überprüf bitte folgende Adresse für mich.« Er nannte die Adresse. Ein paar Minuten vergingen.

»Da sind zwei Leute gemeldet: Finn und Marie Petlund«, antwortete die Person am anderen Ende.

»Schreib die Adresse und die Namen auf und erstatte Schwartz so schnell wie möglich Bericht. Mads Hammer war gerade dort. Vermutlich hat er den Eltern von Mikkel Petlund einen Besuch abgestattet.«

Line arbeitete das ganze Wochenende, so daß Mads den Sonntag ohne allzu schlechtes Gewissen im Büro verbringen konnte. Dort arbeitete er vierzehn Stunden ohne Unterbrechung und konnte die umfassende Unternehmensanalyse abschließen, um die Henriksen ihn gebeten hatte. Er war mit seiner Arbeit sehr zufrieden und fuhr mit einem guten Gefühl nach Hause. Zum ersten Mal seit langem hatte er das Gefühl, à jour zu sein. Er aß in der Küche noch ein paar Brote und ging dann ins Bett. Line schlief bereits fest. Er küßte sie vorsichtig auf die Wange und schlief ebenfalls ein.

Am Montagmorgen wurde Mads in Ringdals Büro gerufen. Nicolai traf gleichzeitig ein. Sie setzten sich alle drei an den runden Konferenztisch.

Ringdal hatte einen dicken Stapel Unterlagen vor sich ausgebreitet. Er sah von einem zum anderen. »Mineralwasser? Kaffee?«

Mads nahm ein Mineralwasser, während Nicolai dasaß und mit einem Zahnstocher in seinen Pferdezähnen herumbohrte.

»Ich möchte Sie kurz über den Stand der Dinge bei Trosvik & Partners informieren«, begann er. »Von jetzt an hat dieses Projekt die erste Priorität.«

»Wir sind bereit«, antwortete Nicolai. »Sollten wir uns nicht baldmöglichst mit dem Schweizer Besitzer zusammensetzen?«

»Ich kümmere mich um den Kontakt mit dem Hauptsitz in der Schweiz. Konzentrieren Sie sich auf die Geschäftsleitung in Tønsberg«, antwortete Ringdal.

Nicolai Heftye sah etwas verärgert aus. Es gefiel ihm gar nicht, bei einem Deal, für den er verantwortlich war, von Besitzern und Auftraggebern ferngehalten zu werden. Er sagte aber nichts.

»Lassen Sie mich kurz durchgehen, welche Pläne bis jetzt gefaßt worden sind«, sagte Ringdal. »Es soll eine Holding gegründet werden, und der Firmenhauptsitz soll nach Oslo umziehen. Das Büro in Oslo wird die Verantwortung für alle Auslandskontakte haben. Trosvik & Partners ins Tønsberg untersteht der gesamte Baubereich im Inland. Aus steuerlichen Gründen wird die Holding in Liechtenstein registriert.«

»Wann soll das geschehen?« fragte Mads.

»Das meiste davon ist bereits geschehen«, sagte Ringdal. »Die Holding ist eingetragen, und es sind auch schon Büroräume in Oslo gefunden worden. Sie werden gerade renoviert.«

»Wo denn?« fragte Nicolai.

»Haakon VIIs gate 2, oberste Etage«, sagte Ringdal.

»Das ist auf jeden Fall exklusiv genug. Und nur wenige hundert Meter von hier entfernt«, sagte Mads.

»Es ist wichtig, daß sich die Firma mit einem ganz anderen Image präsentiert als bisher. Es geht nicht an, daß sie ihren Hauptgeschäftssitz in dieser Bruchbude in Tønsberg haben. So ein Konzept wäre unmöglich zu verkaufen«, sagte Ringdal. »Karl Trosvik hat mit den Planungen für den Bau einer Fabrik für Plastitelementplatten begonnen. Die Fabrik soll in Norwegen errichtet werden. Am besten weit draußen auf dem Land. Arbeitsplätze weitab der Ballungszentren. Verstanden?« Ringdal lächelte. »Ich will, daß Sie sich gemeinsam mit Karl Trosvik um einen möglichen Kredit für diesen Industriebau kümmern und ihm helfen herauszufinden, wo man in diesem Land mit der größten Unterstützung und den höchsten Zuschüssen rechnen kann. Ich gehe davon aus, daß uns die Bürgermeister die Bude einrennen werden. Versprechen Sie ihnen so viele Arbeitsplätze wie möglich.«

Nicolai amüsierte sich. Er konnte sich gut vorstellen, wie sich Bürgermeister und öffentliche Repräsentanten gegenseitig überboten, um ein solches Projekt zu unterstützen.

»Sie fangen gleich mit der Ausarbeitung eines umfassenden Firmenporträts an«, sagte Ringdal. »Zeitgleich werde ich den Börsengang starten. Trosvik & Partners soll direkt nach der Kapitalerhöhung an die Börse.«

»Zuerst eine Plazierung bei den Leithammeln und dann ein

breitgestreuter Verkauf durch den Börsengang«, sagte Nicolai erklärend zu Mads.

»Swiss International Corporation will sich also so schnell wie möglich wieder aus dem Geschäft zurückziehen?« fragte Mads.

»Falsch«, erwiderte Ringdal. »Sie wollen den Wert der Firma heben, denn Trosvik & Partners braucht in den nächsten Jahren Zugang zu ungeheuer viel Kapital. Unsere Aufgabe ist es, die Grundlage für zukünftige Emissionen zu einem möglichst attraktiven Preis zu schaffen. Was Swiss Industrial Corporation anschließend tun will, ist natürlich deren Entscheidung.«

»Wie hoch ist unsere Provision?« fragte Mads.

»Sechs Prozent«, antwortete Ringdal.

»Und die Emissionen?« wollte Mads wissen.

»Die Erstemission für einzelne Investoren wird recht klein«, meinte Ringdal. »Zwanzig bis dreißig Millionen. Die breite Streuung, wenn es an die Börse geht, wird da schon von einer ganz anderen Größenordnung sein. Aber das entscheiden wir mit. Auf jeden Fall sprechen wir von ein paar hundert Millionen Kronen, wenn alles nach Plan läuft. Vielleicht mehr als eine halbe Milliarde.«

Mads pfiff leise durch die Zähne. Das hieß etwa vierzig Millionen Provision.

»Ihr fahrt morgen nach Tønsberg und verbringt ein paar Tage mit der Geschäftsleitung.« Ringdal schlürfte den heißen Kaffee. »Sammelt soviel Informationen wie nur möglich und beginnt sofort mit dem Porträt. Konzentriert euch auf die Investitions-, die Cash-flow- und die Ergebnisrechnung und zeichnet dann noch die Firmengeschichte der letzten drei Jahre auf. Wir wollen alles so fundiert wie nur möglich.«

Mads notierte sich alles, was Ringdal gesagt hatte. Mehrmals unterstrichen hatte er die Angaben sechs Prozent und fünfhundert Millionen. Er war plötzlich nicht mehr müde. Sogar die Probleme mit Line erschienen ihm lösbar. Mit einer fetten Bonuszahlung würden sie eine neue Bleibe finden und aus der engen Wohnung ausziehen können.

Ringdal lehnte seinen Oberkörper nach hinten, so daß die Lehne des Stuhles unter seinem Gewicht ächzte. »Nur noch eine kleine Information zum Schluß: Wir haben auf Kosten von Trosvik & Partners einen PR-Manager eingestellt. Der wird sich um den gesamten Kontakt mit der Presse kümmern. Ich werde ihn persönlich einweisen.«

Ringdal stand auf und signalisierte deutlich, daß die Sitzung beendet war. »Ich muß Sie daran erinnern, daß es eilt. Selbst die kleinste Verzögerung ist inakzeptabel.«

Mads und Nicolai standen auf und gingen zur Tür.

»Swiss Industrial Corporation ist ein extrem ungeduldiger Firmeneigner«, fügte Ringdal hinzu.

Mads wollte gerade die Tür hinter sich schließen, als er Ringdal hörte: »Hammer, noch ein paar Worte, ehe Sie gehen.«

Mads blieb an der Tür stehen.

»Sie sind uns in der letzten Zeit aufgefallen«, sagte sein Chef, während er mit einem Stift herumspielte.

Mads schwante Böses. Konnte Ringdal mitbekommen haben, daß er das Ehepaar Petlund besucht hatte?

»Wir haben bemerkt, daß Sie in den letzten Wochen einen sehr hohen Arbeitseinsatz gebracht haben«, fuhr Ringdal fort. »Sie haben eine Menge Aufgaben erledigt, und dabei sind Ihre Berichte und Analysen in der letzten Zeit qualitativ viel besser geworden. Sie haben bewiesen, daß Sie sich an unsere Arbeitsweise anpassen können.«

Mads spürte, wie der Druck nachließ und sich seine Beine beinahe vom Boden lösten. Das waren die ersten lobenden Worte, seit er in der Firma begonnen hatte. Daß sie von Ringdal kamen, war fast schon absurd. »Danke«, war das einzige, was er herausbrachte.

»Das war alles. Sie können gehen.«

Die Welt sah plötzlich anders aus. Vielleicht würde er diese Firma doch noch mögen.

18

Das Telefon klingelte. Ringdal nahm sofort ab.

»Ja?«

»Ich habe einen Bericht über Mads Hammer bekommen.« Es war Schwartz.

»Laß hören.«

»Einer meiner Leute ist ihm am letzten Samstag bis nach Drøbak gefolgt. Hammer hat den Eltern von Mikkel Petlund einen Besuch abgestattet.«

»Bist du sicher?« fragte Ringdal.

»Wir sind uns vollkommen sicher. Wir haben das zweimal überprüft.«

»Verflucht! Was kann das bedeuten?«

»Schwer zu sagen«, erwiderte Schwartz. »Es deutet nichts darauf hin, daß er diese Leute vorher schon kannte. Er muß Kontakt zu ihnen aufgenommen haben, nachdem er bei euch angefangen hat. Vielleicht hat er von dem Selbstmord gehört und wollte ein paar Nachforschungen anstellen. Ich blicke bei dem Kerl nicht durch.«

»Seid ihr euch ganz sicher, daß er diese Leute nicht schon vorher kannte?«

»Sicher sind wir nicht«, sagte Schwartz, »aber meine Intuition sagt mir, daß das nicht der Fall ist. Vielleicht hat ihm unser Freund bei Dagens Næringsliv etwas geflüstert.«

»Mag ja sein, daß er seine Gründe hatte, sie zu besuchen. Ich glaube, wir sollten das nicht zu stark gewichten.«

»Es gefällt mir aber gar nicht«, sagte Schwartz.

»Du meinst, wir sollten ihn überwachen?«

»Es gibt keinen Grund, ein Risiko einzugehen.«

»Das überlasse ich dir. Halt mich auf dem laufenden.«

Ringdal legte auf und sah nachdenklich aus dem Fenster.

Karl Trosvik konnte sich einfach nicht daran gewöhnen, daß Bilot immer in sein Büro rauschte, ohne anzuklopfen. Vielleicht fehlte es diesen Schweizern an den elementarsten menschlichen Verhaltensregeln?

Aber jetzt stand der Vorstandsvorsitzende wieder da. Ohne Vorwarnung.

»Wir müssen ein paar organisatorische Veränderungen vornehmen«, sagte er.

Karl Trosvik blickte verärgert auf. Bilot glaubte wohl, daß er über seinen Kopf hinweg irgendwelche Entschlüsse fassen könne. Dabei war er doch der Geschäftsführer. Aber Karl Trosvik sagte vorerst nichts.

»Wir verlegen den Firmenhauptsitz nach Oslo. Das gesamte internationale Geschäft wird von dort aus abgewickelt werden. Bis auf weiteres werde ich das persönlich in die Hand nehmen. Sie bleiben hier in Tønsberg und kümmern sich um das norwegische Geschäft. Des weiteren möchte ich, daß Sie mit den Planungen für die Produktion von Elementplatten in Norwegen beginnen. Für das internationale Geschäft brauchen wir eine eigene Strategie. Das Hauptgewicht liegt dabei ganz klar auf dem Plastit.«

Karl Trosvik spürte, wie ihm das Blut in den Kopf schoß. Für wen hielt sich denn dieser Kerl? Was wußte dieser aufgeblasene Schweizer denn über den Verkauf und die Vermarktung von Plastit?

»Darüber müssen wir sprechen«, sagte er. »Wir können solche Entscheidungen nicht einfach von einem Tag auf den anderen übers Knie brechen. Darüber muß der Vorstand entscheiden. Wir können den Geschäftssitz nicht so ohne weiteres an einen anderen Ort verlegen.«

»Es ist bereits beschlossen«, sagte Bilot.

»Das ist es nicht, verdammt noch mal«, erwiderte Karl Trosvik und schlug mit seiner Faust vorsichtig auf die Tischplatte. »Ich habe an keiner Vorstandssitzung teilgenommen, auf der das besprochen worden wäre.«

»Sie waren nicht anwesend«, sagte Bilot unbeeindruckt. »Der Hauptaktionär hat diesen Beschluß gefaßt, und ich bin als Vorstandsvorsitzender dazu verpflichtet, ihn durchzusetzen.«

»Das geht nicht«, sagte Karl Trosvik. »Ich kann nicht akzeptieren, daß solche Beschlüsse über meinen Kopf hinweg gefaßt werden. Ich bin noch immer der Geschäftsführer dieses Unternehmens.« Er ballte seine Fäuste und gab sich Mühe, nicht zu schreien.

»Das ist dieses Unwesen mit den norwegischen Gesellschaften«, sagte Bilot und zupfte seine bunte Krawatte zurecht. »In der Schweiz befolgt man die Beschlüsse der Vorgesetzten unmittelbar. In Norwegen scheint es ein komplettes Wirrwarr zu geben, in dem alle alles entscheiden wollen. Lassen Sie es mich auf den Punkt bringen: Bei Trosvik & Partners bin ich Ihr Vorgesetzter. Eine meiner wichtigsten Aufgaben als Vorstandsvorsitzender ist es, den Geschäftsführer einzustellen und abzusetzen. Ich akzeptiere es *nicht,* daß Sie meine Beschlüsse und die des Hauptaktionärs in Frage stellen. Wenn Sie damit Probleme haben, würde ich mich gern mit Ihnen über Ihre Position unterhalten.«

In seinen dunklen Augen funkelte es. Karl Trosvik zögerte. Er hatte keine Lust Bilot herauszufordern, und außerdem beschlich ihn das Gefühl, daß dieser Mann imstande sein würde, seine Drohungen in die Tat umzusetzen.

»Ich sollte bei solchen Besprechungen aber wenigstens anwesend sein«, meinte Karl Trosvik deutlich leiser. »Es sollte auch in Ihrem Interesse liegen, daß ich, der ich diesen Betrieb von Grund auf kenne, gehört werde, ehe Entscheidungen gefällt werden.«

»Wir besprechen uns mit Ihnen, wenn wir das für richtig halten. Ansonsten erwarten wir, daß Sie sich als Geschäftsführer an die Vorstandsbeschlüsse halten. Alles andere ist inakzeptabel.«

Deinen Beschlüssen folgen, du Drecksack, dachte Karl Trosvik.

»Zusätzlich zu den organisatorischen Veränderungen, möchte ich Sie noch über ein paar andere Dinge informieren«, fuhr Bilot fort.

»Wir haben Proben der Elementplatten an ein technisches Forschungszentrum nach Deutschland geschickt. Dort soll eine

Versuchsreihe durchgeführt werden, um den Materialfehler zu finden.«

»Aber auch das Technologische Institut in Oslo wäre bestens dafür geeignet. Warum nutzt man das nicht?« fragte Karl Trosvik.

Bilot überhörte den Kommentar. »Ich möchte, daß Sie eine vollständige Übersicht über alle Personen machen, mit denen Sie in den letzten Jahren wegen des Plastits in Verbindung standen. Ich brauche eine Auflistung aller Angebote, aller Treffen und der gesamten Korrespondenz mit potentiellen Kunden. Ganz besonders interessiere ich mich für Informationen über den Kontakt zur Geschäftsleitung des Drei-Schluchten-Projekts in China. Ich brauche das Material spätestens heute nachmittag, Punkt siebzehn Uhr. Noch Fragen?«

Karl Trosvik schüttelte den Kopf. Das Rot auf seinen Wangen trat hervor.

»Noch eine letzte Sache: Ein neuer Finanzvorstand ist eingestellt worden. Er beginnt am Montag. Ich werde Sie miteinander bekannt machen, sobald er da ist.«

Karl Trosvik bemerkte zu seiner Verwunderung, wie seine Kinnpartie nach unten sackte. Er schloß seinen Mund so schnell, daß die Zähne aufeinander schlugen.

»So, das war alles für heute. Wenden Sie sich an meine Sekretärin, wenn Sie mich sprechen wollen.«

Meine Sekretärin. Bilot nannte Gunn an der Rezeption jetzt schon seine Sekretärin. Karl Trosvik wußte nicht, ob er lachen oder weinen sollte.

Um acht Uhr morgens zog Line die Wohnungstür hinter sich zu und schloß ab. Das hatte sie sich angewöhnt, seit die Nachbarn erzählt hatten, daß bei ihnen eingebrochen worden sei.

Schwartz sah sie um die Hausecke kommen. Sie blieb stehen, blickte auf die Uhr und begann zur Straßenbahnhaltestelle zu laufen, wobei sie ihre Schultertasche fest unter den Arm klemmte. Ihre langen Haare flatterten im Wind.

Schwartz saß im Auto und hörte Radio. Sein Puls ging etwas schneller als gewöhnlich. Er hatte das schon oft gemacht, aber es war immer wieder ein ganz besonderer Kick, in fremde Wohnungen einzudringen.

Exakt zwölf Minuten nachdem Line die Wohnung verlassen hatte, klingelte das Handy.

»Schwartz?« fragte eine bekannte Stimme.

»Ich höre.«

»Ich kann sie sehen. Sie ist aus der Straßenbahn gestiegen und geht direkt ins Gebäude. Ich rufe dich an, sobald sie wieder herauskommt.«

Schwartz klemmte das Handy an den Gürtel seines Blaumanns und stieg aus dem Auto. Er trug eine graue Baseballkappe, die er tief in die Augen gezogen hatte. Er öffnete die Laderaumtür und nahm einen großen Werkzeugkoffer heraus. Auf dem Rücken des Overalls stand in großen Buchstaben »Karlsen Sanitär«. Er brauchte weniger als zwanzig Sekunden, um die Haustür zu öffnen. Für einen Außenstehenden sah es so aus, als habe er lediglich ein paar Probleme mit dem Schlüssel.

Es war ganz ruhig. Eine schwarzweiße Katze schlich um die Hausecke, blieb stehen und sah ihn einen Moment lang an, ehe sie plötzlich unter der Hecke zum Nachbargrundstück verschwand. Er schloß die Tür vorsichtig hinter sich und ging rasch nach oben.

Zwanzig Sekunden später stand er in der Wohnung von Mads und Line. Es roch angenehm nach Parfüm und Seife. Line mußte geduscht und sich geschminkt haben, ehe sie das Haus verlassen hatte. Er sog den Duft ein und sah den schlanken Körper und die langen blonden Haare vor sich. Über dem Doppelbett im Schlafzimmer hingen mehrere Bilder von ihr und Mads. Er sah sie sich einen Augenblick lang interessiert an, ehe er mit der Arbeit begann.

Er brauchte etwa eine Stunde, um an allen zentralen Orten der Wohnung Abhörgeräte zu installieren. Ehe er ging, versicherte er sich, daß die Wohnung genau in dem Zustand war, in dem er sie vorgefunden hatte. Er hinterließ keine Spuren. Darauf verstand er sich. Ein paar Jahrzehnte in der Ermittlerbranche hatten ihn zu einem echten Profi werden lassen.

19

Mads spürte, daß er mit der Zeit ein brauchbares Verhältnis zu Nicolai bekommen hatte. Sie arbeiteten gut zusammen. Natürlich hatte Nicolai wie die meisten anderen in der Branche ein gewaltiges Ego, aber auch einen gewissen Charme. Er hatte sogar Humor, nicht gerade überschäumenden, aber doch so viel, daß es die Zusammenarbeit vereinfachte.

Von Ringdal sahen sie nicht viel. Sie hatten regelmäßige Step-Forward-Sitzungen, aber die großen Probleme blieben ihnen erspart, solange sie Fortschritte beim Projekt vorweisen konnten.

Erst nach zwei Tagen in Tønsberg war ihnen bewußt geworden, welch gewaltiges Potential in Trosvik & Partners steckte. Die Produktionskapazität sollte in Norwegen ausgebaut und als Lizenz ins Ausland vergeben werden. Es war unmöglich, alle Märkte gleichzeitig aus eigener Kraft zu entwickeln. Die Gesellschaft würde solide internationale Partner brauchen.

Nicolai und Mads arbeiteten intensiv an der Ausarbeitung von Analysen und der Erstellung von Prospekten.

»Endlich ein Deal, bei dem ich von Anfang an dabei bin«, sagte Mads bei einem Bier in der Bar Fridtjof. »Die reine Analysearbeit hing mir fast schon zum Halse raus.«

»Das ist das Schicksal der Neuen in unserer Abteilung. Wir haben alle das gleiche durchgemacht«, sagte Nicolai. »Ebenso sicher kannst du dir aber auch sein, daß du noch nicht durchbist. Du bist erst ein paar Monate hier.«

»Das ist schon klar«, sagte Mads. »Aber ich möchte eben mehr, als bloß Berichte und Analysen schreiben. Das ist es auch, was mir an Trosvik & Partners gefällt. Wir sind an allem beteiligt, am ganzen Prozeß.«

»Willkommen in der Welt der Erwachsenen«, sagte Nicolai trocken und streckte Mads das Bierglas entgegen.

Der Rauch hing dicht in dem kleinen überfüllten Raum. Die meisten Gäste trugen Anzüge und waren im gleichen Alter wie sie selbst.

»Auf den nächsten Bonus«, sagte Mads. »Ich hoffe, ich kann damit eine Eigentumswohnung anzahlen.«

»In your dreams«, sagte Nicolai. »Du solltest dir nicht so verdammt sicher sein, daß die Gesellschafter dich würdig befinden. Die ersten Bonuszahlungen sind in der Regel kein Grund zum Jubeln.«

»Abwarten und Tee trinken«, sagte Mads und grinste schief. »Sie werden schon verdammt beeindruckt sein, wenn sie erst begreifen, was wir alles gemacht haben.«

Sie prosteten sich zu, sie hatten beide einiges zu beweisen.

Samstagvormittag war es still im Büro. Außer Mads war bloß Karl Tiller da. Mads sah auf die Uhr. Es war bald elf. Die Öffnungszeiten waren am Wochenende von elf bis fünf. Er konnte es nicht lassen. Er mußte versuchen, mehr herauszufinden.

Mads verschwand durch die Tür und holte seinen silbergrauen Golf aus der Tiefgarage. Schon wenig später bog er auf die E18 in Richtung Drammen ein.

Seine Gedanken kreisten die ganze Zeit um die gleichen Fragen. Warum wollte Nicolai nicht darüber reden, was eigentlich mit Mikkel Petlund geschehen war? Worauf war Sander, der Journalist von Dagens Næringsliv, eigentlich gestoßen? Wenn die Börsenaufsicht tatsächlich die Firma Finanzpartner überwachte, mußte ein Verdacht auf schwerwiegende Verbrechen bestehen. In seinem Innersten hoffte er Informationen zu bekommen, die zeigten, daß es eine ganz banale Erklärung gab. Etwas, das ihn beruhigte, so daß er wieder an etwas anderes denken konnte.

Es war eine spontane Idee gewesen, ins Gefängnis nach

Drammen zu fahren, um Roald Hoff zu besuchen. Er wußte nicht, was er ihn fragen sollte. Er wollte ihn einfach sehen.

Roald Hoff war dünn und ungelenk. Er setzte sich auf die gegenüberliegende Seite des Tisches und fuhr sich mit der linken Hand unablässig im Gesicht herum. Seine Fingerkuppen waren gelb von Tabak und seine blonden Haare ungekämmt. Mads konnte sich diesen Kerl einfach nicht in der Corporate-Finance-Abteilung der Firma Finanzpartner vorstellen. Er sah eher wie ein Drogenabhängiger auf Entzug aus.

»Ich hoffe, Sie haben nichts dagegen, daß ich Sie besuche«, eröffnete Mads das Gespräch. Er hatte Probleme, dem flackernden Blick seines Gegenübers standzuhalten.

»Was wollen Sie?« fragte Roald Hoff.

»Sie waren früher in der Firma Finanzpartner angestellt, nicht wahr? Ich arbeite jetzt dort. Ich ...« Mads wußte plötzlich nicht mehr, was er sagen sollte. Warum saß er eigentlich hier? »Ich wollte einfach nur ein bißchen mit Ihnen reden. Erfahren, was eigentlich geschehen ist. Warum Sie im Gefängnis sind.«

»Warum wollen Sie das wissen?« Hoff zog ein Päckchen Zigaretten und ein Feuerzeug aus seiner Hosentasche und zündete sich eine Zigarette an.

»Nun, ich habe von der Sache gelesen, ich kenne sie aus den Zeitungen. Ich frage mich bloß, ob das, was ich gehört und gelesen habe, wirklich die ganze Geschichte ist oder ob es noch weitere Details gibt, die nicht in den Nachrichten erwähnt wurden.«

»Sie sind Journalist, oder?« Hoffs Augen wurden schmal.

»Ganz bestimmt nicht. Ich arbeite in der Corporate-Finance-Abteilung von Finanzpartner. Ich sitze sogar im selben Büro wie Sie früher.«

Roald Hoff sprang so schnell auf, daß sein Stuhl nach hinten kippte. Mads starrte ihn überrascht an.

»Verschwinden Sie hier! Für wen halten Sie sich eigentlich? Glauben Sie etwa, ich will noch irgendwas mit dieser Scheißfirma zu tun haben? Raus hier!« Roald Hoffs Gesicht war ganz weiß geworden.

Mads stand langsam auf. »Sie mißverstehen mich. Ich wollte nicht …«

»Hauen Sie ab!« Ein Wachmann kam hinzu und geleitete Mads hinaus.

Er blieb eine Weile im Auto sitzen. Er hätte sich denken können, daß eine solche Reaktion kommen würde. Natürlich mußte Roald Hoff die Firma hassen wie die Pest. Mads atmete schwer. Er kam nicht weiter. Niemand wollte ihm etwas sagen.

»Machst du bitte das Fenster auf?« sagte Ringdal zu Schwartz.

Drei Personen waren in Ringdals Wohnung versammelt. Außer Ringdal und Schwartz war auch Bilot anwesend. Bilot steckte sich eine Zigarette nach der anderen an und hatte das Zimmer bereits vollkommen verqualmt.

Schwartz blickte säuerlich zu Ringdal und erhob sich widerwillig, um das Fenster zu öffnen. Sie alle spürten den Luftzug, der wenig später durchs Fenster hereindrang.

»Inzwischen ist der Investor-Relations-Berater vor Ort«, sagte Ringdal. »Sein Name ist Simon Meyer. Wir haben ihn früher schon mit großem Erfolg bei ähnlichen Projekten eingesetzt. Er ist teuer, versteht aber sein Fach.«

»Er muß es gelernt haben, sich sein Geld aus ganz besonderen Quellen zu beschaffen«, sagte Schwartz grinsend.

Keiner der anderen lachte. Ringdal fuhr fort: »Ich werde in den nächsten Wochen eng mit Simon Meyer zusammenarbeiten. Unsere Arbeit wird darüber entscheiden, ob wir Erfolg haben werden oder nicht. Zur Zeit sind wir dabei, eine Medienstrategie auszuarbeiten. Ich werde sie bei der nächsten Sitzung vorstellen. Die Vorbereitung des Börsengangs ist angelaufen. Heftye und Hammer arbeiten daran, das Dossier fertigzustellen. Der nächste Schritt wird sein, es notariell beglaubigen zu lassen.«

»Deine ausländischen Notare?« fragte Schwartz mit breitem Grinsen.

»Natürlich«, erwiderte Ringdal und ließ sich zu einem kleinen Lächeln herab. »Was gibt es bei dir Neues?« wandte er sich an Bilot.

»Eine ganze Menge«, erwiderte Bilot. »Der Hauptsitz ist nach Oslo umgezogen. Äußerst repräsentative Räumlichkeiten. Einiges von Ollies Geld für die Emission ist direkt in die Einrichtung geflossen.«

Die beiden anderen brummten amüsiert.

Bilot fuhr fort: »Des weiteren haben wir durch unsere Anwälte die Holding in Liechtenstein gegründet. Das ganze internationale Geschäft wird ab jetzt vom Hauptsitz in Oslo aus gesteuert, während das norwegische Geschäft durch die Tochtergesellschaft Trosvik & Partners Norge AS in Tønsberg abgewickelt wird.«

»Und Karl Trosvik, wie hat der das aufgenommen?« fragte Ringdal.

»Geht so«, meinte Bilot, »er hatte seine Einwände, aber ich habe ihn im Griff.« Er sagte das in einer Weise, die keinen der Anwesenden zweifeln ließ. Bilot war penibel, aber steinhart.

»Unser neuer Finanzvorstand ist mittlerweile am Platz. Er gehört unserem Schweizer Team an und hat sich vorübergehend in Oslo eingemietet.«

»Wer zahlt das?« wollte Ringdal wissen.

Bilot sah ihn erstaunt an. »Trosvik & Partners natürlich. Die Miete ist Teil seines Vertrages.«

»Und wie hoch ist sie?«

»Etwa 25 000 Kronen im Monat. Warum?«

»Ich mag keine übertriebenen Ausgaben. Auch nicht bei Projekten wie diesem. Wie lange bleibt er?«

»Solange wir ihn brauchen«, antwortete Bilot. »Wir haben gerade begonnen, die zahlreichen internationalen Verkaufsprospekte durchzugehen. Die Glaubwürdigkeit dieser Dossiers ist entscheidend.«

»Danke, sonst noch etwas?«

»Vorläufig nicht«, sagte Bilot.

»Schwartz, etwas Neues von deiner Seite?«

»Wir haben Mads Hammer unter voller Überwachung. Darüber hinaus sind ein paar Ungereimtheiten aufgetreten.« Er sah zu Ringdal hinüber.

»Und zwar?« fragte Bilot.

»Ein Journalist von Dagens Næringsliv hat Kontakt zu ihm aufgenommen. Wir wissen nicht genau, worüber sie gesprochen haben, aber Hammer selbst hat Henriksen über das Treffen informiert. Es war ein Versuch, ihn als eine Art Informant zu rekrutieren, nicht wahr?«

Ringdal nickte zustimmend.

»Wir sind auch dabei zu untersuchen, was dieser Journalist für Informationen hat. Sein Name ist Sjur Sander. Er ist schon eine ganze Weile hinter der Firma Finanzpartner her. Außerdem hat Mads Hammer auf eigene Faust das Ehepaar Petlund besucht«, fuhr Schwartz fort. »Wir sind uns nicht sicher, was er dort wollte. Es besteht durchaus die Möglichkeit, daß er Dinge erfahren hat, von denen er besser nichts wissen sollte.«

»Gut«, sagte Ringdal, »sonst noch etwas?«

Bilot räusperte sich. »Vielleicht sollte ich erwähnen, daß ich vor zwei Tagen mit Ollie gesprochen habe. Ich übertreibe wohl nicht, wenn ich sage, daß er ungeduldig ist.« Bilot wandte sich an Ringdal. »Ich glaube nicht, daß wir allzu viel Zeit haben. Ollie will bald Resultate sehen.«

Ringdal stand auf und knetete seinen Oberarm. Er fühlte sich plötzlich unwohl.

Mads brauchte ein Bier. Er schob den Bürostuhl zurück und streckte sich. Nicolai war bereits nach Hause gegangen. Es war neun, Line ging in der Regel um zehn ins Bett. Am Abend sahen sie sich ohnehin nur selten. Er schaltete den Rechner aus und packte seine Tasche. Nur eine kleine Stippvisite auf ein Bier, ehe er nach Hause ins Bett ging. Er brauchte das einfach.

Aus Mangel an anderen Ideen schlug er den Weg zum Acqua ein – dem minimalistischen Glaskäfig in Aker Brygge, der eine Bar und zwei Restaurants beherbergte. Die Bar war ein Platz für Leute mit dicken Brieftaschen, die sich nicht scheuten zu zeigen, was sie hatten.

Mads bestellte sich ein Bier und versuchte, so gut es ging, den oberflächlichen, uninteressierten Gesichtsausdruck aufzusetzen, der unter den Gästen üblich war.

Da stellte sich jemand neben ihn. Mads erkannte ihn sofort.

»So ein Zufall, daß ich ausgerechnet Sie hier treffe«, sagte Sjur Sander. Er rief einen der Barkeeper zu sich und bestellte ein Bier. Unter der Wölbung der Oberlippe mußte eine gewaltige Ladung Kautabak stecken. Er paßte definitiv nicht zur Klientel dieses Lokals. Unter der dünnen, abgewetzten Lederjacke trug er dieselbe alte Lederweste, die Mads bereits beim letzten Mal aufgefallen war. Seine Bartstoppeln waren mindestens eine Woche alt.

Sander zahlte sein Bier, nahm einen großen Schluck und rülpste. »Ich habe nichts von Ihnen gehört.«

»Von mir gehört? Hatten Sie das wirklich erwartet? Ich dachte, ich hätte mich klar genug ausgedrückt. Ich will weder mit Ihnen noch mit Ihrer Zeitung zu tun haben.« Ein unangenehmes Gefühl breitete sich in Mads' Bauch aus. Am liebsten wäre er einfach gegangen.

»Ich muß Sie wohl etwas besser einweihen, damit Sie den Ernst der Lage erkennen. Ich glaube nicht, daß Sie verstanden haben, was um Sie herum passiert.«

Mads nippte an seinem Bierglas und sah weg. Er wollte es vermeiden, zusammen mit Sjur Sander gesehen zu werden. Vielleicht wußte ja jemand, daß er bei Dagens Næringsliv arbeitete.

Sander mußte das gleiche gedacht haben und sagte: »Ich möchte, daß Sie mich in einer halben Stunde vor dem Wachhäuschen am Schloßpark treffen. Dort können wir ungestört einen kleinen Spaziergang machen. Ich habe Informationen über Ihren Arbeitgeber. Ich bin sicher, daß Sie das interessiert.«

Er kippte den Rest seines Bieres hinunter und stellte das Glas auf den Tresen. »Sie werden es womöglich bitter bereuen, wenn Sie nicht kommen.«

Unruhe flackerte in Mads auf. Die gleiche Unruhe, die ihn dazu getrieben hatte, Roald Hoff und die Eltern von Mikkel Petlund zu besuchen und die Firmenarchive zu durchstöbern. Wenn es denn überhaupt irgend etwas zu erklären gab.

»Wir treffen uns in einer halben Stunde. Gehen Sie vor«, sagte Mads.

Sander knöpfte seine Lederjacke zu und verschwand.

Eine gute halbe Stunde später ging Mads mit raschen Schritten die Anhöhe zum Schloß empor. Rechter Hand vor der großen Schloßfassade lag das Wachhäuschen der Gardisten.

Sander hatte seine Hände tief in den Jackentaschen vergraben und trat von einem Bein aufs andere. Als Mads vorbeiging, folgte er ihm. Schweigend traten sie hinter ein paar große Bäume, wo sie von niemandem gesehen werden konnten.

»Ich habe nicht viel Zeit«, sagte Mads. »Kommen Sie bitte gleich zur Sache.«

»Es dauert nicht lange. Sie sehen ja, daß ich friere«, sagte Sander mit einem Schaudern.

Mads blickte sich um. Auf dem Weg hinter ihnen kamen ständig Menschen vorbei. Es wäre besser gewesen, wenn sie einfach weitergegangen wären. Hier hinter den Bäumen würde man sie noch wegen Verdachts auf Drogenhandel festnehmen.

Sander nahm seine Kautabakdose und schob sich eine Extraportion unter seine bereits ausgebeulte Oberlippe. Seine Hände zitterten, und es war unmöglich zu sagen, ob er wirklich fror oder ob er aufgeregt war. »Im letzten Jahr hat es zwei Fälle von schwerem Insiderhandel gegeben. Beide Male führte die Spur in Richtung Finanzpartner. Im ersten Fall ging es um die Übernahme der Fokus Bank durch die Danske Bank. Und der zweite

Fall war, als Kjell Inge Røkke den Aktionären der Aker RGI ein Angebot machte. In den Wochen bevor dieses Angebot publik war, wurden große Aktienposten der Fokus Bank und der Aker RGI durch ausländische Nominees aufgekauft. Einer davon war Chase. Ich bin im Besitz von Materialien, die beweisen, daß die Kaufanweisungen von der Firma Finanzpartner kamen. Sie handelten im Auftrag eines ausländischen Investors.«

»Von wem denn?« fragte Mads.

»Wir sind dabei, das herauszufinden.« Sander wippte auf seinen Zehen auf und ab. »Es ging um große Summen.«

»Können Sie das beweisen, oder sind das nur Gerüchte?«

»Die Phase der Gerüchte haben wir hinter uns. Wir haben das Material. Aber wir brauchen noch handfestere Beweise.«

»Ich glaube Ihnen nicht. Sie verlassen sich auf Gerüchte und Vermutungen.« Mads spürte, wie die Kälte herankroch und schlug den Mantelkragen hoch.

»Entweder muß die Firma Finanzpartner ihre Infos direkt von einer der Personen erhalten haben, die zentrale Positionen innerhalb der Übernahmeverhandlungen innehatten, oder sie muß die Verhandlungen professionell abgehört haben.«

»Wie sieht es mit Glück oder Kompetenz aus?« fragte Mads. »Haben Sie überhaupt an eine solche Möglichkeit gedacht?«

»Es gibt in der Investmentbranche weder Glück noch Kompetenz. Das einzige, was zählt, ist, ob man Insider ist oder nicht.«

»Sie beantworten meine Fragen nicht.« Mads spürte, daß er ärgerlich wurde. »Gibt es einen einzigen Beweis für das, was Sie da vorbringen?«

»Ich kann Ihnen noch etwas sagen«, fuhr Sander fort. »Die Börsenaufsicht hat einen Hinweis bekommen, daß die Firmeninhaber über dicke Privatkonten in ausländischen Steueroasen verfügen. Einiges deutet darauf hin, daß dort große Summen deponiert sind. Woher diese Gelder kommen, ist nicht sicher. Die Wahrscheinlichkeit aber, daß die Gesellschafter gemeinsam mit einem oder mehreren ausländischen Investoren den Rahm vom Insiderhandel abschöpfen, ist verdammt groß. Die ausländischen Investoren zahlen große Teile des Honorars direkt auf die Konten in den Steueroasen. Auf diese Weise hintergehen sie die norwegischen Steuerbehörden, aber auch die normalen Angestellten der Firma. Diese Provisionseinnahmen werden sicher nicht berücksichtigt, wenn es um die Berechnung Ihres Bonus geht. Das Geld fließt direkt in die Taschen der Gesellschafter.«

Mads atmete schwer. »Beweise! Verstehen Sie? Sie reden die ganze Zeit von Hinweisen und vom Hörensagen. Können Sie irgend etwas von all dem wirklich beweisen?«

»Das kann ich. Doch vorläufig sind die Beweise noch nicht gut genug.« Er zuckte leicht mit den Schultern und entblößte seine schwarzen Zähne. »Es sollte in Ihrem eigenen Interesse liegen, in den kommenden Wochen mit mir in Kontakt zu bleiben. Die Sache wird gehörig Staub aufwirbeln. Es ist nur noch eine Frage der Zeit.«

»Das ist doch lächerlich.« Mads spürte, wie sich sein Magen verknotete. »Ich werde mich von Ihnen nicht benutzen lassen. Es sollte an die Öffentlichkeit, welche Methoden Sie verwenden, um Menschen als Spitzel anzuwerben. Egal, was davon stimmt und was nicht. Ich habe mit der Sache nichts zu tun. Ich will einfach meine Arbeit so gut wie möglich machen.«

»Sie werden es bereuen, Mads. Sie werden es schrecklich bereuen. Ich könnte Ihnen helfen.«

»Ich stehe für dieses schmutzige Spiel nicht zur Verfügung. Ich will Sie nicht wiedersehen.«

Mads zog den Mantel enger um sich und hastete über den dunklen Rasen in Richtung Parkvejen. Er wollte nur so schnell wie möglich nach Hause.

20

»S-s-sie haben einen neuen Finanzvorstand eingestellt? A-a-aber was ist mit meiner Stellung?«

Asbjørn Hansen knetete seine Hände. Sein Stottern wurde

schlimmer, wenn er nervös war. Seit über zwanzig Jahren arbeitete er als Finanzchef von Trosvik & Partners und hatte soeben erfahren, daß jemand anders seine Stelle übernehmen sollte. Noch dazu ein Ausländer. Fassungslos trabte er in Karl Trosviks Büro auf und ab.

»Immer mit der Ruhe«, versuchte Karl Trosvik ihn zu beruhigen. »Der neue Finanzvorstand wird in unserem neuen Büro in Oslo sitzen. Wir zwei werden weiter zusammenarbeiten. Das norwegische Geschäft wird von hier aus geleitet. Ihnen passiert nichts.«

»Ich be-bekomme einen neuen Ch-ch-chef«, sagte Asbjørn. »Es ist nicht sicher, d-d-daß er mich be-behalten will.«

»Das bestimme immer noch ich«, sagte Karl Trosvik.

Asbjørn Hansen sah seinen Noch-Chef skeptisch an. Es hatte kaum den Anschein, als ob Karl Trosvik noch das Sagen hätte. In der letzten Zeit war so viel passiert, und soweit Hansen es beurteilen konnte, hatte Karl Trosvik kaum Einfluß auf die Beschlüsse. Alle wichtigen Entscheidungen wurden vom neuen Besitzer und dessen Leuten getroffen.

Hansen blieb mitten im Raum stehen. Er nahm Anlauf: »K-k-k-önnen Sie mir das schriftlich geben?« fragte er.

»Natürlich. Ich werde mit Bilot darüber sprechen. Ich muß morgen früh nach Oslo.«

»Danke«, sagte Hansen. »Ich bin auf diesen Job wirklich angewiesen. Es ist nicht so leicht, wenn man erst einmal über fü-fü-fünfzig ist.«

Karl Trosvik sah seinen Finanzchef an. Seit so vielen Jahren arbeiteten sie zusammen, doch erst jetzt bemerkte er, was für eine jämmerliche Figur Hansen machte. Er war zu dick, und das Stottern verschlechterte den Gesamteindruck nur noch. Die Schweißflecken unter seinen Armen waren während des Gesprächs angewachsen. »Immer mit der Ruhe«, sagte Karl Trosvik, »Sie werden Ihre schriftliche Bestätigung bekommen. Ich spreche morgen mit Bilot.«

Karl Trosvik atmete schwer aus, nachdem Asbjørn Hansen

sein Büro verlassen hatte. Er hoffte nur, daß Bilot oder der neue Finanzvorstand keine anderen Pläne mit ihm hatten.

Am nächsten Morgen setzte sich Karl Trosvik in seinen neuen Audi und fuhr nach Oslo. Den Wagen hatte er sich noch am selben Tag gekauft, an dem das Geld für die Aktien überwiesen worden war. Das durfte er sich wohl gönnen, dachte er. Und dann noch die Segelyacht. Er hatte endlich die 43-Fuß-Grand Soleil bestellt, die er sich schon so lange wünschte. Im Frühjahr würde sie von der italienischen Werft geliefert werden. Er hatte schon so viele Jahre gewartet. Ein paar Monate spielten da keine Rolle.

Als Karl Trosvik das neue Osloer Büro betrat, war er nur froh darüber, daß sein Vater nicht mitgekommen war. Das wäre zuviel für ihn gewesen. Parkettboden, Gemälde, Perserteppiche, Möbel aus Mahagoni. Wie konnten sie sich das leisten? Verwendeten sie das Geld aus den Emissionen für solch einen Schnickschnack? Sein Vater hatte immer sorgsam darauf geachtet, daß das Geld für nützliche Dinge eingesetzt wurde, und nicht für Äußerlichkeiten. Deshalb waren sie auch nicht aus den alten Räumlichkeiten in Tønsberg ausgezogen. Sein Vater wollte, daß sie dort blieben, solange die Miete so günstig war, egal wie gut der Betrieb lief.

Eine junge, gutgekleidete Empfangsdame führte Karl Trosvik in Bilots Büro. Dieser hatte sich im größten Büro einquartiert. Karl Trosvik fühlte sich unwohl. Er blickte auf seine Cordhose und das Jeanshemd hinab und dachte sich, daß er etwas anderes hätte anziehen sollen. Wenigstens die Schuhe hätte er putzen müssen.

»Nun, wie finden Sie es?« fragte Bilot und bat ihn, sich zu setzen.

»Schön«, war alles, was er herausbrachte. Er setzte sich vorsichtig hin, als habe er Angst, etwas schmutzig zu machen. Gerne hätte er gefragt, wieviel das alles gekostet hatte, doch das mußte warten.

Eine weitere junge Dame kam herein und goß am Konferenztisch zwei Tassen Kaffee ein. Ehe sie ging, warf sie Bilot ein kokettes Lächeln zu.

»Wir haben sehr dafür gearbeitet, der Gesellschaft Trosvik & Partners das richtige Gesicht zu geben. Es geht ums Image«, erklärte Bilot. »Für Trosvik & Partners beginnt eine neue Zeit. Wir werden im Lauf weniger Jahre zu einem Milliardenunternehmen werden.«

Karl Trosvik ging so vieles im Kopf herum. Er hatte zahllose Fragen, aber es gelang ihm einfach nicht, sie zu stellen. Mehrmals schon hatte er erlebt, wie sich Bilot vom äußerst jovialen Schweizer Geschäftsmann im Lauf weniger Sekunden in eine Schlange verwandelt hatte. Dennoch war er gezwungen, ein paar unangenehme Dinge anzusprechen, die keinen Aufschub duldeten. Schließlich hatte er um dieses Treffen gebeten. Trosvik hatte das Gefühl, in einem Informationsvakuum zu sitzen.

»Sie wollten mich sprechen?« fragte Bilot.

»Es gibt ein paar Dinge zu besprechen«, begann Trosvik vorsichtig. »Sachen, die ein Vorstandsvorsitzender und ein Geschäftsführer von Zeit zu Zeit diskutieren sollten.«

Die Tatsache, daß er Englisch reden mußte, machte das Ganze noch schlimmer. Schon auf norwegisch war es schwer genug, die richtigen Worte zu finden.

Bilot half ihm nicht, sondern saß ruhig da und wartete darauf, daß Trosvik weiterredete.

»In der letzten Zeit ist sehr viel mit dem Betrieb passiert. Es sind Beschlüsse gefaßt worden, die große Veränderungen bewirkt haben. Manchmal hatte ich den Eindruck, daß alles ein wenig schnell ging. Gleichzeitig merke ich, daß ich an diesen Beschlüssen nicht beteiligt war. Ich bin schließlich Geschäftsführer und besitze mit meinem Vater zwanzig Prozent der Firma. Ich muß stärker als jetzt an den Beschlüssen beteiligt werden.« Jetzt war es gesagt, jetzt war es raus.

Es klopfte an der Tür. Ein Mann von Mitte Dreißig trat ein. Wie Bilot trug er einen tadellosen dunklen Anzug.

»Darf ich Ihnen Hans Kaiser vorstellen«, sagte Bilot und erhob sich. »Unseren neuen Finanzvorstand.«

Karl Trosvik stand auf und reichte dem Mann die Hand.

»Das ist Karl Trosvik«, stellte Bilot ihn vor, ohne seine Funktion als Geschäftsführer zu erwähnen, wodurch sich Karl Trosvik noch kleiner fühlte.

»Entschuldigen Sie die Störung«, sagte Kaiser in perfektem Englisch, »aber ich muß nur ein paar Papiere abliefern.« Er reichte Bilot einen Stapel Dokumente. Danach verschwand er wieder.

»Ein guter Mann«, meinte Bilot. »Wir brauchen ihn, wenn die Gesellschaft bald an die Börse soll.«

»Soll der Börsengang denn schon so bald erfolgen?« Karl Trosvik blickte Bilot ungläubig an.

»Die Kontakte mit der Osloer Börse sind bereits aufgenommen worden. Laut Finanzpartner wird es zwischen einem und drei Monaten dauern. Wir werden an die Börse gehen, sobald die Unterlagen akzeptiert worden sind.«

»So etwas sollte ich aber früher erfahren«, sagte Karl Trosvik leise und rutschte unruhig auf seinem Stuhl hin und her.

»Die Dinge geschehen heutzutage schnell«, sagte Bilot. »Wir können nicht immer alle über alles informieren.« Er sah Trosvik zurechtweisend an, wie ein strenger Lehrer einen unaufmerksamen Schüler.

»Aber, verdammt noch mal, ich bin doch der Geschäftsführer der Firma.« Trosvik war selbst überrascht darüber, wie laut er geworden war.

»Lassen Sie uns das ein für allemal klarstellen«, sagte Bilot. »Wir beide, Sie und ich, sind angestellt worden, um den bestmöglichen Job für die Aktionäre zu machen. Es ist ganz offensichtlich, daß die internationale Positionierung der Firma und die Entwicklung des Plastits zu dem Zeitpunkt, als sich Swiss Industrial Corporation eingekauft hat, komplett auf Sand gebaut waren. Das muß korrigiert werden. Ich habe meine Stellung vom Hauptaktionär erhalten, um diesen Job zu erledigen, und zwar schnell. Wir müssen die Firma auf den internationalen Markt bringen, und das ist enorm kapital- und arbeitsintensiv. Wir alle müssen damit leben, daß dabei nicht immer alle informiert werden.«

Karl Trosvik ärgerte sich über Bilots zurechtweisenden Ton. Gleichzeitig hatte er aber auch Angst davor, daß Bilot explodieren würde, wie er es bei einigen anderen Anlässen erlebt hatte.

»Meine Familie hat diesen Betrieb aufgebaut.« Karl Trosvik sprach leiser, als er es beabsichtigt hatte. »Es war das Lebenswerk meines Vaters, Trosvik & Partners zu einem soliden Unternehmen zu machen. Ich habe sein Erbe weitergeführt. Nun ist es meine ...«

»Sie und Ihre Familie haben den norwegischen Teil der Firma aufgebaut. Das ist korrekt. Der läuft von alleine weiter. Was den internationalen Teil betrifft, so war es erforderlich, daß sich andere, kompetentere Kräfte darum kümmern. Wir wollen deshalb, daß Sie sich weiterhin zu hundert Prozent auf die Fortführung und Entwicklung der bauwirtschaftlichen Aktivitäten in Norwegen konzentrieren. Dieser Teil wird bald als eigene Tochtergesellschaft unter dem Namen Trosvik & Partners Norge AS abgespalten.«

Karl Trosvik konnte bei Bilot die Andeutung eines Lächelns erkennen. Das brachte ihn zum Kochen. »Wollen Sie damit sagen, daß Sie die Tønsberger Aktivitäten in eine eigene Tochtergesellschaft ausgliedern wollen?«

»Genau. Gefällt Ihnen die Idee nicht?«

»Das ist jetzt aber die Krönung! Und was ist mit meiner Position? Soll ich zum Geschäftsführer einer Tochtergesellschaft degradiert werden oder weiterhin die gesamte Firma führen?«

»Sie übernehmen das norwegische Geschäft und verbleiben im Vorstand der Holding. Sie haben ...«, Bilot musterte ihn von Kopf bis Fuß, »nicht die Kompetenz, einen internationalen Markteinstieg zu leiten. Ich bin vorübergehend zum Chairman und Chief Executive Officer der Holding ernannt worden, bis wir jemanden gefunden haben, der die Stelle langfristig übernehmen kann.«

Karl Trosvik stand auf. »Das kann ich nicht mehr akzeptieren. Sie haben nicht das Recht, mich einfach zu degradieren.«

Auch Bilot erhob sich. Karl Trosvik sah ihn verwirrt an. Er hatte erwartet, daß Bilot sitzen bleiben würde.

»Was wollen Sie tun?« fragte Bilot und deutete mit dem Zeigefinger auf ihn. Er hatte sich in die Schlange mit den stechenden Augen verwandelt. »Als Aktionär sollten Sie realistisch genug sein, um zu verstehen, daß das, was jetzt geschieht, zum Wohl aller Aktionäre ist. Ihre Kompetenz reicht nicht aus. Sie müssen einsehen, daß Ihre Fähigkeiten begrenzt sind.«

Karl Trosvik spürte, daß er in die Defensive gedrängt wurde. »Ich will nicht überfahren werden«, sagte er und klang dabei viel zu zögerlich. »Sie beteiligen mich nicht an den Entscheidungen. Schließlich ist es auch meine Firma.«

»Sie sind sich doch wohl im klaren darüber, daß uns unsere Aktionärsvereinbarung nicht daran hindert, so viel Kapital in die Firma zu pumpen, daß Ihr Anteil und der Ihres Vaters gegen Null gehen? Das könnten wir jetzt machen, ehe die Gesellschaft an die Börse geht und alle Welt davon erfährt, wieviel sie wert ist. Wenn Sie daran teilhaben wollen, ist es von entscheidender Bedeutung, daß Sie sich einzuordnen wissen und sich nicht wie ein beleidigter kleiner Junge aufführen. Wir sind im Begriff, Sie und Ihren Vater zu Multimillionären zu machen, und Sie müssen akzeptieren, daß weder Sie noch Ihr Vater die Kompetenz für diesen Deal haben. Wenn Sie weiterhin dabeisein wollen, tun Sie, was von Ihnen verlangt wird, und halten Sie die Klappe.«

Das war nicht gerade der Sprachgebrauch, den Trosvik von einem Schweizer Geschäftsmann erwartet hätte. Er setzte sich und versuchte, seinen keuchenden Atem in den Griff zu bekommen. Die Verzweiflung verdrängte langsam die Wut.

»Es gibt eine Sache, die Sie möglichst sofort angehen sollten«, sagte Bilot. Auch er nahm wieder Platz.

»Und die wäre?«

»Die Rechnungslegung und die Finanzabteilung werden ab sofort von Oslo aus arbeiten.«

Karl Trosvik wurde es heiß und kalt. Er dachte plötzlich an Asbjørn Hansen und dessen Stellung als Finanzchef. »Und was wird aus unserer Finanzabteilung in Tønsberg?«

»Die wird überflüssig. Sie werden von der neuen Abteilung das notwendige Reporting und alle Rechenschaftsberichte erhalten. Die praktischen Dinge, die damit zusammenhängen, besprechen Sie bitte mit unserem neuen Finanzvorstand.«

Karl Trosvik hatte keine Ahnung, wie er das Asbjørn Hansen beibringen sollte.

»Du hast ja keine Ahnung, wie schön es ist, dieses Leben!«

Mads hörte das dumpfe Klopfen des Motors durch den Telefonhörer. Die Stimme seines Bruders überschlug sich vor Aufregung.

»Das Meer ist ganz still, die Sonne scheint. Ich stehe an Deck *meiner* Schute. Ich bin jetzt Reeder, kleiner Bruder!«

»Hört sich gut an«, sagte Mads. Vor seinem inneren Auge sah er seinen Bruder mit dem Telefon an Deck stehen. Stolz wie Oskar.

»Über das Arbeitsamt habe ich zwei junge Kerle bekommen, die beide schon mal auf einem Boot waren. Sie machen einen guten Eindruck. Sind arbeitswillig und scheinen gut zupacken zu können.«

»Gratuliere«, sagte Mads.

»Du solltest hier sein. Das ist wirklich etwas anderes, als irgendwo in Oslo in einem Büro zu hocken. Das ist das wahre Leben. Das Gefühl der Freiheit, die überwältigende Natur. Gott im Himmel, wie schön das ist!«

»Paß auf, daß du nicht über Bord gehst«, sagte Mads trokken. Er mußte im stillen lächeln. Mads kannte seinen Bruder und wußte, wie begeisterungsfähig er war. »Wie lange wollt ihr auf See bleiben?«

»Nur eine kleine Probetour. Wir sehen uns mal die Schären an. Ich möchte eine Route zurechtlegen, die die Touristen niemals wieder vergessen werden.«

Mads umging die Frage, wann die ersten Touristen kommen würden, denn er wollte sowenig wie möglich mit den finanziellen Problemen seines Bruders zu tun haben. »Und Sigrun und den Kindern geht es gut?« erkundigte er sich.

»Doch, denen geht es gut. Du, Bruderherz …« Torstein zögerte.

Mads wußte, was kommen würde.

»Du weißt doch, daß es ein großer finanzieller Schritt für mich war, dorthin zu kommen, wo ich jetzt bin. Um es ganz offen zu sagen: Ich habe ein vorübergehendes Liquiditätsproblem. Die Bank will ihr Geld zurück. Du kannst mir nicht vielleicht aus der Klemme helfen?«

Mads seufzte. »Wieviel brauchst du?«

»Ein paar hunderttausend kämen gut. Es dauert nicht mehr lange, bis die Touristen kommen. Dann ist es nur noch eine Frage der Zeit, bis alle Kredite abbezahlt sind.«

»Du weißt doch, daß ich nicht soviel Geld habe.«

»Wenigstens einige zehntausend?«

Mads konnte die Verzweiflung in der Stimme seines Bruders hören. Die Situation war offensichtlich viel schlimmer, als er sie darstellte.

»Tut mir leid, Torstein. Ich hab nicht soviel Geld auf der hohen Kante. Ich würde dir gerne helfen.«

»Du kennst auch keine Banken?«

»Nein. Dein Schiff ist bereits zu hoch belastet, und du kannst auch keine Sicherheiten mehr bieten. Du weißt doch selbst, wie schwer es ist, Geld von den Banken zu bekommen.«

»Wie sieht es mit Investoren aus? Vielleicht kennst du ja jemanden, der sich vorstellen könnte, in mein Schiff zu investieren.«

»Hör auf, Torstein! Es gibt hier in Oslo keinen Investor, der bereit ist, in einen Fischkutter auf den Lofoten zu investieren.

Da mußt du schon einen Investor vor Ort finden. Einen, der sich mit Booten und Tourismus auskennt. Vergiß es.«

»Verflucht, Mads. Du mußt mir doch irgendwie helfen können. Ich dachte, es wären Peanuts für dich, einen Kredit über ein paar hunderttausend auszuhandeln.«

Irgendwo tief unter seiner Verärgerung spürte Mads einen Anflug von schlechtem Gewissen. Natürlich hätte er sein Sparbuch plündern und ihm die fünfundzwanzigtausend leihen können. Das Problem war nur, daß das auch Lines Geld war. Er hatte nicht das Recht, ihr Geld zu verleihen. Außerdem würde es alles nur noch schlimmer machen, wenn Line in dieser schwierigen Phase bemerkte, daß das Geld verschwunden war.

»Tut mir leid, Torstein. Ich würde dir gerne helfen, wenn ich die Möglichkeit dazu hätte. Aber im Augenblick kann ich nicht. Was ich machen könnte, ist mit Vater zu sprechen. Das ist das einzige.«

Es wurde still am anderen Ende der Leitung. Mads schloß die Augen und wartete.

»Nenn seinen Namen nicht noch einmal, Mads. Ich würde sein Geld nicht einmal mit einer Kneifzange anfassen. Da würde ich mich lieber in Bodø an eine Straßenecke stellen und betteln. Grüß Line von mir.« Torstein beendete das Gespräch.

Mads dachte einen Moment lang darüber nach, ihn zurückzurufen und ihm sein Erspartes anzubieten, doch dann wies er den Gedanken von sich. Er wußte, daß das nicht helfen würde. Torstein hatte immer Geldprobleme gehabt, und er würde sie vermutlich immer haben. Er wußte nicht einmal mehr, wie oft er ihm schon Geld geliehen hatte, ohne es jemals zurückbekommen zu haben. Diesmal mußte Torstein allein zurechtkommen. Das Geld, das er gemeinsam mit Line gespart hatte, würde ihm ohnehin nicht weiterhelfen.

Schwartz hörte sich das Gespräch noch einmal an und lauschte jedem Wort, das gesagt wurde. Dann wandte er sich an seinen Kollegen.

»Schau dir mal Hammers Bruder an. Er heißt Torstein Hammer und wohnt irgendwo auf den Lofoten. Finde alles über seine Finanzlage heraus und klär ab, wie groß seine finanziellen Probleme wirklich sind.«

21

Mads und Nicolai waren auf dem Weg zum Bürogebäude, in dem die neuen Räume von Trosvik & Partners lagen. Sie beeilten sich. Die Sitzung hätte vor fünfzehn Minuten beginnen sollen.

Noch immer atemlos stiegen sie in den Fahrstuhl und fuhren in die oberste Etage. Nicolai ging als erster durch die neue Eingangstür, an der ein großes Messingschild prangte: »Trosvik & Partners International«. Die Empfangsdame führte sie in den Konferenzraum, wo Bilot und der neue Finanzvorstand warteten.

»Sie kommen fast zwanzig Minuten zu spät«, sagte Bilot und deutete auf die Uhr. »Sie hätten wenigstens anrufen können.«

»Entschuldigen Sie«, sagte Nicolai und rang sich sein charmantestes Lächeln ab. »Ein Kunde hat mich aufgehalten.«

Das war eine blanke Lüge. Nicolai hatte mit seinem Innenarchitekten telefoniert. Er wollte bald in eine neue Penthouse-Wohnung ziehen und verbrachte unverhältnismäßig viel Zeit mit Einrichtungsdetails. Diesmal war es um ein paar ganz besondere Ornamente für den Kamin gegangen. Mads hatte ihm schließlich das Telefon aus der Hand nehmen müssen, damit sie endlich gehen konnten.

Die Entschuldigung schien Bilot nicht gerade gnädiger zu stimmen, eher im Gegenteil. Er sah beide verärgert an. »Ich erwarte ein Minimum an Professionalität von meinen Investmentbankern. Es ist vollkommen inakzeptabel, daß Sie uns hier warten lassen.«

»Entschuldigen Sie«, sagte Nicolai noch einmal. »Es wird nicht wieder vorkommen.«

»Gut, lassen Sie uns nicht mehr darüber reden. Es ist schon spät genug. Kaiser, gehen Sie die Zahlen durch.«

Der neue Finanzvorstand gab Nicolai und Mads jeweils eine Mappe mit blauem Umschlag, die mit »Preliminary Budgets, Trosvik & Partners International« beschriftet war. Unten auf der Seite stand in großen kursiven Buchstaben »Confidential«. Das kleine, magische Wort, das dazu führte, daß ein Dokument von allen gelesen wurde.

Kaiser stand auf und schaltete den Projektor ein. »Seit ich hier in der Gesellschaft bin, habe ich versucht, so viele Zahlen wie nur möglich zusammenzutragen«, sagte er. »Die Budgets werden die Richtschnur für alles sein, was es später zu tun geben wird.« Er legte die erste Folie auf die Glasplatte. Viele Zahlenkolonnen kamen zum Vorschein. »In den letzten Tagen haben wir uns insbesondere damit beschäftigt, eine fundierte und realistische Umsatzplanung aufzustellen. Das sind die vorläufigen Zahlen.«

Mads unterdrückte einen leisen Aufschrei. Nicolai blickte verwundert auf. Erst ging sein Blick zu Mads, dann zu den Zahlenkolonnen auf der Leinwand. Sie waren einfach unglaublich.

»Die Bestellung aus China steht im Mittelpunkt, ist aber nicht allein entscheidend«, fuhr Kaiser fort. »In den nächsten Jahren werden einhunderttausend Häuser zu einem berechneten Durchschnittspreis von dreißigtausend norwegischen Kronen geliefert werden. Das ergibt eine Verkaufssumme von drei Milliarden Kronen und neue Wohnungen für rund eine halbe Millionen zwangsumgesiedelter Menschen.«

»Aber es ist noch ein gutes Stück von diesen drei Milliarden zu den sieben Milliarden, die für die nächsten fünf Jahre veranschlagt sind«, sagte Nicolai. »Wo sollen die anderen vier Milliarden herkommen?«

»Weitere Projekte«, antwortete Kaiser. »Die wichtigsten davon sind in den Dokumenten beschrieben, die ich Ihnen überreicht habe. Ein potentieller Kunde, an den wir große Erwartungen knüpfen, ist die UNO. Bilot fährt morgen nach

Genf, um erste Gespräche zu führen. Es ist die Rede von Lieferungen für internationale Nothilfemaßnahmen. Große Lieferungen.«

»Die Zahlen sind also fundiert?« fragte Mads.

»Natürlich«, erwiderte Kaiser. »Wir haben kein Interesse daran, Luftschlösser zu bauen.«

»Unsere letzten Berechnungen zeigen ein größeres Verdienstpotential als bisher angenommen«, meinte Bilot. »Eine Bruttomarge von vierzig Prozent erscheint nicht mehr unrealistisch. Das bedeutet netto etwa fünfzehn Prozent. Nach fünf Jahren sollte die Firma soweit sein, Milliarden umzusetzen, um Milliarden zu verdienen.«

Nicolai sperrte den Mund auf. Er brachte nicht eine einzige vernünftige Frage heraus. Fieberhaft versuchte er zu überschlagen, was das für die Firma und seinen persönlichen Weihnachtsbonus bedeuten würde.

»Gibst du mir bitte deine Kontonummer?« bat Mads.

»Du wirst es zurückbekommen, Bruderherz«, sagte Torstein. »Ehrenwort. Es ist nur eine Frage der Zeit, bis alles wie am Schnürchen läuft. Wieviel hast du?«

»Ich überweise dir fünfundzwanzigtausend. Das ist alles, was ich zusammenkratzen kann.«

»Mehr geht nicht?«

»Torstein, jetzt hör mir mal gut zu. Das ist alles, was ich habe. Das Ersparte von Line und mir. Ich räume das Konto für dich ab, und du hältst die Klappe. Line muß nichts davon wissen. Du hältst dicht, verstanden?«

»Natürlich, du kannst dich auf mich verlassen. Das weißt du.«

Mads überwies seinem Bruder das Geld. Er rechnete nicht damit, jemals etwas davon wiederzusehen. Doch so hatte er für Torstein wenigstens getan, was in seiner Macht stand. Mit etwas Glück konnte er es mit dem Weihnachtsbonus zurückzahlen, so daß Line nichts davon bemerken würde. Und das Gequengel seines Bruders würde aufhören. Ab jetzt mußte Torstein allein zurechtkommen.

Zum ersten Mal konnte sich Mads zu hundert Prozent auf das Projekt Trosvik & Partners konzentrieren. Keine weiteren Analysen oder Dossiers warteten mehr auf ihn. Er und Nicolai waren freigestellt worden, um mit ihrer ganzen Energie an diesem Deal zu arbeiten. Das war auch nötig, denn es mußte noch viel getan werden, ehe sie die Gesellschaft den ersten Investoren vorstellen konnten.

Das Verhältnis zu Line war komplizierter als je zuvor. Sie gingen einander aus dem Weg, was ihn mehr quälte, als er sich selbst eingestehen wollte. Letzten Samstag waren sie gemeinsam im Theater und anschließend essen gewesen. Sie hatten miteinander gesprochen. Über das Kind, das kommen sollte. Kleine, praktische Dinge, die vorbereitet werden mußten. Mads hatte aufmerksam zugehört, was Line auf dem Herzen hatte. Er hatte wirklich versucht, ihr zu folgen und engagiert zu wirken. Kinderbett und Wickelkommode mußten gekauft werden, Babykleidung wollte sich Line von einer Freundin leihen, und das Zimmer, in dem das Kind schlafen sollte, mußte noch tapeziert und gestrichen werden.

Mads versuchte im stillen auszurechnen, wieviel das alles kosten würde, und kam zu dem Schluß, daß es bezahlbar war. Nichts von dem, was gekauft werden mußte, sprengte ihr Budget. Mads versuchte ein paarmal, von dem Deal zu erzählen, an dem er arbeitete, gab dann aber auf. Line war nicht daran interessiert.

Sie waren gegen zehn Uhr nach Hause gekommen, und Line war gleich ins Bett gegangen. Ein weiteres Mal hatte der Abend damit geendet, daß Line sich bei ihm beklagt hatte, er interessiere sich nicht für sie und das Baby. Sie warf ihm vor, daß er zuviel arbeite und daß sie nicht genug Zeit miteinander verbrächten. Er versuchte sich ihr zu nähern, doch sie zog sich zurück.

»Trosvik & Partners wird in diesem Jahr der wichtigste Deal werden«, sagte Henriksen. Er war unangemeldet in Mads' Büro gekommen, was er sonst nie tat. »Sie sollten sich darüber im klaren sein, daß wir Sie mit einem der wichtigsten Aufträge unserer Firmengeschichte betraut haben. Wir haben Sie beobachtet, Mads, und uns gefällt, was wir sehen.«

»Danke.« Das war das einzige, was Mads über die Lippen brachte.

»Sie haben bewiesen, daß Sie Sachen erledigen können und daß Sie bereit sind, den erforderlichen Einsatz zu bringen. Sie haben Ringdal imponiert. Das haben noch nicht viele geschafft, das kann ich Ihnen versichern.«

»Ich freue mich, das Projekt Trosvik & Partners bearbeiten zu dürfen. Der Betrieb hat ein gewaltiges Potential«, sagte Mads.

»Doch die wirkliche Arbeit fängt erst an, Hammer. Bisher waren es nur Vorbereitungen für den großen Moment, wenn sich zeigen wird, ob wir einen echten Coup landen können.« Henriksen fuhr sich mit der Hand über Wange und Kinn.

»Es kommt natürlich auf das Interesse der Investoren an. Aber Trosvik & Partners sollte verkäuflich sein. Alles andere würde mich wundern.«

»Die Hauptverantwortung für das Gelingen des Projekts liegt bei Ihnen und Heftye. Wenn Sie unsere Erwartungen erfüllen, erhalten Sie einen großzügigen Bonus. In Ihrem Fall könnte es ein Bonus sein, wie er noch nie an einen Neuling ausbezahlt worden ist. Darauf gebe ich Ihnen mein Wort.« Henriksen verschwand über den Flur zu seinem Büro.

Die Worte kribbelten in Mads' Körper. Das mußte er Line erzählen. Er nahm den Telefonhörer ab und hoffte inständig, daß sie in ihrem Büro war.

Henriksen schloß die Tür hinter sich.

»Ich wäre froh, wenn du hier nicht rauchen würdest«, sagte Ringdal.

Henriksen überhörte die Bemerkung und zündete sich einen

Zigarillo an. Ringdal schüttelte den Kopf und stand auf, um einen Aschenbecher zu holen.

»Hier hast du die vorläufigen Budgets«, sagte er und legte eine blaue Mappe vor Henriksen auf den Tisch.

Henriksen nahm sie und begann mit großem Interesse darin zu lesen. »Was für gigantische Zahlen!«

»Bisher konnten sich nur Internetgesellschaften mit solchen Summen messen. Eine ganz heiße Sache«, meinte Ringdal.

»Milliardeneinnahmen im zweiten Betriebsjahr und Milliardenüberschüsse im fünften. Himmel noch mal.« Henriksen lachte heiser und zog begierig an seinem Zigarillo. »Und das wollen wir den Leuten glaubhaft machen?«

»Sie haben eine solide Grundarbeit geleistet. Es wirkt überzeugend. Sehr gut. Allein dreißig Seiten untermauern die Verkaufszahlen«, sagte Ringdal.

»Das kann für uns von gewaltiger Bedeutung sein. Ich habe ein paar Berechnungen angestellt, was das einbringen könnte. Willst du sie sehen?«

»Natürlich«, antwortete Henriksen. »Ich interessiere mich immer für meine Rentenberechnung.«

In der Küche und im Wohnzimmer war Licht. Dann war Line jedenfalls noch nicht im Bett. Mads parkte den Wagen und nahm den Aktenkoffer vom Rücksitz. Er warf einen Blick auf seine Armbanduhr und fluchte leise. Wieder kam er später, als er es versprochen hatte, und er fragte sich, ob sie ihn anfahren oder ihm mit kaltem Schweigen begegnen würde.

Er öffnete leise die Tür, blieb stehen und lauschte. Es war merkwürdig still und duftete nach Essen. Line kam aus der Küche. Sie hatte ein breites Lächeln auf den Lippen und schlang die Arme um seinen Hals. Dann zog sie ihn ins Gästezimmer. Das Extrabett war verschwunden. Statt dessen standen dort ein Babybett und eine Wickelkommode. Der Raum war völlig verändert. Es gab neue Gardinen mit kleinen Enten und Regale voller Babykleidung und Spielzeug.

»Wie hast du das hingekriegt?« wollte Mads wissen.

»Ich wollte dich überraschen. Tut mir leid, daß ich in der letzten Zeit so schroff zu dir war, Mads. Ich hab mich so über den Anruf heute nachmittag gefreut. Als du mir erzählt hast, daß es auf der Arbeit gut läuft.«

Er drehte sich um und nahm ihren Kopf zwischen seine Hände. »Ich verspreche dir, daß alles besser werden wird, Line. Ich verfluche mich selbst dafür, daß ich auch heute wieder zu spät gekommen bin. Das wird nicht wieder vorkommen. Ich verspreche es.«

»Psst«, sagte sie. »Du solltest nicht zuviel versprechen.«

Mads glaubte aus ihren Äußerungen die Familientherapeutin herauszuhören. Sie mußte Line geraten haben, sich ihm auf diese Art zu nähern. Das war die einzig vernünftige Erklärung für ihr Verhalten. Aber er war froh und dankbar für jeden Versuch, die schlechte Stimmung zwischen ihnen zu beseitigen.

»Morgen nehme ich frei«, sagte Mads. »Wie wäre es, wenn wir in der Stadt zusammen einkaufen gingen?«

»Komm«, antwortete sie bloß, nahm seine Hand und führte ihn ins Wohnzimmer, wo sie gedeckt hatte. »Ich habe gekocht. Einen exotischen Eintopf. Weißt du, was das Gute daran ist?«

»Nein?«

»Den kann man auch noch servieren, wenn die Gäste zwei Stunden zu spät kommen.«

Mads war sich ziemlich sicher, daß das nicht die Worte der Therapeutin waren. Das klang eher nach Line.

Zum ersten Mal seit langem schliefen sie wieder miteinander. Sie hatten viel nachzuholen.

22

Am nächsten Tag schliefen Line und Mads aus. Gegen neun stand Mads leise auf und kochte Kaffee, den er ans Bett brachte. Line war schön, so schön wie schon lange nicht mehr, als sie sich aufrichtete und die dampfende Tasse entgegennahm. Ihr volles Haar war zerwühlt und die Augen noch verschlafen. Mads verspürte eine warme Zuneigung für sie und hatte das Gefühl, als sei eine Zentnerlast von seinen Schultern gefallen.

Nach einem ausgiebigen Frühstück zogen sie sich an und schlenderten ins Stadtzentrum. Die Sonne schien und ließ die Schneeschicht tauen. Line nahm Mads zu ein paar Babyläden mit, und er folgte ihr geduldig und bemühte sich, interessiert zu wirken. Eigentlich konnte er nicht fassen, daß es so wichtig war, welche Farben man für die Babykleidung wählte.

»Es müssen neutrale Farben sein, wir wissen ja nicht, ob es ein Junge oder ein Mädchen wird«, sagte Line.

»Aber es macht doch nichts, wenn ein Mädchen etwas Blaues trägt«, versuchte er zu widersprechen, gab aber rasch auf. Er verstand sich ohnehin nicht auf so etwas.

Es war bald zwölf, als sie den sechsten Bekleidungsladen betraten. Line griff sich ein paar neue Hosen und verschwand in der Umkleidekabine. Mads wühlte ziellos in einem Stapel Pullover, die im Angebot waren. Er verlor allmählich die Geduld.

Plötzlich bemerkte er, daß sich ein Mann dicht neben ihn gestellt hatte. Mads trat irritiert zur Seite, damit der Mann mehr Platz hatte, und sah ihn an. Er erkannte ihn sofort. Es war Roald Hoff. Das letzte Mal hatten sie sich im Gefängnis in Drammen gesehen. Wortlos schob Hoff ein Stück Papier in Mads Hand und sah sich dabei um, als wolle er sich versichern, daß sie nicht beobachtet wurden. Dann verließ er den Laden. Mads blieb wie angewurzelt stehen.

»Wer war das?« wollte Line wissen.

»Keine Ahnung«, antwortete er und fragte sich im selben Moment, warum er nicht die Wahrheit gesagt hatte. Er mußte vor Line doch nichts verbergen. »Hat dir die Hose gefallen?«

»Nein.«

»Komm, laß uns gehen«, sagte er und nahm ihre Hand.

Gleichzeitig ließ er den Zettel in seine Jackentasche gleiten. »Laß uns irgendwo einen Kaffee trinken.«

»Dieser Journalist weiß zuviel«, meinte Schwartz. »Wir sind seine Dateien durchgegangen.«

»Wie das denn?« fragte Ringdal.

»Wir sind heute nacht in sein Büro eingebrochen und haben seinen Rechner und eine Menge Papiere mitgenommen. Den Rest haben wir zerstört.«

»Wie?«

»Wir haben ein Feuerchen gelegt«, grinste Schwartz.

Ringdal stand am Fenster und sah auf die belebte Straße hinunter. Sie befanden sich in Ringdals Dachwohnung in Aker Brygge.

»Wieviel weiß er?« fragte Ringdal.

»Er kennt den Namen der Gesellschaft in Panama. Es ist unwahrscheinlich, daß er die Besitzverhältnisse herausbekommen hat, aber er hat ganz offensichtlich einen Verdacht. Allein schon die Tatsache, daß er die Namen der Gesellschaften weiß, zeigt, daß er Verbindungen hat.«

»Weiß er noch mehr?«

»Wir haben ein ganzes Archiv von Pornobildern gefunden, die er sich im Internet heruntergeladen hat. Er scheint eine Schwäche für ganz junge Mädchen zu haben. Unser Freund, der Journalist, ist ein kleines Schwein.« Schwartz grinste. »Willst du die Bilder mal sehen?«

Ringdal schloß demonstrativ die Augen. »Komm zur Sache. Weiß er noch mehr?«

»Sander war ein paarmal bei Roald Hoff. Bis jetzt sieht es aber nicht so aus, als hätte er etwas Konkretes in der Hand. Auf der anderen Seite hat er gute Kontakte zur Börsenaufsicht. Dort hat er Einblick in Unterlagen zum Thema Insiderhandel bekommen.«

»Sie haben uns nie etwas nachweisen können.«

»Sander hat unter anderem die Abschriften der Aussagen von

allen Angestellten bei Finanzpartner. Dort liegt anscheinend einiges verborgen, auch wenn es bisher nicht bewiesen werden konnte.«

»Scheiße.«

»Ich schlage vor, daß wir uns mal seine Wohnung vornehmen. Wir können das heute abend erledigen.«

Ringdal wandte sich zu Schwartz. Er war blaß und sah erschöpfter aus als sonst. »Du tust, was notwendig ist«, sagte er.

Auf dem Zettel, den er von Roald Hoff bekommen hatte, standen eine Adresse, eine Uhrzeit und der Satz: »Achte darauf, daß dir niemand folgt.«

Es war ebenso verrückt wie lächerlich. Selbst wenn Roald Hoff etwas Wichtiges zu erzählen hatte, war Mads sich nicht mehr sicher, ob er es überhaupt hören wollte. Was vor seiner Zeit bei der Firma passiert war, ging ihn nichts an. Warum sollte er auf diesen Kerl hören? Auf jemanden, der wegen Betruges eingesessen hatte? Zum Teufel mit seiner Neugier! Warum hatte er die Vergangenheit nicht einfach ruhen lassen und sich statt dessen mehr auf sich selbst konzentriert?

Doch jetzt war es zu spät. Er konnte den Zettel nicht ignorieren. Schließlich war er es gewesen, der Roald Hoff im Gefängnis aufgesucht hatte, und so mußte er jetzt wenigstens soviel Anstand aufbringen, zu einem Treffen zu kommen. Außerdem mußte er sich eingestehen, daß er neugierig war, was ihm Roald Hoff zu sagen hatte.

Mads blickte auf die Uhr. Es war bald halb elf. Die Adresse, die man ihm gegeben hatte, lag in einer Nebenstraße im Stadtteil Grønland. Er trank seinen Kaffee aus und verließ das Café, wo er die letzten Minuten zugebracht hatte. Dann ging er in ein Schnellrestaurant auf der anderen Straßenseite. Dort bestellte er einen weiteren Becher schwarzen Kaffee und setzte sich ans Fenster. Unablässig gingen Menschen vorbei. In der letzten halben Stunde hatte er dreimal den Aufenthaltsort gewechselt und darauf zu achten versucht, ob ihm jemand folgte.

Er trank aus und ging nach draußen. Der Zeitpunkt der Verabredung näherte sich. Es war kalt, und er zog seinen Mantel enger um sich. Er ging nach rechts und folgte der Storgata. Eine Weile blieb er vor einem Schaufenster stehen. Es war niemand zu sehen, der sich für ihn zu interessieren schien. Vielleicht litt Hoff ja unter Verfolgungswahn?

Die Umgebung veränderte sich, je weiter er nach Osten kam. Dieser Stadtteil war ihm fremd. Sogar die Gerüche waren anders. Er ging durch ein paar schmale Seitenstraßen. Die Fenster in einem der Mietshäuser waren zerbrochen und kreuz und quer mit Brettern vernagelt. Eine Gruppe von sieben bis acht Pakistanis kam ihm entgegen. Mads wechselte auf die andere Straßenseite.

Er mußte die Straße dreimal auf und ab laufen, ehe er das Haus fand. Dann suchte er nach der Klingel, auf der »G. Koch« stand. Ein paar Sekunden später öffnete sich die Tür einen Spaltbreit. Hoff ließ ihn herein und führte ihn die Treppe hinauf in den ersten Stock. Im Treppenhaus roch es nach Katzenpisse. Hoff schloß die Tür auf und ließ Mads eintreten. Es war eine kleine, aber gemütlich eingerichtete Wohnung. Die Farben deuteten darauf hin, daß hier eine Frau wohnte. Hoff bat ihn, auf dem Sofa Platz zu nehmen.

»Du warst bei Stockholm Securities, als ich bei Finanzpartner gearbeitet habe, nicht wahr?« fragte Hoff.

»Ich glaube nicht, daß wir uns in dieser Zeit jemals begegnet sind.«

»Nein, das glaube ich auch nicht.«

»Bist du entlassen – ich meine aus dem Gefängnis?«

»Nur auf Freigang. Morgen nachmittag muß ich wieder rein. Eine Freundin von mir wohnt hier. Ich möchte mit dir sprechen. Tut mir leid, daß ich dich letztes Mal, als wir uns gesehen haben, rausgeworfen habe.«

»Kein Problem, ich hätte dich vorher anrufen sollen.«

Hoff schüttelte den Kopf. »Hast du darauf geachtet, ob dir jemand gefolgt ist?«

»Sag mal, wovor hast du eigentlich Angst?«

»Hast du darauf geachtet, daß dir niemand folgt?« wiederholte Hoff.

»Ich habe niemanden bemerkt«, erwiderte Mads und sah sein Gegenüber neugierig an. Hoff war ein junger Mann mit hübschen Gesichtszügen. Die hellen, halblangen Haare hatte er sich hinter die Ohren gestrichen. In seinem Blick lag etwas Eindringliches, Standhaftes, das es Mads jetzt leichter machte, sich diesen Mann als Angestellten der Firma Finanzpartner vorzustellen.

»Die Wahrscheinlichkeit, daß draußen jemand steht und auf dich wartet, ist gar nicht so gering«, sagte Hoff. »Geh nachher durch den Haupteingang raus, ich nehme den Hinterausgang.«

Ein leichtes, nervöses Lachen kam über Mads' Lippen. Hoffs Angst schien echt zu sein.

»Was willst du eigentlich?« fragte Mads. »Warum hast du mich gebeten zu kommen?«

»Vermutlich aus demselben Grund, aus dem du mich besucht hast. Wir haben nicht viel Zeit. Ich will dich so schnell wie möglich wieder aus dieser Wohnung haben.«

Mads sah sich um. Die Fensterbretter standen voller Grünpflanzen. Unter dem Tisch lag ein Stapel Vogue, Elle und Cosmopolitan. Es mußte eine junge Frau sein, die hier wohnte. Hoffs Freundin?

»Vor ein paar Tagen habe ich erfahren, daß du bei den Eltern von Mikkel Petlund warst«, sagte Hoff und fingerte an seinem Uhrenarmband herum. »Seit seinem Tod habe ich ab und zu ein bißchen Kontakt mit ihnen. Sie haben mir gesagt, daß du da warst. Ein paar Tage später bist du bei mir im Gefängnis aufgetaucht, um mit mir zu reden. Mir ist in den Sinn gekommen, daß dir ein paar Sachen aufgefallen sein müssen. Unstimmigkeiten, nicht wahr?«

»Na ja ...«

»Du liegst ganz richtig. Die Firma ist eine Schlangengrube. Und die Gesellschafter sind skrupellos und geldgeil. Du solltest nicht ausschließen, daß du das nächste Opfer bist.«

»Es würde mir helfen, wenn du ein bißchen konkreter werden könntest. Ich finde, das Ganze hört sich sehr dramatisch an.«

»Es *ist* dramatisch.« Hoff sprach etwas lauter. »Mikkel hat nicht Selbstmord begangen. Das ist dir vielleicht auch schon in den Sinn gekommen, und deshalb warst du bei seinen Eltern in Drøbak, nicht wahr?«

Mads antwortete nicht.

»Der Selbstmord war inszeniert. Es gibt keine andere Erklärung. So konnten sie ihm die Schuld für die Unterschlagung in die Schuhe schieben, und der ganze Verdienst floß in die Taschen der Gesellschafter und ihrer ausländischen Komplizen. Der Verlierer war Mikkel.«

»Um wieviel drehte es sich?«

»Einige zig Millionen.«

»Und dafür waren sie bereit, einen Mord zu begehen?«

»Ich bin überzeugt davon.«

Mads schüttelte den Kopf. »Und warum hat dann die Polizei nichts gefunden?«

»Es war professionell geplant und durchgeführt. Das sind Profis bis in die Fingerspitzen, auch wenn es um Mord geht.«

»Ich kann mir aber nicht vorstellen, daß die Gesellschafter bereit sind, Menschen für Geld umzubringen. Das geht doch zu weit.«

»Ich habe in der letzten Zeit Menschen getroffen, die für weniger zu morden bereit sind. Weit weniger. Weißt du, wieviel es kostet, in Norwegen einen Mord in Auftrag zu geben?«

»Ich bin mir nicht sicher, ob ich das wissen will.«

»Um die Fünfzigtausend, wenn du einen Profi anheuerst.«

Mads verdrehte die Augen. »Du mußt aber zugeben, daß Mikkel Petlund sich das Leben genommen haben könnte, weil er erkannt hat, daß das Spiel verloren war.«

»Ausgeschlossen.«

»Und du? Bist du auch das Opfer eines Komplotts geworden?« Mads mußte sich anstrengen, um nicht sarkastisch zu wirken.

»Du glaubst, ich warne dich, weil ich mich rächen will, nicht wahr?«

Mads zuckte mit den Schultern. »Das wäre in deiner Situation durchaus verständlich«, antwortete er.

»Vermutlich hätte ich vor zwei Jahren das gleiche gedacht. Du denkst an fette Bonuszahlungen und fragst dich, welche Möglichkeiten dir das Leben noch bieten wird, nicht wahr? Ich verstehe dich, aber ich habe eingesehen, wie blind einen die Hoffnung auf das große Geld machen kann. Du bemerkst die Anzeichen der Gefahr nicht mehr, willst sie nicht sehen.«

Mads nickte. Er verspürte eine gewisse Sympathie für Hoff, der das gleiche durchgemacht hatte wie er selbst: den Arbeitsdruck, das Probezimmer, den unbändigen Wunsch, erfolgreich zu sein und einen Coup zu landen. Hoff hatte auf dem gleichen Bürostuhl gesessen wie er. Jetzt saß er im Gefängnis, und seine berufliche Karriere lag in Schutt und Asche.

»Sie haben mich brutal und rücksichtslos ausgenutzt. Ich wurde angeklagt, Insiderhandel in der Größenordnung von vielen hundert Millionen Kronen durchgeführt zu haben. Alle Spuren führten zu mir. Die Dokumentationen, die Zeitpunkte der Telefonate, die Überweisungsaufträge, die Konten – alles fand in meinem Namen statt. Das einzige Problem ist, daß ich das alles nicht getan habe.«

»Und die Hintermänner?«

»Man hat sie nie gefunden. Das Geld verschwand in einem Netzwerk ausländischer Konten. Die norwegische und die internationale Polizei sind noch immer auf der Suche. Wahrscheinlich vergnügt sich das Geld in irgendeiner Steueroase auf einem Konto, das vom Vorstand der Finanzpartner AG verwaltet wird. Im nachhinein ist mir klargeworden, daß sie mich nur durch professionelles Abhören in diese Lage bringen konnten. Sie müssen zu Hause bei mir Wanzen installiert und alle Telefonate abgehört haben.«

»Du meinst, daß sie mit Spionagemitteln arbeiten?«

»Deshalb habe ich dich auch nicht angerufen, um dieses Treffen auszumachen. Ich bin überzeugt davon, daß auch du abgehört wirst.«

»Findest du nicht, daß das ein bißchen paranoid klingt?«

»Du hast doch selbst gespürt, daß da etwas nicht stimmt. Ich kann dir nur versichern, daß es schlimmer als in deinen übelsten Phantasien ist. Diese Menschen sind lebensgefährlich.«

Mads lehnte sich zurück. Das Sofa war zu tief, um lange darauf zu sitzen. »Warum erzählst du mir das alles?«

»Ich fühle eine gewisse Verantwortung. Ich will nicht, daß noch andere die gleiche Hölle durchmachen wie Mikkel und ich. Diese Leute sind imstande, andere Menschen zu zerstören.«

Mads versuchte, seine Sitzhaltung zu ändern. Gerne hätte er jetzt etwas getrunken, etwas Starkes.

Hoff zögerte einen Augenblick, dann stand er auf. »Bitte geh jetzt.«

Auch Mads erhob sich.

»Du mußt mir etwas versprechen«, sagte Hoff.

»Was denn?«

»Ich will, daß du niemandem erzählst, daß ich Kontakt zu dir aufgenommen habe. Und du darfst dich nie wieder bei mir melden.«

»Okay.« Mads knöpfte seinen Mantel zu. »Was soll ich denn deiner Meinung nach tun?«

»Verschwinde, so schnell es nur geht, kündige, setz dich ab. Such dir einen Job im Ausland. Und prüf nach, ob sie zu Hause bei dir Wanzen installiert haben.«

»Du meinst das im Ernst, nicht wahr?«

»Natürlich meine ich das ernst. Die brauchen solche wie dich und mich, um ihr falsches Spiel zu betreiben.«

Hoff ging zur Tür. Er blickte durch den kleinen Spion, ehe er sie öffnete und seinen Gast nach draußen ließ.

Mads drehte sich um. »Auf jeden Fall erst einmal danke.«

»Melde dich nie wieder bei mir«, flüsterte Hoff und schloß die Tür.

23

Die verfallenen Mietshäuser, die dunkelhäutigen Menschen auf den Straßen, die Gerüche – Mads nahm das alles nicht mehr wahr. Es drehte sich alles in seinem Kopf.

Mit welchem Recht konnte Roald Hoff, der wegen Insiderhandels und Bestechung rechtskräftig verurteilt worden war, behaupten, daß in Wirklichkeit sein früherer Arbeitgeber diese Verbrechen begangen habe? Es war lächerlich. Die Polizei war der Sache auf den Grund gegangen, ebenso die Medien. Hoff war ein degeneriertes nervliches Wrack, ohne jede Glaubwürdigkeit und mit paranoiden Zügen. Mikkel Petlund hatte sich umgebracht. Die Entlarvung des Millionenschwindels war eine zu große Last für ihn gewesen. Die Lösung war drastisch, aber durchaus verständlich. Mikkel Petlund hatte nicht damit leben können, daß er verurteilt und vermutlich eingesperrt werden würde.

Mads wünschte sich, seine Gespräche mit Roald Hoff und Mikkel Petlunds Eltern vergessen zu können. Das galt auch für den Journalisten von Dagens Næringsliv. Mads hatte in den kommenden Wochen mehr als genug Herausforderungen bei seiner Arbeit. Und dann war da noch die Beziehung zu Line.

Es fiel Line immer schwerer, allein zur Psychologin zu gehen und jedesmal eine Dreiviertelstunde über sich selbst und ihre schwierige Beziehung mit Mads zu erzählen. Auch das Verhältnis zu ihren Eltern war zur Sprache gekommen. Es schien problematischer zu sein, als Line es sich jemals vorgestellt hatte, insbesondere die Beziehung zu ihrem Vater. Line erzählte lieber nicht, daß ihre kleine Schwester in der Anarcho-Szene zu Hause war. Sie hatte das Gefühl, daß sich die Psychologin auf so etwas gestürzt hätte.

»Aber was wollen Sie selbst, Line? Was können Sie konkret tun, damit es Ihnen beiden besser geht? Welche Erwartungen haben Sie an Mads? Was fühlen Sie?«

Sie begann daran zu zweifeln, daß ihr all das helfen würde.

Sie hatten ihre Beziehung mehrmals durchgekaut, und die Standardfrage lautete: Aber was fühlen Sie? Sie wußte nicht mehr, was sie fühlte. Wenn sie und Mads zusammen waren, dann waren beide angespannt. Sie hatte ein paarmal versucht, mit Mads über die Gespräche mit der Psychologin zu reden, doch er hatte nur minimales Interesse aufgebracht. Sie hatte versucht, in seine Haut zu schlüpfen, zu akzeptieren, daß er Streß hatte und daß sie sich deshalb nur selten sehen konnten. Gleichzeitig versuchte sie herauszufinden, was sie sich selbst wünschte und was sie wollte.

Sie grübelte immer öfter darüber nach, wie lange ihre Beziehung noch halten würde. Wieviel sie bereit war zu geben. Und sie versuchte sich vorzustellen, wie es sein würde, alleinerziehende Mutter zu sein. Wollte sie das wirklich?

Donnerstag nachmittag war der erste Entwurf des Dossiers über Trosvik & Partners fertig. Nicolai lieferte ihm kurz vor vier in Ringdals Büro ab. Sie hatten während der letzten Woche ohne Unterbrechung daran gearbeitet. Elise hatte sie beim Korrekturlesen und beim Layout unterstützt, und als Nicolai zurückkam, warteten sie und Mads schon ungeduldig in seinem Büro.

»Was hat er gesagt?« fragte Mads.

»Kein Wort. Bloß, daß er ein Exemplar davon an den Anwalt in Liechtenstein schicken will, und dann hat er mich im Prinzip aufgefordert zu verschwinden. Dem ist überhaupt nicht in den Sinn gekommen, sich zu bedanken.«

»Das darf euch nicht zu nahe gehen. Ihr seid doch schon große Jungs«, meinte Elise lächelnd.

»Er hätte sich wenigstens bedanken können«, sagte Nicolai Heftye und ließ sich auf seinen Bürostuhl fallen. Dann beugte er sich vor und sah die beiden anderen an. »Was meint ihr? Auch wenn Ringdal ein Arschloch ist ...«

Elise hielt den Finger auf die Lippen und blickte erschrocken zur Tür. »Paß auf, was du sagst«, flüsterte sie.

»... dürfen wir uns doch wohl eine kleine Feier erlauben, findet ihr nicht auch?«

Mads sah Elise an. Sie setzte ihr unwiderstehliches Lächeln auf. »Das meine ich auch. Was sagt der Familienvater?«

»Ich bin dabei«, sagte Mads. »Ich muß mal wieder auftanken.«

Sie gingen ins erstbeste Lokal in Aker Brygge, einen Kellerpub mit über dreihundert Biersorten auf der Karte. Der Barkeeper empfahl ihnen ein ganz besonderes irisches Bier. Elise saß zwischen Mads und Nicolai, der in bester Stimmung war. Er erzählte lang und breit, was er machen wollte, damit ihm die Investoren aus der Hand fraßen.

Mit dem Trosvik & Partners-Deal seien sie die Könige, meinte er. Die gigantischen Geldvernichtungsmaschinen der IT-Branche wolle doch keiner mehr. Die Investoren wollten lieber anständige Industriebetriebe, die ordentliche Produkte verkauften, nicht bloß heiße Luft. Tausende von Plastit-Häusern würden überall auf der Welt aus dem Boden schießen und die Investoren mit Geld überschütten. Und die Aktien würden abgehen wie Raketen.

Mads flüsterte Elise ins Ohr: »Halt ihn fest, sonst hebt er ab.«

»Vielleicht sollte ich besser dich festhalten?« erwiderte sie und strich mit ihrer Hand über die Innenseite seines Oberschenkels.

Mads schluckte und lehnte sich zu Nicolai hinüber. »Willst du noch ein Bier?« Er hatte einen Kloß im Hals und mußte den obersten Knopf seines Hemdes öffnen.

»Klar, und du?« fragte er Elise.

»Ich auch«, antwortete sie und zog ihre Hand unmerklich zurück. »Entschuldigt mich einen Augenblick.« Sie stand auf und verschwand in Richtung Toilette.

Nicolai sah ihr lange nach. »Verflucht, die würde ich nicht von der Bettkante stoßen.«

»Immer mit der Ruhe«, sagte Mads und nahm einen Schluck aus der Bierflasche. »Deine Zeit kommt sicher auch noch.«

»Habe ich da ein ›auch‹ von meinem werten Kollegen gehört?«

Mads zuckte mit den Schultern. »Auch verheiratete Männer haben ihre Bedürfnisse.«

Nicolai Heftye schnaubte. »Ich sag dir eins: Verheiratete Männer sind die schlimmsten. Die bespringen doch alles, was bei drei nicht auf dem Baum ist.«

»Kann schon sein«, sagte Mads. »Sollen wir woanders hin? Ich habe Hunger.«

Sie entschieden sich für ein Steakhaus auf der gegenüberliegenden Straßenseite. Zwei Flaschen Rotwein und vier Gläser Cognac heizten die Stimmung weiter an. Gegen zehn waren sie mit dem Essen fertig und schlenderten in Richtung Zentrum, um noch etwas zu trinken. Im Churchill bekamen sie einen Tisch. Nicolai war sichtlich angetrunken. Elise traf ein paar Bekannte und unterhielt sich mit ihnen an der Bar, während Nicolai und Mads mit ihrem Irish Coffee am Tisch sitzen blieben.

Mads lehnte sich zu Nicolai über den Tisch. »Meine Vorgänger …«

Nicolai legte die Hand hinters Ohr und beugte sich ebenfalls vor. Der Geräuschpegel im Lokal war hoch. »Was hast du gesagt?«

»Petlund und Hoff«, sagte Mads etwas lauter. »Was war da eigentlich los?«

Nicolai blinzelte mit den Lidern. »Bloß Gerüchte.«

»Ja, aber was ist passiert? Weißt du mehr?«

»Die Polizei hat nichts gefunden. Kümmer dich nicht darum.« Nicolai lächelte geheimnisvoll. Dann beugte er sich noch weiter vor. »Manch einer hat sich damals gefragt, ob Mikkel das überhaupt alleine durchgeführt haben kann. Ob er nicht mit anderen zusammengearbeitet haben muß.«

Mads hob die Augenbrauen.

»Mikkel war ein fröhlicher Junge. Ich kannte ihn ein bißchen. Wir waren ein paarmal zusammen in der Stadt. Keiner konnte verstehen, warum er sich umgebracht hat. Auch diese Unterschlagung kam uns allen höchst seltsam vor.«

»Und was ist mit Hoff?«

»Roald Hoff war ein arrogantes Arschloch. Keiner mochte ihn. Ich zweifle keine Sekunde daran, daß er in der Lage war, einen massiven Insiderhandel abzuwickeln.«

»Hat man jemals herausgefunden, wer seine Komplizen waren?«

»Die Aktienpakete sind von mehreren ausländischen Nominees gekauft worden. Du weißt ebensogut wie ich, daß es dann fast unmöglich ist, etwas herauszubekommen. Vielleicht ist es bloß eine Briefkastenfirma auf Gran Cayman.«

»Es gab also keine weiteren Verdächtigen?«

Das Lächeln auf Nicolais Lippen erstarb. »Laß es mich noch einmal sagen, Mads.« Er fischte eine Packung Prince aus der Innentasche seiner Jacke und zündete sich eine Zigarette an. »Vergiß es, ich hab die Sache auch vergessen. Es hat keiner mehr Lust auf weitere Spekulationen. Ich will Geld verdienen. Viel Geld. Das ist alles. Mit Spekulationen kommst du nicht weiter.«

»Meine Jungs reden also wieder über die Arbeit«, hörten sie plötzlich hinter sich. Elise setzte sich zwischen sie und prostete ihnen mit einem Glas Rotwein zu. Mads und Nicolai leerten ihre Irish-Coffee-Becher.

»Wir haben nur die Zeit totgeschlagen«, sagte Nicolai. »Ich brauche noch einen. Wie sieht es mit dir aus, Mads?« Er stand unsicher auf und zog seine Brieftasche aus der Jacke.

»Ich glaube, ich gehe langsam zu Café Cognac über«, sagte Mads.

»Gute Idee«, sagte Nicolai und ging zur Bar.

Mads blickte auf die Uhr. Es war bald elf. Der Alkohol begann zu wirken. Elise saß dicht neben ihm, viel dichter, als strenggenommen nötig war. Er nahm ihren Geruch wahr. Ihr Parfüm hatte eine ganz eigene Wirkung auf ihn.

»Geht es dir gut?« fragte Elise lächelnd. »Wird langsam spät für dich, oder?«

»Geht schon, kein Problem«, antwortete Mads.

Elise führte ihr Weinglas an die Lippen. Sie hatte sinnliche Lippen. Ihre Finger waren lang und schlank.

Nicolai tauchte kurz darauf mit zwei Gläsern Cognac auf, machte aber gleich wieder kehrt und holte zwei Tassen Kaffee und ein weiteres Glas Wein für Elise. »Laßt uns trinken«, sagte Nicolai und leerte sein Cognacglas in einem Zug. »Du brauchst auch noch einen, Mads, oder?« fragte er, ehe er sich wieder auf den Weg zur Bar machte.

»Ich setz eine Runde aus«, erwiderte Mads.

Zwanzig Minuten später hing Nicolais Kinn auf dem Hemdkragen. Er war eingeschlafen. Mads und Elise brachten ihren schlaftrunkenen Kollegen zum Taxistand gleich vor der Tür. Sie setzten ihn auf den Vordersitz und nahmen hinten Platz. Dann halfen sie Nicolai in seine Penthouse-Wohnung in der Gyldenløves gate, legten ihn aufs Sofa und breiteten eine Wolldecke über ihn, ehe sie wieder zum Taxi hinuntergingen.

»Wo wohnst du?« fragte Mads. »Wir bringen zuerst dich nach Hause.« Er mußte sich auf seine Aussprache konzentrieren.

»Sagene«, sagte Elise zum Taxifahrer. »Brockmannsgate.«

Das Taxi setzte sich in Bewegung. Mads schloß die Augen. Es war lange her, daß er so viel getrunken hatte. Er wußte, daß eine einzige kleine Annäherung von Elise jetzt schon reichen würde. Er hatte den ganzen Abend über ihr Interesse an ihm bemerkt und hatte keine Widerstandskraft mehr.

Elise rückte näher. Er spürte ihre Hand in seinen Schritt gleiten, wo sie ihre Finger gefühlvoll auf seinen Slip legte. Sie wandte sich ihm zu, betrachtete sein Gesicht und begann langsam, ihre Hand zu bewegen. Er beugte sich zu ihr und ließ seine Zunge in ihren feuchten, warmen Mund gleiten. Sie küßten sich lange und intensiv.

Mads zahlte das Taxi und folgte ihr ins Haus. Vergeblich versuchte eine Stimme zu ihm durchzudringen und ihm zu sagen, daß er jetzt umkehren müsse. Sie küßten sich leidenschaftlich, kaum daß sie die Wohnungstür geschlossen hatten, und Mads ließ seine Hand unter ihre Bluse gleiten. Elise preßte ihren Unterleib gegen ihn und rieb sich an ihm.

Plötzlich machte sie sich frei, kniete sich vor ihm hin und öffnete mit entschlossenen Bewegungen seine Hose. Mads stand da, ihm ging auf, was sie vorhatte. Es war ein vollkommen neues Erlebnis. Vorsichtig strich sie über seinen nackten Penis. Dann blickte sie zu ihm auf und nahm ihn in ihren Mund.

Mads spürte, wie ihre Zunge rotierte. Er stand mit geschlossenen Augen da und merkte, daß er im Begriff war zu platzen. Da konnte er nicht länger warten, schob Elises Kopf beiseite und trug sie zum Sofa. Er zog ihr die Bluse über den Kopf und riß die Unterhose herunter. Mit raschen Bewegungen entledigte er sich seiner restlichen Kleider und legte sich auf sie. Elise spreizte ihre Beine und drückte ihm ihre Hüften entgegen. Es vergingen nur wenige Sekunden, bis er kam. Dann drehte er sich auf die Seite und strich ihr über die Wange. Sie lag still da und starrte an die Decke. »Du bist phantastisch«, sagte er und streichelte ihr vorsichtig über den Körper. Dann liebten sie sich noch einmal.

Elise machte sich vorsichtig von Mads los, sobald sie ihn schwer und ruhig atmen hörte. Sie ging ins Bad, schloß die Tür und zog aus dem Medikamentenschrank ein Metalldöschen. Mit zitternden Fingern nahm sie vier Valium und spülte sie mit ein paar Schluck Wasser hinunter.

24

Mads rutschte auf einem Eisklumpen aus, als er aus dem Taxi stieg, und schlug mit dem Ellenbogen auf der Bordsteinkante auf. Er spürte es kaum. Nur mit dem Unterhemd bekleidet, war er auf Elises Sofa eingeschlafen, und sein Körper war noch ganz durchgefroren.

Bevor das Taxi gekommen war, hatte er sich im Bad erbrochen und war dann leise aus Elises Wohnung geschlichen. Sie mußte irgendwann ins Schlafzimmer gegangen sein. Aber das war ihm nur recht, denn in seiner Verfassung hatte er keine Lust, ihr zu begegnen. Er verfluchte sich selbst für seine Gedankenlosigkeit. Wie zum Teufel hatte er Line das antun können?

Im Lauf der Nacht hatte es geschneit, und so watete er durch den knöcheltiefen Schnee zum Eingang und schloß die Haustür auf. Alles war still. Er schlich sich die Treppe hoch und öffnete vorsichtig die Wohnungstür. Alle Lampen in der Wohnung brannten.

Das Gesicht, das ihm im Badezimmerspiegel entgegensah, war unrasiert, blaß und hatte graue Säcke unter den Augen. Er nahm seine Zahnbürste und putzte sich fieberhaft die Zähne.

Da öffnete sich die Schlafzimmertür. Gleich darauf sah er Lines Gesicht im Spiegel.

»Weißt du, wie spät es ist?«

»Etwa fünf Uhr, oder?«

»Wo bist du gewesen?« Ihre Stimme war hart und klar. Das war nicht die Stimme von jemandem, der gerade aufgewacht war. Sie hatte auf ihn gewartet.

»Wir haben die Abgabe von unserem Dossier gefeiert. Tut mir leid, ich hätte dir sagen sollen, daß es spät wird.«

Sie musterte ihn von Kopf bis Fuß. »Hast du geschlafen?«

Er versuchte, sich ein Lächeln abzuringen. »Ich bin auf Nicolais Sofa eingeschlafen. Wir waren hinterher noch bei ihm«, fügte er erklärend hinzu. Die Kopfschmerzen näherten sich mit lautem Getöse.

»Ich glaube dir nicht.«

»Warum glaubst du mir nicht? Wir haben gefeiert und bei Nicolai noch weiter getrunken, und ich bin auf dem Sofa eingenickt. Was ist denn schon dabei?« Er ging an ihr vorbei ins Schlafzimmer. »Ich lege mich noch ein paar Stunden hin. Ich gehe etwas später zur Arbeit.« Er begann sich auszuziehen. Ständig dieses unangenehme Gefühl. Und diese Kopfschmerzen. Zum ersten Mal war er untreu gewesen, und das ausgerechnet während Lines Schwangerschaft. Er zog sich die Decke bis ans Kinn. Wenn er das alles doch einfach hinter sich lassen könnte.

»Auf die Idee, daß ich mir Sorgen machen könnte, bist du wohl nicht gekommen? Ich hatte doch keine Ahnung, ob dir vielleicht etwas zugestoßen ist. Verdammt, Mads!« Die Schlafzimmertür wurde zugeknallt.

Mads konnte jetzt einfach nicht diskutieren. Er drehte sich auf die Seite und schlief sofort ein.

Line setzte sich, den Kopf auf die Hände gestützt, an den Küchentisch. Sie konnte die Tränen nicht mehr zurückhalten. Das Schlimmste war die Angst gewesen – die Angst, daß etwas Ernstes passiert sein könnte.

Bei Nicolai. Wann war er denn jemals bei Nicolai gewesen?

Vielleicht weinte sie aus Erleichterung, daß ihm nichts geschehen war, vielleicht aber auch, weil er wieder einmal gezeigt hatte, daß er sich nicht um sie kümmerte. Sie riß ein Blatt Küchenpapier von der Rolle und wischte sich die Tränen aus dem Gesicht.

So konnte es nicht weitergehen. Irgend etwas mußte sie unternehmen.

Es war frühmorgens, und Oslo begann zu erwachen. Sjur Sander tastete nach dem Wecker. Wie jeden Morgen dachte er, daß er sich endlich einen anderen Wecker besorgen sollte. Der Klingelton war gräßlich und ging durch Mark und Bein. Er rappelte sich auf und duschte ausgiebig. Anschließend aß er seine übliche Schale Hafergrütze. Er sah auf die Uhr. Sieben. In einer halben Stunde sollte er in der Redaktion sein. Er packte die Tageszeitung ein, stellte die Marmelade in den Kühlschrank und die Kaffeetasse in das bereits überfüllte Spülbecken.

Einige Minuten später stand er unten auf dem Bürgersteig. Normalerweise fuhr er nicht mit dem Auto zur Arbeit, doch heute brauchte er es für einen Interviewtermin. Der Wagen war das Ergebnis seines Scheidungsprozesses vor drei Jahren. Es war ein alter Ford Kombi, aber er lief. Sander blieb stehen und schob sich etwas Kautabak unter die Oberlippe. Es war still auf dem kleinen Hinterhof. Er schloß die Autotür auf und setzte sich hinein. Während er den Schlüssel ins Zündschloß steckte, sah er eine Mutter mit Kinderwagen um die Straßenecke biegen. Dann drehte er den Schlüssel herum.

Die Explosion war so stark, daß alle Fensterscheiben im Umkreis von hundert Metern zerbarsten. Die Frau mit dem Kinderwagen wurde von der Druckwelle erfaßt und mehrere Meter durch die Luft geschleudert. Nur wenige Teile der Karosserie blieben an Ort und Stelle, die anderen lagen weit verstreut und brennend auf der Straße.

Die Stille war ohrenbetäubend. Dann war ein Weinen zu hören, gefolgt von aufgeregten Stimmen aus den umliegenden Wohnungen. Ein alter Mann rannte nur mit einem Morgenmantel bekleidet zu der reglos auf dem Bürgersteig liegenden Frau, während andere den Kinderwagen untersuchten, der auf die Seite gekippt war. Eine Minute später waren Sirenen zu hören. Zuerst tauchte ein Feuerwehrwagen auf. Gleich darauf fuhren zwei Polizeiautos und ein Rettungswagen vor.

Mads wurde von der gewaltigen Explosion, die nur fünfhundert Meter von seiner Wohnung entfernt stattgefunden hatte, aus dem Schlaf gerissen.

Die Autobombe war der Aufmacher aller Nachrichtensendungen und Zeitungen. Im überschaubaren Oslo war so etwas noch nie vorgekommen. Die Person im Auto war nur schwer zu identifizieren, und es glich einem Wunder, daß sonst niemand ernsthaft verletzt worden war.

Zwei Tage nach der Explosion wurde die Identität des Opfers öffentlich bekanntgegeben. Mads sah das Foto um fünf Uhr morgens beim Zeitungslesen. Unter der Überschrift »Das Bombenopfer« war ein Paßbild von Sjur Sander auf der Titelseite plaziert worden. Mads erkannte ihn sofort, obgleich das Bild schon einige Jahre alt sein mußte. Im Artikel stand, daß in Sanders Büro einige Tage zuvor eingebrochen worden war, und es wurde spekuliert, ob er im Mafiamilieu recherchiert haben könnte. Verschiedene Motive wurden in Erwägung gezogen, vom Alkoholschmuggel bis zur Geldwäsche.

Mads blieb lange sitzen und starrte auf das Bild, während sein Pulsschlag in den Ohren dröhnte. Daß man Sander wegen der Dinge, in die Finanzpartner angeblich verwickelt war, getötet hatte, war kaum vorstellbar. Aber dennoch ...

Mads warf sein erst halb gegessenes Knäckebrot in den Mülleimer. Sein Magen rebellierte.

Es kostete siebenhundertfünfzig Dollar, inklusive Fracht. Noch nie zuvor hatte Mads etwas per Internet bestellt und bezahlt. Gemäß der Beschreibung würde das »EC-1200 Counter-Measures Brief Case« in einem kleinen Lederkoffer geliefert werden. Inklusive Batterien. Es war in der Lage, nahezu alle Typen von Abhörvorrichtungen zu finden, ganz gleich, welche Frequenzen genutzt wurden.

Mads gab alle persönlichen Daten ein und tippte die Nummer seiner American-Express-Karte ins Bestellformular. Dabei sandte er ein Stoßgebet in den Himmel, daß The Global Spy Shop eine seriöse Firma war und seine Kreditkarte nicht mißbraucht wurde. Es war viel Geld, aber das war es ihm wert, wenn er damit beweisen konnte, daß er nicht abgehört wurde.

Ein paarmal hatte er die Wohnung durchsucht und nach Veränderungen Ausschau gehalten. Er hatte nichts gefunden, aber er wußte ja nicht einmal, wonach er eigentlich suchte.

Die Beziehung zu Line hatte sich weiter verschlechtert. Wenn sie mit ihm redete, dann nur das Notwendigste. Am einfachsten war es, Line aus dem Weg zu gehen und noch mehr zu arbeiten. Am folgenden Wochenende übernachtete Line bei einer Freundin. Sie sagte, sie müsse mal raus.

Seine Beziehung zu Elise hatte sich nicht verändert. Mads

hatte noch am gleichen Tag nach einer Gelegenheit gesucht, mit ihr über den Vorfall zu sprechen, doch sie hatte abgewunken und gesagt, er solle das alles einfach vergessen. Mads war erleichtert. Er hätte das Geschehene gern verdrängt, doch der Gedanke daran quälte ihn unablässig. Jedesmal, wenn er Elise sah, wurde er daran erinnert.

Mads nutzte diese Tage zum Arbeiten. Es waren noch immer hektische Zeiten, aber die Aufgaben waren im Gegensatz zu den ersten Monaten lösbar. Es gefiel ihm, an den Wochenenden dort zu sein. Es war stiller, die Telefone klingelten nicht, und nur wenige Menschen waren in den Büros. Außerdem konnte er so seine Gedanken in Schach halten.

Vierzehn Tage nach der Bestellung beim Global Spy Shop lag ein Zettel der Paketpost in Mads' Briefkasten. Das Päckchen war gekommen, und er holte es gleich am nächsten Tag ab.

Das Gerät war verblüffend leicht zu bedienen. Mads nutzte die Gelegenheit, daß Line nicht in der Wohnung war. Er drehte den Fernseher lauter, während er mit der Suche begann. Nach einigen Minuten hatte er die Bestätigung: Sie wurden abgehört. Er fand sechs Abhörpunkte, inklusive Telefon. Jemand war in ihrer Wohnung gewesen und hatte Wanzen installiert.

Schwartz warf einen braunen Umschlag auf den Tisch.

Ringdal griff danach und öffnete ihn. Er zog einen kleinen Stapel Schwarz-Weiß-Fotos heraus, grinste breit und schüttelte den Kopf, während er sich die Bilder ansah.

»Du hast Elise wirklich im Griff«, meinte Ringdal.

»Junkies tun eben alles für einen Gratisschuß.«

»Versorgst du sie noch immer?«

»Ich bin ihr Hoflieferant. Du glaubst ja gar nicht, wie viele sogenannte normale Menschen unter Drogen stehen. Es gibt Tausende davon, und für ungeübte Augen sind sie kaum zu erkennen.«

»Interessante Fotos. Ein paar davon sind wirklich gut.«

Ringdal sah sich eines der Bilder genauer an. »Das hier gefällt mir am besten. Ich denke, Mads' Frau wird es nicht sonderlich mögen.«

25

Line hatte einen gemeinsamen Spaziergang vorgeschlagen, und Mads hatte widerstrebend eingewilligt. Das konnte nur heißen, daß sie mit ihm reden wollte. Ernsthaft.

Es war neun Uhr. Draußen war es dunkel geworden. Sie gingen eine ganze Weile schweigend nebeneinander her, ohne sich zu berühren. Line war blasser als sonst und starrte zu Boden.

Plötzlich blieb sie stehen und hielt ihn am Arm fest. Er drehte sich zögerlich zu ihr um.

»Ich will ausziehen. Ich kann hier nicht länger wohnen«, sagte sie leise.

Er spürte, daß sein Puls rascher schlug. »Es wird besser werden, Line, das Schlimmste ist bald überstanden.«

»Ich kann nicht mehr. Wir reden nicht miteinander. Ich glaube, es tut uns nur gut, ein bißchen Abstand zu bekommen.«

»Spricht da die Psychologin?« Es hörte sich anklagender an, als es gemeint war.

»Hör auf, Mads. Das hat nichts mit der Familientherapeutin zu tun. Das ist etwas, worüber ich verdammt viel nachgedacht habe. Wir brauchen eine Pause. Es ist nicht nur deine Arbeit. Es hat mit unserer ganzen ... Situation zu tun.«

Mads sah sie an. Ihr Bauch war jetzt deutlich zu sehen. Unter dem engen Pullover hatte sich eine kleine Kugel entwickelt, die unter der offenen Jacke zum Vorschein kam.

»Ich habe mit meiner Mutter gesprochen. Für sie ist es in Ordnung ... und für meinen Vater auch, wenn ich eine Zeitlang bei ihnen wohne.«

»Du hast mit deinen Eltern gesprochen?« Ebenso gut hätte sie ihm ins Gesicht schlagen können. »Was hast du gesagt?«

»Daß wir eine Pause brauchen.«

»Du hättest erst mit mir darüber reden können. Du hast nicht das Recht, deine Eltern in unsere Probleme hineinzuziehen.«

Line stemmte ihre Hände in die Hüften. »Wie meinst du das? Ich hätte mit dir reden sollen? Es ist vollkommen unmöglich, mit dir über so etwas zu reden. Du winkst doch bloß ab, hörst nicht zu oder bist nicht anwesend, weder mental noch physisch.«

Sie unterbrachen ihre heftige Diskussion, als ein älteres Ehepaar an ihnen vorbeiging, und blieben auch danach noch eine Weile schweigend stehen.

»Vielleicht siehst du es anders, aber du irrst dich«, sagte Line dann. »Wir haben Probleme, Mads. In unserer Beziehung stimmt etwas nicht.«

Mads nahm ihre Hand. »Gibt es einen anderen?«

Line kniff die Augen zusammen, als sei sie wütend, und sah ihn dann fast mitleidig an. »Mads, wenn du meinst, ich gehe hiermit Männer aufreißen«, sie legte ihre Hand auf ihren Bauch, »dann irrst du dich. Vorläufig habe ich genug mit dir und diesem Bauch hier zu tun.«

Mals lächelte beschämt. Auch wenn sie blaß und müde wirkte – sie war schön. Und die Schwangerschaft hatte sie nur noch schöner werden lassen.

»Kann ich wirklich nichts tun, um dich umzustimmen?«

»Im Augenblick nicht. Die Entscheidung ist gefallen. Ich brauche Abstand. Dir tut es bestimmt auch gut, ein bißchen allein zu sein.«

Er biß sich auf die Unterlippe und schüttelte den Kopf. Er brauchte keine Zeit für sich selbst. Ganz im Gegenteil.

Zwei Tage später zog sie aus. Mads fuhr sie zum Haus ihrer Eltern in Nordstrand. Eine Art kühle Traurigkeit war zwischen sie getreten, und so sprachen sie während der Fahrt nur wenig. Line erwähnte lediglich ein paar praktische Dinge: Er solle an die Stromrechnung denken, und sie seien am Freitag mit der Treppenreinigung dran. Mads sagte nichts.

Er half ihr mit den Taschen bis zur Haustür, wollte sie aber nicht hineinbegleiten. Sie verabschiedeten sich, und Mads fuhr zurück in die Wohnung. Er brauchte Schlaf. Auf der Arbeit begannen sich die Sachen wieder zu überstürzen. Sie waren unter Druck, wenn sie den Zeitplan für Trosvik & Partners einhalten wollten. In den nächsten Tagen war er voll gefordert.

Er nahm eine Schlaftablette aus dem Medikamentenschrank. Sie half aber nicht, und er blieb die ganze Nacht wach liegen.

Es war spätabends. Der Fernseher lief: ein Krimi, der laut Fernsehzeitung zwei Sterne hatte, bei dem Mads jedoch fast einschlief. Dann sah er plötzlich auf die Uhr, stand auf und schob eine Kassette in den Recorder, die er vor ein paar Tagen aufgenommen hatte. Leise drückte er den Play-Knopf und schaltete den Fernseher aus.

Draußen auf dem Flur griff er sich die Sporttasche und öffnete vorsichtig die Wohnungstür. Er konnte die Kassette mit seinem Husten und den Radioklängen von neulich hören, während er lautlos die Tür schloß. Draußen blieb er einen Augenblick stehen und lauschte. Im Nachbarhaus war in vereinzelten Fenstern Licht, doch es war überall still.

Er ging in den dunkelsten Teil des Innenhofes und trat hinter die zusammengeklappten Wäschespinnen. Aus der Tasche holte er eine schwarze Trainingshose und eine graue Kapuzenjacke und zog sich rasch um. Die anderen Sachen steckte er ein. Draußen auf dem Bürgersteig war kein Mensch zu sehen. Er schaltete die Alarmanlage seines Autos aus, öffnete den Kofferraum und legte die Sporttasche hinein. Dann holte er einen kleinen Rucksack heraus, setzte ihn auf und begann in Richtung Aker Brygge zu joggen.

Es war fast Mitternacht, als er ankam, doch noch immer waren einige Menschen auf den Straßen.

Er ging durch den Haupteingang der Firma und fuhr mit dem Fahrstuhl in den vierten Stock. Es war dunkel und still, niemand war dort zu sehen. Er ging auf Ringdals Büro zu, stellte sich an die Tür und lauschte. Vorsichtig drückte er die Klinke nach unten. Natürlich war die Tür verschlossen. Er nahm den Rucksack ab, zog eine Kreditkarte aus einer der Seitentaschen und ließ sie in den Spalt zwischen Rahmen und Tür gleiten. Dann schob er den Bolzen zur Seite.

Mads hatte wenig Zeit. Der Sicherheitsdienst konnte jeden Moment kommen. Die meisten der Wachen kannte Mads schon, denn sie kamen in der Regel abends, wenn er noch arbeitete.

Die Lichter von draußen erhellten das Büro, und so brauchte er bloß die Schreibtischlampe einzuschalten. Er sah sich um. Das Büro war wie immer pedantisch aufgeräumt. Er verschwendete keine Zeit, sondern machte sich gleich an die Arbeit. Ringdal hatte zwei Archivschränke. Sie waren verschlossen, doch er fand die zugehörigen Schlüssel in der obersten Schreibtischschublade.

Er begann mit der obersten Schublade, nahm systematisch Mappe für Mappe heraus und hielt sie unter die Schreibtischlampe. Hastig blätterte er die Papiere durch und steckte die Mappen dann genauso zurück, wie er sie vorgefunden hatte. Erstaunlicherweise schien das Archiv keine Systematik zu haben. Viele Mappen enthielten alte Dossiers, in anderen steckten Auflistungen von Verkaufssitzungen, die Jahre zurücklagen. Es gab Vorstandsreferate und alte Rechenschaftsberichte. Nichts von Interesse.

Eine der Schubladen war mit »Personal« beschriftet. Die Mappe, auf der in Maschinenschrift »Mads Hammer« stand, war leicht zu finden. Er setzte sich auf Ringdals Stuhl und blätterte langsam die sieben oder acht Seiten durch. Es lief ihm kalt den Rücken hinunter, als er sah, welche Informationen sie über ihn eingeholt hatten. Alles war da zu finden: Sein gesamtes Privatleben. Eine detaillierte Abschrift seiner vorigen ärztlichen Untersuchung, eine genaue Beschreibung seiner Familienverhältnisse und die Krankengeschichten der Familienmitglieder. Sogar eine Abschrift seines Führungszeugnisses und eine chronologische Liste aller Gesetzesübertretungen, die er jemals begangen hatte. Welches Interesse konnten sie daran haben?

Er klappte die Mappe zusammen und legte sie wieder zurück. Dann suchte er nach den Mappen von Roald Hoff und Mikkel Petlund. Auch diese enthielten detaillierte Informationen, die weit über das hinausgingen, was sich der Datenschutz auch nur in seinen wildesten Phantasien vorstellen konnte. Es war unglaublich, wofür sie sich interessierten. Roald Hoff war drogenabhängig. Das stand dort schwarz auf weiß. Amphetamin und Kokain. Und das seit Jahren. Wie konnten sie an solche Informationen gekommen sein?

Mads erstarrte mitten in der Bewegung. War da nicht ein Geräusch? Ganz leise, bloß ein schwaches Klacken? Er starrte zur Tür, beruhigte sich aber bald wieder. Er mußte sich verhört haben. Dann legte er die Mappen wieder zurück und schloß die Schublade.

Als nächstes kamen die Schreibtischschubladen an die Reihe. Hastig durchforstete er jede einzelne Schublade und versuchte alles wieder so zurückzulegen, wie er es vorgefunden hatte. Ganz hinten in der untersten Schublade lag eine Übersichtskarte von Fort Lauderdale in Florida. Neben einem kleinen Pfeil standen eine Adresse und eine Telefonnummer. Er legte die Karte auf den Schreibtisch, um sie sich später zu kopieren.

Mads war enttäuscht. Ringdal achtete immer so genau darauf, sein Büro abzuschließen. Es mußte hier doch Dokumente geben, die niemand sehen sollte.

Er schaltete den Rechner ein. Das erste Paßwort, das er eintippte, war »Ringdal«. Es funktionierte nicht. Dann versuchte er es mit seinen Initialen und mit verschiedenen Varianten von Ringdals Vor- und Nachnamen. Schließlich probierte er es mit dem Namen von Ringdals Frau. Zunächst mit »Becky« und dann mit dem vollen Namen, »Rebecca«.

Bingo. Mads mußte lächeln. Die Maschine gewährte ihm Zutritt.

Ringdals Ordner enthielten eine Reihe von Dateien, die meisten im Word-Format. Mads klickte einige an. Im Ordner »Persönlich« waren allerlei Privatbriefe aufgelistet: von der Steuerbehörde bis zum Fitneßstudio. Zwei weitere Ordner weckten dagegen Mads' Interesse: Der Ordner »Ollie« enthielt vierzehn Dateien, der andere trug die Bezeichnung »Transaktionen« und bestand aus sieben Dokumenten. Im Unterordner »Mails« befanden sich fast vierzig Dateien: E-Mail-Kopien von empfangenen und gesendeten Mails.

Es würde zu lange dauern, das alles auszudrucken. Mads sah nur eine Lösung. Er startete das E-Mail-Programm und tippte Lines E-Mail-Adresse ins Empfängerfeld. Dann packte er fünfzig Dokumente in den Anhang. Es war eine mühsame Arbeit, die viel Zeit brauchte. Sein Atem ging schneller. Die Wachmänner konnten jeden Moment kommen.

Dann schrieb er eine Nachricht, in der er Line bat, die Dokumente für ihn bis auf weiteres aufzubewahren, und schickte die Mail los. Er wartete voller Anspannung. Die Sekunden vergingen. Als die Nachricht endlich abgeschickt war, löschte er sie im Ausgangsfach, um keine Spuren zu hinterlassen.

Dann suchte er ein paar Word- und Excel-Dokumente heraus und druckte sie aus. Der Laserdrucker an der Rezeption war mit Abstand am schnellsten. Das einzige Problem war, daß dieser Drucker jedem auffallen würde, der durch die Tür kam.

Mads stellte sich neben die Ausgangstür und lauschte. Man konnte den Drucker hören, sobald man aus dem Aufzug trat. Wenn er schnell war, gelang es ihm vielleicht, ihn auszuschalten und die Zettel zu entfernen, ehe jemand hereinkommen konnte. Er selbst könnte sich dann hinter dem Tisch der Rezeption verstecken.

Seine Augen hatten sich mittlerweile an das Dämmerlicht gewöhnt. Es war bald eins. Der Drucker war laut – niemals zuvor hatte er bemerkt, daß er derart klappernde Geräusche von sich gab. Seite um Seite wurde ausgedruckt. Er hatte keine Ahnung, wie viele es waren und wie lange die Maschine brauchen würde, doch es kam ihm wie eine Ewigkeit vor, bis der Drucker plötzlich stoppte. Das Papier war zu Ende. Mads fluchte und füllte den Vorrat nach. Sogleich spuckte der Drucker neue Blätter aus. Mads legte sein Ohr an die Ausgangstür und lauschte erneut. Seine Schläfen waren schweißnaß.

Endlich war der Drucker fertig. Mads schob den Stapel in seinen Rucksack. Plötzlich hielt er inne. Er hatte etwas gehört. Ein entferntes Geräusch von draußen, als habe der Aufzug irgendwo angehalten. Dann war es wieder still.

Eilig ging er in Ringdals Büro zurück, loggte sich aus und schaltete den Rechner ab. Dann griff er sich die Karte über Fort Lauderdale und ging zum Kopierer. Er war ausgeschaltet. Mads fluchte. Warum hatte er ihn nicht längst angestellt?

Endlich. Er legte das Blatt auf die Glasplatte und drückte auf den grünen Knopf.

In diesem Moment wurde ein Schlüssel in die Tür gesteckt. Mads schnappte sich die Kopie und das Original und hastete zurück in Ringdals Büro. Sein Herz klopfte wie wahnsinnig.

»Hallo? Ist hier jemand?«

Die Stimme klang sehr jung. Mads kannte sie nicht. Der Hauptschalter wurde angeknipst, und ein Lichtstreif fiel durch die geöffnete Tür herein. Ohne einen Laut schlich er sich zum Schreibtisch, legte die Karte wieder in die Schublade und schloß sie leise. Dann schaltete er die Schreibtischlampe aus und schlich zum Fenster. Er stellte sich hinter eine der dicken, bodenlangen Gardinen und hielt den Atem an. So leise wie möglich holte er seine Sturmhaube aus seinem Rucksack und zog sie über den Kopf. Durch den offenen Mund versuchte er lautlos zu atmen.

»Hallo? Ist hier jemand?«

Die Stimme klang lauter, aber auch unsicherer. Mads hörte, wie der Kopierer ausgeschaltet wurde und sich Schritte näherten. Der Mann blieb vor der Tür stehen. Es knackte in einem Walkie-talkie. Dann ging die Tür langsam auf.

»Hallo?«

Stille. Mads biß sich auf die Lippe und zwang sich, ruhig zu atmen. Es war furchtbar warm unter der Mütze.

Das Licht der Taschenlampe leuchtete direkt auf die Gardine, hinter der er stand.

»Sie da!«

Mads dachte nicht nach. Er riß die Gardine zur Seite und stürzte direkt auf den Wachmann zu, der vor Schreck stehenblieb und ihn mit der Taschenlampe anleuchtete. Seine Augen waren aufgerissen wie die eines Tieres, das im Licht der Autoscheinwerfer geblendet stehenbleibt. Mads sah nur diese Augen, ehe er mit geballter Faust zuschlug. Der Wachmann wich instinktiv aus und legte beide Arme schützend um seinen Kopf. Mads schubste ihn hart und sah die Taschenlampe über den Boden rollen, während der Mann fiel.

Er selbst wollte in Richtung Tür laufen, doch der Wachmann hatte sein Hosenbein zu fassen bekommen und hielt ihn fest. Mads trat mit dem linken Bein zu, und die Umklammerung löste sich. Hals über Kopf stürmte er zur Tür hinaus und die Treppen hinunter. Sein rechtes Knie schmerzte, er mußte irgendwo angestoßen sein. Einen kurzen Moment lang hielt er inne, biß die Zähne vor Schmerz zusammen und versuchte, den Atem anzuhalten. Stille. Niemand verfolgte ihn. Mads hinkte weiter.

Unten rang er nach Luft. Sein Puls raste. Vorsichtig sah er durch die Glastür, doch es war niemand dort. Er zog sich die Sturmhaube vom Kopf und ging nach draußen. Der kalte Wind brannte auf seinem verschwitzten Gesicht. Er zog sich die Kapuze seines Jogginganzugs über den Kopf und ließ Aker Brygge schnell hinter sich. Mehrmals sah er sich um. Er bemühte sich, so wenig wie möglich zu humpeln. Wenn er den Wachmann nur nicht zu sehr verletzt hatte. Verdammt.

Mads ging durch die dunkelsten Seitenstraßen und machte einen Bogen um alle Menschen, die ihm entgegenkamen. Er hatte die Kapuze tief ins Gesicht gezogen und blickte zu Boden, damit ihn niemand erkannte.

Erleichtert hinkte er schließlich in die Straße, in der er

wohnte. Das Knie war wund und taub. Die meisten Fenster in den umliegenden Blocks waren dunkel. Er holte die Sporttasche aus dem Kofferraum des Wagens und verstaute seinen Rucksack mit den Kopien, ehe er die Klappe zuwarf. Er wollte sich die Papiere später genauer ansehen. Jetzt galt es erst einmal, in die Wohnung zu kommen.

Im Innenhof zog er sich um und begutachtete sein verletztes Knie, ehe er die Hose wieder anzog. In dem schlechten Licht konnte man bloß eine kleine rote Stelle sehen. Das Knie war nicht angeschwollen und schien auch nicht verstaucht zu sein. Aber es schmerzte immer mehr.

Die Trainingskleider warf er in den Müllcontainer. Dann hinkte er die Treppen zu seiner Wohnung empor und öffnete lautlos die Tür. So leise wie möglich humpelte er zum Kassettenrecorder, schaltete ihn aus und ging dann ins Schlafzimmer. Im Bewußtsein, daß sie jeden Laut hörten, kroch er unter die Decke. Er wußte, daß er nicht eine Sekunde schlafen würde.

26

Henriksen wurde früh am nächsten Morgen alarmiert. Die Polizei wartete bereits, als er kurz nach sieben ins Büro kam. Mads war als einziger der Angestellten schon da. Gemeinsam durchstöberten sie die Büros und kamen zum Schluß, daß nichts gestohlen worden sei.

Später wurden alle Angestellten informiert, daß es in der Nacht einen Einbruch gegeben habe. Die Polizei berichtete, daß es dem überfallenen Wachmann der Securitas den Umständen entsprechend gut ginge. Sie hätten ihn nach Hause geschickt, wollten ihn aber später noch verhören. Allen war klar, daß die Sache nicht weiterverfolgt werden würde. Wenn niemand verletzt und nichts gestohlen worden war, gab es nicht viel zu ermitteln. Die einzige Möglichkeit, daß der Einbrecher geschnappt würde, bestand darin, daß er sich selbst stellte.

Kaum daß die Polizei gegangen war, verschwand Ringdal in

seinem Büro und schloß die Tür. Von dort wählte er Schwartz' Privatnummer, was er sonst nie zu tun pflegte.

Schwartz nahm nach dem fünften Klingeln ab.

»Schwartz?«

»Bei uns ist eingebrochen worden.«

»Bist du es, Ove?«

Ringdals Stimme zitterte. »Ein Wachmann der Securitas hat den Einbrecher in meinem Büro überrascht, aber er konnte entwischen.«

»Scheiße. Hat er etwas mitgenommen?«

»Mir ist nichts aufgefallen.«

»Etwas zerstört?«

»Nein?«

»War die Polizei da?«

»Ja. Der Einbrecher muß einen Schlüssel gehabt haben, auch für mein Büro. Die Polizei konnte jedenfalls keine Spuren eines Einbruchs feststellen.«

»Verflucht.«

»Das ist dein Fehler, Schwartz. Du bist für unsere Sicherheit verantwortlich. Du hast deine Arbeit nicht gemacht.«

»Aber ...«

»Unterbrich mich nicht! Ich will, daß du herausfindest, wer es war und was er wollte. Und zuerst nimmst du dir unsere eigenen Angestellten vor.«

»Natürlich.«

»Und dann sorgst du dafür, daß diese Räume einbruchssicher gemacht werden. Ich mache dich persönlich dafür verantwortlich, wenn so etwas noch einmal geschieht.«

Ringdal warf den Telefonhörer auf die Gabel. Er sah sich um. Wer auch immer hier gewesen war, er hatte nichts entfernt oder verlegt. Ringdal öffnete die Schubladen und untersuchte den Inhalt. Alles sah vollkommen normal aus.

Kurz nach zehn erhielt Mads die Nachricht, daß Henriksen eine Betriebsversammlung einberufen habe. Er stand auf und ging ins Sitzungszimmer. Die ganze Zeit konzentrierte er sich darauf, so wenig wie möglich zu hinken. Das Knie war im Lauf der Nacht angeschwollen und schmerzte bei jeder Bewegung. Er suchte sich einen Stuhl gleich neben der Tür und nickte Karl Tiller zu, der bereits gekommen war. Vorsichtig nahm er Platz und streckte sein rechtes Bein dabei ein wenig aus. Er konnte es kaum beugen.

»Verletzt?« fragte Tiller und nickte in Richtung Bein.

»Umgeknickt. Eine alte Sportverletzung«, antwortete Mads und fluchte innerlich.

Zusätzlich zu den Mitarbeitern der Corporate-Finance-Abteilung kamen Falch-Pedersen und der Senior-Analyst Caspersen aus der Handelsabteilung. Henriksen traf als letzter ein. Er schloß die Tür und ging nach vorn.

»Wie Sie alle wissen, ist bei uns eingebrochen worden. Als die Securitas heute nacht gegen ein Uhr die Büroräume inspizierte, stieß sie in Ringdals Büro auf eine bislang unbekannte Person. Sie trug eine Sturmhaube und griff den Wachmann direkt an. Der Securitas-Mann wurde niedergeschlagen, und der Einbrecher konnte entkommen. Die Polizei ist sich beinahe sicher, daß der Einbrecher einen Schlüssel hatte. Keines der Schlösser wurde aufgebrochen.« Henriksen blickte von einem zum anderen, als wolle er die Verdächtigen durch einfaches Betrachten entlarven. Mads blickte Henriksen in die Augen. Es pochte in seinem schmerzenden Knie.

»Ich will, daß Sie alle ihre Schlüssel kontrollieren. Hat jemand sie verloren, verliehen oder womöglich Nachschlüssel machen lassen?«

Alle sahen einander an und schüttelten den Kopf.

»Ich bitte um Ihr Verständnis, daß wir von jedem von Ihnen einen schriftlichen Bericht verlangen, wann Sie gestern abend das Büro verlassen haben. Bitte geben Sie den Zeitpunkt so genau wie möglich an. Des weiteren möchte ich alle Schlüssel ausgehändigt bekommen. Sie werden eine Quittung erhalten. Elise kümmert sich darum. Im Lauf des Tages werden alle Schlösser ausgetauscht werden. Bevor Sie gehen, werden Ihnen die neuen Schlüssel ausgehändigt. Noch Fragen?«

Doch niemand hatte eine Frage.

»Bitte gehen Sie jetzt in Ihre Büros und überprüfen Sie genau, ob etwas fehlt. In einer Stunde möchte ich einen schriftlichen Bericht von Ihnen. Danke, das war alles.«

»Nun, dann wissen alle, was sie zu tun haben«, sagte Falch-Pedersen, nachdem Henriksen gegangen war. Er stand auf und warf einen Blick in die Runde. »Sie müssen Verständnis dafür haben, daß wir unsere eigenen Angestellten überprüfen müssen. Wenn jemandem die Schlüssel fehlen, könnten sie in falsche Hände geraten sein.« Mit diesen Worten verließ auch er den Raum. Der Chefanalyst folgte gehorsam.

Mads blieb noch sitzen, bis die anderen gegangen waren. Dann stand er unter großen Beschwerden auf und hinkte in sein Büro. Im Lauf des Tages mußte er die Kopien in seinen Banksafe bringen. Es war zu gefährlich, sie im Auto oder in der Wohnung aufzubewahren.

»Willst du eine kleine Neuigkeit über einen deiner Angestellten?« fragte Schwartz.

Ringdal hatte den Hörer zwischen Kinn und Schulter geklemmt, während er seine Nägel mit einem Zahnstocher reinigte. »Red schon.«

»Mads Hammer ist auf unbestimmte Zeit Strohwitwer geworden.«

Ringdal sah das breite Grinsen von Schwartz förmlich vor sich. »Was ist passiert?« fragte er.

»Sie war die ganzen Überstunden leid und ist wieder zu ihren Eltern gezogen.«

»Ich hoffe, das führt nicht zu unangenehmen Überraschungen. Wir brauchen Mads.«

»Kein Problem. Das einzige, was uns jetzt fehlt, sind die Aufnahmen aus dem Doppelbett.« Schwartz kicherte.

»Was ist mit dem Einbruch?«

»Ich habe mir die Aufnahmen noch einmal angehört«, sagte Schwartz.

Ringdal warf den Zahnstocher in den Papierkorb und richtete sich auf. »Hast du etwas gefunden?«

»Mads Hammer ist entlastet. Er war zur fraglichen Zeit zu Hause.«

»Bist du sicher?«

»Wir haben mehrmals seine Stimme und das Geräusch von Bewegungen registriert. Er war zu Hause.«

»Sonst noch etwas?«

»Noch nicht.«

»Dir bleibt nicht viel Zeit. Ich will wissen, wer sich für mein Büro interessieren könnte.«

»Es kann ein gewöhnlicher Einbrecher gewesen sein.«

»Ein gewöhnlicher Einbrecher hat keinen Schlüssel. In den Büros, die nicht abgeschlossen waren, sollte außerdem genug wertvolles Material herumstehen. Aber es war mein Büro, eines der wenigen, die abgeschlossen waren.«

»Wir sind ja noch dabei, alles zu überprüfen«, sagte Schwartz.

27

»Es gibt zwei Arten von Leithammeln«, sagte Ringdal, »solche, die es wissen und entsprechend ausnutzen, und solche, die es nicht wissen und ausgenutzt werden können. Für den Trosvik & Partners-Deal brauchen wir beide Arten.«

Nicolai grinste und ließ zu Ehren von Ringdal ein leises Lachen hören. Er freute sich darauf, den Leithammeln die Aktien zu zeigen. Kein Dossier konnte mit dem mithalten, was jetzt zum Verkauf stand.

Mads legte seine Hand auf die Präsentation, die sie gerade mit Ringdal durchgegangen waren. »Das wird eine wahnsinnige Aktie.«

»Wir haben 667667 Aktien zu verkaufen. Zu einem Emissionskurs von dreißig Kronen«, sagte Ringdal.

»Dreißig Kronen. Das ist doch viel zu billig.« Nicolai sah seinen Chef ungläubig an. Er war derart erregt, daß er kaum ruhig sitzen konnte.

Ringdal schüttelte den Kopf. »Wir müssen auf verschiedene Seiten Rücksicht nehmen. Schließlich wollen wir die größten Leithammel dabeihaben, und außerdem muß es schnell gehen. Deshalb haben wir uns entschieden, daß der Aktienpreis für die Neuemission auf dem gleichen Niveau liegen sollte wie zu dem Zeitpunkt, als sich die Swiss Industrial Corporation eingekauft hat.«

»Also fast geschenkt«, kommentierte Nicolai.

»Gut«, sagte Ringdal. »Ich freue mich, daß du uns für das Resultat garantierst.«

»Falch-Pedersen hat eine Liste über die begehrtesten Investoren erstellt.« Ringdal zog zwei Zettel aus dem Stapel, der vor ihm lag, und gab Mads und Nicolai jeweils einen. »Ich möchte, daß ihr sofort loslegt.«

Mads sah die Liste durch. Sie enthielt eine repräsentative Auswahl der wichtigsten norwegischen Investoren sowie einige Prominente aus den Medien.

»Ich schlage vor, daß ihr mit Ronald Stormoen anfangt«, meinte Ringdal.

Mads rieb sich das Knie. Es war besser geworden. Die Schmerzen waren fast weg.

Ronald Stormoen stand für drei Scheidungen, fünf Kinder und vier TV-Produktionen. Es verging keine Woche, in der nicht sein rundes, bartloses Gesicht, umrahmt von vollen, schwarzen Haaren, auf den Titelseiten der Illustrierten und Zeitungen prangte. Angestachelt von seinem Erfolg mit den ersten drei Fernsehproduktionen, hatte er seine Stelle beim Norwegischen Rundfunk gekündigt und vor drei Jahren seine eigene private Produktionsgesellschaft gegründet. Er sollte für den Privatsender TV2 ein Unterhaltungsprogramm kreieren, das jeden Freitag gesendet werden sollte: eine Mischung aus Talkshow und persönlicher Ratgebersendung für Durchschnittsmenschen, die ihr Geld gerne in Aktien anlegen wollten.

Die Freitagsshow bei TV2 erfüllte jedoch nicht die Erwartungen. Die Einschaltquote war zu gering, und die Programmleitung setzte die Sendung bereits nach wenigen Monaten wieder ab. Das war der erste und größte Mißerfolg, den Ronald Stormoen in seinem Leben bisher erdulden mußte.

Ein paar Jahre später, nachdem er seine vierte Frau verlassen und einen Vertrag mit dem Sender TV Norge geschlossen hatte, für den er ein neues Unterhaltungsprogramm konzipieren sollte, hatte Stormoen wieder das Gefühl, auf dem richtigen Weg zu sein. Finanziell sah es aber noch immer nicht gut aus. Er mußte große Kredite abbezahlen, und die geräumige, topmoderne Wohnung in der Oscars gate war mehr als teuer, nicht zu vergessen die Unterhaltszahlungen für seine fünf Kinder und mittlerweile vier Ex-Frauen.

Nicolai rief ihn am späten Nachmittag an.

»Wir hätten gerne Ihre Meinung zu einer Aktienemission, die wir in Kürze durchführen werden«, sagte Nicolai. »Dürften wir Sie zu einem Essen mit anschließender Präsentation einladen?«

Stormoen verwies zunächst auf seinen überfüllten Terminkalender, doch als er hörte, daß er selbst als möglicher Investor gehandelt wurde, gelang es ihm doch, noch am gleichen Abend einen Termin zum Essen freizuschlagen. Wie beiläufig erwähnte Nicolai drei oder vier der Namen von Falch-Pedersens Liste und ließ durchblicken, daß weitere Investoren bereits großes Interesse bekundet hätten. Das Unternehmen werde in Kürze an der Börse notiert, und hohe Gewinne seien so gut wie garantiert.

Mads saß in Nicolais Büro und hörte das Gespräch mit. Sein Kollege war ein Meister darin, Stormoen Honig um den Bart zu schmieren.

Das Essen wurde für acht Uhr am gleichen Abend anberaumt. Mads und Nicolai waren schon da, als Stormoen pünktlich auf die Sekunde im Blom auftauchte – einem Restaurant, wo auch Prominente davon ausgehen konnten, in Ruhe gelassen zu werden. Stormoen fegte in seiner gewohnten Art, das Handy am Ohr, durch das Restaurant, ohne sich von den Blikken der Gäste beeindrucken zu lassen.

Er war kleiner, als Mads ihn sich vorgestellt hatte. Außerdem hatte er zugenommen. Seine Gesichtshaut war schlapp, und unter seinen Augen begannen sich dunkle Ringe abzuzeichnen.

Während Stormoen unbeeindruckt und mit lauter Stimme weitertelefonierte, blieben Mads und Nicolai unentschlossen stehen.

»Hunderttausend, und keinen Øre weniger!« schloß er, klappte das Telefon zusammen und begrüßte sie mit Handschlag. Dann nahmen sie Platz.

Nicolai begann mit seiner Show. Mads hielt sich im Hintergrund. Er konzentrierte sich statt dessen auf Stormoens Körpersprache und sprang ein, wenn Nicolai einen kurzen Aussetzer hatte oder das Gespräch stockte. Die erste halbe Stunde sprach Nicolai über Stormoens frühere Programmleitertätigkeit und wiederholte immer wieder, daß es in Norwegen noch keinen besseren Moderator gegeben habe. Stormoen fühlte sich offensichtlich geschmeichelt. Die eigentliche Präsentation von Trosvik & Partners dauerte bloß fünfzehn Minuten.

»Normalerweise tun wir das nicht, aber bei Ihnen mache ich eine Ausnahme«, sagte Nicolai, nachdem die Präsentation abgeschlossen war und sie fertig gegessen hatten. Er fischte einige Zettel aus der Präsentationsmappe und hielt sie Stormoen hin. »Das ist die inoffizielle Planung für Trosvik & Partners.«

Stormoen blätterte konzentriert in den Unterlagen und sah Nicolai dann fragend an. »Sie sind nicht die ersten, die vielversprechende Prognosen erstellen. Die Geschichte ist voller Fiaskogesellschaften mit schwindelerregenden Planungen.« Er richtete einen vielsagenden Blick auf Mads und dann auf Nicolai.

»Natürlich«, erwiderte Nicolai. »Aber bei Trosvik & Partners ist das anders. Und zwar ganz anders. Das Unternehmen kann nämlich liefern, im Gegensatz zu vielen anderen Firmen. Was, glauben Sie, geschieht mit dem Aktienkurs, wenn der Markt das erst begreift?«

Stormoen sah ihn mit einem schiefen Lächeln an. »Und wenn es doch Lieferschwierigkeiten gibt?«

»Dann sind Sie längst wieder ausgestiegen. Sie erhalten die Möglichkeit, mit dreißig Kronen einzusteigen. Als einer von sehr wenigen. Der Aktienkurs wird sich vervielfachen, sobald wir die Informationen über das Unternehmen auf dem Markt freigeben. Zu diesem Zeitpunkt können Sie, wenn Sie wollen, die Karten zurückgeben – mit einem Millionenverdienst.«

»Wenche! Oh, mein Gott, da ist Wenche!« Stormoen stand plötzlich auf und stürmte mit langen Schritten und wedelnden Armen zu einem Tisch am anderen Ende des Lokals. Er umarmte die Frau, die er dort entdeckt hatte, und sein lärmendes Lachen war durchs ganze Restaurant zu hören.

Wenig später war er wieder da. »Wenche Foss«, sagte er vielsagend. »Nun, wo waren wir stehengeblieben?«

»Wir bieten Ihnen Trosvik & Partners-Aktien zum Stückpreis von dreißig Kronen«, wiederholte Nicolai. »Wir erwarten, daß der Kurs in die Höhe schnellen wird, sobald die Informationen über die Gesellschaft publik werden.«

Stormoen nahm einen großen Schluck aus seinem Rotweinglas und rutschte unruhig auf seinem Stuhl herum. Ganz offensichtlich quälte ihn etwas. Seine Stimme wurde leise und vertraulich. »Ich habe ein gewisses Problem, eine Million Kronen aufzubringen. In meiner momentanen Situation sehe ich mich dazu nicht in der Lage.«

Nicolai und Mads blieben sitzen und legten das Gesicht in ernste Falten.

»Und Sie können sich nirgendwo einen kurzfristigen Kredit beschaffen?«

»Gerade jetzt ist das ein Problem«, sagte Stormoen.

»Und was wäre, wenn Sie trotzdem einen Kredit bekommen würden?« fragte Nicolai.

»Wie meinen Sie das?«

»Rein hypothetisch. Wären Sie dann dabei?«

»Ich werde über diese Möglichkeit nachdenken.« Er richtete sich im Stuhl auf. Ein bißchen seiner Würde war wiederhergestellt.

»Wir werden sehen, was wir tun können.«

Das Geräusch von schweren Schritten im Flur ließ Mads aufblicken. Gleich darauf stand Nicolai in der Tür.

»Verflucht, der Fahrstuhl war außer Betrieb«, keuchte er. »Ich mußte die ganze Treppe zu Fuß hochlaufen. Zieh deine Sachen an. Carl Fredrik Mejer und Kjetil Frøholm wollen uns treffen – in fünfzehn Minuten.«

Mads sprang auf. Sie hatten es eigentlich schon aufgegeben, die beiden an die Angel zu bekommen, und jetzt verlangten sie plötzlich ein Treffen. Er nahm seinen Aktenkoffer und hastete hinter Nicolai her.

»Haben die dich angerufen?« fragte Mads, während sie rasch über den Flur gingen.

»Die Sekretärin hat mich zu Hause erreicht. Verflucht, ich habe Kopfschmerzen.«

»Ist es gestern noch spät geworden?«

»Stormoen konnte kein Ende finden. Er mußte die ganze Runde machen. Zu guter Letzt sind wir im Tostrupkeller gelandet. Ich habe mir die Rechnung noch nicht genauer angesehen, die ich gestern unterschrieben habe. Und wie war es bei dir?«

Sie blieben vor dem Aufzug stehen. Nicolai drückte den Knopf.

»Bin nach Hause gegangen«, sagte Mads. »Ich hatte mehr als genug von diesem Egozentriker. Der Kerl ist wirklich unerträglich.«

»Wie spät war es, als du gegangen bist?«

»Eins.«

»Verflucht«, sagte Nicolai und hielt sich die Stirn. »War es schon so spät? Ich hatte gehofft, es wäre früher gewesen.«

Nichts deutete darauf hin, daß der Aufzug kommen würde, und sie gingen die Treppen hinunter. »Dann kann ich frühestens gegen vier zu Hause gewesen sein. Genauso fühle ich mich auch.«

»Wo wollen wir uns mit ihnen treffen?« fragte Mads, als sie auf die Straße kamen.

»Im Vika Atrium.«

»Und warum müssen wir uns dann so beeilen? Das ist doch bloß drei Minuten entfernt.«

»Keine Ahnung. Mein Kopf funktioniert heute unglaublich schlecht.«

Carl Fredrik Mejer und Kjetil Frøholm waren zur Zeit die erfolgreichsten Investoren Norwegens. Beiden hatten im letzten Jahr Schlagzeilen gemacht – wegen gigantischer Gewinne durch die Investition in eine Elektronikfirma, die nur wenige Jahre zuvor noch am Rand des Konkurses gestanden hatte. Beide hatten einen Gewinn in Höhe von mehreren hundert Millionen erwirtschaftet, nachdem die Firma an die Börse gegangen war.

Sie waren jung, sahen gut aus und waren ganz und gar nicht auf den Mund gefallen. Beide waren unverheiratet, und keiner von ihnen scheute sich, seinen neuerworbenen Reichtum zu zeigen. Ganz im Gegenteil, sie umgaben sich mit all den Statussymbolen, die man von zwei jungen, neureichen Junggesellen erwarten durfte: einem Jaguar Convertible, Luxushäuschen auf dem Hafjell, Rolex-Uhren und Models als Lebensgefährtinnen.

Von den Medien wurden sie geliebt. Eine Finanzzeitung hatte ein Portfolio zusammengestellt, das ausschließlich aus Aktien bestand, in die auch Mejer und Frøholm investiert hatten. Das Portfolio wurde täglich aktualisiert und kommentiert. Es war ein regelrechter Kampf herauszufinden, welche Aktien sie kauften und von welchen sie sich trennten.

Die Büros der beiden lagen in einem gläsernen Hochhaus hinter Aker Brygge. Im Vika Atrium residierten lauter Firmen, die hohe Mieten vertrugen: Investmentgesellschaften, Rechtsanwälte, Unternehmensberater, Personalagenturen und Investoren.

Mads sah auf die Uhr, als sie durch den Haupteingang hasteten. Sie hatten noch viel Zeit. Erst in ein paar Minuten sollte die Sitzung beginnen.

»Wie geht's dir jetzt?« fragte Mads.

»Der kleine Spaziergang hat geholfen«, antwortete Nicolai.

Sie fuhren mit dem Fahrstuhl nach oben und meldeten sich über die Gegensprechanlage, ehe sie hereingebeten wurden. Ein junger Mann zeigte ihnen den Weg zum Sitzungszimmer und bat sie, Platz zu nehmen. Sie setzten sich nebeneinander mit dem Rücken zur Fensterfront und warteten. Nach zehn Minuten begann Nicolai sich zu beklagen, daß seine Kehle staubtrokken sei. Er brauche etwas zu trinken. Er stand auf und ging auf den Flur, wo er eine Sekretärin fand.

»Könnten Sie etwas Mineralwasser ins Sitzungszimmer bringen?« fragte er mit heiserer Stimme.

Er erntete einen kalten Blick, doch kurz darauf tauchte sie mit einem Tablett wieder auf. Nicolai stürzte sich gierig auf eine Flasche Mineralwasser, und sein Gesicht nahm mit jedem Schluck mehr Farbe an.

Sie blieben eine halbe Stunde sitzen und warteten, ehe die Sekretärin wieder auftauchte.

»Herr Frøholm verspätet sich leider, aber es wird nicht mehr lange dauern«, sagte sie und verschwand wieder. Sie war offenbar geübt darin, Finanzberater wie Aussätzige zu behandeln. Vermutlich rannten sie ihr mit allen möglichen Verkaufsprospekten die Tür ein. Und alle hatten sie Aktien zu verkaufen. Das waren die Staubsaugervertreter der Neuzeit. Sie wurden wie Vieh behandelt und nahmen das in Kauf. Geld bedeutete Macht, und Aktienhändler waren zu allem bereit, um in der Gunst der Investoren zu stehen.

Es verging beinahe eine Stunde, ehe Frøholm auftauchte. Er trug ein hellblaues Hemd ohne Schlips und einen dunkelblauen Blazer. Ein angenehmer Duft von After-shave erfüllte den

Raum. Sie begrüßten sich mit Handschlag. Dann nahm er vor ihnen Platz.

»Sie habe ich doch schon einmal getroffen, nicht wahr?« sagte er an Nicolai gewandt.

Dessen Gesichtsausdruck hellte sich auf. Ein prominenter Großinvestor erinnerte sich an ihn. Das war doch etwas. »Wir haben Ihnen hier vor einiger Zeit Money Games präsentiert. Wenn ich mich recht erinnere, hat sich die Sache für Sie gelohnt.«

»Die Firma war ein Flop. Zum Glück sind wir rechtzeitig wieder rausgekommen.« Frøholm saß zurückgelehnt da, hatte eine Hand in die Tasche gesteckt und die Beine übereinandergeschlagen. Sein Gesicht war sonnengebräunt, als sei er eben erst vom Skiurlaub zurückgekehrt.

»Wir hatten eine Zeitlang große Erwartungen in diese Aktie«, meinte Nicolai. »Aber ich bin ganz Ihrer Meinung, sie war ein Flop. Der Internetmarkt in Norwegen ist nach dieser Aktie für eine Weile eingebrochen.«

»Könnten Sie bitte zur Sache kommen?« sagte Frøholm und warf einen Blick auf die Uhr. »Ich habe nur zwanzig Minuten Zeit.«

Kein Wort der Entschuldigung, daß sie eine Stunde hatten warten müssen. Mads betrachtete Nicolai, der über den Tisch gebeugt saß, und hoffte, daß der Alkoholdunst von gestern nicht ganz bis zu Frøholm reichte.

Nicolai gab eine kurze Einführung in das Unternehmen Trosvik & Partners und konzentrierte sich dann darauf, die Materialeigenschaften von Plastit und das Potential des Werkstoffs zu beschreiben. Sein Enthusiasmus war tadellos, Schweißperlen bildeten sich auf seiner Stirn. Er schien für einen Moment lang zu vergessen, daß er einen Kater hatte und daß es ihm eigentlich schlecht hätte gehen müssen.

Frøholm saß unverändert entspannt da, doch es sah aus, als folge er halbwegs. Manchmal schien er jedoch nicht ganz bei der Sache zu sein und versuchte nicht einmal sein Gähnen zu unterdrücken. Aber er ließ Nicolai noch eine Weile weiterreden. Plötzlich unterbrach er ihn: »Wie viele Häuser aus diesem neuen Material hat Trosvik & Partners bis jetzt verkauft?«

»Man hat Demonstrationshäuser errichtet, die zeigen, daß die Technologie funktioniert.«

»Aber verkauft? Ich meine wirklich verkauft?«

Nicolai nahm die Ellbogen vom Tisch und setzte sich aufrecht hin. »Nein, doch sie stehen kurz vor einigen großen Vertragsabschlüssen. Die Chinesen sind interessiert, und auch die UNO. Es ist nur eine Frage der Zeit, bis der internationale Markt explodiert. Das ist unsere Überzeugung.«

Mads nickte bestätigend, während er Frøholm nicht aus den Augen ließ. »Die Geschäftsleitung von Trosvik & Partners steht kurz vor einem Vorvertrag mit der Leitung des Drei-Schluchten-Staudamm-Projekts in China. Wenn die Papiere erst unterzeichnet sind, wird es ein großes Medienspektakel geben.«

»Grundsätzlich mag ich Firmen nicht sonderlich, die sich noch nicht bewiesen haben«, sagte Frøholm. »Ich steige lieber ein, wenn ein Unternehmen bewiesen hat, daß es etwas verkaufen kann. Dann bin ich auch bereit, etwas mehr zu bezahlen. Wie ich es sehe, hat Trosvik & Partners noch nicht mehr gezeigt, als daß sie eine gewöhnliche Baufirma mit einer guten Idee ist. Ich verstehe gut, daß sich der Schweizer Investor schon jetzt wieder teilweise zurückziehen will. Außerdem vertraue ich dieser Branche nicht so recht, und um ehrlich zu sein, glaube ich auch nicht, daß dort die Betriebe mit dem größten Sex-Appeal angesiedelt sind.« Frøholm lächelte kühl, strich sich durchs Haar und sah danach erneut auf die Uhr.

Mads' Körper fühlte sich bleiern an, und es fiel ihm schwer, sein Verkäuferlächeln zu bewahren. Frøholm biß nicht an. Die Sitzung war vorüber, und er wollte sie so schnell wie möglich loswerden.

»Können Sie mir etwas hierlassen?«

»Natürlich«, sagte Nicolai und zog einen Prospekt und eine Kurzstudie heraus.

Frøholm beugte sich vor und ergriff die Papiere. Er blätterte hurtig im Prospekt und schob ihn dann zurück. »Ich behalte bloß die hier«, sagte er und wedelte mit der dreiseitigen Studie herum.

»Glauben Sie mir, das wird die Börsenrakete des Jahres«, sagte Nicolai.

Frøholm erhob sich. »Ich muß jetzt leider gehen.«

Auch Nicolai und Mads standen auf.

»Ich kann Ihnen nur viel Glück wünschen«, sagte Frøholm, bevor er beiden kurz die Hand schüttelte und sie dann zum Aufzug begleitete.

»Was für ein verdammter Schlappschwanz« sagte Nicolai, als sich die Tür hinter ihnen geschlossen hatte. »Ich hätte nicht gedacht, daß er so feige ist. Ich kann es einfach nicht fassen, daß er diese Aktie nicht haben will.«

Mads schwieg und fragte sich, ob auch andere so wie Frøholm reagieren würden, denn dann hätten sie ein großes Problem.

28

Der Wecker klingelte. Mads wußte, daß er sich niemals an dieses schrille Geräusch gewöhnen würde. Er drehte sich auf die Seite und tastete nach dem roten Aus-Knopf. Eine weitere Nacht war er lange vor dem Weckerklingeln aufgewacht und hatte sich im Bett herumgewälzt. Er machte das Leselämpchen an, verschränkte die Hände hinter dem Kopf und blinzelte zur Deckenlampe hoch, in der sich, wie er wußte, eines der Mikrophone befand. Wer immer ihn abhörte, mußte in den letzten Wochen Langeweile gehabt haben. Seit Lines Auszug war in der Wohnung nicht viel geschehen. Als einziges war das Radio zu hören gewesen, das er manchmal einschaltete, abgesehen von ein paar kurzen Telefonaten. Er hoffte, nicht im Schlaf zu sprechen, und wünschte sich statt dessen, so laut zu schnarchen, daß es die reinste Hölle war zuzuhören.

Der Kontakt zu Line hatte sich auf zwei kurze, geschäftsmäßige Telefonate beschränkt. Sie hatte ihn gebeten, sie nicht mehr anzurufen, denn sie wollte ihre Ruhe haben. In ihrer Stimme hatte eine Art distanzierter Traurigkeit gelegen, und es hatte ihm beinahe physisch wehgetan, mit ihr zu sprechen. Als er nach dem letzten Telefonat den Hörer wieder aufgelegt hatte, war er vollkommen ohne Hoffnung gewesen.

»Wieviel Zeit brauchst du denn?« hatte er in einer Mischung aus Angst und Hoffnungslosigkeit gefragt.

»Wie soll ich das wissen?« hatte sie resigniert geantwortet.

Er beschloß, sie möglichst wenig zu bedrängen und ihr die Zeit zu geben, die sie brauchte. Aber sie fehlte ihm, und diese Sehnsucht führte dazu, daß er weniger Zeit als zuvor in der Wohnung verbrachte. Sie erinnerte ihn an Line, und das einzige, was er tun konnte, um seine Gedanken im Schach zu halten, war, noch mehr zu arbeiten.

Mads richtete sich auf und rieb sich die Augen. Der Wecker zeigte zehn nach fünf. Er betastete sein Knie. Er stand auf und ging ins Bad.

In den letzten Tagen war es ihm und Nicolai gelungen, die meisten Investoren auf der Liste zu erreichen. Jan Haudemann Andersen, Øystein Stray Spetalen und Øystein Tvenge waren bereit gewesen, ihnen zuzuhören, hatten aber eine große Skepsis an den Tag gelegt. Daß der Betrieb noch nichts verkauft hatte, war ein großes Hindernis.

Der einzige, der sich bis jetzt zurückgemeldet hatte, war Ronald Stormoen. Er wollte mehr Informationen über die Möglichkeit, einen weiteren Kredit zu bekommen. Nicolai hatte ihn zu einem privaten Kreditunternehmen mitgenommen, mit dem die Firma Finanzpartner zusammenarbeitete. Sie mußten das Gewinnpotential von Trosvik & Partners vollkommen anders präsentieren, wenn es ihnen gelingen sollte, die größten Leithammel zu überzeugen.

Etwas später setzte sich Mads an den Küchentisch und machte sich ein Knäckebrot mit braunem Ziegenkäse. Das war, abgesehen von einer Tasse Kaffee, das einzige, was er so früh am Morgen hinunterbekam. Dann schlug er die Wirtschaftsseiten von Aftenposten auf.

Es verschlug ihm beinahe den Atem, als er den Aufmacher las. In seiner Aufregung verschüttete er Kaffee auf sein frisches, weißes Hemd. Er fluchte und versuchte ihn mit einer Serviette wegzuwischen.

Riesenorder aus China für norwegischen Kleinbetrieb

Der in Tønsberg angesiedelte Betrieb Trosvik & Partners hat eine der vermutlich größten Bestellungen erhalten, die je an einen kleinen norwegischen Betrieb gegangen ist. Sie umfaßt die Lieferung von Spezialhäusern für das umstrittene Drei-Schluchten-Staudamm-Projekt in China. Die Verkaufssumme beträgt voraussichtlich drei Milliarden Kronen.

Der Artikel beschrieb den Baustoff Plastit mit seinen besonderen Eigenschaften. Des weiteren wurde erwähnt, daß die Aktienmehrheit kürzlich von einem Schweizer Konzern übernommen worden sei. Ein Foto zeigte drei Chinesen, die gemeinsam mit dem Vorstandsvorsitzenden Bilot eine Limousine bestiegen. Ferner wurde spekuliert, ob vielleicht sogar der Präsident der Three Gorges Project Development Corporation, Lu Youmein, in Oslo gewesen sei. Bis jetzt sei es der Zeitung jedoch nicht gelungen, einen Kommentar von der Firmenleitung zu bekommen. Es wurde lediglich auf eine Pressemitteilung verwiesen, die in Kürze verbreitet werden würde.

Mads räumte rasch den Tisch ab, lief die Treppe hinunter und ging zum Auto. Während er in den ersten Gang schaltete, griff er zu seinem Handy.

Nach dem siebten Klingeln wurde am anderen Ende abgenommen.

»Hm.« grunzte Nicolai. Vermutlich lag er noch immer tief unter Kissen begraben in seiner neuen Dachwohnung.

»Hallo, ich bin's, Mads, schläfst du noch?«

»Was glaubst du denn? Was willst du? Wie spät ist es eigentlich?«

»Steh auf und guck in Aftenposten!«

Ein langes Gähnen war zu hören. »Was ist los?«

»Ein ausführlicher Artikel über Trosvik & Partners. Der Vertrag mit dem Drei-Schluchten-Projekt ist unter Dach und Fach. Was geht hier eigentlich vor? Warum hat uns niemand darüber informiert?«

Mads konnte hören, wie sich Nicolai im Bett aufrichtete. »Was soll da stehen?«

»Steh lieber auf und lies es selbst. Ruf mich an, wenn du soweit bist. Du erreichst mich über das Handy oder im Büro. Ich bin gerade auf dem Weg dorthin.«

»Ich melde mich«, sagte er und legte auf.

Bilot schloß die Tür hinter sich und legte die Aftenposten vor Ringdal auf den Tisch.

»Es läuft«, sagte er.

Ringdal nahm die Zeitung und las den ganzen Artikel aufmerksam durch. »Das ist also Meyers Werk?«

»Ja. Er hat darauf bestanden, daß wir es auf diesem Weg machen. Er hat Aftenposten einen Tip gegeben und Exklusivität versprochen. Meyer meinte, das würde größere Schlagzeilen bringen. Sie haben der Zeitung auch einen Hinweis gegeben, wo sie die Chinesen fotografieren könnten.«

»Wer zum Teufel waren diese Chinesen?«

»Angemietete Leute durch unser Kontaktnetz in der Schweiz.«

»Ihr habt sie extra nach Norwegen gebracht?«

»Wir haben sie nach Gardermoen geflogen, mit einer Limousine abgeholt, eine Nacht im SAS-Hotel einquartiert und sie dann wieder ins Flugzeug gesetzt.« Bilot lächelte. »Ich denke, sie waren froh über ihre neuen Anzüge und eine Gratisflugreise in der Business Class.«

»Ich hoffe, du hast die Kosten noch im Griff. Meyer muß man auf die Finger schauen. Was ist der nächste Schritt?«

»Heute abend um neun kommt die Geschichte auf TV2 als

eine der drei Hauptnews. Nahe Bekannte von Meyer und … hundertfünfzigtausend Kronen für den diensthabenden Wachmann waren nötig, um …«

»Das ist jetzt aber wirklich mehr als genug. Hundertfünfzigtausend. Mußte das so teuer sein?« Auf Ringdals Stirn prangte die dicke, blaue Ader, die immer dann zum Vorschein kam, wenn er gestreßt oder aufgeregt war.

»Wir gehen davon aus, daß es in den nächsten Tagen hoch hergehen wird«, sagte Bilot. »Nach den Meldungen heute abend werden sich mit Meyers Hilfe weitere Medien auf den Stoff stürzen. Meyer und ich werden nachher die Medienstrategie für die kommenden Tage noch einmal durchgehen.«

»Es kommt vor allem darauf an, wie uns der Umgang mit der Presse gelingt.«

»Wie läuft es mit der Emission?« erkundigte sich Bilot.

»Heftye und Hammer haben die Liste abgearbeitet. Die Reaktionen waren relativ kühl. Wir rechnen aber damit, daß die Schlagzeilen die Sache ändern werden.«

»Du hältst mich auf dem laufenden. Wann fängt Falch-Pedersen an, seine Kontakte spielen zu lassen?«

»Falch-Pedersen wird ab heute die Investoren anrufen.«

»Ich muß wegen ein paar privater Besorgungen für ein paar Stunden verschwinden«, sagte Mads und sah auf die Uhr.

»Was hältst du von Ringdals Erklärung?« fragte Nicolai. Er saß zurückgelehnt auf seinem Bürostuhl und hatte die Beine auf den Schreibtisch gelegt. »Sie hätten uns, verdammt noch mal, besser informieren sollen, oder?«

»Ich finde es auch ärgerlich, daß wir erst im nachhinein informiert wurden. Sie hätten uns sagen müssen, daß der Vertrag mit China in trockenen Tüchern ist. Gegenüber den Investoren stehen wir wie Idioten da.« Mads stand auf.

»Aber diese Neuigkeit wird alles ändern«, sagte Nicolai und grinste. »Die Aktien stehen in einem ganz anderen Licht da. Die drei Milliarden Umsatz sind wirklich im Kasten!«

Mads blieb in der Tür stehen. »Gegen zwölf bin ich wieder da.«

Nicolai schwang seine langen Beine vom Tisch und setzte sich vor den Rechner. »Okay, bis dann.«

Mads holte seinen Aktenkoffer aus dem Büro und meldete sich auf dem Weg nach draußen bei Elise ab. Er überquerte den Rathausplatz, bog in die Klingenberggate ein und betrat die Filiale der Kreditkasse. So früh morgens waren nur wenige Kunden dort.

Kurz darauf stand Mads unten im Gewölbe vor seinem Schließfach. In einer Plastikmappe lagen die Kopien, die er am Tag nach dem Einbruch dort deponiert hatte. Er schob die Mappe in seinen Aktenkoffer, schloß das Fach und ging hinaus.

Auf seinem Weg durch die Stadt blieb er ein paarmal vor Schaufenstern stehen, um herauszufinden, ob ihm jemand folgte. Ein Mann in einem langen Mantel fiel ihm auf, der gleichzeitig wie er stehenblieb und ihm einen raschen Blick zuwarf. Doch dann richtete der Mann seine Aufmerksamkeit auf das Schaufenster einer Modeboutique. Als Mads vorbeikam, stand der Mann noch immer dort. Er schien nicht bemerkt zu haben, daß Mads gegangen war. Aber war nicht gerade das ein Teil des Spiels? Ein Verfolger durfte ja nicht auffallen.

Hinter der nächsten Straßenecke blieb Mads stehen und wartete. Aber der Mann war nicht mehr zu sehen. Zur Sicherheit drehte er eine Runde durch das Glassmagasinet, fuhr zwei Rolltreppen hinauf und dann wieder mit dem Fahrstuhl an der Rückseite nach unten und verließ das Kaufhaus durch einen anderen Ausgang. Dann umrundete er das Viertel und schlich sich durch die Tür eines ruhigen Cafés, wo er ungestört war.

Er setzte sich mit dem Rücken zur Wand ganz hinten ins Lokal und bestellte einen Kaffee und einen Hamburger. Von seinem Platz aus hatte er den Eingang gut im Blick. Er zog die Plastikmappe heraus und legte sie vor sich auf den Tisch. Zum ersten Mal nach dem Einbruch hatte er Gelegenheit, die Unterlagen durchzugehen.

Die ersten zehn Seiten sahen aus wie Faxüberweisungen. Sie waren an die Barkleys Bank PLC gerichtet. Wo diese ihren Firmensitz hatte, ging aus den Papieren nicht hervor. Die Überweisungen stammten von einer Gesellschaft namens Progress IBC und beliefen sich auf Summen zwischen zehntausend und zwanzigtausend US-Dollar. Der Empfänger war eine Firma, die den Namen Detektei Oslo trug. Mads notierte sich die Kontonummer. Die letzte Überweisung war erst vor zwei Wochen getätigt worden.

Es folgte ein Kalkulationsblatt mit drei Zahlenkolonnen. Es sah aus wie eine Aufstellung über Gutschriften, Lastschriften und Saldo. Alle Transaktionen waren datiert. Wenn es sich dabei um eine Art Kontoauszug handelte, betrug der Saldo 24 345 788 US-Dollar. Ringdal oder vielleicht der gesamte Vorstand von Finanzpartner hatte ein Konto über beinahe zweihundert Millionen Kronen.

Mads schob die Papiere rasch zusammen, als der Kellner mit dem Hamburger und dem Kaffee auftauchte. Dann stellte er das Essen beiseite. Er konnte jetzt nichts essen.

Die erste Datierung von Transaktionen lag zwei Jahre zurück. Es waren zwei große und viele kleinere Einzahlungen vermerkt. Bei den kleineren handelte es sich um regelmäßige Gutschriften in Höhe von hunderttausend US-Dollar. Viermal jährlich. Das nächste Blatt war eine Art Vertrag zwischen einem Olav Henrik Gundersen und der Progress IBC, in dem der Firma das Recht auf zehn Prozent von allen Einkünften eingeräumt wurde, die in Gundersens Namen erwirtschaftet wurden. Darüber hinaus verpflichtete sich Gundersen, viermal jährlich der Progress IBC hunderttausend US-Dollar als Provision zu überweisen. Die Summe stimmte mit den registrierten regelmäßigen Gutschriften überein.

»Schmeckt Ihnen das Essen nicht?«

Der Kellner war an den Tisch gekommen, ohne daß Mads ihn bemerkt hatte. Unbewußt legte er seine Hände über die Papiere.

»Ich hatte wohl doch keinen Hunger.« Mads nahm den Teller mit dem Hamburger und reichte ihn dem Kellner.

»Noch einen Kaffee?«

»Gern.«

Der Kellner verschwand wieder. Inzwischen waren zwei neue Gäste ins Café gekommen. Der eine davon war ein Mann, der sich ein Stück von ihm entfernt mit dem Rücken zu ihm ans Fenster gesetzt hatte. Der andere Gast war eine ältere Frau mit einem kleinen Kind, die vorn am Eingang Platz genommen hatte. Keiner von ihnen schien sich sonderlich für ihn zu interessieren.

Mads packte die Papiere zusammen und legte sie in seinen Aktenkoffer. Dann stand er auf und ging zum Ausgang.

»Wollen Sie schon zahlen?« Der Kellner stand mit der Kaffeekanne in der Hand da und sah ihn überrascht an.

»Ja, natürlich.« Mads zog seine Geldbörse heraus und gab ihm hundert Kronen.

»Wollen Sie jetzt doch keinen Kaffee mehr?«

»Nein, tut mir leid. Ich muß gehen.«

»Einen kleinen Moment, ich hole das Wechselgeld.«

»Behalten Sie den Rest«, sagte Mads.

Der Kellner blieb stehen und sah ihm nach, in der einen Hand die Kaffeekanne, in der anderen den Geldschein.

29

»Guten Tag, mein Name ist Falch-Pedersen von der Firma Finanzpartner. Ich würde gern mit Ronald Stormoen sprechen.«

»Einen Augenblick, bitte.« Schritte entfernten sich vom Telefon. »Ronald, Telefon für dich«, hörte Falch-Pedersen eine Frauenstimme im Hintergrund.

»Ja?« Die Stimme klang heiser und vollkommen anders, als er sie aus Stormoens Fernsehshows in Erinnerung hatte.

»Guten Tag, mein Name ist Falch-Pedersen. Ich bin Leiter des

Aktienhandels der Firma Finanzpartner. Sie haben sich vor kurzem mit unseren Mitarbeitern Heftye und Hammer getroffen und über die Emission von Trosvik & Partners gesprochen, einer Gesellschaft, für die wir arbeiten.«

»Das ist richtig.«

»Ich glaube, wir sind uns sogar schon einmal begegnet. Vor ein paar Jahren, anläßlich eines Empfangs von TV Norge. Sie haben damals eine phantastische Rede gehalten.«

»Ah, danke. Wie war Ihr Name?«

»Falch-Pedersen. Fredrik Falch-Pedersen.«

»Tut mir leid. Da klingelt bei mir nichts.«

»Nun, ich bin dabei, interessierte Investoren zu kontaktieren. Wenn ich richtig informiert bin, möchten Sie gerne zeichnen.«

»Wer hat sonst noch gezeichnet?«

Das war die Standardfrage. Natürlich konnte er nicht sagen, daß Stormoen der erste war, den er anrief, und daß er gerade deshalb angerufen wurde, weil er vermutlich am leichtesten zu überreden war. Anschließend sollte er mithelfen, die anderen größeren Leithammel mit an Bord zu bekommen. Falch-Pedersen hatte ein paar Nachforschungen über Stormoens finanzielle Lage angestellt und wußte, daß dieser ein kleineres Investmentwunder brauchte, um seine aussichtslosen Finanzen in Ordnung zu bringen. Sie hatten ihm mittels einer kleinen Kreditfirma zu einem weiteren Darlehen über eine Million verholfen, und Falch-Pedersens Zielvorgabe war es, daß Stormoen in Höhe des gesamten Kredits zeichnete.

»Haben Sie heute den Artikel in der Aftenposten gelesen?«

»Welchen Artikel?«

»Den Artikel, der eine Neuigkeit an die große Glocke hängt, die Trosvik & Partners sicher lieber noch eine Weile geheimgehalten hätten.«

»Welche denn?«

»Daß Trosvik & Partners eine Order über drei Milliarden aus China bekommen hat.«

»Stimmt das?«

»Es geht das Gerücht, daß in naher Zukunft ein Vertrag unterzeichnet wird. Bis jetzt ist aber noch nichts offiziell. Vielleicht weiß Aftenposten etwas, was wir in der Aktienverwaltung noch nicht wissen. Übrigens wird TV2 die Sache heute abend in den Nachrichten bringen.«

»Ach ja?«

»Und wir haben erfahren, daß gerade ein Kamerateam bei Trosvik & Partners ist und ein Interview mit der Geschäftsleitung dreht.«

Am anderen Ende war es still. Dann war ein gewaltiger Hustenanfall zu hören.

»Entschuldigen Sie«, kam es kaum hörbar. Stormoen räusperte sich. »Was bedeutet das für die Kursentwicklung?«

»Ich habe selten ein besseres Bauchgefühl gehabt. Und ich bin schon seit Jahrzehnten in dieser Branche.«

»Sie glauben also, die Aktie wird steigen?«

Falch-Pedersen mußte lächeln. Stormoen hatte selbst eine Sendung über Geldanlagen geleitet, doch wenn es um eigene Investitionen ging, war er plötzlich so naiv wie kaum jemand sonst. »Mein Bauchgefühl hat mich noch nie getrogen. Nur eine ganz exklusive Gruppe von Investoren erhält die Möglichkeit, an der Fristplazierung teilzuhaben.«

»Sie wollen meinen Namen nutzen, nicht wahr?«

»Der Markt wird früher oder später erfahren, daß Sie dabei sind – gemeinsam mit ein paar anderen bekannten Investoren. All die anderen werden Ihnen folgen.«

»Wird Frøholm dabei sein?«

»Er steht auf meiner Liste, ja. Frøholm sollte dabeisein.«

»Vermerken Sie, daß ich für 1,2 Millionen zeichnen werde.«

Eine neuerliche Hustenattacke war zu hören. Falch-Pedersen lächelte. Stormoen investierte zweihunderttausend mehr, als er sich geliehen hatte. Er schien auf einmal vollkommen überzeugt von der Sache zu sein.

»Sie werden von uns hören.«

Falch-Pedersen legte auf. Das Lächeln lag noch immer auf seinen Lippen. Dieses Gefühl, wenn jemand angebissen hatte, war immer wieder gut.

Es war wie beim Angeln. Man brauchte viel Geduld, aber dann zog es an der Angel, und die Gewißheit war da, daß man einen dicken Brocken am Haken hatte. Das gute Gefühl blieb die ganze Zeit, während man den dicken Brocken einholte. Die Belohnung. Dann lag er da, bereit, zerteilt und gegessen zu werden. Aber die Jagd war vorüber. Das gute Gefühl verschwand. Man wünschte sich mehr. Das Adrenalin hatte einem die Kraft gegeben, einen weiteren Durchgang zu überstehen. Dann war es wichtig, die Angel erneut auszuwerfen. Sofort.

Falch-Pedersen griff zum Telefon.

»Büro Mejer und Frøholm«, meldete sich eine sachliche Frauenstimme.

Er stellte sich vor und wurde mit Kjetil Frøholm verbunden.

»Hallo, hier ist Fredrik von Finanzpartner. Wie geht's?«

»Ganz gut, nur wie immer zuviel zu tun.«

Das war Frøholms Standardreplik, um das Gespräch auf ein Minimum zu reduzieren. Vermutlich mußte er zu irgendeinem Golftermin und hatte keine Lust auf ein längeres Gespräch mit einem Aktienhändler.

»Ich werde mich kurz fassen. Wir können dir für fünf Millionen Trosvik & Partners-Aktien verschaffen. Ich rechne damit, daß ihr interessiert seid.«

Frøholm atmete schwer. »Eine Branche mit noch weniger Sex-Appeal konntet ihr mir wohl nicht anbieten? Diese Hausbauerei ist nichts für uns. Die Gesellschaft hat mit diesem neuen Produkt noch nichts auf die Beine gestellt. Daher haben wir beschlossen, nicht einzusteigen.«

»Hast du den Artikel in Aftenposten gelesen?«

»Journalisten haben doch keine Ahnung, worüber sie schreiben.«

»Eine Sache muß ich dich fragen, Kjetil. Habt ihr jemals Verlust gemacht, wenn ich euch zu etwas geraten habe?«

Stille.

Falch-Pedersen fuhr fort: »Trosvik & Partners ist im Begriff, einen Vertrag über drei Milliarden zu unterzeichnen, die Gesellschaft wird heute abend im TV2 präsentiert, und Ronald Stormoen hat bereits gezeichnet. In ein paar Tagen wird der Run auf die Aktien erst richtig losgehen. Die Börsennotierung läuft. Gib uns zwei Wochen, Kjetil. Ihr könnt damit rechnen, mit gutem Gewinn wieder auszusteigen.«

»Ronald Stormoen, dieser pleite gegangene Fernsehmoderator?«

»Genau der. Er hat immer noch einen Namen, weißt du.«

»Gib uns einen Tag, um noch einmal darüber nachzudenken.«

»Ich brauche deine Antwort bis morgen.«

»Okay. Wir geben dir morgen Bescheid.«

Falch-Pedersen legte auf. Es gab noch immer Hoffnung, aber er mußte warten, ehe er den nächsten auf der Liste anrief. Das gute Gefühl war verschwunden.

Drei Minuten nach neun liefen die Nachrichten über Trosvik & Partners als zweite Meldung der Nachrichtensendung auf TV2. Interviewt wurde der Geschäftsführer von Trosvik & Partners International. Bilot trug einen dunklen Anzug und sah schweizerischer aus als jemals zuvor.

Kjetil Frøholm sah die Nachrichten durch die Glastür seines Wintergartens. Die Reportage dauerte beinahe vier Minuten. Er beschloß, Falch-Pedersen früh am nächsten Morgen anzurufen.

Der Parkplatz vor dem Industriegelände in Kaldnes begann sich langsam zu füllen. Karl Trosvik zuckte zusammen, als er Bilots Wagen sah. Er erkannte ihn sofort. In Tønsberg fuhr niemand sonst einen solchen Wagen. Ein schwarzer Audi A8 mit getönten Scheiben. Er stellte seinen eigenen Audi A6 drei Plätze weiter links ab. Er mochte diesen Mann nicht, doch in gewisser Weise hatte er gelernt, mit ihm zu leben. Bilot war nur selten in

Tønsberg, und wenn er Kontakt zu Trosvik aufnahm, meldete er sich in der Regel über seine Sekretärin an. Diesmal hatte er sich nicht angekündigt.

Karl Trosvik stellte den Motor ab und stieg aus. Er winkte dem Pförtner zerstreut zu, blieb auf der Treppe stehen und sah auf die Uhr. Es war fast zehn.

Bilot saß im Sitzungszimmer und wartete auf ihn. »Sie sind aber spät dran.«

»Entschuldigen Sie, ich wußte nicht, daß Sie kommen würden.« Wie sollte er erklären, daß der Grund seines späten Erscheinens sein jüngster Sohn Torbjørn war, der seine Schultasche vergessen hatte? Es hatte ihn fast eine Dreiviertelstunde gekostet, sie zu holen und in der Schule abzuliefern. Doch es war unmöglich, Bilot eine solche Erklärung vorzusetzen. Karl Trosvik zog es vor zu schweigen.

Bilots schlanke, gepflegte Finger trommelten ungeduldig auf die Tischplatte. Er musterte Trosvik mit leicht herabgezogenen Mundwinkeln.

»Wie läuft es in Tønsberg?«

»Dieses Jahr wird ein Rekordjahr für unser Unternehmen werden. Wenn ich gewußt hätte, daß Sie kommen, hätte ich Ihnen ein paar Zahlen zusammengestellt.«

»Und die Planung der Fabrik?«

»Wir rechnen damit, in dieser Woche die ersten Entwürfe der Architekten zu bekommen. Nur der Standort ist noch ein Problem. Wenn wir die Fabrik in einer Kommune mit maximaler staatlicher Subventionierung hochziehen, wäre das weit von hier entfernt, vielleicht in einem der nördlichen Landesteile. Ich hätte sie aber lieber in der Nähe. Wir können nicht bloß danach gehen, wo wir die größte finanzielle Unterstützung bekommen.«

Bilot nickte geistesabwesend.

»Und in Oslo? Gibt es etwas Neues vom Drei-Schluchten-Projekt?« wollte Karl Trosvik wissen.

Ein Zucken im Mundwinkel, das wie der Anflug eines Lächelns aussah, kam zum Vorschein. Bilot wischte sich ein unsichtbares Staubkorn vom Ärmel seiner Anzugjacke. »Der Vertrag ist unter Dach und Fach.«

Karl Trosvik starrte ihn ungläubig an. »Das ist doch nicht möglich!«

»Der Vertrag wurde gestern abend unterzeichnet«, sagte Bilot und sah Karl Trosvik ausdruckslos an. Er zog eine Mappe aus seinem Aktenkoffer und schob sie zu Karl Trosvik hinüber.

Trosvik blätterte sie rasch durch. »Das wurde gestern in Oslo unterzeichnet?«

»Wir hatten nach der Unterzeichnungszeremonie ein sehr nettes Essen im Continental. Im Lauf des Tages wird eine Meldung an die Presse gehen.«

Karl Trosvik legte den Vertrag zur Seite und sank in seinen Stuhl. Die Chinesen konnten sich unmöglich so schnell entschlossen haben. Vor einigen Monaten hatte er selbst Kontakt mit ihnen gehabt. Die Chinesen hatten zahlreiche Alternativangebote von amerikanischen, britischen und japanischen Betrieben, und die Konkurrenten waren allesamt internationale Riesen. Karl Trosvik hatte den Eindruck gehabt, daß sein Besuch beinahe als Kuriosität angesehen wurde. Es war gar nicht erst zu ernsthaften Verhandlungen gekommen. Vielleicht lag es ja wirklich daran, daß sie jetzt Teil eines größeren Schweizer Konzerns waren. Das einzige, was er über die Lippen brachte, war: »Drei Milliarden Kronen?«

»Drei Milliarden norwegische Kronen.«

»Und was geschieht jetzt?« Karl Trosviks Stimme zitterte.

»Der Vorschuß in Höhe von fünfzehn Prozent wird im Lauf der nächsten Tage gezahlt werden.«

»Fünfzehn Prozent, wieviel ist das?« Karl Trosvik hatte bei all der Aufregung Schwierigkeiten mit dem Rechnen.

»Vierhundertundfünfzig Millionen.«

»Ich verstehe das nicht. Beim letzten Gespräch mit der Delegation des Drei-Schluchten-Projekts, habe ich angedeutet, daß wir gewisse Probleme mit dem Plastit haben. Wie können die ein Produkt kaufen, das nicht funktioniert?«

Karl Trosvik konnte sich nicht daran erinnern, Bilot jemals lächeln gesehen zu haben, doch jetzt strahlte er über das ganze Gesicht. »Es gibt kein Problem mehr mit dem Material. Die Ursache für die Rißbildung im Plastit ist gefunden worden«, sagte er.

»Wirklich?«

»Die Forscher am Heidrich-Institut, einem der größten Materialforschungsinstitute Deutschlands, haben das Problem gelöst.«

»Von denen hab ich noch nie gehört. Wo sitzen die?«

»In München. Wir arbeiten schon seit vielen Jahren mit ihnen zusammen. Das Material ist verbessert, geprüft und anerkannt worden. Da gibt es kein Problem mehr.«

»Was war es?«

»Bitte, Trosvik, ich bin kein Ingenieur. Ich gebe nur das weiter, was mir die Ingenieure gesagt haben. Wie sie es hinbekommen haben, geht mich nichts an.«

»Es ist relativ wichtig, daß wir von den Ergebnissen erfahren. Das hat große Relevanz für den gesamten Produktionsprozeß.«

»Die ersten Lieferungen müssen in Lizenz produziert werden. Wir können in Norwegen frühestens in einem Jahr mit der Produktion beginnen. War das nicht auch Ihre letzte Einschätzung?«

»Doch. Aber wir brauchen die exakte Beschreibung des geprüften Materials. Je eher, desto besser.«

»Natürlich. Ich werde veranlassen, daß Ihnen die Papiere zugeschickt werden.«

Karl Trosvik stand auf und trat ans Fenster. Auf der anderen Seite des Kanals lagen die Straßencafés Seite an Seite. In nur wenigen Wochen würde er die neue Segeljacht bekommen und im Sommer drei Wochen Ferien machen. Am Stück. Gemeinsam mit der Familie könnte er bis nach Skagen segeln. Die Trosviks waren im Begriff, die reichste Familie Tønsbergs zu werden.

Ringdal goß sich einen Whiskey ein, ging zum Kühlschrank und nahm ein paar Eiswürfel aus dem Gefrierfach. »Etwas Neues über den Einbruch?«

»Nein.« Schwartz beobachtete Ringdal und leckte sich die Lippen. »Hast du was dagegen, wenn ich mir auch einen Drink nehme?«

»Bedien dich.«

Dafür, daß die Wohnung in Aker Brygge so sparsam eingerichtet war, hatte sie eine beeindruckende Auswahl an Getränken. Es gab fünf verschiedene Whiskeysorten, und Schwartz kehrte mit einem Glas Balvenie Singel Malt an seinen Platz zurück. »Wir haben die Angestellten überprüft. Alle haben Alibis. Außerdem haben wir mit der Securitas-Wache gesprochen. Er erinnert sich nicht mehr an viel, außer daß der Angreifer eine Sturmhaube trug.«

»Und was geschieht jetzt?«

»Es gibt noch eine letzte Möglichkeit: eine Analyse der Fingerabdrücke. Ein Freund von mir hat Verbindungen zur Polizei. Gegen eine kleinere Summe würde er die Fingerabdrücke in einem großen internationalen Archiv checken. Außerdem würde ich vorschlagen, daß wir von allen Angestellten Fingerabdrücke nehmen.«

»Wir können doch nicht von unseren Angestellten Fingerabdrücke nehmen. Das würde Proteste hervorrufen.«

»Keine Sorge, ich brauche bloß ein Glas oder eine Tasse, die sie benutzt haben. Wenn ich leeres Geschirr aus den jeweiligen Büros bekomme, reicht das schon. Wir können am späteren Abend mal durch die Büros gehen und nachsehen, was wir finden. Ich habe schon vorhin bei dir im Büro die Fingerabdrücke des Einbrechers aufgenommen.«

»Heute abend schon?«

»Warum nicht? Ich habe mein Material dabei.« Schwartz klopfte auf den Koffer, der neben ihm stand.

»Wie lange wird das dauern?«

»Die Analyse? Schwer zu sagen. Es kommt darauf an, wann

unser Freund bei der Kripo das erledigen kann. Ein paar Wochen vielleicht.«

»So lang?«

»Es ist ja kein offizieller Auftrag. Er muß das außerhalb der gewöhnlichen Arbeitszeit machen. Aber ich kann ihn bitten, es so schnell wie möglich zu erledigen. Das würde allerdings etwas extra kosten.« Schwartz grinste. »Du weißt, Expreßhonorar.«

Ringdal musterte ihn skeptisch, während er einen Schluck aus dem Glas nahm. »Wieviel?«

»Polizisten sind billig. Sie haben noch nicht gelernt, anständige Preise zu verlangen. Das hängt wohl mit ihrem schlechten Lohn zusammen.«

Ringdal zog es vor, die Bemerkung zu überhören. »Wieviel?«

»Mit fünfzigtausend Kronen kommen wir schon ein ganzes Stück weiter. Und mein Mittelsmann wird auch etwas verlangen, sagen wir zehntausend.«

»Machen die wenigstens gute Arbeit?«

»Wir haben es mit sehr tüchtigen Polizisten zu tun.« Schwartz verbarg sein Lächeln hinter dem Glas, das er zum Mund führte. »Er war unter anderem mit den Ermittlungen zum Tod des Journalisten betraut, der in die Luft gegangen ist.«

»Sander, der arme Teufel. Was glaubst du, kann er Mads erzählt haben?«

Schwartz zuckte mit den Schultern. »Wir wissen es nicht. Das war bei Mads zu Hause auch nie ein Thema. Vermutlich hat er überhaupt nichts erfahren.«

»Sonst noch etwas?«

»Wir sind Mads gestern gefolgt. Er war an einem Bankschließfach und hockte später eine Stunde lang in einem Café, um sich irgendwelche Dokumente anzusehen. Dann ist er wieder zum Schließfach zurückgegangen. Wäre interessant zu wissen, was er da versteckt.«

»Das kann warten. Bis jetzt haben wir ihn gut unter Kontrolle.«

»Mir gefällt das nicht. Irgendwas an diesem Jungen stimmt nicht.«

Ringdal blickte auf die Uhr. »Wir gehen nachher die Büros durch. In einer Stunde dürfte keiner mehr dort sein. Wir werden sehen, ob wir Tassen oder Gläser finden.«

»Hast du überprüft, ob er sich in deinen Computer eingeloggt hat?«

Ringdal sah ihn verwundert an. »Wie meinst du das?«

»Kann sich der Einbrecher für irgend etwas in deinem Rechner interessiert haben?«

»Woher soll ich das wissen?«

»Gibt es dort irgendwas, das besser nicht ans Licht käme? Was niemand sonst sehen sollte?«

Ringdal dachte nach.

»Laß mich zur Sicherheit das Logfile überprüfen.«

»Logfile?«

»Der Ordner im Rechner, wo die letzten Log-ins registriert sind.«

Ringdal nahm einen Schluck aus seinem Glas. »Ich hab doch ein Paßwort, es sollte nicht allzu leicht sein, sich einzuloggen.«

»Wie lautet das Paßwort?«

»Das ist geheim.«

Schwartz grinste. »Laß mich raten. Ein Geburtsdatum, deine Initialen, dein Name oder der Name eines nahen Verwandten?«

Ringdal blickte ihn verwundert an.

»Wenn ich deine Initialen eingeben würde, den Namen eines deiner Kinder, den Namen deiner Frau oder das Geburtsdatum von einem von ihnen, würde ich dann ins Schwarze treffen?«

»Scheiße!« Ringdal ließ sich wieder auf den Stuhl fallen.

Schwartz stand auf. »Das kann eine lange Nacht werden. Hast du etwas dagegen, wenn ich mir noch einen genehmige?«

30

Der große Wendepunkt kam wenige Minuten nachdem Trosvik & Partners eine offizielle Pressemeldung verschickt hatte, in der bestätigt wurde, daß der Vertrag mit den Chinesen unterzeichnet war. Die Nachricht weckte Interesse bei Presse, Funk und Fernsehen. Gleichzeitig gelangten Informationen an die Öffentlichkeit, daß die erfolgreichsten Investoren Norwegens bereits im Geschäft seien. In der Wirtschaftspresse war die Meldung sogar der Aufmacher.

Wenige Tage nach der Presseinformation wurden die ersten Leithammel wieder ausbezahlt. Carl Fredrik Mejer und Kjetil Frøholm verkauften für sechzig Kronen pro Aktie. Sie konnten sich nicht beklagen – fünf Millionen Gewinn in weniger als vierzehn Tagen. Die Aktie war bald eines der begehrtesten Wertpapiere auf dem Grauen Markt. Als die Leithammel ausstiegen, kamen weitere Aktien in Umlauf; die Liquidität stieg, und immer neue Schafe kauften sich zu immer höheren Kursen ein. Niemand legte besonderes Augenmerk darauf, daß die Leithammel ausstiegen. Andere Händler begannen die Aktie zu beobachten und machten im Namen ihrer Kunden Angebote bei Finanzpartner. Der Kurs stieg weiter.

Vor Bilot lag die Zeitung Finanzavisen. Auf der linken Seite befand sich ein großes Bild von Karl Trosvik unter der Schlagzeile: »Die Gründerfamilie jubelt über die Kursentwicklung.« Auf dem Bildschirm vor ihm flimmerten die Internetseiten einer Wirtschaftszeitung, in denen spekuliert wurde, ob Trosvik & Partners bald mit weiteren Überraschungen aufwarten würden. Auf dem Markt kursierten Gerüchte, daß weitere große Dinge im Gange seien. Bilots Sekretärin übersetzte ihrem Chef den norwegischen Text stotternd Wort für Wort, denn ihr Englisch war nicht so gut.

Ein kleines »Thank you« war alles, was er herausbrachte, als sie fertig war. Sobald sie die Bürotür hinter sich geschlossen hatte, wählte er die Nummer, die er lediglich in seinem Gedächtnis vermerkt hatte. Er bat darum, mit einem Mr. Stephen

Harris verbunden zu werden. Wenig später war dieser am Telefon.

»This is Norway. Everything is ready. You can go.«

Das Signal war gegeben. Ollies Händler würden im Lauf der nächsten Tage über ihre ausländischen Nominees Trosvik & Partners-Aktien ordern, und diese wiederum würden ihre Zeichnungsaufträge an norwegische Investmentgesellschaften weitergeben. Dadurch würden weitere Häuser Interesse an der Aktie bekommen. Diese würden wiederum ihre Kunden anrufen und den Kurs der Aktie erneut in die Höhe treiben. Die Folge wäre ein unaufhaltsamer Dominoeffekt. Die Aktie würde explodieren.

Mads las sich die E-Mail, die er gerade geschrieben hatte, noch einmal durch.

An diesem Abend war es im Internetcafé der Universität Oslo besonders voll. Zehn bis fünfzehn Terminals standen in dem großen Kellerlokal, das früher eine Diskothek beherbergt hatte. Alle Plätze waren besetzt, und die Besucher hofften, möglichst viel aus der Zeit zu machen, für die sie bezahlt hatten.

Von: mahammer@hotmail.com
An: klas.bergman@stockholmsec.com
Betreff: Steuerparadiese

Lieber Klas,
hier herrschen hektische Zeiten. Wir arbeiten rund um die Uhr mit einer Aktie, die bald an der Osloer Börse notiert werden soll. Der Kurs ist in den letzten Tagen auf dem Grauen Markt in die Höhe geschossen. Ich glaube, auch in schwedischen Wirtschaftszeitungen hat man über dies Unternehmen berichtet. Er heißt Trosvik & Partners. Wirf mal einen Blick darauf. Vielleicht könnte es für Dich von Interesse sein.
Aber ich schreibe Dir eigentlich aus einem anderen Grund. Kürzlich bin ich auf einen Betrieb gestoßen, der offenbar seinen Sitz in einem Steuerparadies hat. Ich muß mehr darüber erfahren, wie Firmen in Spitzensteuerländern solche Steuerparadiese nutzen können. Davon wird abhängen, ob ich mit dieser Firma etwas zu tun haben will oder nicht.

Ich weiß, daß das eines Deiner Spezialgebiete ist, und ich würde mich freuen, wenn Du mir bei folgenden Fragen weiterhelfen könntest:
1. Welches Einsichtsrecht haben die Behörden in Spitzensteuerländern in Firmen, die ihren Sitz in Steuerparadiesen haben?
2. Welche Bilanzen müssen den Behörden vor Ort vorgelegt werden?
3. Wie kann man Geld in Steuerparadiese transferieren oder von dort transferiert bekommen? Was ist erlaubt und was nicht?
Könntest Du Deine Antwort bitte an diese Mailadresse schicken? Oder Du rufst mich auf dem Handy an unter der Nummer 0047 951 66642.
Ich hoffe, daß es Dir und Deiner Familie gut geht und daß wir uns bald wiedersehen. Melde Dich, wenn Du in Oslo bist. Vielleicht können wir uns zum gemeinsamen Essen treffen.
Mads

Er klickte auf »Senden« und löschte die E-Mail aus dem Ausgangsfach. Vorsichtshalber leerte er auch gleich den Papierkorb.

Mads hatte lange darüber gegrübelt, ob er Klas alles erzählen sollte, was er wußte. Zu guter Letzt hatte er sich dagegen entschieden. Zum einen hatte er das Gefühl, noch immer zuwenig zu wissen, zum anderen wollte er nicht preisgeben, wie er an diese Informationen gekommen war. Es war zu kompliziert, und es gab noch zuviel, was er nicht wußte. Während seiner Arbeit bei Stockholm Securities hatte er Klas in einem schwachen Moment von seinen Jugendsünden erzählt. Er wollte ihn nicht enttäuschen, indem er ihm anvertraute, daß er erneut einen Einbruch begangen hatte.

Mads zahlte und ging zur Bar im Erdgeschoß, wo er sich ein Bier bestellte und sich eine Zeitung nahm. Er verspürte keinen besonderen Drang, in seine leere, überwachte Wohnung zurückzukehren.

Tags darauf ging er erneut ins Internetcafé. Er mußte eine knappe halbe Stunde warten, ehe er einen Platz an einem der Terminals bekam. Folgende E-Mail wartete auf ihn:

Von: klas.bergman@stockholmsec.com
An: mahammer@hotmail.com
Betreff: AW: Steuerparadiese

Lieber Mads,
Steuerparadiese sind ein kompliziertes Thema, über das unzählige Bücher geschrieben worden sind. In der ganzen Welt beschäftigen sich Juristen und Finanzberater damit. Ich werde trotzdem versuchen, Dir kurz auf Deine Fragen zu antworten:
Die Behörden der Spitzensteuerländer haben kaum eine Möglichkeit, Informationen über eine Firma in einer Steueroase zu bekommen. Ausnahmen werden gemacht, wenn der klare Verdacht einer kriminellen Tätigkeit besteht wie Geldwäsche, Drogen oder Waffenschmuggel. Der Verdacht auf Steuerhinterziehung reicht aber nicht für eine Offenlegung der Bilanzen aus, denn diese gilt nicht als kriminelle Tätigkeit. Für viele Steueroasen ist das Geldgeschäft das wichtigste Einkommen. Deshalb wird Vertraulichkeit groß geschrieben. So ist es den offiziellen Vertretern staatlicher Behörden auf den Turks- und Caicos-Inseln oder professionellen Ratgebern verboten, Informationen über eine ausländische Firma herauszugeben. Wer es dennoch tut, muß mit hohen Geldbußen oder Gefängnisstrafen bis zu drei Jahren rechnen. Normalerweise verlangen die Behörden in den Steueroasen nur minimale Informationen. IBC (International Business Company) ist die dort übliche Bezeichnung für ausländische Aktiengesellschaften. In einigen dieser Paradiese, zum Beispiel in Belize, reicht es schon, wenn eine IBC einen Aktionär und ein Vorstandsmitglied hat. Die Vorstandssitzungen können an jedem beliebigen Ort abgehalten werden, und es besteht keine Verpflichtung, die Namen von Firmeneignern oder Vorstandsmitgliedern preiszugeben. Normalerweise ist es einer solchen IBC nicht erlaubt, im Steuerparadies selbst Geschäfte zu betreiben oder Immobilien zu besitzen oder zu mieten, abgesehen natürlich von den Büroräumen, in denen die Firma registriert ist. Die Gesellschaft muß im Besitz von ausländischen Aktionären sein. Dabei variieren die Voraussetzungen und Bedingungen von Oase zu Oase erheblich.
Wie immer im Leben ist es leichter, Geld von einem Konto abzuheben, als es auf dieses Konto zu transferieren. Die meisten Betriebe mit Konten in Steuerparadiesen verdienen ihr Geld außerhalb der Spitzensteuerländer, in denen sie angesiedelt sind. Einige stellen die Rechnungen über ihre dortigen Gesellschaften und belegen ihre Einnahmen über einen getätigten Handel in diesem Steuerparadies. Andere überführen all ihre Werte an einen sogenannten Trust, was den Vorteil bringt, daß man nicht mehr als Besitzer seiner vormaligen Aktiva gilt und infolgedessen auch nicht mehr steuerlich belangt werden kann.
Das Geld zu nutzen ist dann wieder einfacher. Die meisten lassen sich eine

Kreditkarte ausstellen, die in der Regel keinen Namen trägt, die einzige Identifikation ist ein vierziffriger PIN-Code. Die Rechnung wird nicht an die Heimatadresse des Nutzers geschickt, sondern an den Stellvertreter in den Steuerparadiesen. Dabei handelt es sich oft um eine Bank, die den schriftlichen Auftrag des Benutzers hat, alle Rechnungen zu bezahlen.
Als norwegischer Staatsbürger mit Wohnsitz in Norwegen mußt Du bei den Steuerbehörden alle Gesellschaften und Konten im Ausland angeben. Alles, was Du nicht angibst, gilt im Prinzip als versuchte Steuerhinterziehung.
Ich hoffe, das hilft Dir ein bißchen weiter.
Ich habe leider keine Pläne, in der nächsten Zeit nach Oslo zu kommen, aber ich melde mich, sobald ich eine Möglichkeit habe. Grüß Line von mir.
Alles Gute, Klas

Allmählich hatte Mads ein klareres Bild davon, wie Ringdal und seine Komplizen operierten. Sie hatten eine geheime Gesellschaft unter dem Namen Progress IBC in einem Steuerparadies gegründet. Die Vorwahl der Telefaxnummer lautete 507, also Panama. Dieser Gundersen überwies viermal jährlich hunderttausend Dollar zuzüglich zehn Prozent des Verdienstes aus den gemeinsamen Geschäften. So war es ihnen gelungen, an die zweihundert Millionen Kronen auf diesem Konto anzusammeln. Um an das Geld zu kommen, bedienten sie sich vermutlich einer Kreditkarte. Darüber hinaus stellten sie Überweisungen aus, wie an diese Detektei in Oslo. Mads hatte die Adresse herausgefunden, sie lag im Stadtteil Grønland.

Mads setzte sich an die Bar und bestellte sich ein Bier.

Zweihundert Millionen Kronen. Ungefähr siebzig Millionen für jeden der drei Vorstände, ohne Zweifel ein interessanter Betrag. Um zweihundert Millionen auf dem Konto zu haben, mußten gewaltige Summen geflossen sein. Die Antwort lag im Bankschließfach. Mads verfluchte sich selbst, daß er nicht alle Transaktionen ausgedruckt hatte. Vielleicht konnten die Daten seinen Verdacht bestätigen. Das würde er später noch überprüfen.

Zunächst aber mußte er etwas anderes erledigen.

31 Samstag nachmittag. Mads fuhr mit seinem Golf in die Tiefgarage in Aker Brygge und stellte den Wagen ab. Auf den Stellplätzen der Finanzpartner AG standen noch drei andere Fahrzeuge. Eines davon, der neue silbergraue Mercedes, gehörte Nicolai.

Mads holte die Sporttasche aus dem Kofferraum. Er nahm einen anderen Ausgang als sonst und sah sich einen Moment um, ehe er rasch in Richtung Zentrum zum U-Bahnhof Nationaltheater ging. Der Bahnsteig war brechend voll: Familien mit Kinderwagen und Tragetaschen, Cliquen von Jugendlichen und Menschen, die nach einem Stadtbummel schnell nach Hause wollten. Er stieg in die einfahrende U-Bahn, doch gerade als sich die Türen schließen wollten, sprang er wieder auf den Bahnsteig zurück. Ein eventueller Verfolger hätte das gleiche tun müssen. Er konnte jedoch niemanden sehen.

Einige Minuten später fuhr die nächste U-Bahn ein. Diesmal fuhr er mit. Am Hauptbahnhof stieg er wieder aus. Er wartete, während er die Menschen beobachtete, die über den Bahnsteig hasteten. Dann stieg er in die nächste U-Bahn. Er stand an die Tür gepreßt da, während der Zug durch den Tunnel zur nächsten Station raste. Eine Frau mittleren Alters starrte ihn an. Sie hatte ein großes Muttermal auf der Wange. Er senkte seinen Blick und beobachtete den Widerschein der Lichter an der Tunnelwand.

Am Bahnhof Grønland stieg er aus und ging in Richtung Toiletten. Die meisten Kabinen waren frei. Er verschloß die Tür und wartete ein paar Minuten, bis er allein war. Dann öffnete er die Sporttasche und packte eine blonde Perücke, einen Bart und einen blauweißen Trainingsanzug aus. Er zog sich um, setzte die Perücke auf und klebte sich den Bart an. Danach nahm er ein Kissen heraus, das er mit einem Gürtel vor seinem Bauch befestigte, und setzte eine dunkle Sonnenbrille auf. Die Verwandlung war perfekt. Draußen lächelte er einen kurzen Moment lang seinem eigenen Spiegelbild zu. Er war nicht zu erkennen.

Mit ruhigen Schritten ging er nach draußen und betrachtete

die Menschen, die an ihm vorbeigingen. Er spürte, daß er langsam paranoid wurde. Alle kamen ihm verdächtig vor.

Es dauerte eine Weile, bis er endlich die Adresse gefunden hatte, nach der er suchte. Er las die Namen auf den Klingelschildern. Ganz oben war in kleinen, maschinengeschriebenen Buchstaben der Firmenname zu lesen, den er suchte: Detektei. Mads trat zurück und blickte nach oben, doch von unten war nichts zu sehen. Er tastete nach der Klinke. Die Tür war verschlossen.

Auf der gegenüberliegenden Straßenseite lag ein kleines Café. Er setzte sich an einen der Tische und bestellte eine Tasse Kaffee. Ihm wurde allmählich warm unter der Perücke. Er zog das Handy aus der Sporttasche und wählte die Nummer, die er sich auf einem Zettel notiert hatte. Keine Antwort, nicht mal ein Anrufbeantworter.

Mads ging zu einem kleinen Tante-Emma-Laden an der Ecke und kaufte ein paar Zeitungen. Dann setzte er sich wieder ins Café und bestellte noch eine Tasse Kaffee. In regelmäßigen Abständen wählte er die Nummer. Keine Antwort. Auch im Gebäude gegenüber tat sich nichts.

Nach zwei Stunden zahlte er und schlenderte über die Straße. Die Sonne ging unter, und es wurde langsam dunkel. Er trat auf den Hinterhof neben dem Gebäude, wo einige Ausländerkinder laut johlend Fußball spielten. Eine alte Feuertreppe verlief an der Außenseite des Gebäudes vom Erdgeschoß bis unters Dach.

»Hallo, wohnt ihr hier?« fragte Mads und lächelte.

Die Jungen hielten in ihrem Spiel inne und sahen ihn an. Die ältesten mochten zehn oder elf Jahre alt sein. Alle waren dunkelhäutig. Der kleinste schüttelte den Kopf.

»Habt ihr Lust, ein bißchen Geld zu verdienen?«

Einer der größeren Jungen begann unsicher zu lachen. »Wofür?« fragte er und sah die anderen an, die ebenfalls zu kichern begannen. Hier in der Gegend wohnten bestimmt genug schräge Vögel.

»Wißt ihr, wie ich in dieses Haus da kommen kann?« Mads

machte eine Kopfbewegung in Richtung Nachbarhaus. »Ich würde da gerne etwas holen, habe aber den Schlüssel vergessen.«

Zwei der größeren Jungen kamen langsam näher, während sie sich etwas zuflüsterten. Nichts deutete darauf hin, daß sie ihm glaubten.

»Wieviel?« fragte der eine.

Die Sonnenbrille erschwerte es Mads, die Gesichtszüge auf der dunklen Kinderhaut zu erkennen. »Hundert Kronen«, sagte er.

Der Große schüttelte den Kopf. Er begriff, daß hier gefeilscht wurde, und wollte sich so teuer wie möglich verkaufen.

»Fünfhundert Kronen«, sagte er.

»Okay, ihr bekommt fünfhundert Kronen«, willigte Mads ein.

»Kommt mit«, sagte der Größte, und alle folgten ihm zu einem der Kellerfenster.

»Rashid paßt hier durch«, erklärte der selbsternannte Anführer der Gruppe und deutete auf die zersplitterte Fensterscheibe. Er drehte sich um und zeigte auf einen kleinen Jungen, der sich halb hinter den anderen versteckte. »Er kann reinkriechen und die Hintertür öffnen.«

»Gut.«

»Zuerst das Geld.« Der Junge streckte seine Hand aus.

Mads holte sein Portemonnaie aus der Innentasche, zählte fünf Hunderter ab und legte sie in die geöffnete Hand. Der Junge steckte sie schnell ein.

Rashid öffnete das Kellerfenster und preßte seinen kleinen Körper durch die schmale Öffnung. Wenige Sekunden später war die Hintertür offen.

Mads zückte noch einmal sein Portemonnaie und nahm fünf weitere Hunderter heraus. »Ihr bekommt noch einmal fünfhundert, wenn ihr den Mund haltet, abgemacht?«

»Abgemacht«, erwiderte der Anführer der Gruppe und nahm Mads das Geld aus der Hand. Danach rannten die Kinder johlend und lachend aus dem Hinterhof.

Mads trat ein und schloß die Tür hinter sich. Die Sporttasche hielt er mit der rechten Hand umklammert. Es roch nach Staub und nassem Beton. An den Türen im Erdgeschoß stand nichts. Er schlich die Treppe hoch. Die Detektei lag im zweiten Stock. An der Tür hing ein verblaßtes Messingschild mit dem Firmennamen. Er zog ein kleines Brecheisen aus seiner Sporttasche. Plötzlich wurde ihm übel. Zum letzten Mal hatte er vor zwölf Jahren eingebrochen. Damals war es ein Kiosk gewesen. Der Besitzer hatte auf ihn gewartet, als er mit zwei Plastiktüten voller Zigaretten, Bier und Schokolade wieder herauskam. Die Polizei hatte ihn in einer Ausnüchterungszelle warten lassen, bis seine Mutter gekommen war. Damals hatte er sich gelobt, nie wieder irgendwo einzubrechen.

Der Türrahmen war alles andere als solide und splitterte der gesamten Länge nach auf, als er das Brecheisen ansetzte. Die Tür glitt langsam auf. Vor ihm lag ein Büro mit zwei Schreibtischen und einem großen, metallenen Archivschrank. Mads blieb stehen und lauschte, doch es war nichts zu hören. Hinter dem Eingang war eine weitere Tür. Er öffnete sie und sah hinein. Das Zimmer erinnerte an den Kontrollraum eines Aufnahmestudios. Es gab ein großes Mischpult mit Schiebereglern, und an der Wand stand eine Reihe von Aufnahmegeräten. Die meisten waren ausgeschaltet. Plötzlich hörte er eine Stimme. Übelkeit packte ihn. Er mußte sich setzen. Es war Lines Stimme. Sie telefonierte mit ihrer Mutter.

»Wo bist du?« fragte ihre Mutter.

»Zu Hause«, antwortete Line.

Wo kamen diese Laute her? Eines der Aufnahmegeräte schaltete sich ein, sobald etwas gesagt wurde.

»Mads ist nicht da«, sagte Line. »Ich mache noch kurz eine Runde durch die Stadt, dann komme ich.« Der Hörer wurde aufgelegt. Das Aufnahmegerät zeichnete noch das Klacken der Wohnungstür auf, die zugeworfen wurde.

Mads' Herz hämmerte wie wild. Die Übelkeit wollte nicht weichen. Es gab keinen Zweifel mehr. Die Abhöraktion war das

Werk der Firma, ausgeführt von den Leuten in diesem Büro. Line wollte mit ihm sprechen. Und er befand sich ausgerechnet hier, wo er sie hören konnte. Er biß die Zähne zusammen und zwang sich aufzustehen. Über den Aufnahmegeräten stand eine lange Reihe von Bändern, die mit einer Art Code beschriftet waren. Er wählte eines aus und schob es in einen der Recorder. Sofort erkannte er Karl Tillers Stimme. Er telefonierte, vermutlich im Büro. Mads hörte sich noch weitere Kassetten an. Manche der Stimmen hatte er nie gehört. Die fünfte Kassette enthielt ein Gespräch zwischen Karl Trosvik und einem fremden Mann. Mads hatte genug gehört. Er stellte die Kassetten zurück und ging wieder in das andere Zimmer zurück. Rasch und systematisch durchsuchte er Schubladen und Regale, doch nichts war von besonderem Interesse.

Er schnappte sich seine Sporttasche, die er hinter der Tür abgestellt hatte. Noch immer meinte er, Lines Stimme zu hören. Er schloß die Tür hinter sich und lief die Treppen hinunter. Zwischendurch blieb er stehen und lauschte, doch nur das Rauschen des Verkehrs draußen auf der Straße war zu hören.

Draußen zwang er sich, ruhig zu gehen. Nach wenigen Minuten war er wieder an der U-Bahnhaltestelle. Er ging hinunter und nahm die erste Bahn in Richtung Zentrum. An der Haltestelle Nationaltheater stieg er aus, ging in eine Toilette und zog sich um. Seine Haare waren unter der Perücke ganz naß geworden.

Sie wurden abgehört. Alle. Und zwar im Auftrag von Finanzpartner.

32

Nicolai und Mads gehörten zu den letzten, die am Dienstag abend beim Empfang in den exklusiven Büroräumen von Trosvik & Partners erschienen. Sie bekamen ein Glas Champagner serviert, und Bilot hieß sie per Handschlag willkommen. Karl Trosvik unterhielt sich angeregt mit einem Vorstand von

Alfred Berg. Zwei der größten Osloer Investmentbanken, Alfred Berg und Sundal Collier & Co., wollten an der bevorstehenden Emission mitwirken. Die Firma Finanzpartner hatte nicht genug Personal, um das alles allein zu schaffen.

Mads nickte Ringdal und Falch-Pedersen zu. Sie standen mit einigen Personen zusammen, die er noch nie gesehen hatte.

»Von Sundal Collier«, flüsterte Nicolai erklärend und zupfte an Mads' Anzugjacke. »Komm, wir holen uns etwas zu essen, ich hab einen Bärenhunger.«

Sie gingen in den großen Sitzungssaal und reihten sich in die Schlange am Büfett ein. Nicolai füllte seinen Teller und stopfte sich gleichzeitig eine ganze Reihe von Kanapees in den Mund. Dann nahmen sie sich jeder ein Glas.

»Ürklüch gut«, schmatzte Nicolai, der mit seinem vollgestopften Mund wie ein Hamster aussah.

An der Wand im Flur fanden sie einen freien Platz. Mads nahm ein paar kräftige Schlucke Rotwein. Alkohol kam ihm jetzt gerade recht. Sein Erlebnis vom Samstag wirkte noch nach. Er hatte während der letzten Tage an nichts anderes denken können. Er leerte sein Weinglas und tauschte es bei einer Kellnerin gegen ein volles ein.

Nicolai und Mads hörten, wie an ein Glas geklopft wurde, und gleich darauf ertönte Bilots charakteristische Stimme durch die Räume. »Meine Damen und Herren!« Das Stimmengewirr ebbte merklich ab. Mads schob sich noch ein Kanapee in den Mund und bewegte sich in Richtung Bilot, der auf einen Stuhl geklettert war und die Versammlung überblickte.

»Es ist mir ein Vergnügen, Sie alle in diesen für unseren Betrieb so wichtigen Zeiten hier versammelt zu sehen.«

»Dieser Idiot«, flüsterte Nicolai Mads ins Ohr.

»Halt den Mund«, flüsterte Mads zurück. »Ich will hören, was dieser Idiot zu sagen hat.«

»Wir stehen an der Schwelle zu einer gewaltigen Kapitalerhöhung, durch die eine neue Zeit für Trosvik & Partners anbrechen wird. Das Unternehmen wird vierhundertfünfzig Millionen zusätzliches Kapital erhalten, während gleichzeitig Aktien im Wert von zweihundert Millionen plaziert werden. Wenig später wird die Aktie an der Börse in Oslo eingeführt. Lassen Sie uns hoffen, daß viele norwegische Investoren zeichnen, so daß man bald wieder sagen kann, daß die Firma Norwegen gehört.«

Ein höfliches Murmeln war zu hören.

»Wir sind reichlich stolz auf das, was wir zustande gebracht haben, doch hätten wir das niemals allein geschafft. Es ist mir deshalb eine große Freude, die Emissionsberater von Finanzpartner, Alfred Berg und Sundal Collier begrüßen zu dürfen. Und natürlich auch unsere Schweizer und Liechtensteiner Juristen und Revisoren.«

Mads nahm sich bei der Kellnerin, die gerade vorbeikam, ein weiteres Glas. Er begann, den Alkohol zu spüren. Die Anspannung wich ein wenig. Auch Nicolai hatte das Interesse an Bilots Rede verloren, und so standen sie beide da und beobachteten die anderen Gäste.

»Verflucht süß«, sagte Nicolai und sah der Kellnerin nach. Er verdrückte sein letztes Kanapee und leerte sein Weinglas. »Ich glaube, ich muß mir noch eins holen«, meinte er und lief dem jungen Mädchen hinterher.

Mads beobachtete währenddessen Bilot, der noch immer seine nichtssagenden Phrasen von sich gab. Wurde Bilot auch abgehört? Wie viele in diesem Raum wußten eigentlich, was Sache war? Auf einmal kam Ringdal herüber und stellte sich neben Mads. Sein Puls ging schneller. Er nickte Ringdal zu und nahm einen Schluck aus seinem Glas.

Da beugte sich Ringdal zu Mads hinunter. »Es gibt Neuigkeiten«, flüsterte er, und ein Lächeln erhellte das breite Bulldoggengesicht.

»Interessant, was gibt es denn?« Wußte Ringdal etwas über den Einbruch? Ahnten sie, wer es gewesen war?

»Vorläufig ist das aber top secret.« Ringdal atmete schwer. »Der Vorschuß der Chinesen ist gekommen. Das haben wir vor ein paar Stunden bestätigt bekommen.«

Mads spürte einen Adrenalinstoß, der die Wirkung des Alkohols vollkommen verdrängte. Das waren nicht nur gute, das waren phantastische Neuigkeiten. Die Chinesen meinten es ernst. Sie hatten fünfzehn Prozent der Vertragssumme bezahlt. Das bedeutete, daß irgendwo auf den Konten von Trosvik & Partners vierhundertfünfzig Millionen lagen. Die Neuigkeit würde den Kurs der Aktie in die Höhe schießen lassen.

»Der ganze Vorschuß?« fragte Mads. Er mußte sich bemühen, nicht laut zu sprechen.

Ringdal nickte. Er beugte sich weiter vor. »Das Geld ist an die Deutsche Bank in Liechtenstein überwiesen worden, die den Chinesen eine Vorschußgarantie ausgestellt hatte. Ein entsprechender Überbrückungskredit ist von der Bank an Trosvik & Partners International geflossen. Die Bedingung für diesen Kredit ist, daß er mit einem entsprechenden Betrag aus der Emission erstattet wird.«

Es lief. Jetzt war es ernst. Sie würden ihm einen anständigen Bonus auszahlen, und es war durchaus realistisch, daß es sich dabei um einige Hunderttausend handelte. Als Händler erhielten sie sechs Prozent Provision, abgesehen von dem einen Prozent Garantieprovision. Zusammen über fünfundvierzig Millionen Kronen. Danach würde er kündigen. Nach der Durchführung dieses Deals sollte es nicht allzu schwierig sein, einen anderen Job in einer anderen Investmentgesellschaft zu finden.

Bilot beendete seine Rede. Es waren vereinzelte Zurufe und leichter Applaus zu hören. Mads nahm noch einen Schluck Rotwein und wandte sich wieder an Ringdal. »Unglaublich gute Neuigkeiten. Haben wir die Aktie vielleicht zu billig verkauft?«

Ringdal klopfte ihm auf die Schulter. »Sechshundertfünfzig Millionen sind viel Geld auf dem norwegischen Markt. Wenn alles wie geplant läuft, solltest du deiner Frau ein schönes Geschenk machen können.«

33 Schwartz ging zum Videorecorder und schob eine Kassette ein. Dann schaltete er ihn an und setzte sich wieder neben Ringdal.

Die Bilder zeigten einen untersetzten Mann mit struppigen, langen, blonden Haaren, der sich durch die Räume der Detektei bewegte. Die Bildqualität war alles andere als gut, doch es war deutlich zu erkennen, daß der Einbrecher eine Reihe von Kassetten abspielte und systematisch die Büroräume durchsuchte.

»Nicht gerade ein gewöhnlicher Einbrecher«, sagte Schwartz und spulte mehrfach die Sequenz vor und zurück, in der der Einbrecher beinahe zusammenbrach, als er Lines Stimme aus dem Lautsprecher hörte. Dann blickte er Ringdal an.

»Warum reagiert er so?« fragte er.

Ringdal antwortete nicht.

Beinahe alle Aktienhändler telefonierten hektisch. Die Stimmung brodelte. Falch-Pedersen stand an der Tür und verfolgte die Abschlüsse konzentriert. Der Geräuschpegel war an diesem Vormittag höher als gewöhnlich. Henriksen kam herein und stellte sich neben Falch-Pedersen.

»Ich muß ein paar Worte mit dir reden«, sagte er.

Falch-Pedersen nickte, ohne seinen Blick zu erwidern.

Wenig später saßen sie in Falch-Pedersens Büro. Henriksen fischte das Zigarillo-Etui aus seiner Innentasche. Falch-Pedersen hob abwehrend die Hände. »Bitte nicht hier«, sagte er.

Verärgert schob Henriksen das flache Silberetui wieder in seine Tasche. Das einzige Rauchverbot, das er akzeptierte, war das im Falch-Pedersens Büro. Der Kollege war allergisch gegen Zigarettenrauch.

Falch-Pedersen blieb stehen, um zu zeigen, daß er eigentlich keine Zeit hatte, mit Henriksen zu sprechen. »Du willst einen Statusbericht, nicht wahr?« Er wich Henriksens Blick noch immer aus.

»Gerne«, antwortete Henriksen und lehnte sich zurück, als

wolle er zeigen, daß er im Gegensatz zu Falch-Pedersen alle Zeit der Welt hatte.

»Trosvik & Partners wird bei knapp dreihundert Kronen gehandelt. Gestern nachmittag ist der Kurs ein wenig gesunken, doch heute morgen ist er durch die größere Nachfrage wieder angestiegen. Mit der Kurssteigerung, die wir gerade erleben, und dem Aktiensplit, den wir vornehmen wollen, wird der Eröffnungskurs wohl etwa bei vierzig liegen.«

»Das sollte dem Unternehmen einen vorläufigen Wert in Höhe von rund siebenhundert Millionen bescheren. Wie sieht es mit den anderen Investmentgesellschaften aus?«

»Zur Zeit sind vier weiter Häuser involviert. Der Mehrheitsaktionär hat bei steigenden Kursen ständig gekauft und verkauft und gute Gewinne gemacht. Wir erstatten fortlaufend Bericht. Sie werden gut informiert.«

»Und der Markt weiß noch nichts von der Auszahlung des Vorschusses durch das Drei-Schluchten-Projekt?« fragte Henriksen.

»Ove hat mir gesagt, daß sich der Pressesprecher darauf vorbereitet, die Nachricht zu lancieren. Bis zur Börsennotierung sind es nur noch drei Tage. Zur Zeit ist der Markt voller Gerüchte. Niemand weiß genau, was hier vor sich geht.«

Henriksen lächelte breit und ertappte sich noch einmal dabei, mit der Hand in die Innentasche zu greifen.

34

Mads mußte das Auto ein paar Straßen von seiner Wohnung entfernt abstellen. Nach langer Parkplatzsuche hatte er es direkt an einer Kreuzung geparkt, halb auf einem Zebrastreifen. Mit etwas Glück würde er um einen Strafzettel herumkommen.

Er nahm die Einkaufstüten vom Rücksitz und machte sich auf den Heimweg. Der Kühlschrank war leer. Er hatte alle Dosengerichte aufgegessen. Seine Essensgewohnheiten hatten sich nach Lines Auszug drastisch geändert. Meistens aß er Würstchen, Hamburger, Eier und Spaghetti. Manchmal variierte er etwas, indem er sich eine Pizza kaufte. Sein Cholesterinspiegel mußte in den letzten Wochen rasant angestiegen sein.

An diesem Abend waren die Taschen allerdings voller gesunder Nahrungsmittel. Er hatte Obst und Gemüse eingekauft und dazu immerhin Hühnchen in Currysauce. Mads freute sich darauf.

Wie gewöhnlich schaltete er das Radio ein, sobald er die Wohnung betreten hatte. Da klingelte das Telefon. Er zuckte zusammen.

Dann nahm er den Hörer ab.

»Mads Hammer.«

»Hallo, ich bin's, Torstein.«

»Lange nichts gehört, wie geht es dir?«

»Bist du schwerhörig, Mads? Kannst du nicht das Radio ein bißchen leiser stellen? Ich hör dich ja kaum.«

»Kleinen Moment.« Mads legte den Telefonhörer ab und stellte das Radio etwas leiser.

»Wie läuft's mit deinen Touristen?«

»Könnte besser laufen.«

Mads kannte diesen Tonfall. Er begriff sofort, wie es aussah. Es war mehr als wahrscheinlich, daß alles den Bach hinunterging. Am liebsten hätte er es vermieden, von dem abgehörten Telefon aus über die Probleme seines Bruders zu sprechen, doch er konnte ihn ja schlecht bitten, eine andere Nummer anzurufen. »Wie schlecht sieht es denn aus?«

»Wir haben ein paar miese Wochen hinter uns. Das Geld wird knapp.«

»Wie lange kommst du noch zurecht?«

Es wurde still am anderen Ende.

»Bist du noch dran?«

»Ja, ja, ich bin noch dran. Nun. Ich werde es nicht mehr lange ... schaffen.«

»Bist du ... pleite?«

»Ja.« Die Stimme seines Bruders war kaum mehr zu hören.

»Scheiße. Und jetzt?«

Mads konnte den schweren Atem seines Bruders hören. »Du kannst mir nicht vielleicht …?«

»Torstein! Du weißt genau, wie es aussieht. Du hast schon alles bekommen, was ich habe. Ich kann dir nicht weiterhelfen.«

»Bist du sicher?«

»Ja, ich bin mir sicher, verdammt! Ich kann einfach nicht. Du mußt jetzt allein zurechtkommen.«

»Dann ist es vorbei, Mads. Wenn ich nicht im Lauf der nächsten Tage ein paar Hunderttausend auftreibe, holen sie sich, was ich habe.«

»Weiß Sigrun Bescheid?«

»Nein. Du bist der einzige, den ich habe. Ich kann sonst zu niemandem gehen.«

»Ich kann dir aber nicht helfen. Wo soll ich denn zweihunderttausend auftreiben?«

»Ich mußte es einfach versuchen. Grüß Line von mir.«

Dann legte er auf. Mads blieb lange sitzen und starrte den Telefonhörer an. Der Hunger war ihm vergangen.

Ringdal kam als letzter in der Wohnung in Aker Brygge an. Schwartz und Bilot waren bereits dort. Sie hatten lange auf ihn gewartet und sich auf Eurosport ein Fußballspiel angesehen. Auf dem Tisch standen ein paar Dosen Bier. Ringdal nahm sich eine und setzte sich zu den anderen. Schwartz schaltete den Fernseher aus.

»Es ist bald soweit«, sagte Ringdal. »Es sind nur noch ein paar Tage bis zur Börsennotierung. Wie ist der Stand in Sachen Mads?«

»Vorläufig haben wir zweihunderttausend Kronen auf sein Konto überwiesen. Wir nutzen ein Konto bei der Kreditkasse, eines dieser Konten, die man von einer alten Tante zur Konfirmation geschenkt bekommt und dann nie wieder benutzt. Auf diesem Konto war ein Guthaben in Höhe von dreihundertzwanzig Kronen, Zinsen mitgerechnet.« Schwartz grinste. »Die

Kontoauszüge werden ihm zweimal jährlich zugesandt. Den nächsten bekommt er erst in gut drei Monaten. Dann wird die ganze Sache erledigt sein. In den nächsten Tagen wird noch mehr auf das gleiche Konto überwiesen werden. Ollies Leute tätigen diese Überweisungen von einer Bank in Liechtenstein aus.«

»Kontrolliert ihr eigentlich auch seine gesamte Post?« fragte Ringdal.

»Natürlich, schon seit Monaten. Er wird keine Benachrichtigungen von der Bank erhalten. Wir haben alles unter Kontrolle.«

»Nur zur Information: Ollies Leute haben auch ein Aktienkonto in Mads' Namen eingerichtet, bei der Zweigstelle der Kreditkasse in Luxemburg«, sagte Bilot. »In den letzten Wochen sind einige An- und Verkäufe von Trosvik & Partners-Papieren erfolgt. Die Kaufsummen für die Aktien stammten jeweils aus dem aufgefüllten Konto.«

»Wie sollen wir sicherstellen, daß die Börsenaufsicht von dem Aktiendepot in Luxemburg erfährt?« fragte Ringdal. »Man weiß ja nie, ob es der norwegischen Polizei gelingt, so etwas selbständig herauszufinden.«

»Wir geben ihnen einen Tip«, sagte Schwartz. »Anonym.« Er grinste.

Ringdal stand auf. »Etwas Neues über die Fingerabdrücke?« wollte er wissen.

»Gestern abend hatte ich zum letzten Mal Kontakt zu unserem Mann. Die Untersuchung läuft. In ein paar Tagen können wir mit Ergebnissen rechnen.«

Ringdal ging vor ihnen auf und ab. »Ich fasse es nicht, daß das so lange dauert.«

»Die Polizei in Norwegen ist doch lächerlich«, schnaubte Bilot. »Selbst mit Bestechung geht es langsam.«

»Hast du Bilot über deinen Verdacht informiert, wer hinter dem Einbruch in dein Büro stecken könnte?« wandte sich Ringdal an Schwartz.

Dieser zuckte mit den Schultern. »Das ist mehr ein Gefühl. Nach einigen Jahren in der Branche habe ich es gelernt, auf meinen Bauch zu hören.«

»Du meinst, es war Mads?« fragte Bilot.

»Ich weiß nicht. Aber ich habe das Gefühl, daß mit diesem Jungen etwas nicht stimmt«, sagte Schwartz.

»Was unternehmen wir?«

»Wir haben unsere Pläne geändert. Es reicht nicht mehr, daß er wegen Betruges und Insiderhandel arrestiert wird. Möglicherweise weiß er zuviel. Schwartz und seine Leute überwachen ihn weiterhin rund um die Uhr. Wir dürfen ihn keinen einzigen Augenblick aus den Augen verlieren. Wenn das Geld verschwindet, verschwindet auch Mads. Sie werden ihn nie wiederfinden.«

35

Es war kurz nach siebzehn Uhr, als sich Mads in seinen Wagen setzte und über die E18 Richtung Süden fuhr. Der Nachmittagsverkehr war so dicht, daß es mehrmals zu kurzen Staus kam. Mads ließ die Scheibe hinunter. Eine dicke Schicht von Abgasen lag in der Luft. Am liebsten hätte er wieder gewendet und wäre nach Hause gefahren. Aber er konnte nicht. Er mußte einfach versuchen, mit ihnen zu sprechen.

In den letzten Tagen war er deprimiert gewesen. Er hatte versucht, Line auf der Arbeit zu erreichen, doch es hieß, sie sei auf einer Geschäftsreise in London und komme erst nächste Woche zurück. Dann hatte er versucht, das Hotel zu erreichen, das man ihm genannt hatte, doch dort wohnte keine Line Hammer.

Mads' Elternhaus lag auf dem Land, weit von den nächsten Nachbarn. Er parkte vor dem Haupthaus und blieb eine Weile im Wagen sitzen. Vaters blauer Kastenwagen stand auf seinem üblichen Platz hinter dem Schuppen. Bis auf das Vogelgezwitscher in den Bäumen des Hofplatzes war es still. Er stieg aus und ging langsam die Vortreppe hoch. Dann klopfte er an, denn es gab keine Klingel. Vater haßte laute Töne, wenn er Mittagsschlaf machte.

Seine Mutter öffnete. Sie wirkte freudig überrascht und umarmte ihn. Dann wischte sie sich nervös die Hände an der Schürze ab.

»Kommst du allein?«

»Ja.«

Sie trat zur Seite und bat ihn herein.

Mads' Vater saß am Küchentisch. Vor ihm standen eine Kaffeetasse und ein Teller. Das Spülbecken war voller Abwasch. Sie mußten gerade gegessen haben. Es war der Geruch seiner Jugend, und das gefiel ihm ganz und gar nicht.

»Aber so setz dich doch«, meinte seine Mutter vorsichtig. Sein Vater blickte auf die Tischplatte und fingerte an der Kaffeetasse herum.

»Willst du eine Tasse Kaffee?« fragte die Mutter.

»Nein, danke«, sagte Mads.

Sein Vater stand auf und griff sich die Kaffeetasse und die Zeitung. »Ich setze mich ins Wohnzimmer«, sagte er und ging.

Die Mutter setzte sich neben Mads. »Wie geht's dir?«

»Gut.« Er ärgerte sich darüber, gekommen zu sein.

»Und Line, wie geht es ihr?«

»Auch gut.«

Die Atmosphäre war genauso steif und merkwürdig wie befürchtet. Je weniger er in den letzten Jahren mit ihnen gesprochen hatte, desto stärker wurde das Gefühl, ihnen nichts zu sagen zu haben. Das Gespräch beschränkte sich auf Selbstverständlichkeiten. Mads spürte, daß sein Vater im Wohnzimmer saß und jedem Wort lauschte.

Er nahm Anlauf. »Torstein braucht Hilfe.«

Seine Mutter antwortete nicht.

»Er hat sich einen Kutter gekauft, um Touristen durch die Lofoten zu führen, aber es gibt Probleme. Er muß sich Geld leihen.«

Plötzlich stand sein Vater in der Türöffnung. Seine Augen

waren schmal. »Torstein hat immer Hilfe gebraucht und wird immer Geld brauchen. Er wird nie allein zurechtkommen.«

Mads sah seinen Vater ausdruckslos an. All die schlimmen Erinnerungen kamen zurück. Die Schläge. Torsteins Schreie. Das verzweifelte Schluchzen, wenn Vater ihn wieder einmal verprügelt hatte. Die Finsternis in dem kleinen Verschlag unter der Treppe. Das Geräusch des Türriegels, wenn Vater sie einsperrte. Torstein hatte schreckliche Angst im Dunkeln gehabt, es aber nie zugegeben. Mads war derjenige gewesen, der immer den Hals einzog, damit Vater ihn ja nicht bemerkte. Er war deshalb meistens davongekommen. Torstein dagegen hatte sich immer zu behaupten versucht und war deshalb verprügelt worden. Bis er eines Tages einfach verschwunden war, mit gerade mal sechzehn Jahren.

Mads und sein Vater starrten sich an. Er spürte einen Ärger und eine Wut wie noch nie in seinem Leben. Hatte er jemals etwas anderes als Haß für diesen Mann empfunden?

Seine Mutter stand auf. »Willst du nicht ein bißchen essen, Mads? Es ist noch etwas übrig.«

Mads erhob sich. »Nein danke«, sagte er und umarmte seine Mutter. Dann ging er, setzte sich ins Auto und ließ alles hinter sich. Er spürte eine Träne in seinem Augenwinkel, die ihm über die Wange lief. Er mußte es seinem Vater zeigen, verdammt noch mal!

Es folgten hektische Tage. Ständig wurde die Powerpoint-Präsentation von Trosvik & Partners verändert. Sie mußte wie am Schnürchen laufen. Kein überflüssiges Wort, doch es durfte auch nichts Wichtiges fehlen. Die Reihenfolge der Folien wurde immer wieder umgestellt, neue Folien kamen hinzu, und unnötiger Text wurde gestrichen.

Nicolai und Mads vereinbarten so viele Termine mit den Investoren wie nur möglich. In den Geschäftsräumen herrschte eine aufgeheizte Stimmung. Neben den Präsentationen für die Investoren in Oslo und Umgebung führten sie auch Informationsveranstaltungen in allen größeren Städten Süd- und Mittelnorwegens durch: Kristiansand, Bergen, Ålesund, Stavanger und Trondheim. Ringdal koordinierte den Kontakt mit Alfred Berg und Sundal Collier & Co., so daß Nicolai und Mads nicht allzuviel davon mitbekamen.

Das Interesse der Medien war groß. Jeden Tag berichtete eine Zeitung oder ein Fernsehsender über Trosvik & Partners, weshalb es nicht schwer war, Termine mit interessierten Investoren zu bekommen.

Ringdal und Henriksen waren gereizt. Immer öfter kam es auf dem Flur der Corporate-Finance-Abteilung zu lauten Tönen. Die Atmosphäre war schon lange nicht mehr ruhig. Henriksen explodierte wegen der kleinsten Bagatelle. Sogar Ringdal platzte bei ein paar Gelegenheiten der Kragen. Außerdem gaben sich die Besucher die Klinke in die Hand: Investoren, Juristen, Mitarbeiter von Trosvik & Partners.

Mads spürte den Druck. Trosvik & Partners mußte ein Erfolg werden. Jeder mögliche Investor mußte aufgespürt und informiert werden.

Line tauchte während dieser Zeit nur selten in seinen Gedanken auf. Er hatte einfach keine Zeit.

Ringdal nahm einen frühen Flug nach London. Am Abend zuvor war Ollie mit seinem Privatjet in Heathrow gelandet. Er hatte Ringdal so spät angerufen, daß dieser nur mit Mühe einen Flieger am nächsten Morgen bekommen hatte.

Ringdal nahm sich ein Taxi nach Kensington. Ollies Wohnung war nicht groß, zumindest nicht nach dessen Maßstäben. Aber sie war luxuriös und voller ausgesuchter Details. Einer von Ollies Lakaien ließ ihn herein. Ollie saß wartend auf den Chesterfield-Möbeln im Wohnzimmer. Die Ärmel seines weißen Hemdes waren bis zu den Ellenbogen hochgekrempelt, und seine haarigen Unterarme ragten wie Baumstämme heraus.

»Ove, my friend.«

Ollie sprang vom Stuhl auf und streckte ihm die Hand entgegen. Ringdal erwiderte den kräftigen Händedruck. Dann ging der Gastgeber zum Kamin und holte ein Kästchen Zigarren.

»Nimm dir eine.«

»Nein, danke.« Ringdal hob abwehrend die Hand.

Ollie zuckte mit den Schultern, nahm sich selbst eine der großen Havannas und biß die Spitze ab. Er steckte sie mit einem Feuerzeug an und sog den Rauch begierig ein.

»Etwas zu trinken?« fragte er.

»Nur ein Bier, danke.« Ringdal erinnerte sich noch allzu gut an den Gin Tonic in Florida, der ihm fast den Magen zerrissen hätte.

Ollie holte zwei Flaschen Heineken und zwei gekühlte Gläser, setzte sich wieder und schenkte ihnen ein. »Du siehst besser aus als neulich.«

Ringdal lächelte angestrengt und nahm einen großen Schluck Bier. »Wir sind bald soweit. Der Deal ist beinahe abgeschlossen.«

Ollie lehnte sich zurück und lächelte übers ganze Gesicht. »Laß hören.«

»Wir kriegen etwa eine Milliarde heraus. Die Emission bringt vierhundertfünfzig Millionen und der Verkauf deiner Aktien sechshundert zusätzlich. Die Emission ist so gut wie abgeschlossen. Der weitere Verkauf wird parallel zu den guten Neuigkeiten über die Aktie, die am Markt gestreut werden, über die Bühne gehen. Die Operation ist genauestens geplant. Die Frage ist bloß, welchen Kurs wir erreichen, wenn wir so viele Aktien auf den Markt werfen.«

Ollies Lächeln wurde breiter. »Egal, das wird ohnehin unser größter Deal seit langem. Du hast wie ein Wahnsinniger gearbeitet, um das hinzukriegen, oder?«

»Nicht mehr als bei früheren Deals. Das Anspruchsvolle an dieser Sache war, daß wir selbst die Regie geführt haben. In früheren Fällen ging es nur um gute Ermittlung.«

»Die Regie!« lachte Ollie und schlug mit seiner Hand auf Ringdals Knie. »So nennst du also den größten Aktienbluff von ganz Norwegen? Du bist der größte Bandit, den dieses Land je hervorgebracht hat.«

Ringdals Knie brannte, und sein Mund war zu einem Grinsen erstarrt. Wie sollte er auf diesen Ausbruch reagieren? »Die Sache ist eigentlich ganz einfach. Du hast das Geld geliefert, und wir haben die Arbeit gemacht.«

Das Lächeln verschwand in Ollies Bart. »Ohne meine Leute hättet ihr das niemals hingekriegt. Niemals. Das weißt du verdammt gut.«

»Du hast recht«, sagte Ringdal, »und wir brauchen deine Hilfe noch einmal. Sobald die vierhundertfünfzig Millionen aus der Emission einbezahlt sind, müssen sie außer Landes geschafft werden. Sie müssen vom Konto der Trosvik & Partners Holding bei der Bank Wagelin AG in Liechtenstein auf drei deiner Konten bei der Barclays Bank PLC in Panama überwiesen werden. Wir haben Überweisungsaufträge gefälscht, die beweisen sollen, daß Mads Hammer hinter all dem steckt.«

»Und weiter?«

»Das Geld aus dem weiteren Verkauf wird über dein Netzwerk ausländischer Banken, von deinen Nominees, überwiesen. Das entzieht sich unserer Kontrolle.«

»Natürlich.« Das Lächeln war wieder da. »Unser System umfaßt über hundert Konten in zig Steueroasen weltweit. Wir haben die führenden internationalen Steuerjuristen auf unserer Lohnliste.«

»Das bezweifle ich nicht«, erwiderte Ringdal leise.

Ollie nahm einen tiefen Zug von seiner Havanna und blies Ringdal den Rauch entgegen. »Aber du brauchst Hilfe?«

»Mads Hammer muß verschwinden, sobald das Geld überwiesen ist.«

»Einer meiner Männer wird sich bei dir melden. Er kümmert sich um solche Jobs. Wir nehmen nur die besten.«

»Da ist noch etwas«, sagte Ringdal zögernd. »Wir haben eine Abmachung.«

»Was für eine Abmachung?«

Ringdal lächelte unsicher. »Mein Anteil beläuft sich auf zehn Prozent.«

»Und?«

»Von diesen vierhundertfünfzig ...«

»Was ist damit?«

»Das ist der gesamte Emissionsbetrag. Keine Unkosten. Es wäre doch nur fair, wenn ich da einen etwas größeren Anteil bekomme.«

Ollie nahm einen tiefen Zug von seiner Zigarre und beugte sich zu Ringdal vor, so daß ihre Gesichter nur wenige Zentimeter voneinander getrennt waren. »Und was hattest du dir gedacht?«

»Zwanzig Prozent.«

»Ausgeschlossen. Das ist vollkommen ausgeschlossen, du verdammter Bandit. Das kommt nicht in Frage.«

36

Mittwoch morgen. Die gesamte Corporate-Finance-Abteilung hatte sich im Aktienhandel eingefunden. Alle Blicke waren auf die Bildschirme gerichtet. Es waren noch zehn Minuten bis zur Börsenöffnung, bei der Trosvik & Partners zum ersten Mal notiert werden sollte. Henriksen, Ringdal und Falch-Pedersen standen gemeinsam am Ende des Raumes. Mads und Nicolai hockten dicht hinter einem der Händler und starrten auf den Bildschirm, während sie nervös an ihrem Kaffee nippten. Einige der Händler telefonierten bereits mit ihren Kunden.

»Noch zehn Minuten bis zum Anstoß«, sagte ein blonder Händler mit hochgekrempelten Hemdsärmeln und grinste über das ganze Gesicht.

Die Aktienhändler schlichen geräuschlos umher, und es wurde ungewöhnlich leise miteinander gesprochen.

Jemand rief: »Es geht los!« Alle rückten noch dichter an die Bildschirme und starrten konzentriert auf die Zahlen, die sich zu bewegen begannen.

»Unglaublich!« Der Ausruf kam von einem der Händler. »Das gibt's doch nicht, seht euch das an!«

Viele hatten bereits zu den Telefonhörern gegriffen. Der Kurs von Trosvik & Partners begann schon wenige Minuten nach der Eröffnung immer schneller zu steigen. Alle Händler hingen jetzt an den Telefonen.

Nicolai wandte sich breit grinsend zu Mads. Dann starrte er wieder auf den Bildschirm. »Teufel auch, jetzt sind es schon achtundvierzig!«

»Zwanzig Prozent in wenigen Minuten. Vorläufig sieht es verdammt gut aus.«

Sie drehten sich um. Der Vorstand der Firma Finanzpartner stand hinter ihnen. Henriksen ergriff das Wort: »Vielleicht sollten wir unseren Market-Makern gratulieren? Sie haben einen guten Job gemacht.«

Ringdal und Falch-Pedersen nickten und lächelten zustimmend. Mads und Nicolai standen auf und gaben den drei Vorständen nacheinander die Hand.

Dann richteten sie ihre Aufmerksamkeit wieder auf die Bildschirme. Der Kurs stand noch immer bei achtundvierzig.

Mads packte seine Sachen, kurz bevor die Börse um vier Uhr schloß. Der Kurs stand jetzt bei dreiundfünfzig Kronen und stieg noch immer. Henriksen hatte allen Champagner spendiert. Die Stimmung war blendend.

Die Stadt war voller Menschen, die gerade auf dem Heimweg von der Arbeit waren. Für gewöhnlich waren die Straßen fast menschenleer, wenn Mads unterwegs war. Die drei Gläser Champagner hatten seine Laune merklich gebessert. Er schaffte es gerade noch vor Ladenschluß zur Bank und holte alle Papiere aus dem Schließfach. Dann kopierte er die Unterlagen in einem Copyshop, steckte die Kopien in einen großen Umschlag und legte eine zweiseitige maschinengeschriebene Erklärung dazu, die er in den letzten Tagen verfaßt hatte. Dann schrieb er Klas Bergmans Adresse auf den Umschlag und gab den Brief als Eilsendung auf. Er hatte keine andere Wahl, er wollte wissen, ob jemand, der sein volles Vertrauen besaß, zu den gleichen Schlußfolgerungen kam wie er selbst.

Draußen blieb er bei einem Straßenhändler stehen, der Mobiltelefone verkaufte. Da er keine Lust hatte zu feilschen, zahlte er einen völlig überhöhten Preis, aber das war ihm jetzt gleichgültig. Auf dem Weg durch den Schloßpark wählte er Bergmans Handynummer.

»Mads, mein Junge, wie geht's?«

Mads mußte über die überschwengliche Freundlichkeit lächeln, mit der Bergman ihm immer begegnete. »Danke, gut. Trosvik & Partners ist heute an der Börse notiert worden. Die Kursentwicklung war ein Traum.«

»Gut. Ich habe deine Empfehlung an unsere Händler weitergegeben. Ich glaube, viele unserer Kunden haben sich Anteile gesichert.«

»Bis jetzt haben sie einen echten Coup gelandet. Als ich zuletzt geschaut habe, stand der Kurs bei dreiundfünfzig.«

Mads sah sich beim Telefonieren um. Etwas unterhalb, an einer Gruppe Bäume, blieb ein Mann stehen und sah auf die Uhr. Er warf Mads einen raschen Blick zu und ging dann weiter. Mads blickte ihm nach.

»Das hört sich gut an. Ich bin mir sicher, daß unsere Leute den Kursverlauf genau verfolgt haben.«

Der Mann blieb bei einem Baum weiter vorne stehen, holte eine Zeitung heraus und begann zu lesen. »Ich glaube, das ist erst der Anfang«, sagte Mads.

»Jugendlicher Optimismus«, antwortete Bergman und lachte.

Der Mann stand noch immer da und las in der Zeitung.

»Nur eine kleine Sache, Klas ...«

»Ja?«

»Ich habe heute einen Brief an dich abgeschickt mit einer ganzen Menge Material. Könntest du es bitte so bald wie möglich durchschauen und mir dann eine Rückmeldung geben?«

»Natürlich, Mads, worum geht es denn?«

Mads drehte sich um. Der Mann faltete die Zeitung zusammen und sah zu Mads herüber.

»Das wirst du verstehen, wenn du das Material siehst. Es würde zu lange dauern, es dir am Telefon zu erklären.«

»Gut. Ich melde mich bei dir.«

Mads verabschiedete sich und schaltete das Handy aus. Als er wieder aufsah, war der Mann verschwunden.

Mads versteckte die Originalunterlagen im obersten Fach seines Kleiderschranks. Er bewegte sich dabei so leise wie möglich, damit die versteckten Mikrophone keine verdächtigen Geräusche auffingen. Dann blieb er eine Weile hinter der Wohnzimmergardine stehen und starrte nach draußen auf die Straße. Der Mann aus dem Park war nicht zu sehen.

In ein paar Stunden würde er sich mit den anderen treffen, um den Börseneinstand mit einem Essen im Acqua zu feiern. Er duschte und blieb eine Weile im Morgenmantel sitzen, während er die ganze Situation durchdachte. Indem er Klas das ganze Material geschickt hatte, weihte er zum ersten Mal Außenstehende in die Vorgänge ein. Er hatte nicht erzählt, wie er an die Papiere gelangt oder wie er darauf gekommen war, daß er von der Detektei abgehört wurde. So etwas konnte er nicht in einem Brief schreiben. Das mußte man von Angesicht zu Angesicht erklären.

Mads holte sich eine Flasche Bier, legte sich aufs Sofa und trank in kleinen Schlucken. Niemals zuvor war er an einer derart gelungenen Börsennotierung beteiligt gewesen. Es war ein phantastisches Gefühl. Wenn es doch nur nicht von alldem anderen überlagert würde. Eigentlich war es der richtige Zeitpunkt, sich nach einem neuen Job umzusehen. Die Arbeit mit Trosvik & Partners hatte ihn in der Branche bekannt gemacht, und andere Unternehmen wären sicher an seinen Diensten interessiert. In ein paar Tagen wollte er die ersten Kontakte zu den beiden Investmentbanken aufnehmen, die mit ihnen zusammengearbeitet hatten, Alfred Berg und Sundal Collier.

Doch zunächst wollte er den Bonus von Finanzpartner mitnehmen. Bis zum Halbjahresbonus waren es nur noch ein paar Monate.

Die meisten anderen waren schon da, als Mads kurz nach acht im Acqua auftauchte. Ein kleines Grüppchen stand an der Bar: Falch-Pedersen, Bilot und Karl Trosvik. Des weiteren waren ein paar jüngere Leute von den anderen Investmentgesellschaften eingetroffen. Sie standen ein wenig abseits. Noch war es ruhig im Lokal. So richtig füllen würde sich die Bar erst in ein paar Stunden. Mads begrüßte seine Kollegen per Handschlag.

Wenig später tauchte Nicolai auf. Er preßte sich neben Mads an die Bar und rief nach dem Barkeeper. Nicolai hatte frisch geduscht und roch intensiv nach After-shave.

Da kam Bilot und stellte sich zu ihnen.

»Darf ich Ihnen gratulieren?« fragte er und streckte Nicolai die Hand entgegen. »Haben Sie schon etwas zu trinken?«

Sie nickten und hoben ihre Gläser.

»Es ist an uns zu gratulieren«, sagte Nicolai. »*Sie* haben das zustandegebracht. Mein einziges Problem ist, daß ich nicht in Trosvik & Partners investieren darf. Ich wäre gerne als Investor dabei.«

»Ach, ihr Investmentbanker habt doch eure Methoden«, sagte Bilot und zwinkerte Nicolai zu. Dann drehte er sich um und ging zu den Leuten von Alfred Berg und Sundal Collier.

»Mein Gott, was für ein arroganter Schnösel«, flüsterte Nicolai Mads zu, kaum daß Bilot gegangen war. »Der soll bloß nicht glauben, er sei um so vieles besser als wir. Ich bin mir sicher, daß er über Leichen gehen würde, um seine Ziele zu erreichen.«

Mads lächelte und hob sein Glas. »Aber der Erfolg gibt ihm doch recht, oder?«

Nicolai zuckte mit den Schultern und warf Mads einen säuerlichen Blick zu. »Vielleicht, aber diese blöden Bemerkungen kann er sich sparen. Der soll sich einfach freuen, was wir geschafft haben.«

»Einverstanden. Vielleicht ist er bloß sauer darüber, wieviel Provision er zahlen muß«, grinste Mads.

Da kam Falch-Pedersen und bat alle Anwesenden in den Restaurantbereich.

Sie wurden von einem solariumgebräunten Kellner zu einem Tisch in der Mitte des Raums geführt. Dann wurden ihnen die Menükarten gereicht.

Als alle Platz genommen hatten, klopfte Bilot mit dem Messer gegen das Glas und stand auf. »Lassen Sie mich diesen Anlaß nutzen, Sie alle willkommen zu heißen. Ein sehr ereignisreicher Tag liegt hinter uns. Man kann wohl nicht umhin, sich einzugestehen, daß die Börsennotierung ein großer Erfolg gewesen ist. So lassen Sie uns auf die Börsennotierung von Trosvik & Partners die Gläser erheben.« Dann versuchte er sich noch in charmantem Norwegisch und fügte ein »Skål« hinzu.

Die zehn anwesenden Herren prosteten sich zu. Karl Trosvik, der neben Bilot saß, hatte ein hochrotes Gesicht und sah wie ein großes, glückliches Kind aus. Rechts und links von Falch-Pedersen saßen die Seniorhändler der anderen Investmentgesellschaften, die von ihren jüngeren Mitarbeitern flankiert wurden. Mads und Nicolai hatten nebeneinander Platz genommen.

»Im Lauf des Abends werde ich eine weitere große Neuigkeit bekanntgeben«, fuhr Bilot fort, »aber vorerst«, er sah geheimnisvoll in die Runde, »wollen wir essen und trinken.«

»Weißt du, was los ist?« wollte Mads wissen.

Nicolai schüttelte den Kopf. »Er hat noch einen Trumpf in der Tasche. Wir werden es bald erfahren. Aber jetzt sollten wir uns betrinken. Das haben wir uns verdient.« Er leerte sein Weißweinglas, das er von der Bar mitgenommen hatte, in einem Zug.

Bilot bestellte einige Weine, von denen Mads noch nie gehört hatte. Sicher waren sie teuer, denn gleich darauf tauchte der Kellner auf, der für den Weinkeller zuständig war, und begann ein vertrauliches Gespräch mit Bilot. Währenddessen nahm ein anderer Kellner die Menü-Bestellungen auf.

Die ersten Gänge wurden aufgetragen, und der Geräuschpegel stieg mit jeder neuen Weinflasche. Auch die Nachbartische füllten sich mit der Zeit, und binnen einer Stunde waren alle Plätze belegt.

Die Gesellschaft war mitten beim Dessert, als Bilot erneut ans Glas klopfte. Es war ihm nicht anzusehen, daß er Alkohol getrunken hatte. Karl Trosvik dagegen hatte ein wenig zu nuscheln begonnen, und Nicolai und einer der Juniorhändler von Sundal Collier hatten schon glasige Augen. Auch Mads begann die Wirkung des Weins zu spüren.

»Darf ich noch einmal um Ihre Aufmerksamkeit bitten?« Bilot mußte seine Stimme erheben, um den Geräuschpegel zu übertönen.

»In den nächsten Tagen werden wir eine weitere Neuigkeit bekanntgeben, die für die Zukunft von Trosvik & Partners von entscheidender Bedeutung ist. Und nicht minder für die Aktionäre der Gesellschaft.«

Auf einmal war es vollkommen still am Tisch. Karl Trosvik strahlte über das ganze Gesicht und sah die anderen am Tisch vielsagend an.

»Morgen nachmittag werde ich nach Washington reisen, um einen Lizenzvertrag über den Verkauf von Plastit auf dem amerikanischen Markt zu unterzeichnen. Die Einnahmen aus diesem Vertrag dürften in der Größenordnung von etwas mehr als hundert Millionen Kronen jährlich liegen.«

Die ganze Versammlung erhob sich und spendete spontan Beifall. Die Herren führten sich plötzlich wie ein Kegelclub auf, dessen Stimmung sich zu überschlagen drohte. Mads bemerkte, daß die Leute an den Nachbartischen die Köpfe zusammensteckten. Eigentlich war es unglaublich, was Bilot getan hatte. Die Händler von Alfred Berg und Sundal Collier sahen sich verwundert um. Bilot hatte Insiderinformationen an dem öffentlichen Ort in Oslo ausgeplaudert, wo die Händlerdichte pro Quadratmeter höher war als irgendwo sonst in Norwegen. Es mußte ein Wunder geschehen, wenn das nicht am kommenden Tag, wenn die Telefone zu klingeln begannen, als die heißeste Nachricht gehandelt würde. Das Ganze mußte geplant gewesen sein. Bilot hatte es darauf angelegt, dieses Gerücht in Umlauf zu bringen.

37

Die Chefsekretärin der Tønsberger Sparebank klopfte ungeduldig an die Tür ihres Chefs. Sie wartete einen Augenblick, klopfte noch einmal und steckte den Kopf zur Tür herein. Filialleiter Torsteinsen sah ärgerlich von seinen Papieren auf. Die Sekretärin zog ihre Augenbrauen hoch und winkte ihm zu. Er entschuldigte sich leise bei seinem Kunden, der gerade vor ihm saß, ging auf den Flur hinaus und schloß die Tür hinter sich.

»Ich hoffe für Sie, daß es wichtig ist«, meinte Torsteinsen.

»Karl Trosvik ist hier«, sagte seine Sekretärin ganz außer Atem. »Er wartet schon seit fünfzehn Minuten. Er ist schrecklich ärgerlich und verlangt, mit Ihnen zu sprechen.« Und mit leiser, eindringlicher Stimme fügte sie hinzu: »Und zwar sofort!«

»Ich habe eine Besprechung mit einem unserer wichtigsten Kunden, Trosvik muß warten«, erwiderte der Bankchef flüsternd.

»Aber er droht damit, die Bank zu wechseln.« Sie packte ihn am Arm. »Ich glaube, er meint es wirklich ernst.«

Torsteinsen zögerte und musterte seine Sekretärin. Sie verfügte über eine einzigartige Arbeitskapazität und eine Gabe, menschliche Signale aufzufangen, für die Torsteinsen in der Regel alles andere als empfänglich war, weshalb er immer mehr auf sie angewiesen war.

Mit raschen Schritten gingen sie den Flur hinunter und traten dann in das Vorzimmer des Verwaltungsbereiches. Karl Trosvik saß auf der Stuhlkante und trommelte mit den Fingern auf die Tischplatte.

»Karl! Wie schön, dich zu sehen. Es tut mir leid, daß ich dich warten lassen mußte.«

Karl Trosvik rang sich ein Lächeln ab. »Wir müssen reden«, sagte er. »Es muß schnell gehen, wo sind wir ungestört?«

In Torsteinsens Büro saß ein wichtiger Kunde und wartete. Er faßte einen schnellen Entschluß. »Laß uns ins Sitzungszimmer gehen.« Dann wandte er sich an seine Sekretärin: »Sagen Sie Rygg, daß es fünf Minuten dauern kann. Entschuldigen Sie mich, und bringen Sie ihm noch einen Kaffee.«

Sie gingen ins Sitzungszimmer und setzten sich an den Tisch. Torsteinsen lächelte angestrengt. Er hoffte wirklich, daß es nicht lange dauern würde. »Nun, Karl, womit kann ich dir helfen?«

Karl Trosvik atmete hektisch durch die Nase. »Ich brauche einen Kredit über dreißig Millionen Kronen.«

Torsteinsen nickte ernsthaft. »Darf ich fragen, wofür du das Geld brauchst?«

»Wir möchten unseren Anteil an Trosvik & Partners erhöhen. Wir brauchen das Geld, um Aktien zu kaufen.«

»Wir?«

»Vater und ich.«

Torsteinsen lehnte sich zurück. Er dachte an den Kunden, der noch immer in seinem Büro saß und wartete. »Und ich nehme an, es eilt?«

»Wir brauchen das Geld noch heute.«

Der Filialleiter runzelte die Stirn. Er haßte solche Eilaufträge. Es verstieß gegen die Natur eines jeden Bankers, in kurzer Zeit mit soviel Geld umherzuwerfen. »Eilt es wirklich so?«

Karl Trosvik nickte.

Torsteinsen hatte seinen Kunden noch nie zuvor in einer derartigen Verfassung erlebt. Er wirkte angespannt und ruhelos. »Das sind hohe Summen, Karl. So ein Kredit ist für eine Bank wie unsere nicht gerade ein Pappenstiel. Ein Kredit über dreißig

Millionen muß von der Kreditkommission abgesegnet werden«, er zögerte einen Moment, »und es müssen alle Sicherheiten vorliegen.«

»Ihr kriegt die Sicherheiten, die ihr braucht. Wir haben Guthaben, Fondsanteile und Immobilien. Du kannst alles beleihen, sogar die Trosvik & Partners-Aktien.«

»Außerdem sind eine Menge Formalitäten zu erledigen ...«

»Hör mir zu.« Karl Trosvik beugte sich zu Torsteinsen vor. »Wir sind seit vielen, vielen Jahren einer der besten Kunden dieser Bank. In all diesen Jahren habt ihr keine einzige Krone durch uns oder unseren Betrieb verloren. Jetzt sind wir in einer Situation, in der wir schnell Geld brauchen. Wir wollen heute Aktien kaufen – nicht morgen oder in einer Woche, sondern heute! Uns bleiben noch wenige Tage, um die Formalitäten zu erledigen. Aktien müssen nicht sofort bezahlt werden. Es reicht, wenn ihr mir bestätigt, daß die Bezahlung mit Bestimmtheit erfolgen wird.« Karl Trosvik beugte sich noch weiter vor. »Das ist jetzt eine Situation, in der wir euch wirklich brauchen.«

Der Filialleiter erhob sich. Er versuchte, einen möglichen Ausweg zu finden, ein richtig gutes Argument gegen diesen Kredit, doch ihm fiel nichts ein. Er würde einen Rüffel von der zentralen Geschäftsleitung einstecken. Sie würde wenig Verständnis für so einen Eilkredit haben, erst recht nicht bei dieser Höhe. Aber ihm blieb nichts anderes übrig.

»Ich werde sehen, was ich tun kann.«

In der ersten Viertelstunde nach Börseneröffnung am Donnerstag hielt sich der Kurs von Trosvik & Partners etwa auf dem gleichen Niveau wie bei Börsenschluß am Mittwoch. Doch dann passierte etwas. Irgend jemand hatte die laute Versammlung am Mittwoch abend im Acqua mitbekommen, und es begannen sich hartnäckige Gerüchte unter den Händlern zu verbreiten, nach denen Trosvik & Partners bald weitere lukrative Lizenzabsprachen eingehen würden. Man sprach von Verträgen in einer Größenordnung von hundert Millionen Kronen.

Gegen elf Uhr vormittags war der Kurs auf fünfundsiebzig geklettert. Der Markt kochte.

Um ein Uhr kam die Meldung. Trosvik & Partners hatten einen Lizenzvertrag mit einem großen amerikanischen Unternehmen unterzeichnet, der der Firma jährliche Lizenzeinnahmen in Höhe von mehreren hundert Millionen Kronen einbringen würde. Daraufhin schoß der Kurs der Trosvik & Partners-Aktie in die Höhe. Die Nachfrage war enorm.

Ringdal und Bilot saßen sich am Schreibtisch in Ringdals Büro gegenüber. Beide hatten ihre Jacken abgelegt. Vor sich hatten sie jeder ein Telefon und eine Liste mit Nummern. Auf dem Bildschirm zwischen ihnen konnten sie die Kursentwicklung von Trosvik & Partners verfolgen. Beide begannen gleichzeitig zu telefonieren: Sie riefen ihre Strohmänner und Nominees in Norwegen und im Ausland an und gaben ihre Kauf- und Verkaufsanweisungen. Sie arbeiteten den ganzen Tag, fast ohne Unterbrechung.

Als die Börse um vier Uhr schloß, waren alle Transaktionen getätigt. Der Kurs von Trosvik & Partners sank im Lauf des Nachmittags ein wenig und endete bei siebenundachtzig. Ollies gesamtes Aktienpaket von Trosvik & Partners war verkauft.

Gleich nach Börsenschluß ging Ringdal in sein Büro zurück. Sein Handy klingelte. Es war Schwartz.

»Die Analysen der Fingerabdrücke sind abgeschlossen. Ich habe heute die Ergebnisse bekommen.«

»Und?«

»Es gibt keinen Zweifel mehr, wer in dein Büro eingebrochen ist. Die gleichen Fingerabdrücke sind auch nach dem Einbruch bei mir gefunden worden.«

»Und wir kennen denjenigen?«

»Es war Mads Hammer.«

»Bist du dir ganz sicher?«

»Es gibt keinen Zweifel. Brauchst du Hilfe, soll sich jemand um ihn kümmern?«

»Das ist nicht nötig. Es ist schon jemand unterwegs.«

Ringdal schaltete das Handy aus und legte es auf den Schreibtisch. Dann trat er an die großen Panoramafenster und sah nach draußen. Unten schlenderten leichtbekleidete Menschen am Hafen entlang. Der Frühling war in diesem Jahr zeitig gekommen.

Ringdal atmete schwer. Es war wie eine Erleichterung, daß das Ganze bald vorüber war. Über eine Milliarde Kronen war auf dem Weg ins Ausland. Das Emissionsgeld in Höhe von vierhundertfünfzig Millionen Kronen war bereits mit Hilfe von gefälschten Dokumenten auf ein Offshore-Konto transferiert worden. Diese Dokumente würden Mads Hammer als Schuldigen für die größte Unterschlagung ausweisen, die jemals in Norwegen getätigt worden war. Des weiteren waren beinahe sechshundert Millionen aus dem weiteren Aktienverkauf durch unterschiedliche Händler unterwegs. Bilot und sein Finanzvorstand waren auf dem Weg außer Landes. Sie mußten sich ein paar Jahre zurückhalten, aber Ollie würde sich bestimmt gut um sie kümmern. Mads' Verschwinden war vorbereitet. Ollie hatte den besten Mann damit beauftragt.

Ringdal schloß die Augen und dachte an den wahnsinnigen Aufruhr, der in den nächsten Tagen entstehen würde, wenn Investoren und Medien bemerkten, daß Trosvik & Partners und Mads Hammer den größten Aktienschwindel durchgeführt hatten, den Norwegen je gesehen hatte. Eine Milliarde Kronen hatte sich in Luft aufgelöst.

38

Es war Donnerstag um halb acht. Mads räumte die Papiere von seinem Schreibtisch und packte seine Aktentasche. Dann schloß er die Bürotür ab und fuhr mit dem Fahrstuhl in die Tiefgarage. Ringdals Wagen stand noch immer dort.

Mads fuhr die Bygdøy allé entlang und parkte im Viertel hinter dem Rica Hotel, wo er eine Verabredung mit Line hatte. Sie waren übereingekommen, ein langes Wochenende miteinander zu verbringen. Es war Mads' Idee gewesen.

Line hatte ein Doppelzimmer bestellt, für die Zeit von Donnerstag bis Sonntag. Für diesen Abend hatten sie sich auf ein stilles und hoffentlich romantisches Essen geeinigt, und danach wollten sie die Nacht in dem großen abhörfreien Doppelbett verbringen. Er freute sich schon die ganze Woche darauf. Zum ersten Mal seit langem würden sie wieder zusammen sein. Es gab so viel nachzuholen.

In der Lobby des Hotels fragte er nach Line Hammer. Der Portier sagte ihm, sie habe bereits eingecheckt und warte im Restaurant Magma auf ihn.

Line saß an einem Tisch ganz hinten in dem halbvollen Raum. Mads blieb einen Augenblick stehen. Sie hatte sich schön gemacht, trug die Haare offen und hatte ein blau-weißes Kleid angezogen. Ihr Bauch war unter dem Kleid deutlich zu sehen. Sie war schöner als je zuvor. Als sie Mads bemerkte, lächelte sie, richtete sich etwas auf und winkte. Er ging zu ihrem Tisch und küßte sie auf die Wange. Dann setzte er sich ihr gegenüber hin und nahm ihre Hand.

»Ich habe dich vermißt«, sagte er.

Trotz ihres Lächelns spürte er eine gewisse Reserviertheit. Ihre Beziehung war nicht so, wie sie sein sollte. Das war nicht die Line, die er vor zwei Jahren geheiratet hatte. Vielleicht brauchten sie nur ein bißchen Zeit.

»Endlich kommst du einmal nicht zu spät«, sagte sie.

»Ich habe dich vermißt. Wirklich.« Er drückte ihre Hand. »Es ist so viel geschehen. Ich habe viel zu erzählen.«

Sie zog ihre Hand weg und sah sich um. »Vielleicht sollten wir den Kellner rufen.«

In diesem Moment klingelte Mads' Handy. Er fluchte und holte es aus seinem Aktenkoffer. Line verdrehte die Augen und lehnte sich mit verschränkten Armen zurück.

Es war Klas Bergman. Er klang aufgeregt und bat Mads, sich eine Telefonnummer zu notieren. Mads zog Zettel und Stift aus seiner Tasche und schrieb sie auf. Dann bat er Mads, ihn sofort von einem anderen Telefon aus zurückzurufen, und beendete das Gespräch.

Line sah Mads ärgerlich an. »Hättest du das Handy nicht ausschalten können?«

»Ich mache es gleich aus, aber ich muß noch einmal telefonieren«, sagte Mads und stand auf. »Bin gleich wieder da.«

Am Empfang reichte man ihm ein Telefon, von dem aus er die Nummer wählte, die Klas ihm diktiert hatte.

»Hier ist Mads. Hast du die Papiere bekommen?«

»Deshalb rufe ich an«, sagte Klas. »Ist das Telefon sauber?«

»Ich rufe von einem hoteleigenen Anschluß an.« Er hielt beim Reden die Hand vor den Hörer und sah sich um. Niemand beobachtete ihn.

»Gut. Wie bist du in den Besitz von all diesen Unterlagen gekommen?«

»Das erkläre ich dir später. Ich kann dir aber versichern, daß sie echt sind.«

»Bist du dir im klaren darüber, auf was für einer Bombe du da sitzt, Mads?«

»Ich ahne es, ja.«

»Ich bin alles genau durchgegangen, und ich komme größtenteils zu den gleichen Schlußfolgerungen wie du. Es besteht kein Zweifel, daß Trosvik & Partners ein Pump-and-Dump-Deal ist, den dieser Ollie gemeinsam mit Finanzpartner aufgebaut hat. Das ist ein Riesenbetrug an norwegischen und internationalen Investoren.«

Mads schluckte. »Du kommst also auch zu diesem Ergebnis?«

»Genau. Eine Sache macht mir allerdings noch mehr Sorgen.«

»Und zwar?«

»Sie sind im Begriff, dich als den großen Sündenbock hinzustellen. Sie versuchen, es so aussehen zu lassen, als ob du gemeinsam mit der Geschäftsleitung von Trosvik & Partners hinter dem Schwindel stündest.«

Auf einmal wurde Mads schwindelig, und er stützte sich am Tisch der Hotelrezeption ab. »Wie bist du darauf gekommen?«

»Ich habe deine privaten Konten routinemäßig überprüft. Über achthunderttausend Kronen sind von einer Bank in Liechtenstein auf ein Konto bei der Kreditkasse überwiesen worden, das auf deinen Namen läuft.«

»Das ist nicht möglich.«

»Es ist aber dein Konto, Mads. Du wußtest nichts davon?«

»Woher sollte ich verdammt noch mal achthunderttausend Kronen bekommen?«

»Die Überweisung ist sicher nur eines von vielen Mosaiksteinchen. Diese Menschen sind gefährlich, Mads. Du mußt verschwinden, und zwar sofort. Unterdessen werde ich versuchen, mir das Ganze etwas genauer anzusehen. Wir kommen nicht weit, wenn wir nicht beweisen können, wer wirklich dahintersteht.«

Mads' Mund war ganz trocken geworden. »Meinst du das im Ernst? Ich soll untertauchen?«

»Ich meine das mehr als ernst. Ich mache mir Sorgen um dich. Du mußt wissen, daß ich dir vertraue, Mads. Ich bin überzeugt davon, daß du nichts damit zu tun hast. Jetzt mußt du auch mir vertrauen. Komm so schnell wie möglich hierher nach Stockholm. Ich habe ein Sommerhaus in den Schären. Dort kannst du bis auf weiteres bleiben.«

Bergman gab ihm eine Adresse und eine Telefonnummer, die er anrufen sollte, sobald er in Stockholm war.

»Du mußt vorsichtig sein. Es ist sehr wahrscheinlich, daß du beobachtet wirst. Nimm morgen früh den Zug nach Stockholm.«

Sie verabschiedeten sich kurz und legten auf. Mads blieb einen Moment lang nachdenklich stehen, ehe er den Hörer abnahm und noch eine Nummer wählte.

Es war sein erster Auftrag in Norwegen. Ein kleines, kaltes Winterland weit im Norden. Das hatte er jedenfalls gedacht, bis er vor drei Tagen auf dem Osloer Flughafen Gardermoen gelandet war. Der Frühling war im Winterland eingezogen, und es war viel wärmer, als er es sich vorgestellt hatte. Die Sonne schien, und er begann unter der grauen Perücke zu schwitzen.

Mike Luciano kam als alter Mann an: graues Haar und grauer Schnauzbart, fahle Haut und eine große, altmodische Hornbrille. Mit seiner Verkleidung sah er zwanzig Jahre älter aus, als er mit seinen siebenunddreißig Jahren war. Er nahm den Flughafenexpreß ins Stadtzentrum und checkte in einem Hotel ein, in dem auf den Namen in seinem falschen Paß ein Zimmer reserviert war. Anschließend rief er die Telefonnummer an, die man ihm gegeben hatte. Einige Stunden später wurde ihm ein brauner Umschlag mit Fotografien und Erläuterungen an die Tür gebracht.

Die Erkundung der Verhältnisse vor Ort war einfach. Die Wohnung lag in einem zweistöckigen Mietshaus in einer ruhigen Nebenstraße, dessen Eingang von der Straße aus nicht einzusehen war. Zwei Tage lang observierte er Mads Hammers Bewegungen. Er ging frühmorgens weg und kam spät nach Hause. Die meiste Zeit des Tages befand er sich im Büro.

Donnerstag abend folgte er Mads aus der Tiefgarage in Aker Brygge. Mike Luciano hielt mit seinem Leihwagen reichlich Abstand zu Mads. Diesmal fuhr Mads nicht wie sonst zu seiner Wohnung, sondern folgte der Bygdøy allé und stellte sein Auto in der Nähe der Frogner Kirche ab. Mike parkte den Leihwagen ganz in der Nähe und folgte ihm mit gehörigem Abstand ins Hotel Rica. Er wartete eine Weile in der Lobby, ehe er ins Hotelrestaurant ging. Gleich hinter der Tür nahm er eine Speisekarte von einem der Tische und tat so, als studiere er sie, während er seinen Blick vorsichtig durch den Raum schweifen ließ. Mads saß mit einer jungen Frau an einem der Tische. Es mußte Line sein. Mike erkannte sie von den Fotos, die er bekommen hatte.

Das Restaurant war nur zur Hälfte besetzt. Mike Luciano setzte sich ein wenig abseits von Mads und seiner Frau und bestellte einen Salat.

»Das hat aber lange gedauert«, sagte Line.

Er beugte sich vor und nahm ihre beiden Hände. Sein Atem ging schneller als normal. Er mußte sich konzentrieren, um nicht panisch zu wirken. »Jetzt mußt du mir gut zuhören, Line. Es ist wichtig.« Er atmete tief durch und versuchte, sich zu beruhigen.

Line sah ihn besorgt an.

»Das war Klas Bergman. Vor ein paar Tagen habe ich ihm einige Papiere geschickt, auf die ich in der Firma gestoßen bin.«

»Und?«

Ein Kellner tauchte mit den Vorspeisen auf und schenkte Mads ein Bier und Line Mineralwasser ein. Mads wartete, bis er sich entfernt hatte. Dann begann er einen Streifen von seinem Graved Lachs abzuschneiden, legte dann aber Messer und Gabel zur Seite. »Er glaubt, daß ich in Gefahr bin. Klas meint, daß die Firma Finanzpartner im Begriff ist, einen ... Betrug durchzuführen, und daß ich als Sündenbock herhalten soll.«

»Was für Papiere hast du ihm denn geschickt?«

»Die Details erzähle ich dir ein anderes Mal.«

Line öffnete den Mund und schloß ihn wieder. Sie nahm einen Schluck Mineralwasser und stellte das Glas schnell wieder hin. »Du machst Witze, oder?«

»Sieh mich an, Line. Klas hält es nicht für ausgeschlossen, daß ich observiert werde.«

»Was zum Teufel redest du da?« Line drehte den Kopf und sah sich im Restaurant um.

»Sieh mich bitte an, Line. Fang jetzt nicht an, den Raum abzusuchen.« Ihm war der Appetit vergangen, er zwang sich aber dennoch, ein Stück Graved Lachs zu essen. »Die Vorstandsmitglieder von Finanzpartner wollen mich als Sündenbock einsetzen, wie sie zuvor meine Vorgänger Mikkel Petlund und Roald

Hoff ausgenutzt haben. Ich hatte schon lange den Verdacht, daß da was Komisches gelaufen ist. So vieles paßt nicht zusammen. In unserer Wohnung haben sie Wanzen installiert.«

Line sah ihn ungläubig an.

»Diese Menschen sind gefährlich, Line. Sie gehen über Leichen, wenn es sein muß.« Er sah sie eindringlich an. »Klas meint, wir sollten untertauchen. Sofort.«

Line zog ihre Hand zurück und starrte Mads kopfschüttelnd an.

»Klas hat mir erzählt, daß sie achthunderttausend Kronen auf eines meiner Konten eingezahlt haben, um es so aussehen zu lassen, als sei ich von meinen ausländischen Geschäftspartnern bestochen worden. Bestimmt gibt es jede Menge Beweise, daß ich hinter dem Trosvik & Partners-Betrug stecke.«

»Was für ein Betrug?«

»Die ganze Gesellschaft ist eine Scheinfirma. Es ist alles gelogen: das neue Produkt, die große Bestellung, alles. Die Sache ist inszeniert worden, um die Investoren um ihr Geld zu bringen.«

»Das ist doch nicht möglich …«

Mads beugte sich zu ihr vor. »Nach dem Essen gehst du ins Hotelzimmer, verschließt die Tür und bleibst ein paar Stunden dort. Dann checkst du aus und suchst dir ein anderes Hotel. Dort verbringst du die Nacht, und wir treffen uns morgen früh um zehn am Hauptbahnhof.«

»Du willst doch wohl nicht, daß wir …«

»Warte, Line, ich bin noch nicht fertig. Fang endlich an, deine Vorspeise zu essen.« Er zwang sich selbst, einen weiteren Bissen zu nehmen. Der Lachs schmeckte nach Gummi und Tran. »Du fährst mit dem Zug zum Flughafen und nimmst den ersten Flieger nach Bodø. Torstein holt dich ab. Ich habe schon mit ihm gesprochen.«

»Weißt du noch, warum wir hier sitzen, Mads? Hast du das vergessen?«

»Ich habe das nicht vergessen. Aber für diese Sache bin ich

verantwortlich. Du trägst keine Schuld an dem, was geschehen ist. Wenn es so gefährlich ist, wie Klas behauptet, will ich, daß du untertauchst, bis alles vorüber ist. Du bist bei Torstein und Sigrun willkommen und kannst dort so lange bleiben, wie du willst.«

»Mads, ich habe einen Job.«

»Ruf am Montag an und sag, daß du krank bist.«

Sie schüttelte ungläubig den Kopf. »Was hast du deinem Bruder erzählt?«

»Nur daß du für eine Weile hier rausmußt. Ich hatte nicht die Zeit, ihm alles zu erklären.«

»Mads, du weißt, daß ich nicht ...«

»Tut mir leid, aber es gibt keinen anderen Ausweg. Du mußt gehen.«

Eine Art Lächeln huschte über ihr Gesicht. »Findest du das nicht auch ein bißchen lächerlich?«

»Sorry, ich finde das ganz und gar nicht zum Lachen.«

»Warum eilt es denn so, können wir nicht wenigstens bis morgen warten?«

Mads atmete schwer. »Es eilt. Ich hoffe bloß, daß es noch nicht zu spät ist.«

»Und was ist mit dir? Was willst du tun?«

»Ich fahre so bald wie möglich zu Klas nach Stockholm. Er will mir helfen. Jetzt iß bitte.«

Sie stocherten auf ihren Tellern herum. Der Kellner fragte, ob etwas nicht stimme, doch sie wehrten ab. Gleich darauf brachte er ihnen die Hauptgerichte.

»Du mußt zur Polizei gehen. Ihnen alles erzählen.«

»Du hast es noch nicht begriffen, oder?«

»Ich weiß nicht mehr, was ich begreifen soll und was nicht.« Sie legte Messer und Gabel beiseite. »Wollen wir gehen?«

Mads aß noch ein wenig, ehe er den Kellner rief. »Könnten wir bitte zahlen? Wir haben heute abend wohl doch keinen Hunger.« Line hatte das Entrecôte, das auf ihrem Teller lag, nicht angerührt.

Der Kellner verbeugte sich und tauchte wenig später mit der Rechnung auf. Mads zahlte, und sie standen auf. Er küßte Line rasch auf die Wange, ehe sie im Aufzug verschwand und in den zweiten Stock hinauffuhr. Dann ging er an der Rezeption vorbei und hinaus auf die Straße. Es war dunkel, Nebel lag in der Luft, und die Straßen waren naß. Mads lief zum Auto und fuhr schnell weg.

39

Ein delikat angerichteter Caesar's Salat wurde vor Mike Luciano auf den Tisch gestellt. Er bat um die Rechnung und zahlte in bar. Schließlich konnte er es nicht riskieren, ohne Bezahlung davonzueilen, sollte Mads Hammer plötzlich auf die Idee kommen, das Restaurant zu verlassen. Einen Moment lang war er verunsichert, als Hammer das Restaurant verließ, nachdem er einen Anruf bekommen hatte. Er beschloß jedoch, sitzen zu bleiben, wurde aber immer unruhiger, je mehr Zeit verging. Zehn Minuten später tauchte Mads wieder auf.

Das Pärchen hatte ganz offensichtlich einen ungewöhnlich schlechten Appetit. Sie rührten das Essen nicht einmal an. Die Stimmung zwischen ihnen war kühl. Nachdem sie gegangen waren, stand er auf und folgte ihnen. Mads gab seiner Frau einen Kuß und verschwand. Entschlossen verließ Luciano das Restaurant. Er sah Mads' Wagen gerade noch mit quietschenden Reifen davonfahren, als er um die Ecke kam.

Luciano warf sich ins Auto und folgte ihm. Er tippte, daß Mads nach Hause gefahren war.

Lucianos Idee erwies sich als richtig. Der silbergraue Golf stand vor dem Haus. Er suchte sich einen freien Parkplatz und schaltete den Motor aus.

Jetzt hieß es nur noch warten.

Mads betrat die Wohnung, schaltete aber das Licht nicht ein, sondern ging direkt zum Fenster und sah durch die Gardine hinaus. Es hatte zu nieseln begonnen. Ein Auto, das ihm unten noch nicht aufgefallen war, parkte auf der gegenüberliegenden Straßenseite, ein blauer Chrysler Stratus. Mads glaubte, eine Bewegung hinter den Scheiben zu erkennen, aber er war sich nicht sicher. Das Licht der Straßenlaternen erschwerte ihm die Sicht.

Nach alter Gewohnheit bewegte er sich leise durch die Wohnung. Die Wanzen hatten ihn verändert. Er schaltete das Licht ein, holte sich eine Reisetasche aus dem Schlafzimmer und begann ein paar Kleider einzupacken. Was er brauchen würde, wußte er nicht, doch im letzten Moment fiel ihm ein, daß ihm seine Verkleidung von Nutzen sein könnte. Er legte die Perücke und die restlichen Utensilien zu den Kleidern. In der Schublade seines Nachtschränkchens lag sein Paß. Er wog ihn in der Hand und legte ihn dann zu seiner Geldbörse.

Gerade als er die Wohnung verlassen wollte, hielt er inne. Ihm war bewußt geworden, daß er diesen Ort unter Umständen nie wiedersehen würde. Es war ein unerklärliches Gefühl, und er wußte nicht, woher dieser Gedanke kam. Aber er würde die Wohnung ohnehin nicht vermissen. Die letzten Monate hatten das, was es an guten Erinnerungen gab, überlagert. Es war an der Zeit, neu anzufangen. Line, er und das Kind. Er schloß die Tür hinter sich.

Mads warf die Tasche auf den Rücksitz und setzte sich hinter das Steuer. In dem Auto, das ihm vorhin aufgefallen war, bewegte sich ein Schatten. Ein Mann saß im Wagen. Es lagen kaum mehr als fünfzehn Meter zwischen ihnen. Der Mann sah alt aus. Graues Haar, Bart. Sein Blick war stechend, wie bei einer Schlange. Mads ließ den Motor an und fuhr ein paar Straßen entlang. Dann bog er rechts ab und fuhr an die Seite. Er schaltete den Motor aus, löschte die Scheinwerfer und wartete.

Ganz richtig. Wenige Sekunden später kam der blaue Chrysler um die Ecke. Er fuhr an ihm vorbei und bog an der nächsten Ampel nach links ab.

Mads startete den Motor und machte eine Kehrtwende. In seiner Aufregung trat er das Gaspedal zu stark durch, so daß er auf dem Bürgersteig gegenüber landete. Die Bordsteinkante schlug hart gegen die Vorderräder, und irgend etwas kratzte am Boden des Autos entlang, doch der Wagen überstand das Manöver schadlos. Die Räder quietschten, als Mads Gas gab. Im Rückspiegel sah er den blauen Chrysler in voller Fahrt aus der Straße schießen, in die er vor nur wenigen Augenblicken eingebogen war. Es konnte keinen Zweifel geben. Diesmal wurde er verfolgt.

Mit Vollgas raste er über die kleinen Straßen in Richtung Bygdøy allé. Der Nieselregen erschwerte die Sicht. In der Niels Juels gate mußte er an einer roten Ampel anhalten. Fieberhaft blickte er in den Rückspiegel. Da sah er ihn wieder. Die Lampen des Wagens kamen rasch auf ihn zu. Mads wartete nicht auf Grün. Er wechselte die Spur und fuhr über die Kreuzung. Dann bog er nach rechts in die Bygdøy allé ein. Jetzt scherte er sich nicht mehr um die Ampeln, sondern querte eine Busspur und überholte ein paar Autofahrer von rechts, was mit ärgerlichem Hupen quittiert wurde. Auf der E18 angelangt, fuhr er bis Skøyen und dann wieder zurück ins Zentrum. Der Verfolger war nur wenige Meter hinter ihm. Er ließ nicht locker.

Im Kreisverkehr drängte sich ein anderes Auto zwischen ihn und seinen Verfolger. Mads konnte keinen klaren Gedanken fassen. Er sah im Rückspiegel, daß der Verfolger hupte und aufblendete, damit ihm das Auto Platz machte. Doch der Fahrer hinter Mads machte keine Anstalten, den Drängler vorbeizulassen. Mads beschleunigte. Diesmal fuhr er über den Drammensvei.

Ständig rechnete er mit Blaulicht und Sirenen. Bestimmt hatten schon einige bei der Polizei angerufen und sich über seine wilde Raserei beschwert. Mads fuhr so schnell er konnte. Eine Weile glaubte er seinen Verfolger abgehängt zu haben, doch plötzlich war der blaue Chrysler wieder hinter ihm.

Mads raste über die Ampel und dann durch den schmalen Schlauch, der in den Festungstunnel führte. Er mußte sich aufs äußerste konzentrieren, um nicht an der Tunnelwand zu landen. Der Radius der Kurve wurde immer enger. Für einen Moment verlor er die Kontrolle, und das Heck des Wagens begann abzudriften. Die Hinterräder trafen auf die schmale Bordsteinkante, und er hörte das kreischende Geräusch, als das Metall an der Mauer entlangkratzte.

Irgendwie schaffte er es, den Wagen wieder unter Kontrolle zu bringen, aber er verlor an Geschwindigkeit. Er schaltete in den zweiten Gang, gab Gas und schoß auf die rechte Spur des Haupttunnels. Hier war der Verkehr dichter. Mads fuhr auf die Spur links außen und blendete hektisch immer wieder auf, doch der Lastwagen vor ihm rührte sich nicht.

Im Rückspiegel war noch nichts von seinem Verfolger zu sehen. Es gelang ihm schließlich, sich am LKW vorbeizudrängeln. Er schob sich zwischen zwei weitere Lastzüge und wäre fast mit einem Personenwagen zusammengestoßen, als er abrupt auf die rechte Spur wechselte. Der Lärm all der Hupen, die ihm zu Ehren gedrückt wurden, war ohrenbetäubend.

Erneut verlor Mads fast die Kontrolle über den Wagen, als er in den engen Kurven nach der Tunnelausfahrt von Spur zu Spur wechselte. Da faßte er einen raschen Entschluß. Er machte im Kreisverkehr eine Kehrtwende und fuhr in umgekehrter Richtung wieder in den Festungstunnel. Dabei schickte er ein Stoßgebet zum Himmel, daß der Verfolger nicht auf die gleiche Idee kommen möge. Panisch blickte er in den Rückspiegel, doch er konnte nichts erkennen.

Wieder im Tunnel nahm er die erste Abfahrt in Richtung Stadtzentrum. Das Lenkrad war schweißnaß. Sein Atem ging stoßweise. Er fuhr noch immer schnell, hatte sich jetzt aber stärker im Griff. Sein Blick klebte am Rückspiegel, doch schon bald wurde er ein wenig ruhiger. Am liebsten hätte er angehalten, um sich den Schaden anzusehen, den der Wagen durch den Zusammenstoß mit der Tunnelwand genommen hatte, doch er sagte sich, daß das wirklich keine Rolle spiele.

Er mußte das Auto loswerden, denn bestimmt war darin ein Sender installiert, so daß es nur eine Frage der Zeit war, bis sie ihn fanden. Der Verfolger rechnete sicher nicht damit, daß er nach Hause fahren würde. Mads bog Richtung Briskeby ab und fand vier Straßenzüge hinter seiner Wohnung eine Parkmöglichkeit in einem Hinterhof, die deutlich als Privatparkplatz gekennzeichnet war. Vielleicht würde das Fahrzeug ja abgeschleppt werden, ehe sie ihn fanden. Hauptsache, das Auto war von der Straße aus nicht zu sehen. Er nahm die Tasche vom Rücksitz und ließ die Schlüssel im Zündschloß stecken. Die Türen schloß er nicht ab. Noch besser wäre es, wenn der Wagen gestohlen würde.

Das Nieseln war in richtigen Regen übergegangen. Mads zitterte, vor Angst, doch auch vor Kälte. Während er zu einem Taxistand in der Nähe ging, achtete er darauf, in Deckung zu bleiben, und sobald er ein Auto hörte, versteckte er sich in Toreinfahrten oder hinter Hausecken.

Am Taxistand stieg er in einen Wagen und bat darum, zum Hotel Oslo Plaza gefahren zu werden.

40

Die Digitaluhr auf dem Nachtschränkchen zeigte fünf Uhr. Mads drehte sich um und schloß die Augen. Er schob die dünne Decke weg, doch es half nichts. Dann drehte er das Kopfkissen um und wischte sich den Schweiß von der Stirn. Die Nacht über hatte er kaum ein Auge zugemacht. Er stand auf, ging zum Fenster und sah in die Nacht hinaus. Die Aussicht von Oslos höchstem Gebäude war phantastisch. Unter anderen Umständen hätte er sie bewundert, doch im Moment beschäftigten ihn ganz andere Dinge. Er ging zum Fernseher, schaltete ihn ein, und verfolgte die Nachrichten auf CNN. Bilder von Hungersnöten, Flutkatastrophen und Modeschauen flackerten über die Mattscheibe. Er konnte einfach nicht folgen.

Um sieben duschte er und rief den Service an, um sich das Frühstück aufs Zimmer bringen zu lassen. Er wagte sich nicht in den Frühstücksraum.

Um halb neun checkte er aus und ging Richtung Zentrum. Es

war Freitagmorgen, und die Stadt war voller Leben. Höchstwahrscheinlich hielten bereits einige nach ihm Ausschau. Er hatte den Kragen hochgeschlagen und trug alte, abgetragene Jeans. Seine Route wählte er so, daß er an der Filiale der Kreditkasse im Zentrum vorbeikam. Die Bank öffnete erst um neun, und Mads drehte solange noch eine Runde durch das Viertel. Als er zurückkam, warteten schon drei Personen.

Als er dran war, lächelte er dem jungen Mann hinter dem Servicetischchen aufmunternd zu. Sein Lächeln wurde nicht erwidert. Mads zeigte seinen Ausweis und versuchte, das Zittern seiner Hand zu verbergen.

»Ich würde gern etwas abheben«, sagte er.

»Aber selbstverständlich«, erwiderte der junge Mann, ohne eine Miene zu verziehen. »Wie lautet die Kontonummer?«

Mads zog einen handgeschriebenen Zettel aus der Hosentasche. »Das ist die Nummer.«

Der Mann nahm den Zettel mit spitzen Fingern, als fürchte er, sich die Hände schmutzig zu machen, und betrachtete ihn genau. Dann gab er die Nummer in den Computer ein. Er hob seinen Blick, und Mads erahnte ein leichtes Zucken im Mundwinkel. »Wieviel?«

»Einhunderttausend.«

»Einen Augenblick«, sagte der Mann und stand auf, »ich bin gleich wieder da.«

Mads sah sich um. Die Bankfiliale hatte sich gefüllt. Der Mann, der ihn bedient hatte, verschwand in einem Büro und schloß die Tür hinter sich. Warum hatte er so reagiert? Mads überlegte einen Augenblick, ob er sich umdrehen und die Bank verlassen sollte, entschied sich jedoch, zu bleiben. Er trommelte mit den Fingern auf das Tischchen und beobachtete die Tür, hinter der der Angestellte verschwunden war. Die Sekunden vergingen unendlich langsam.

Kurz darauf tauchte der Kassierer wieder auf und setzte sich hinter den Tisch. Noch immer verzog er keine Miene.

»Wie wollen Sie Ihr Geld ausgezahlt haben?« fragte er.

Mads zögerte einen kurzen Moment. Diese Frage hatte er nicht erwartet. »In Zweihunderter- und Fünfhunderter-Scheinen«, antwortete er. »Könnte ich den Betrag in zwei Umschlägen ausbezahlt bekommen?«

»Aber natürlich. Jeweils fünfzigtausend?«

Mads nickte, und der Kassierer begann die Zweihunderter- und Fünfhunderter-Scheine abzuzählen. Mads machte sich vor dem Tischchen so breit wie nur möglich. Er wollte nicht, daß jemand beobachtete, daß er sich eine große Summe Bargeld auszahlen ließ.

Als der Bankangestellte fertig war, legte er die beiden dicken Umschläge auf das Tischchen und drückte auf einen Knopf. Ein Ton erklang, und an der Eingangstür erschien die nächste Nummer auf dem Display. Der Mann sah an Mads vorbei und war offensichtlich bereit, den nächsten Kunden zu bedienen. Mads packte die Umschläge in seine Tasche und ging ruhig aus der Bank. Niemand versuchte ihn aufzuhalten. Draußen auf der Straße wirkte alles normal. Er sah auf die Uhr. In vierzig Minuten würde er Line am Hauptbahnhof treffen.

Fünf vor zehn stand er auf dem großen Bahnhofsvorplatz. Drogensüchtige, Prostituierte und Gruppen von Jugendlichen, die die Schule schwänzten, standen herum, während Reisende mit Koffern, Taschen und Rucksäcken vorbeihasteten. Mads hatte die blonde Perücke aufgesetzt und den hellen Bart angeklebt. Die braune Lederjacke hatte er gegen eine blauweiße Kunststoffjacke ausgetauscht. Er trug eine große, dunkle Sonnenbrille. Es war beinahe unmöglich, ihn wiederzuerkennen.

Langsam ging er über den Platz und starrte durch die Gläser seiner Sonnenbrille. Niemand schien ihn zu bemerken. Er ging in die große Abfahrtshalle und kaufte sich eine Zeitung. Danach schlenderte er ruhig zu einem kleinen Café unweit des Reisecenters, setzte sich und wartete. Line konnte jeden Augenblick auftauchen. Er schickte ein stilles Stoßgebet zum Himmel, daß ihr nichts geschehen war. Die große Uhr unter dem Dach zeigte kurz nach zehn. Noch immer keine Line. Zehn nach zehn machte sich ein ungutes Gefühl in seinem Magen breit. Er drehte sich um und sah in beide Richtungen. Da erblickte er sie. Line hatte die Haare zu einem dicken Pferdeschwanz zusammengebunden und trug eine große Tasche. Sie sah sich nervös nach allen Seiten um.

Mads hatte plötzlich einen Kloß im Hals. Sie war schön, doch gleichzeitig wirkte sie so klein und verletzlich. Es war nicht mehr zu übersehen, daß sie schwanger war. Er stand auf, nahm seine Tasche und ging in ihre Richtung. Sie warf ihm einen Blick zu, erkannte ihn aber nicht.

»Ich bin's, Line«, sagte er.

Sie blickte auf, und ein Lächeln huschte über ihre Lippen. »Ich bin froh, daß du nicht so ausgesehen hast, als wir uns das erste Mal begegnet sind«, flüsterte sie zurück.

»Pst«, sagte Mads. »Wir haben keine Zeit. Du bist zu Hause gewesen und hast gepackt?«

Sie nickte.

»So ein Mist. Dann können sie dir gefolgt sein.« Mads sah sich um. »Komm hinterher, aber mit reichlich Abstand«, sagte er und ging zum Bahnsteig hinüber, von dem die Bahnen in Richtung Flughafen abfuhren. Einzelne Menschen warteten bereits. Er blieb hinter einem der Pfosten stehen.

Line tauchte gleich danach auf und stellte sich neben ihn.

»Mein Gott, Mads, ist das wirklich nötig?«

»Sie haben mich gestern verfolgt. Ich bin ihnen aber nach einer Verfolgungsjagd quer durch die Stadt entkommen.«

Sie legte ihre Hand auf seinen Arm. Ihre Augen waren weit aufgerissen. »Verfolgungsjagd, wie meinst du das?«

»Sie sind hinter mir hergerast. Die wollen mich ganz eindeutig aus dem Weg schaffen.«

»Mein Gott.«

»Das ist leider kein Spiel mehr. Sie haben wirklich eine Riesensumme Geld auf eines meiner Konten eingezahlt. Ich hab das überprüft.« Er wollte sie an sich drücken, wagte es aber nicht. Er nahm nur kurz ihre Hand und hielt sie fest. Line sah blaß und verzweifelt aus.

»Solltest du nicht lieber den Zug nehmen, statt zu fliegen?«

»Warum das denn?«

»Ich dachte bloß ...« Er deutete auf ihren Bauch. »Der Termin ist doch bald.«

»Mach dir keine Sorgen. Ich sage ihnen, daß ich im siebten Monat bin. Das sind doch nur anderthalb Stunden Flug.«

»Aber ist das nicht ...«

»Vergiß es, ich hock mich doch nicht einen ganzen Tag in den Zug. Das geht schon.«

Er nahm einen dicken Umschlag aus seiner Tasche und gab ihn ihr. »Nimm das. Darin ist das Geld, das die Schweine auf mein Konto eingezahlt haben. Sei großzügig bei Torstein. Das sollte deine Ausgaben für eine ganze Weile decken.« Dann blickte er auf die Anzeige über dem Gleis. »Der Zug zum Flughafen geht in drei Minuten. Nimm den ersten Flug nach Bodø und dann die Fähre nach Svolvær. Torstein wartet auf dich.« Er nahm ihr Gesicht in seine Hände und küßte sie auf den Mund. Dann lief er zurück ins Bahnhofsgebäude.

Der Zug nach Stockholm ging erst in anderthalb Stunden, doch es gab noch ein paar Dinge zu erledigen. Er warf einen Blick auf den Bildschirm mit den nächsten Abfahrten. Es waren nur noch wenige Minuten bis zur Abfahrt des Zuges nach Kristiansand. Er ging zum Bahnsteig und wartete. Als der Zug kam, reihte Mads sich bei den einsteigenden Passagieren ein. In seiner Hand hielt er das Mobiltelefon, das man ihm bei Finanzpartner gegeben hatte. Er schaltete es an, tippte den PIN-Code ein und legte das Handy auf die Hutablage. Dann drängte er sich an den Passagieren vorbei nach draußen.

Wenig später verließ der Zug den Hauptbahnhof und machte sich mit Mads' Handy an Bord auf den Weg nach Kristiansand. Er hätte gerne das Gesicht seiner Verfolger gesehen, wenn es ihnen gelang, das Handy zu orten.

Mads ging zurück in die Bahnhofshalle und von dort in das

anschließende Einkaufszentrum. In einer Sporthandlung kaufte er sich einen großen Rucksack. Auf der Kundentoilette packte er den Inhalt seiner Reisetasche in den Rucksack um. Die Tasche warf er in einen Müllcontainer. Anschließend verließ er das Gebäude und schlenderte durch die Nebenstraßen, während er darauf wartete, daß der Zug nach Stockholm endlich abfuhr. Er würde bloß sein Schicksal herausfordern, wenn er sich länger im Hauptbahnhof aufhielt als unbedingt nötig, denn dort suchten sie ihn ganz sicher.

Obwohl er seit dem Frühstück nichts gegessen hatte, verspürte er keinen Hunger. Er merkte nur, daß heftige Kopfschmerzen im Anmarsch waren.

Er legte den Weg zum U-Bahnhof am Nationaltheater zu Fuß zurück und kaufte sich eine einfache Fahrkarte nach Stockholm. Das Reisecenter am Hauptbahnhof überwachten sie bestimmt. Dann fuhr er mit der U-Bahn zurück und mußte durch die Bahnhofshalle rennen, um den Zug noch zu erwischen. Draußen auf dem Bahnsteig mischte er sich unter eine Gruppe Jugendlicher mit Rucksäcken, die anscheinend in den gleichen Zug wollten.

Das Abteil war fast voll. Er hatte einen Fensterplatz neben einer älteren Dame. Kaum hatte der Zug den Bahnhof verlassen, griff sie zum Strickzeug.

Ringdal stand in seinem Büro und telefonierte. »Keiner hat ihn gesehen?«

»Bisher nicht«, antwortete Schwartz. »Unsere Leute sind am Hauptbahnhof und in Gardermoen. Seine Frau dagegen haben wir aufgespürt.«

»Wo?«

»Am Flughafen.«

»Ihr folgt ihr?«

»Natürlich.«

»Haltet mich auf dem laufenden«, meinte Ringdal und schaltete das Handy aus.

41

Das Telefon klingelte. Ringdal nahm sofort ab.

»Mein Name ist Erik Bjørndalen, ich bin Journalist beim Dagbladet.«

Ringdal wußte, was kommen würde. Es sah auf die Uhr. Es war Freitag, acht Uhr morgens. Das Geld war außer Landes. »Womit kann ich Ihnen dienen?«

»Wir haben ein paar Fragen zu Trosvik & Partners – einem Unternehmen, mit dem Ihre Firma in letzter Zeit viel zu tun hatte.«

»Wir geben normalerweise keine Informationen über unsere Klienten heraus.«

»Wir haben eine ganze Reihe beunruhigender Informationen über die Gesellschaft erhalten. Es gibt Hinweise darauf, daß die Verträge, die das Unternehmen abgeschlossen haben will, gefälscht sind. Wissen Sie bei der Firma Finanzpartner etwas darüber?«

Ringdal spielte überrascht. »Gefälschte Verträge? Wie meinen Sie das?«

»Wir hatten Kontakt mit der Geschäftsleitung des Drei-Schluchten-Projekts in China. Niemand dort hat jemals etwas von Trosvik & Partners oder gar von einer Bestellung bei dieser Gesellschaft gehört.«

»Darüber sollten Sie dann aber direkt mit Trosvik & Partners sprechen. Sie sind es, die die Verträge erarbeitet haben und über die Kontakte mit allen Vertragspartnern Bescheid wissen. Wir sind nur die Investmentgesellschaft.«

»Wir haben unzählige Male versucht, Kontakt zu dieser Firma zu bekommen, aber so seltsam es auch ist, niemand von der Geschäftsleitung scheint anwesend zu sein. Die Sekretärin behauptet, alle seien auf Geschäftsreise. Haben Sie Informationen darüber, wo sich der Geschäftsführer Bilot und sein Finanzvorstand befinden?«

»Entschuldigen Sie, selbst wenn ich solche Informationen hätte, dürfte ich Sie keinem Journalisten weitergeben. Das muß die entsprechende Gesellschaft schon selber machen.«

»Wir haben auch Recherchen zum angeblichen Lizenzvertrag mit der amerikanischen Firma Smith Flock angestellt. Keiner von der amerikanischen Gesellschaft hat je von Trosvik & Partners gehört.«

Ringdal versuchte, seine Stimme so ruhig wie möglich klingen zu lassen. »Auch darüber müssen Sie mit Trosvik & Partners sprechen. Ich kann Ihnen da leider nicht weiterhelfen. Wir unterstützen die Gesellschaften lediglich bei der Finanzierung, mehr nicht.«

»Meinen Sie nicht auch, daß Ihre Firma als wichtigster Kooperationspartner auf dem Finanzmarkt herausfinden sollte, ob die Verträge und Kunden von Trosvik & Partners überhaupt real existieren?«

»Wir haben nicht den geringsten, ich wiederhole, nicht den geringsten Grund, an diesen Verträgen zu zweifeln. Zum einen hat die Geschäftsleitung von Trosvik & Partners unser vollstes Vertrauen, zum anderen haben unsere Revisoren und Rechtsanwälte jede Information, die an den Aktienmarkt gegeben wurde, abgezeichnet.«

»Trosvik & Partners hat ausländische Revisoren und Juristen, nicht wahr?«

»Natürlich. Die Gesellschaft ist in ausländischem Besitz und im Ausland registriert. Da ist es doch naheliegend, daß ausländische Firmen mit derlei Aufträgen betraut werden.«

»Ist es dann nicht merkwürdig, daß keiner der Revisoren oder Juristen, die die Firma beauftragt hat, zu erreichen ist?«

»Ich weiß ja nicht, wie intensiv Sie es probiert haben.«

»Und wie gehen Sie jetzt mit den Informationen um, die Sie von mir erhalten haben?«

»Ich werde mir die Sache genauer anschauen und wieder auf Sie zukommen. Bis jetzt hört sich das Ganze aber sehr unwahrscheinlich an.«

Ringdal notierte sich die Nummer des Journalisten. Dann legte er auf, knüllte den Zettel zusammen und warf ihn in den Papierkorb.

»Was zum Henker geht hier vor?« wollte Henriksen wissen.

Ringdal hatte nach dem Anruf des Journalisten eine Sitzung einberufen. Es war halb zehn Uhr vormittags. Henriksen, Falch-Pedersen und Ringdal hatten an dem runden Konferenztisch Platz genommen.

»Wir dürfen jetzt keine Panik kriegen«, sagte Ringdal. »Es ist noch immer möglich, daß es eine ganz einfache Erklärung gibt.«

Henriksen inhalierte den Rauch und hustete kräftig. Er blickte einen Moment lang verwundert über seinen Zigarillo hinweg und nahm dann noch einen tiefen Zug. Diesmal hustete er nicht. »Panik? Die Börse öffnet in wenigen Minuten. Bist du dir sicher, daß wir Bilot nicht erreichen können?«

»Ich hab es unablässig versucht«, erwiderte Ringdal. »Er ist weg. Die Sekretärin weiß nur, daß er nächste Woche wieder zurück ist.«

Falch-Pedersen fingerte nervös an seinem Kugelschreiber herum und sah von einem zum anderen. »Das Ganze ist jetzt schon ein Skandal. Ständig melden sich nervöse Investoren.«

»Und Kaiser, der Finanzchef, ist der auch weg?« fragte Henriksen.

»Nach Auskunft der Sekretärin ist er gemeinsam mit Bilot verreist«, sagte Ringdal. »Keiner von beiden ist zu erreichen.«

»Scheiße.« Henriksen schlug mit der Faust so hart auf den Tisch, daß die Kaffeetassen klirrten. »Was ist mit den Revisoren und Juristen, mit denen wir zusammengearbeitet haben? Hattest du Kontakt mit ihnen?«

»Auf meine telefonischen Anfragen hat niemand geantwortet«, sagte Ringdal und rutschte unruhig auf seinem Stuhl hin und her.

»Wie meinst du das?« fragte Henriksen.

»Es geht keiner ans Telefon.«

»Hast du die Auskunft angerufen? Vielleicht haben sie eine neue Nummer?«

Ringdal schüttelte den Kopf und sah von einem zum anderen. Falch-Pedersen hatte hektische Flecken im Gesicht.

»Was ist mit Karl Trosvik, und wo zum Teufel steckt Hammer?« wollte Henriksen wissen.

»Karl Trosvik hat sich krank gemeldet. Ich habe mit ihm telefoniert«, sagte Ringdal. »Der denkt bloß daran, daß er alles verlieren könnte. Und was Hammer angeht ...« Ringdal hielt einen Augenblick inne und rieb sich im Gesicht. »Der ist ... verschwunden.«

»Verschwunden?« wiederholte Henriksen höhnisch. »Wie meinst du das – verschwunden?«

»Er ist nicht zu Hause. Ich habe Leute zu seiner Wohnung geschickt. Es war niemand da. Er geht nicht ans Handy. Auch seine Frau ist heute nicht zur Arbeit erschienen. In ihrer Firma hat man uns gesagt, sie sei krank.«

Henriksen erhob sich, während er den Zigarillo im Aschenbecher ausdrückte. Er verschränkte die Arme und blieb eine Weile so stehen, während er die anderen beiden Vorstandsmitglieder anlächelte. Dann sagte er langsam: »Die Sache ist die, meine Herren, daß es im Moment wirklich so aussieht, als wären wir und unsere Investoren Opfer eines gigantischen Betruges geworden.«

Mads versuchte zu schlafen, aber vergebens. Die strähnigen Haare hingen ihm ins Gesicht, und die strickende alte Frau neben ihm warf ihm hin und wieder beunruhigte Blicke zu. Den Rucksack hatte er auf der gegenüberliegenden Hutablage plaziert, so daß er ihn jederzeit im Blick hatte. Er konnte es sich nicht erlauben, daß ihm sein ganzes Bargeld gestohlen wurde.

Als der Zug sieben Stunden später in den Stockholmer Bahnhof rollte, fühlte er sich wie gerädert. Sein Kopf dröhnte. Er brauchte etwas zu essen. In einer Bank vor dem Bahnhof wechselte er zweitausend norwegische Kronen. Er steckte das Geld in die Jackentasche, ging zu einem Taxistand und nannte dem Fahrer die Adresse, die Klas Bergman ihm gegeben hatte.

Sie hielten an einem Fähranleger. Mads zahlte und stieg aus. Das Taxi verschwand in einer Staubwolke. Es war niemand zu sehen. Jetzt konnte er nur noch warten. Es hatte sich zugezogen, und Wind war aufgekommen.

Plötzlich hörte er, wie ein Auto auf dem Parkplatz hielt. Klas stieg aus einem dunkelblauen Mercedes, blieb stehen und sah sich um. Mads winkte, doch Klas reagierte nicht. Plötzlich fiel Mads seine Verkleidung ein. Klas konnte ihn natürlich nicht wiedererkennen.

»Klas, ich bin's.« Mads nahm die Sonnenbrille ab. Da hellte sich das Gesicht von Klas Bergman auf.

»Unglaublich. Du bist es wirklich.«

Mads spürte eine enorme Erleichterung. Endlich war er mit einem Menschen zusammen, dem er voll und ganz vertraute. Dem einzigen, der ihn aus dieser mißlichen Situation befreien konnte.

Am Kai legte ein Boot an. Ein Mann ging an Land, um es zu vertäuen. Klas winkte ihm zu und meinte: »Das ist das Taxiboot, das uns zum Sommerhaus bringen wird. Komm mit zum Auto. Du kannst mir mit dem Proviant helfen.«

Ringdal nahm den Hörer ab. Es war Schwartz.

»Wir haben das Handy gefunden.«

»Wo?«

»In Kristiansand. Mein Freund bei der Netcom hat es ausfindig gemacht. Es lag auf der Hutablage in einem Zugabteil.«

»Und Mads?« fragte Ringdal.

»Wir haben bloß das Telefon.«

»Scheiße! Seid ihr euch sicher, daß er nicht dort war?«

»So gut wie. Ich habe aber einen von meinen Jungs abgestellt, um die Waggons zu durchsuchen.«

»Er spielt also das kleine Cleverle?«

»Sieht ganz so aus.«

»Dann wissen wir, wo er hin will. Findet ihn!«

Der Wind wurde immer stärker, und das Taxiboot stampfte durch die mittlerweile schwere See. Klas und Mads saßen während der zweistündigen Fahrt nach Svartsö gut geschützt unter Deck. Mads erfuhr, daß Stockholm Securities im Auftrag ihrer Kunden fünfzig Millionen Kronen in Trosvik & Partners investiert hatten. Es tat ihm leid, doch zu diesem Zeitpunkt konnte er nichts mehr machen.

»Es deutet alles darauf hin, daß sie dir den Schwarzen Peter zuschieben wollen«, meinte Klas.

»Nach unserem Telefonat sind sie mir gefolgt. Wir sind wie die Wilden durch Oslo gerast, und ich bin ihnen nur um Haaresbreite entwischt.«

Klas sah Mads schockiert an. »Hast du deinen Verfolger erkannt?«

»Ich habe nur die Konturen gesehen.« Mads zuckte mit den Schultern. »Ich würde ihn vermutlich nicht wiedererkennen.«

»Ist dir jemand hierher gefolgt?« fragte Klas.

»Du siehst ja, wie ich ausstaffiert bin«, sagte Mads. »Ich bin mir ziemlich sicher, daß mir niemand gefolgt ist.«

Die Schären, durch die sie fuhren, waren wirklich schön, und Mads wünschte sich nur, die Aussicht unter anderen Umständen zu genießen. Klas erzählte, Svartsö sei acht Kilometer lang und zwei Kilometer breit. Fünfundachtzig Menschen wohnten das ganze Jahr über auf der Insel. Im Sommer, wenn die Feriengäste in ihren Häuschen waren, stieg die Einwohnerzahl auf über achthundert.

Klas sah sein Gegenüber mit einem Lächeln an. »Du kannst dich jetzt beruhigen, Mads. Alles wird gut. Ich bin mir sicher, daß es dir in meinem Sommerhaus gefallen wird.«

»Ich bin da in eine teuflische Situation geraten. Und jetzt habe ich auch noch dich mit hineingezogen.«

»Das war das Beste, was du tun konntest. Ich werde tun, was ich kann, um dir zu helfen.«

Mads lächelte dankbar.

»Wie bist du eigentlich an all diese Dokumente gekommen?« wollte Klas wissen.

»Ich ... ich habe Ringdals Büro durchsucht.«

»Bist du etwa eingebrochen?«

»Ja.« Mads hatte beschlossen, Klas die ganze Wahrheit zu sagen.

Klas schüttelte den Kopf. »Ich weiß ja nicht, was ich davon halten soll.« Dann musterte er Mads und grinste. »Übrigens glaube ich nicht, daß dein Haarschnitt hier in Schweden sonderlich in ist. Der paßt besser in irgendein finnisches Dorf.«

Vom Anleger waren es noch ein paar hundert Meter Fußweg zum Sommerhaus, das am Waldrand hinter ein paar Bäumen lag. Die Hütte war einfach, aber gemütlich. Mads hatte sich Klas' Häuschen nicht so spartanisch vorgestellt, aber vielleicht war diese Art Einrichtung ja eine schwedische Tradition.

Klas führte ihn schnell herum, schaltete den Kühlschrank ein und drehte das Wasser an. Dann mußte er wieder los. Das Taxiboot wartete, um ihn zurückzubringen. Sie verabredeten sich für den nächsten Abend.

Es war halb elf nachts. Mads verstaute die Lebensmittel, die Klas gekauft hatte, in den Küchenschränken und im Kühlschrank. Er nahm die Perücke und den Bart ab und öffnete ein Bier. Dann nahm er das Handy und zögerte einen Moment. Sollte er es wagen, Torstein anzurufen und zu fragen, ob Line heil angekommen war? Es war sicher besser, bis zum nächsten Tag zu warten. Außerdem war es ohnehin schon spät. Im Haus seines Bruders auf den Lofoten waren bestimmt schon alle im Bett.

Mads stand auf und ging in eines der Schlafzimmer. Er legte sich noch angezogen auf die Matratze, zog eine Wolldecke über sich und schlief sofort ein.

42

Line nahm ein Taxi vom Flughafen in Bodø zum Kai der Hurtigroute. Es war eisig kalt und stürmisch. Der Frühling hatte Nordnorwegen noch nicht erreicht. Sie setzte sich in ein Café und wartete bis zur Abfahrt des Fährschiffs.

Line freute sich nicht gerade auf den Besuch bei Torstein und Sigrun. Weder sie noch Mads hatten viel Kontakt zu ihnen gehabt. Und jetzt sollte sie für eine Weile bei Mads' Bruder, dessen Frau und ihren Kindern wohnen. Sie versuchte sich zu erinnern, was Mads seinem Bruder über den Grund ihres Besuchs gesagt hatte. Daß sie nur ein bißchen rausmüsse? Etwas Abstand bekommen?

Die Landschaft bei Svolvær war überwältigend. Die mächtigen Berge und die aufgewühlte See ließen die Natur rauh und wild erscheinen, doch auf seltsame Art und Weise auch schön. Mein Gott, Mads, dachte Line, was tue ich hier?

Torstein wartete am Hafen auf sie. Er trug eine dicke Winterjacke, hatte den Kragen hochgeschlagen und die Hände tief in den Taschen vergraben.

»Willkommen bei uns«, sagte er und gab ihr vorsichtig einen Kuß auf die Wange. Er half ihr mit dem Gepäck und der Aktentasche. Irgend etwas schien ihn zu quälen. Er wich ihrem Blick aus und sah zu Boden.

»Ich hoffe, ich komme nicht ungelegen?«

»Nein, absolut nicht«, antwortete er wenig überzeugend.

Sie setzten sich ins Auto. Torstein war nicht gerade redselig. So hatte sie ihn noch nie erlebt, für gewöhnlich war er offen und gut gelaunt.

»Hat Mads sich gemeldet?« fragte sie nach einer Weile.

»Seit gestern nicht mehr«, antwortete Torstein. »Habt ihr Probleme?«

»In gewisser Weise, ja. Ich bin wirklich dankbar, daß ich eine Weile bei euch wohnen kann.«

»Mach dir darüber keine Gedanken«, antwortete er.

Sie fuhren zu einem kleinen, grünen Haus, das einsam und verlassen am Meer lag. Auf dem Hofplatz stand ein altes Auto, und an vielen Stellen blätterte die Farbe von der Hauswand ab. Torstein half ihr mit dem Gepäck und ging hinein.

Sigrun stand in der Tür und hieß sie willkommen. Sie wirkte älter als bei ihrem letzten Treffen vor gut einem Jahr. Ihre Haare hatte sie zu einem Pferdeschwanz zusammengebunden, und um die Schultern trug sie einen schwarzen Schal.

Drinnen war es gemütlich, die Wände waren in gedämpften Farben gestrichen, und überall hingen gewebte Teppiche, die sicher von Sigrun selbst stammten.

»Komm mit, ich zeige dir dein Zimmer«, sagte Sigrun und führte sie die Treppe hinauf. »Wir hoffen, daß es dir gefällt.«

»Es ist total schön hier«, sagte Line. Es war ein kleiner Raum, in dem ein Bett, ein Nachtschränkchen und ein Kleiderschrank standen. Für mehr wäre auch kein Platz gewesen. Das kleine Schlafzimmerfenster hatte Aussicht aufs Meer. Das Bett war frisch bezogen.

»Ich laß dich ein paar Minuten allein. Komm nach unten, wenn du fertig bist, du hast doch sicher Hunger.«

»Danke«, sagte Line.

Sigrun schloß die Tür hinter sich. Line sah sich um und atmete schwer. Hier sollte sie also wohnen. Für wie lange? Wenn Mads sich doch nur melden würde. Sie hoffte, daß es ihm gut ging.

Nachdem sie einige Kleider ausgepackt hatte, ging sie nach unten ins Wohnzimmer. Sie begrüßte die beiden Kinder, die gerade fernsahen, und setzte sich neben Sigrun aufs Sofa. Torstein war nirgends zu sehen. Sigrun deckte den Tisch und holte eine Lasagne aus dem Backofen.

Nach dem Essen wurden die Kinder ins Bett geschickt. Line las ihnen ein Märchen vor.

Dann setzten sich die beiden Frauen ins Wohnzimmer und tranken Tee.

»Wie geht es Mads?« erkundigte sich Sigrun.

»Soweit ganz gut.« Line wußte nicht, was sie sagen sollte.

»Ihr wohnt nicht mehr zusammen, oder?«

Vermutlich glaubten sie, Line brauche ein bißchen Abstand von Mads und sei deshalb auf die Lofoten gekommen. Unter dieser Annahme mußte es ihnen allerdings mehr als merkwürdig erscheinen, daß sie ausgerechnet zu Mads' Bruder fuhr.

»Ich bin für eine Weile zu meinen Eltern gezogen. Der Abstand hat uns gutgetan.« Plötzlich sah Line, daß Sigrun eine Träne über die Wange lief. »Habe ich etwas Falsches gesagt?«

Sigrun schüttelte den Kopf und wischte sich mit einer Serviette die Augen. Dann schluchzte sie auf und begann richtig zu weinen.

Line rückte näher zu ihr und nahm ihre Hand. »Was ist los?«

»Es ist nichts«, antwortete sie schniefend.

»Ich wäre besser nicht gekommen, oder?«

»Nein, das ist es nicht. Ich beneide dich für deinen Mut, einfach wegzugehen. Das hätte ich schon längst tun sollen.«

Line sagte nichts, sondern strich ihr bloß über die Hand.

»Ich habe mich über die Jahre daran gewöhnt, kein Geld zu haben. Torstein und ich waren nie gut bei Kasse. Wenn es einmal besser ging, gab es immer irgendein Projekt, durch das wir alles wieder verloren haben. Jetzt ist es schlimmer als je zuvor. Ich weiß nicht mehr, was ich tun soll.«

Line hatte ein schlechtes Gewissen, jetzt belastete auch noch sie die Familienfinanzen.

Sigrun richtete sich auf und versuchte, sich zusammenzureißen. »Um ehrlich zu sein, hatten wir in der letzten Zeit manchmal nicht einmal genug, um Essen zu kaufen. Und die Kinder bräuchten neue Kleider.« Wieder begannen die Tränen zu fließen. »Alles ist für dieses Scheißboot draufgegangen. Es ist ein Kampf, jeden Tag von neuem.«

»Verdient er denn nicht genug mit den Touristen?«

Sigrun sah sie mit tränennassen Augen an und schüttelte den Kopf. »Ich habe vorgeschlagen, Sozialhilfe zu beantragen, aber Torstein ist zu stolz. Er verbietet es mir. Aber inzwischen glaube ich, daß es keinen anderen Weg mehr gibt.«

»Wo ist Torstein jetzt?« fragte Line.

»Vermutlich unten beim Boot. Ich weiß es nicht. Die Kreditgeber wollen ihr Geld zurück. Er hatte heute ein Treffen mit ihnen. Ich sollte wegziehen. Das geht so nicht mehr weiter.«

Line legte den Arm um sie und strich ihr eine Locke aus der

Stirn. »Jetzt hör mir mal zu. Ich will, daß wir zwei, du und ich, morgen zusammen einkaufen gehen. Und wir nehmen die Kinder mit und besorgen für sie, was sie an Kleidern und Schuhen brauchen.«

Sigrun sah Line verzweifelt an. »Ich wollte nicht, daß du ...«

»Weißt du, ich habe gerade eine ganze Menge Geld, viel mehr als ich brauche. Natürlich zahle ich auch etwas für meinen Aufenthalt hier. Außerdem möchte ich euren Kindern etwas schenken. Ich bin schließlich ihre Tante und habe sie lange nicht gesehen.« Line dachte dankbar an Mads und den Umschlag mit den fünfzigtausend Kronen. Wußte er, wie schlecht es um die Familie seines Bruders stand? Hatte er ihr deshalb so viel Geld mitgegeben?

Line stand am nächsten Morgen früh auf. Sie hatte kaum geschlafen. Kurz nach sieben ging sie nach unten in die Küche. Sigrun und die Kinder frühstückten, und sie setzte sich zu ihnen. Kurz darauf tauchte Torstein frisch geduscht in Netzhemd und Trainingshose auf. Sein altes, charmantes Lächeln war wieder da.

»Hast du gut geschlafen, Line?« erkundigte er sich und nahm einen Schluck heißen Kaffee.

»Das Bett ist bequem. Ich bin wirklich dankbar, daß ich hier bei euch sein darf.«

»Kein Problem.«

Die Kinder waren fertig mit dem Frühstück und verschwanden aus der Küche.

»Wie geht es Mads?« wollte Torstein wissen.

Line sah von Sigrun zu Torstein. »Nun, ich hoffe, daß es ihm gut geht.«

»Ist er in Oslo?«

Line war verwirrt. Sie wußte nicht mehr, was Mads erzählt hatte. »Nein. Er ist ... weg.«

»Was ist denn geschehen?«

»Wir brauchten ein bißchen Abstand.«

Torstein nickte nachdenklich. »Und er hat dir nicht einmal gesagt, wohin er wollte?«

»Laß sie in Frieden«, unterbrach ihn Sigrun. »Sie hat es so schon schwer genug.«

»Tut mir leid«, sagte Torstein, biß von seinem Marmeladenbrot ab und stand auf. »Ihr müßt heute ohne mich auskommen. Ich muß ein paar Sachen mit dem Boot regeln.« Dann verschwand er.

Sigrun stand auf und begann, den Tisch abzuräumen.

43

Mads schrak aus dem Schlaf hoch. Er hatte keine Ahnung, wo er war. Die Angst schnürte ihm die Kehle zu. Er sah sich verwirrt um. Dann erinnerte er sich wieder.

Es war still, und es roch ungewohnt. Alles, was er hören konnte, war entferntes Vogelgezwitscher. Die Sonne blinzelte durch die Scheiben. Er rieb sich den Nacken. Irgendwie mußte er in der Nacht verdreht gelegen haben.

Er schlug die Wolldecken zur Seite und bemerkte, daß er noch angezogen war. Langsam stand er auf und ging in den Wohnraum. Die Sonne strahlte durch die Terrassentür herein. Die Uhr an der Wand zeigte sieben Uhr. In der Küche entdeckte er Knäckebrot und kochte sich eine große Kanne Kaffee. Er mußte Line anrufen. Er mußte einfach wissen, ob sie gut bei seinem Bruder angekommen war. Aber noch war es zu früh. Wenigstens bis acht Uhr mußte er warten.

Er blieb am Küchentisch sitzen und trank ein paar Schlucke pechschwarzen Kaffee. Das Knäckebrot mußte er liegen lassen, denn sein Magen schmerzte. Fragen schossen ihm durch den Kopf. Wovor war er eigentlich auf diese Insel mitten in den Stockholmer Schären geflohen? Was wußten eigentlich Nicolai und die anderen? Und was würden sie tun, wenn sie ihn zu fassen kriegten? Ihn umbringen?

Um halb neun schaltete er das Handy ein und rief Torstein

an. Sigrun meldete sich. Er erkundigte sich nach Line, und wenig später hörte er ihre Stimme.

»Ja?«

»Ich bin's. Ist alles in Ordnung mit dir?

»Ja. Wie geht es dir?«

»Ich bin inzwischen gut angekommen. Ich werde dich in regelmäßigen Abständen anrufen.«

»Mads?«

»Ja?«

»Sei vorsichtig.«

»Versprochen. Ich muß jetzt auflegen.«

Vorsichtshalber schaltete er das Handy aus, damit man es nicht lokalisieren konnte.

Mads durchsuchte die Schränke und fand eine abgenutzte Jacke. Er zog sie an, setzte die Perücke auf und ging nach draußen. Kalte Frühlingsluft schlug ihm entgegen.

Ein älterer Mann mit einem Schäferhund kam ihm entgegen. Mads spürte Angst in sich aufsteigen, doch er widerstand der Versuchung, zur Seite zu treten und den Weg zu verlassen. Stattdessen hob er den Blick, als der Alte mit dem Hund wenige Meter neben ihm vorbeiging. Er sah nicht wie der Typ aus, der ihn zwei Tage zuvor verfolgt hatte. Dieser Mann hatte eine Glatze.

»Wir kennen Mads' Aufenthaltsort«, sagte Schwartz.

Ringdal preßte den Telefonhörer ans Ohr. »Gut, und was passiert jetzt?«

»Unsere Leute sind schon unterwegs.«

»Gib mir Bescheid, sobald der Job erledigt ist.«

Mike Luciano checkte aus dem Hotel aus, wo er während der letzten zwei Tage gewohnt hatte, und setzte sich in ein Taxi. Das Warten war vorüber.

Eine Stunde später kam er am Osloer Flughafen an. Er kaufte ein einfaches Flugticket zum Stockholmer Flughafen Arlanda und bezahlte in bar.

Die SAS-Maschine landete pünktlich. Er nahm sich ein Taxi zur Adresse, die man ihm in Stockholm genannt hatte, und holte die Waffe. Es war eine Lorcin .380. Eine kleine, aber kräftige Pistole und eine der populärsten Mordwaffen in den USA.

Mike Luciano wollte die Pistole nur im Notfall verwenden. Er mochte kein Blutvergießen. Am liebsten erwürgte er seine Opfer. Er wußte genau, wo er seine Daumen plazieren mußte. Das war eine saubere Sache, außerdem war es immer ein ganz eigenes Gefühl, zu spüren, wie ein Leben unter seinen Händen erlosch. Die Augen der Menschen hatten so etwas Abgeklärtes, Endgültiges, wenn sie erkannten, daß der Tod auf sie wartete.

4

Es klopfte viermal an der Tür, das vereinbarte Signal. Mads wartete. Wieder klopfte es viermal. Er öffnete. Vor ihm stand Klas. Es war das erste Mal, daß Mads ihn ohne Schlips und Anzug sah. Er trug eine graue Windjacke und hatte einen Rucksack auf. Seine Füße steckten in Joggingschuhen. Eine Bekleidung, die ihm durchaus stand. Mads ließ ihn herein.

Klas setzte den Rucksack in der Küche ab und rümpfte die Nase. »Du solltest mal lüften. Es stinkt.«

»Ich wollte nicht, daß es so aussieht, als ob jemand hier wäre.«

»Ich glaube nicht, daß du dir darum Sorgen machen mußt.« Klas riß zwei Fenster sperrangelweit auf. »Wie geht's?«

»Na ja, geht so.«

»Komm, ich koch dir etwas Gescheites.« Klas öffnete den Rucksack und holte Rindersteaks, Gemüse und Bier heraus. Kurz darauf brutzelten die Steaks in der Pfanne, und das Gemüse kochte. Bei dem Geruch bekam auch Mads Hunger. Sie deckten den Wohnzimmertisch und setzten sich.

»Deine Vermutungen stimmen«, sagte Klas, während er sich ein Stück Fleisch abschnitt. »Swiss Industrial Corporation ist eine Briefkastenfirma, an die der amerikanische Investor über ein kompliziertes Netzwerk von Unternehmen in Steueroasen Geld überwiesen hat.«

»Hat er das getan, um seine Spuren zu verwischen?«

»Genau. Die Herkunft der Überweisungen läßt sich kaum ermitteln, wenn sie über Banken in unterschiedlichen Steueroasen ausgeführt werden. Manchmal werden die elektronischen Spuren der Überweisungen auch ganz gelöscht, wenn das Geld in Form von Bankanweisungen, durch den Verkauf von Schuldverschreibungen oder in bar einbezahlt wurde. Diese Investoren operieren mit Gesellschaften und Banken in fast allen bekannten Steueroasen: Gran Cayman, Panama, den Bermudas, Liechtenstein, der Isle of Man, British Virgin Islands. Die Kunden der Steueroasen sind ihre eigentliche Lebensgrundlage. Sie würden alles tun, um die Anonymität ihrer Klienten zu schützen. Von dort sind fast keine Informationen zu bekommen.«

»Konntest du herausfinden, welchen Weg das Geld genommen hat, ehe es zu Trosvik & Partners nach Norwegen gekommen ist?«

»Das habe ich. Dieser Investor ...«

»Ich glaube, sie nennen ihn Ollie«, unterbrach ihn Mads.

»Genau, Ollie. Er hat einen Dollarbetrag in Höhe von fünfzig Millionen norwegischen Kronen von einer seiner Hauptgesellschaften auf Gran Cayman an eine Gesellschaft in Liechtenstein überwiesen. Von dort wurde das Geld auf das Schweizer Konto der Swiss Industrial Corporation überführt und von dort wiederum nach Norwegen, um die Trosvik & Partners-Aktien zu kaufen. Auf diese Art und Weise war es fast unmöglich, die Herkunft des Geldes herauszufinden.«

»Aber nicht für dich«, konstatierte Mads.

»Nach beinahe fünfzig Jahren in der internationalen Finanzwelt habe ich eine Menge Kontakte. Aber du mußt dir über eine Sache im klaren sein. Nicht einmal ich würde auch nur das Geringste davon schriftlich bekommen, geschweige denn Zeugen, die gegen ihre Klienten aussagen würden. Das alles basiert auf mündlichen Informationen. In vielen Steueroasen steht die Verbreitung von vertraulichen Kundeninformationen unter Strafe.«

Zwischen Klas' Augenbrauen zeichnete sich eine besorgte Falte ab. »Viele dieser Informationen sind mir auch nur unter der Zusicherung vollkommenen Stillschweigens gegeben worden. Das heißt, daß ich sie nicht ohne weiteres verwenden kann. Aber ich habe noch andere, viel beunruhigendere Neuigkeiten. Ich weiß nicht recht, wie ich dir das sagen soll.«

Mads legte Messer und Gabel zur Seite und sah Klas an. »Sag es nur. Es kann kaum schlimmer werden, als es schon ist.«

»Hör mir zu.« Klas beugte sich vor. »Diese Menschen sind gefährlich, Mads. Die scheuen vor nichts zurück. Es gibt Gerüchte, daß dieser Ollie enge Kontakte zur kolumbianischen Mafia hat. Wenn wir zur Polizei gehen, müssen wir sie überzeugen, daß du Personenschutz brauchst.«

Mads sackte auf seinem Stuhl zusammen. »Na super. Ich verstehe nicht, warum ich nicht einfach arbeitslos geblieben bin. Warum mußte ich mich mit diesen Verrückten abgeben? Ich hab doch keine Chance. Wenn sie mich aus dem Weg räumen wollen, wird es ihnen gelingen.«

»Wir können davon ausgehen, daß die Firma Finanzpartner in den letzten Tagen alle Unterlagen hat verschwinden lassen, sowohl im Büro als auch bei den Vorständen zu Hause. Sie wissen, daß die Polizei alles durchsuchen wird, wenn die Sache auffliegt.«

»Außerdem werden sie noch mehr Beweise dafür vorlegen können, daß ich der Sündenbock bin. Was ist eigentlich mit all den Sachen, die ich dir geschickt habe? Die beweisen doch, wie die Zusammenhänge sind?«

»Nichts davon führt direkt zu Finanzpartner. Auf den Kontoauszügen stehen keine Namen, die codierten Faxe bestehen bloß aus Stichworten und sind schwer zu deuten. Außerdem wirst du Probleme bekommen, wenn du erklären willst, wie du in den Besitz dieser Dokumente gekommen bist. Die Vorstandsmitglieder werden behaupten, das alles sei gefälscht.«

Mads sah ihn ungläubig an. »Keines von den Dokumenten läßt sich verwenden?«

Klas schüttelte den Kopf. »Leider, nichts davon.«

Mads spürte ein Stechen. »Was kann ich dann noch tun?«

»Vorläufig mußt du hier bleiben, bis ich einen noch sichereren Ort gefunden habe.« Klas leerte sein Bierglas. »Vielleicht machen sie einen Fehler, oder ich stoße auf einen Beweis, den wir verwenden können.«

Mads ließ sich gegen die Lehne fallen und seufzte schwer. Die Situation war hoffnungslos. Selbst wenn sie einen Beweis gegen den Vorstand von Finanzpartner fanden, schwebte er in Lebensgefahr.

Klas stand auf und begann den Tisch abzuräumen. Dann ging er in die Küche und kam mit einer Zeitung in der Hand wieder. »Die habe ich dir mitgebracht.«

Er überreichte Mads ein Exemplar der aktuellen Ausgabe von Dagbladet. Quer über der ganzen Titelseite stand: »Finanzskandal!« Mads spürte, wie sein Mund trocken wurde, als er den Artikel las. Die Zeitung raschelte, so sehr zitterten seine Hände. Dagbladet hatte die internationalen Bestellungen von Trosvik & Partners überprüft. Die Recherche hatte ergeben, daß nicht eine dieser Bestellungen bestätigt werden konnte. Außerdem waren der Geschäftsführer und der Finanzvorstand der Firma spurlos verschwunden. Der Journalist von Dagbladet hatte im Lauf der letzten Tage mehrfach versucht, mit der Firmenleitung in Kontakt zu treten, doch ohne Erfolg. Der Geschäftsführer des norwegischen Bereichs, Karl Trosvik, war krank gemeldet und nicht zu sprechen. Es gab Gerüchte, daß die Familie Trosvik ein hohes Darlehen aufgenommen habe, um Aktien ihres eigenen Unternehmens zu kaufen, so daß sie jetzt möglicherweise vor dem Konkurs stand. Hunderte von Investoren seien durch diesen vermutlich größten Betrug der norwegischen Geschichte hinters Licht geführt worden. Ein nicht namentlich genannter Mitarbeiter der Investmentgesellschaft Finanzpartner sei ebenfalls seit Donnerstag spurlos verschwunden. Dagbladet spekulierte darüber, ob diese Person an dem Finanzbetrug beteiligt gewesen sein könnte.

Mads faßte sich an den Kopf. Dagbladet hatte ihn im Sucher. Der Vorstand von Finanzpartner mußte die Journalisten auf ihn aufmerksam gemacht haben.

Klas beugte sich vor und nahm ihm die Zeitung aus den Händen. »Ich mußte dir das zeigen. Die Nachricht ist heute morgen in Oslo wie eine Bombe hochgegangen.«

Mads' Herz hämmerte. Er holte ein paarmal tief Luft und versuchte, sich zu beruhigen. Es gab keinen Zweifel, jetzt würde er bald auch noch die Polizei auf den Fersen haben. Die Börsenaufsicht würde sein Büro und seine Wohnung auf den Kopf stellen und sehr schnell das wohlgefüllte Konto finden, von dem er hunderttausend Kronen abgehoben hatte, und in Kürze würden alle wissen, daß er die verschwundene Person war, die von der Polizei gesucht wurde. Sein Schwiegervater, Torstein, seine eigenen Eltern – sie alle würden es erfahren. Die einzige Frage war bloß, wer ihn zuerst finden würde: die Leute von Finanzpartner, die Polizei oder die Journalisten.

»Es ist unglaublich. Nicht in meinen verrücktesten Phantasien hätte ich mir so etwas vorstellen können.« Mads stand abrupt auf und ging in die Küche. Die Magenschmerzen, unter denen er während der letzten Tage gelitten hatte, waren wieder da. Er ließ kaltes Wasser über seine Finger laufen und wusch sich das Gesicht.

Klas stellte sich in die Küchentür. »Es ist hart für dich, Mads. Aber vorläufig können wir eigentlich nur warten.«

»Nein, verdammt! Diese Menschen sind dabei, mein Leben zu ruinieren, und ich sitze hier herum und sehe zu.«

»Du hast keine andere Wahl!« Die Worte kamen wie aus der Pistole geschossen. Mads drehte sich um. Begannen jetzt auch Klas' Nerven verrückt zu spielen?

Mads atmete schwer. »Ich will Rache für all das, was sich der Vorstand von Finanzpartner für mich ausgedacht hat.« Er stützte sich auf das Spülbecken und sah nach unten.

»Ich verstehe deine Wut, Mads. Aber du solltest immer daran denken, mit wem du es zu tun hast. Das sind keine Amateure, diese Menschen sind lebensgefährlich.«

»Vielleicht sollte ich mich der Polizei stellen?« Mads trocknete sich mit seinem Unterarm das Gesicht.

»Und verhaftet werden? Vorläufig bist du hier viel sicherer. Wenn du im Gefängnis steckst, wissen sie, wo du bist.«

Mads schlug mit der Hand aufs Becken, so daß das Geschirr klirrte.

»Scheiße! Scheiße! Verfluchte Scheiße!« Plötzlich hastete er an Klas vorbei ins Wohnzimmer. Er packte das Handy, das auf dem Tisch lag, und schaltete es ein.

Klas war sogleich an seiner Seite. »Wen rufst du an?«

Mads antwortete nicht. Er tippte schnell eine Nummer.

Mit einem Ruck entriß ihm Klas das Handy und schaltete es aus.

»Laß mich telefonieren!«

Klas legte ihm die Hand auf die Schulter. »Beruhige dich, Mads. Mach jetzt keine Dummheiten.«

»Ich muß Line anrufen.« Mads sah ihn verzweifelt an.

»Nein. Du rufst jetzt niemanden an. Sie können dich aufspüren.«

Zum ersten Mal sah er Klas wütend. Seine Nasenflügel waren weiß, und seine Augen blitzten.

»Ich muß ihr sagen, daß all das, was über mich geschrieben wird, nicht wahr ist. Daß das alles verfluchte Lügen sind.«

Klas schüttelte den Kopf und steckte das Handy ein. »Sei nicht dumm, Mads. Du mußt dich zusammenreißen. Es ist wohl für uns beide das beste, wenn ich das Telefon an mich nehme. Schließlich bist nicht nur du in Gefahr – auch ich wäre meines Lebens nicht mehr sicher, wenn sie wüßten, daß ich dich verstecke.«

Mads starrte zu Boden.

»Ich verstehe ja, daß du verzweifelt bist, Mads, aber wir haben schon mehr als genug Probleme.«

»Tut mir leid.«

»Ich versuche, ein neues Versteck für dich zu finden. Wir sollten dich morgen woanders hinbringen, spätestens am Montag.« Klas klopfte ihm auf den Oberarm. »Gib nicht auf, Mads, irgendwie finden wir schon eine Lösung.«

5 Es war dunkel geworden. Klas war mit dem Taxiboot wieder ans Festland gefahren. Mads drehte eine Runde um die Hütte. Es war niemand zu sehen. Er schloß die hölzernen Fensterläden vor dem Wohnzimmerfenster, um drinnen ein wenig Licht machen zu können, ohne daß man es von außen sah.

Dann ging er wieder hinein und schaltete den Fernseher an. Er blieb wie benommen sitzen und starrte auf eine Tiersendung, bei der einige Büffel von einem Rudel Löwen verfolgt wurden. Den Ton hatte er leise gedreht. Als das Löwenrudel ein Kalb tötete, wurde ihm schlecht, und er zappte weiter. Im ersten Programm kamen gerade die Nachrichten. Auf einmal sah er das Logo von Trosvik & Partners auf der Mattscheibe, es folgten Aufnahmen vom Flur des Osloer Büros. Sogar die schwedischen Nachrichten berichteten darüber. Dann war ein etwas körniges, undeutliches Foto von Bilot zu sehen. Mads tastete nach der Fernbedienung und stellte den Ton an.

»... die Fahndung umfaßt noch weitere Personen, darunter einen Mitarbeiter der Investmentgesellschaft Finanzpartner in Oslo.«

Dann folgte eine Nahaufnahme des Reporters auf Aker Brygge. »Es handelt sich vermutlich um den größten Finanzskandal in der Geschichte Norwegens. Tausende von Investoren werden ihr Geld verlieren.«

Damit endete der Beitrag. Die nächsten Bilder zeigten Panzer, die durch irgendeine Wüste rollten. Mads rieb sich das Gesicht. Er konnte sich die Schlagzeilen in der norwegischen

Presse und die Hauptmeldungen in den Nachrichten lebhaft vorstellen. Bald würde sein Konterfei auf allen Titelseiten zu sehen sein.

Er stand auf. Ihm war übel und er hatte Sodbrennen. In der Hütte war es warm und klamm. Er brauchte dringend frische Luft. Im Flur stand ein Paar hoher Gummistiefel, die er überzog. Draußen war es rauh und kalt. Er sog die kühle Abendluft tief in seine Lungen, ging mit langen Schritten in Richtung Meer und versuchte ruhig durchzuatmen.

Unten am Strand blieb er stehen. Er kniete sich in den Sand und stützte die Hände auf die Knie. Es rauschte in seinen Ohren. Er schloß die Augen und wünschte sich, einfach verschwinden zu können. Nicht nur der Vorstand von Finanzpartner war ihm auf den Fersen, sondern auch Polizei, Fernsehen und Presse.

Der einzige, der ihm glaubte, war Klas.

Mads richtete sich mühsam auf und setzte sich auf einen Stein. Der Wind war kräftig, und der Mond schien auf die gekräuselte Wasseroberfläche.

Irgendwann wurde ihm kalt. Ihm fiel ein, daß er die Tür zur Hütte offengelassen hatte und daß womöglich Insekten ins Haus gelangen konnten. Langsam begann er, wieder zurückzugehen.

Später wußte er nicht mehr, wann er es eigentlich bemerkt hatte. Irgend etwas stimmte nicht. Vom offenen Platz hinter der Hütte war ein leises, unauffälliges Geräusch zu hören. Eine Art Knirschen. Ein Fensterladen im Wind oder eine Tür? Knapp zwanzig Meter vor der Hütte blieb er stehen. Bildete er sich das nur ein?

Im Hintergrund hörte er den Fernseher, der noch immer lief. Es konnte Klas sein, der zurückgekommen war. Wieder hörte er etwas, einen leisen, dumpfen Laut, wie wenn jemand vorsichtig ein Möbelstück verrückte. Durch die Spalte der Fensterläden fiel Licht nach draußen. Dort drinnen war jemand. Vermutlich war es Klas. Er mußte etwas vergessen haben und zurückgekommen sein. Vielleicht hatte er auch gespürt, daß Mads jemanden brauchte.

Er ging ein paar Schritte auf die Hütte zu. Plötzlich vernahm er ein anderes Geräusch. Schritte auf der Terrasse hinter der Hütte, gefolgt von schnellem Trappeln auf der Treppe. Mads lief zum Waldrand zurück. Plötzlich fiel er. Sein Fuß mußte sich an einem Stein oder in einer Wurzel verhakt haben. Ein paar trokkene Zweige knackten laut, als er aufschlug und mit den Händen weiterzukrabbeln versuchte. Er kam wieder auf die Beine und rannte auf die Bäume zu. Jetzt konnte er die Schritte hinter sich deutlich hören. Er sprintete, doch die großen, schweren Gummistiefel waren ihm im Weg. Er nahm dieselbe Strecke wie eben durch den Wald zum Strand. Der Verfolger kam näher. Er konnte nicht mehr als zehn Meter hinter ihm sein. Mads drehte sich um, übersah dabei jedoch einen großen Stein und stürzte.

Ehe er sich wieder aufrappeln konnte, spürte er einen harten Schlag auf den Hinterkopf. Ein Funkenregen explodierte vor seinen Augen, und dann merkte er, wie sich ein Arm um seinen Hals legte und ein Knie in sein Kreuz gestoßen wurde. Etwas Kaltes drückte sich gegen seine Schläfe. Mads lag ganz still. Die Person, die ihn festhielt, roch nach Schweiß und Zigaretten und atmete schwer.

»Be quiet«, flüsterte der Mann, während er Mads langsam hochzog. »Let's go.«

Der Mann hielt ihn noch immer im Würgegriff und preßte dabei den harten Stahl an Mads' Schläfe.

»Ein einziger Mucks, und ich blase dir das Hirn aus dem Schädel«, fauchte er.

Sie begannen in Richtung Hütte zu gehen. Mads hatte nicht vor, sein Schicksal herauszufordern, sondern schwieg. In der Hütte wurde Mads in den Wohnraum geschoben. Der Mann tastete Mads schnell ab. Vorsichtig fühlte Mads mit den Fingern an seinem Kopf nach, wo ihn der Schlag getroffen hatte. Sie wurden feucht von Blut. Die Schmerzen jagten im Gleichklang mit den hastigen Herzschlägen durch seinen Körper.

Der Mann forderte ihn auf, sich umzudrehen, und Mads sah ihn zum ersten Mal von Angesicht zu Angesicht. Er trug schwarze Kleider und war etwa so groß wie Mads. Die Augen waren klein und stechend wie bei einer Schlange. Sie musterten einander wortlos. Mads erkannte die Augen. Das war der gleiche Mann, der vor seiner Osloer Wohnung im Auto gesessen hatte.

»Jetzt machen wir einen kleinen Spaziergang«, sagte er langsam und deutlich auf englisch, »aber erst mußt du packen.«

Mads stopfte all seine Sachen gehorsam in die Tasche und zog sich einen Pullover und eine Jacke über. Der Umschlag mit dem Geld war im Futter versteckt, er hatte mit der Möglichkeit gerechnet, sich schnell absetzen zu müssen, doch an eine Situation wie diese hatte er nie gedacht. Schlangenauge forderte ihn auf, alle Papiere zusammenzusuchen, die etwas mit Finanzpartner zu tun hätten.

Mads sah ihn verwirrt an und verfluchte sich selbst, die Unterlagen nicht besser versteckt zu haben. Widerwillig zog er die Plastikmappe mit den Papieren aus seiner Tasche. Schlangenauge nahm sie, ging zum Kamin und riß Blatt für Blatt in kleine Fetzen. Dann zündete er das kleine Häufchen mit einem Feuerzeug an. Sie standen beide da und sahen zu, wie die Flammen das gesamte Beweismaterial vernichteten. Bald war nur noch Asche übrig. Aber was spielte das noch für eine Rolle? Mads dachte nur noch daran, wie er sein Leben retten konnte.

Schlangenauge achtete sorgsam darauf, nichts zu berühren. Dieser Mann war ohne Zweifel ein Profi. Es sollte so aussehen, als ob Mads einfach seine Sachen gepackt habe und gegangen sei. Dann forderte er ihn auf, die Lichter zu löschen und das Häuschen zu verlassen.

Es dauerte eine Weile, bis sich seine Augen an die Dunkelheit gewöhnt hatten. Draußen war es vollkommen ruhig. Eine Stille, wie man sie in der Stadt niemals erlebte. Er ging vor, die Tasche in der Hand, dicht gefolgt von Schlangenauge. Sie kamen zu einem Anleger, an dessen Ende ein kleines, offenes Motorboot vertäut war. Am Steuerrad saß ein weiterer Mann, doch es war zu dunkel, um seine Gesichtszüge zu erkennen. Schlangenauge befahl Mads, sich ganz nach vorn in den Bug zu setzen. Er selbst nahm auf der hinteren Ruderbank Platz. Dann löste er die Vertäuung, und der Motor wurde gestartet. Sie verließen Svartsö. Mads hatte keine Ahnung, wohin es ging. Es war dunkel, und er kannte sich nicht aus.

Er beugte sich zum Steuermann. »Was wollt ihr von mir?« rief er. »Wohin fahren wir?«

Der Mann am Steuer machte keine Anstalten, ihm zu antworten, sondern blickte geradewegs durch ihn hindurch. Mads konnte sein Gesicht noch immer nicht erkennen.

Der Wind war schneidend kalt. Jetzt konnte ihm niemand mehr helfen. Er war allein. Mads dachte an Line und ihr ungeborenes Kind. Er wollte nicht sterben.

Seegang war er gewöhnt, so daß ihm die kräftigen Bootsbewegungen nichts ausmachten. Das Schlimmste war die Kälte. Er drückte sich so tief wie möglich ins Boot, um möglichst viel Schutz vor dem Wind zu bekommen, und schlug die Jacke enger um sich. Ihm war jedes Zeitgefühl abhanden gekommen. Der Motorenlärm war ohrenbetäubend.

Als sie schließlich langsamer wurden und sich dem Festland näherten, war Mads steif vor Kälte. Sie machten an einem kleinen, hölzernen Anleger fest. Schlangenauge ging als erster an Land, dann erhielt Mads den Befehl aufzustehen. Das Boot wurde vertäut, und auch der zweite Mann ging an Land.

Zwei weitere Boote lagen am Anleger. An einem steilen Hang waren zwei kleine, dunkle Häuser oder Hütten zu sehen. Schlangenauge befahl Mads, die Hände auf den Rücken zu legen. Mads gehorchte und drehte dem Mann den Rücken zu. Er spürte das kalte Metall der Handschellen.

Sie führten ihn an Land. Auf einem kleinen Parkplatz stand ein weißer Opel Omega ohne Radkappen. Der Mann, der das Boot gesteuert hatte, schloß auf und setzte sich hinter das Steuer. Mads wurde auf die Rückbank gestoßen, dann setzte sich Schlangenauge neben ihn. Das Auto wurde angelassen, und sie fuhren über einen holprigen Kiesweg davon.

»Wohin fahren wir? Was wollt ihr von mir?«

Doch niemand antwortete.

Mads erhob seine Stimme: »Kann denn nicht einer von euch mit mir reden? Was, zum Teufel, geht hier vor?«

Mads spürte plötzlich den harten Ellenbogen seines Nebenmannes im Bauch. Der Schlag kam vollkommen unerwartet, und Mads kippte vornüber. Die Handschellen drückten sich in seine Handgelenke. Er rang nach Atem und fluchte leise. Sie würden nicht mit ihm reden.

Schlangenauge saß regungslos mit zusammengepreßten Lippen da und starrte nach vorn. Mads versuchte sich zu orientieren. Um die Tür zu öffnen, hätte er einen Türgriff betätigen müssen, doch die saßen in der Mitte der Tür und waren für ihn unerreichbar. Er konnte den Gedanken, sich während der Fahrt nach draußen zu stürzen, getrost vergessen. Er mußte etwas anderes versuchen.

»Ich muß pinkeln«, sagte er auf englisch.

Keine Reaktion.

»Ich muß wirklich dringend pinkeln. Soll ich etwa ins Auto pissen?«

Der Fahrer drehte sich um und sah seinen Komplizen auf dem Rücksitz an. Keine Reaktion.

»Ich muß pissen! Jetzt, sofort!«

Wieder bekam er einen Schlag in den Bauch. Diesmal etwas härter. Mads stöhnte. Obwohl er auf den Schlag vorbereitet gewesen war, blieb ihm die Luft weg. Schlangenauge packte ihn am Kragen und zog ihn zu sich. Der Lauf der Pistole deutete jetzt wieder auf seine Schläfe.

»If you pee in the car, I'll blow your fuckin' brain out«, preßte er durch die zusammengebissenen Zähne.

Dann schlug er Mads mit der Faust mehrmals in den Bauch. Mads beugte sich nach vorn und spannte seine Bauchmuskeln an, während er die Schläge einsteckte. Er hörte erst damit auf, als das Auto mit einer ungewohnten Bewegung am Straßenrand anhielt. Sie hatten eine Vollbremsung gemacht.

Der Mann auf dem Vordersitz sprang aus dem Wagen und riß die hintere Tür auf. Er packte Mads an den Schultern und zerrte ihn nach draußen. Mads blieb zusammengekrümmt am Straßenrand liegen. Schlangenauge stieg ebenfalls aus und verabreichte Mads harte, zielgerichtete Tritte gegen Arme und Rükken. Nach einem kurzen Wortwechsel beugten sich die Männer über ihn. Mads blieb reglos liegen.

»Steh auf!« sagte der andere Mann auf schwedisch.

Mads rappelte sich mühsam auf, was mit den gefesselten Händen nicht einfach war. Außerdem durchzuckten ihn die Schmerzen noch immer wie glühende Eisen. Eine Rippe fühlte sich an, als sei sie gebrochen. Schleim und Tränen liefen ihm über das Gesicht.

»Ich mußte doch bloß pinkeln«, sagte er auf norwegisch.

»Komm her«, erwiderte der Schwede und zog ihn eine Böschung hinunter. Dort blieben sie Seite an Seite stehen.

»Und wie?« Mads sah den Schweden ratlos an.

Der Schwede rief nach Schlangenauge und deutete auf Mads' gefesselte Hände. Schlangenauge kam zu ihnen herunter und befreite Mads' linke Hand aus den Handschellen, wobei er die ganze Zeit die Waffe auf ihn richtete.

Mads rieb sich die Handgelenke und drehte sich zuerst zum Schweden und dann zu Schlangenauge. Dann trat er einen Schritt vor und tat so, als würde er hinken. Das Stöhnen kam ganz von selbst. Er ging noch einen kleinen Schritt weiter vor. Sie ließen ihn gewähren. Dann öffnete er den Reißverschluß. Er schloß die Augen und sandte ein Stoßgebet zum Himmel, daß irgend etwas Unvorhergesehenes geschehen möge. Die beiden standen wenige paar Meter entfernt und sahen zu.

Am Fuß der Böschung lag ein weites, offenes Feld. Hinter ihnen rauschten unablässig Autos vorbei. Es gab keine Verstecke, aber es war dunkel. Er spürte, daß seine Beine trotz der Tritte in Ordnung waren.

Ein LKW drückte auf die Hupe, als er vorbeifuhr. Schlangenauge sah für den Bruchteil einer Sekunde weg. Das war seine Chance. Mads stürzte sich kopfüber die steile Böschung hinunter und rollte sich schnell zehn bis fünfzehn Meter weiter unten in ein Gebüsch. Er hörte zwei schnelle Schüsse, spürte aber nichts.

Dann sprang er auf und begann zu laufen. Diesmal trug er Joggingschuhe. Er rannte auf das freie Feld. Die Dunkelheit verschluckte ihn. Er hörte laute Stimmen, vermischt mit dem Rauschen der Autos auf der Straße. Dann folgten weitere Schüsse, doch auch sie verfehlten ihn. Er eilte weiter. Jetzt spürte er die Schmerzen der Schläge und Tritte nicht mehr, sondern nur das Stechen in der Brust. Anfangs konnte er sie noch hören, doch schließlich verstummten die Stimmen. Sie hatten seine Spur verloren.

Mads lief viele Stunden, während die Handschellen an seinem rechten Arm herabhingen. Er mied alle größeren Straßen und rannte statt dessen über Felder und durch Waldgebiete. Sicher würden seine Verfolger Himmel und Hölle in Bewegung setzen, um ihn zu schnappen, und die ganze Gegend in den nächsten Stunden aufs genaueste absuchen.

Mads wagte es nicht, eine Pause zu machen. Nur einmal blieb er kurz stehen, um an einem Bach etwas zu trinken. Das Wasser schmeckte muffig. In der Morgendämmerung erreichte er einen Waldrand. Ein paar hundert Meter vor ihm lag eine kleine Siedlung mit einer Tankstelle und ein paar Geschäften. Linker Hand am Waldrand stand ein kleines Haus, das unbewohnt aussah.

Im Schutz des Waldrands schlich er sich auf die Hütte zu, so daß man ihn vom Dorf aus nicht sehen konnte. Die Fenster waren klein und unterteilt. Vorsichtig spähte er hinein. Dann drückte er mit dem Ellbogen eine kleine Scheibe ein und tastete sich zum Griff vor. Das Fenster war leicht zu öffnen. Er schlängelte sich hinein und blieb einen Augenblick lang lauschend stehen. Offenbar befand er sich im Schlafzimmer. Es roch so, als wäre hier schon seit Monaten nicht mehr gelüftet worden.

Abgesehen vom Schlafzimmer gab es einen Wohnraum mit offener Küche und ein weiteres kleines Schlafzimmer, das man über den Flur vor der Küche erreichte. Die Hütte konnte kaum größer als fünfzig Quadratmeter sein.

Im Wohnzimmer stand ein Telefon. Er hob den Hörer ab. Es funktionierte. Er mußte Klas warnen. Jetzt, da sie wußten, wo er sich versteckt hatte, würde er das nächste Opfer sein. Mads wählte Klas' Privatnummer, die er auswendig wußte. Das Telefon klingelte, doch niemand nahm ab. Schließlich meldete sich der Anrufbeantworter. Mads hinterließ eine kurze Nachricht, daß die Verfolger gekommen seien, um ihn zu holen, daß er aber habe flüchten können. Er bat Klas inständig, mit seiner Familie das Weite zu suchen.

Dann legte er sich auf eines der Betten und zog einen Stapel Decken über sich. Er schlief sofort ein.

46

»Du machst Witze, oder?« fragte Ringdal. Er stand im Morgenmantel an der Tür seines Privathauses in Bygdøy. Es war Sonntagmorgen. Schwartz antwortete nicht, sondern blickte auf seine Hände und sah Ringdal anschließend hilflos an.

»Das kann doch, verflucht noch mal, nicht dein Ernst sein! Was sind das denn für Amateure?« Die Ader auf Ringdals Stirn schien kurz vorm Platzen zu sein. Noch nie zuvor hatte Schwartz ihn derart wütend erlebt.

»Und wo befinden sich diese Idioten jetzt?«

»Sie sind noch in der Gegend und suchen. Hammer kann nicht weit gekommen sein. Er ist zu Fuß unterwegs, und außerdem ist er noch kurz vor seiner Flucht ziemlich durchgeprügelt worden. Wir schicken noch einen rüber, um bei der Suche zu helfen. Außerdem sind zwei Männer auf dem Weg nach Bodø, wo sich Hammers Frau befindet.«

Ringdal zog die Augenbrauen hoch.

»Sie ist bei seinem Bruder auf den Lofoten.« Schwartz grinste. »Mit ihrer Hilfe sollten wir Hammer wohl ausräuchern können.«

Mads schrak auf. Sein ganzer Körper zitterte. Ein scheppernder Laut hatte ihn geweckt. Da war er wieder, jetzt näher. Er war schlagartig hellwach, rollte sich rasch auf den Boden und lauschte. Dort draußen ging ein Wagen im Leerlauf. Es klang wie ein großes Auto mit Dieselmotor.

Mads zog seine Jacke vom Bett, die er als Kopfkissen benutzt hatte. All sein Geld, die Brieftasche und der Ausweis steckten darin.

Er blickte vorsichtig aus dem Fenster. Niemand war zu sehen. Da war das Scheppern wieder. Er hörte Stimmen. Vorsichtig öffnete Mads das Fenster mit der zerbrochenen Scheibe.

Dann war es plötzlich vorbei. Er hörte eine Autotür, die ins Schloß fiel, und dann einen aufheulenden Motor. Der Wagen setzte sich in Bewegung, und die Motorengeräusche wurden immer leiser. Mads schlich sich in den Wohnraum, blickte durch die Gardine und sah gerade noch, wie der große Müllwagen auf die Hauptstraße einbog. Er ließ sich auf einen Stuhl fallen und atmete erleichtert aus. Im Mülleimer konnte kaum etwas gewesen sein. Sicher war seit Monaten niemand mehr hier gewesen.

Erst als sich die Anspannung zu lösen begann, merkte er, wie zerschlagen er sich fühlte. Er zog sich aus, was durch die am Handgelenk baumelnden Handschellen ziemlich erschwert wurde, und nahm seinen Körper genau unter die Lupe. Überall hatte er blaue Flecken von den Schlägen und den Stürzen unterwegs, doch gebrochen oder verstaucht schien nichts zu sein. Auch mit seinen Rippen war alles in Ordnung. Die stechenden Schmerzen, die er tags zuvor gespürt hatte, waren abgeklungen.

In einem Küchenschrank fand er ein paar alte Kekspackungen und machte sich schnell über sie her. Er ließ das Wasser lange laufen, doch es roch noch immer faulig, als er sich schließlich dazu entschloß, es zu trinken. Nachdem er sich gewaschen hatte, zog er sich wieder an.

Es war kurz nach sieben Uhr. Er hatte bloß ein paar Stunden geschlafen. In einem kleinen Schränkchen im Flur fand Mads, was er suchte: eine Kiste mit Hammer, Schraubenzieher, Zangen und anderen Werkzeugen. Er setzte sich auf den Boden und begann die Handschellen abzumontieren. Es dauerte viel länger, als er angenommen hatte, und als er es schließlich geschafft hatte, brannte seine ganze Hand.

Neben Schlangenauge und dessen Komplizen suchte auch die Polizei nach ihm. Vielleicht war sogar Interpol eingeschaltet worden. Möglicherweise hingen bereits Fahndungsfotos von ihm in Geschäften, Postämtern, Tankstellen und Bahnhöfen aus. Er konnte nicht vorsichtig genug sein. Blieb er länger hier, war es nur eine Frage der Zeit, bis man ihn aufspürte. Er mußte eine Lösung finden, doch er wußte nicht, wie.

Die Kinder waren im Bett. Die alte Uhr an der Wohnzimmerwand hatte neunmal geschlagen. Torstein war mit einer Gruppe Touristen unterwegs und wurde nicht vor dem nächsten Tag zurückerwartet.

Line hatte Sigrun die ganze Geschichte erzählt: von Mads' Arbeit rund um die Uhr, seit er bei Finanzpartner angefangen hatte, wie sie zu Hause ausgezogen war, von ihrem letzten gemeinsamen Essen im Hotel, vom Telefonat mit Klas Bergman und der plötzlichen Flucht. Sie hatte ihre Schwägerin in den letzten Tagen schätzen gelernt, vor allem ihre Ehrlichkeit. Sigrun versuchte nicht, das Unangenehme zu überspielen, sondern sprach über die Dinge, wie sie waren. Torstein und sie hatten es nicht leicht gehabt. Die angeschlagene Finanzlage hatte ihre Beziehung belastet. Außerdem waren sie zu unterschiedlich. Wenn die Kinder nicht gewesen wären, hätte sie sich schon längst von ihm getrennt, hatte Sigrun gemeint.

»Im Moment habe ich vor allem Angst«, sagte Line. »Es darf Mads nichts passieren. Es darf ihm einfach nichts passieren.«

»Hast du Mads noch immer gern?« wollte Sigrun wissen.

»Viel zu sehr«, erwiderte sie leise.

»Was Torstein betrifft, bin ich mir da nicht mehr so sicher. Vielleicht haben wir zu lange gekämpft.«

Da hörten sie, wie jemand zur Tür hereinkam. Sigrun sah Line erstaunt an.

»Ist das nicht ein bißchen spät?« meinte sie.

Line legte die Zeitung zur Seite. »Vielleicht kommt Torstein früher.«

»Das bezweifle ich.«

»Hast du denn die Tür nicht abgeschlossen?«

»Wir schließen hier nie ab.«

In diesem Moment stand ein fremder Mann in der Tür. Line erhob sich. Der Mann blieb stehen und lächelte. Er war groß, trug eine schwarze Lederjacke und enge, ausgewaschene Jeans. Seine langen Haare waren zu einem blonden Pferdeschwanz zusammengebunden.

Dann tauchte ein weiterer Mann hinter dem ersten auf. Er war kleiner, hatte eine breite, platte Nase und fettiges Haar. Seine Hände hatte er tief in den Taschen des Mantels vergraben, der ihm bis zu den Knöcheln reichte. Line spürte, wie ihr ein eisiger Schauer über den Rücken lief. Auch Sigrun schien die beiden nicht zu kennen.

»Guten Abend, meine Damen«, meinte der Größere, während er noch immer lächelte. »Darf ich uns vorstellen? Das ist mein Freund Boxer. Mich könnt ihr einfach Nick nennen.«

»Was wollt ihr?« fragte Sigrun. Line hörte einen Anflug von Panik in ihrer Stimme. Sie waren allein und hatten gegen die beiden kräftigen Männer keine Chance.

»Du mußt Sigrun sein«, sagte Nick und wandte sich Lines Schwägerin zu.

»Darf ich euch bitten, auf dem Sofa Platz zu nehmen?«

Line und Sigrun blieben stehen.

»Ihr könnt nicht einfach so bei uns reinschneien. Mein Mann kommt bald nach Hause und dann …«

Der Blonde ging mit langen Schritten auf Sigrun zu und packte sie am Arm.

»Laß mich los!« schrie sie.

»Was zum Teufel wollt ihr?« rief Line.

Boxer bedeutete ihr mit der linken Hand, sich zu setzen. Seine rechte steckte noch immer tief in der Manteltasche. Line zweifelte nicht daran, daß er dort eine Waffe hatte.

Nick schubste Sigrun aufs Sofa. Line setzte sich neben sie und nahm ihre Hand.

»Jetzt hört mir mal gut zu«, sagte Nick. »Wir werden eine gewisse Zeit mit euch verbringen. Vielleicht sollten wir versuchen, gut miteinander auszukommen.«

Boxer grinste Line an.

»Was wollt ihr?« fragte Line und versuchte ihre Stimme zu kontrollieren.

»Es gibt da Leute, die gerne deinen Mann finden würden.« Nick sprach langsam und deutlich. »Du bist Line, nicht wahr?«

Line schwieg.

»Er soll sich mit einer Menge Geld abgesetzt haben – richtig viel Geld.« Nick nahm die Zeitung, die auf dem Tisch lag, und warf sie Line in den Schoß. »Lies selbst.«

»Mads ist nicht hier«, sagte Sigrun.

Line sah zu ihrer Schwägerin auf und drückte ihre Hand. Sie hatte offenbar noch nicht begriffen, daß die Männer Line als Druckmittel benutzen wollten, um Mads aus seinem Versteck zu locken.

»Wir wissen, daß er nicht hier ist«, sagte Nick und setzte sich auf einen der Stühle auf der gegenüberliegenden Seite des Tisches. Er mußte ihn zurückziehen, um Platz für seine langen Beine zu finden. »Aber wir sind bereit, euch gegen ihn einzutauschen. Sobald er gefunden ist, seid ihr uns los.«

Boxer nahm ebenfalls Platz und zog einen Revolver aus der Tasche.

»Wir haben eine weite Reise hinter uns«, sagte Nick zu Sigrun. »Wir würden es sehr zu schätzen wissen, wenn du uns ein bißchen zu essen und zu trinken auftischen könntest. Eier, Schinken und ein Schluck Bier würden schon reichen. Oder was meinst du, Boxer?«

Boxer grinste und nickte. Dabei ließ er Line keine Sekunde aus den Augen.

47

Mads wartete, bis es dunkel zu werden begann. Er hatte sein Geld gezählt. Im Umschlag waren noch immer fast fünfundvierzigtausend Kronen.

In der Dämmerung kletterte er aus demselben Fenster, durch das er eingestiegen war. Sein Körper war noch immer steif, doch die Muskeln lockerten sich durch das gleichmäßige Gehen. Mads stapfte durch den Wald, und schon bald waren seine Schuhe durchnäßt und voller Schlamm. Eine ganze Weile folgte er einem kleinen Pfad, bis dieser in einen breiteren Weg mündete. Den Spuren nach zu urteilen, handelte es sich um einen Waldweg, über den Traktoren gefahren waren. Die einzigen Geräusche, die er hörte, stammten von seinem eigenen Atem, seinen Schritten und dem Wind, der in den Baumwipfeln rauschte.

Er war erleichtert, als er in der Ferne Lichter sah. Schon bald erkannte er, daß sie von einem Bauernhof stammten. Im Wohnhaus brannten alle Lampen. Mads schlich sich heran und blickte durch ein Fenster. Ein älterer Mann stand in einem blauen Arbeitsoverall in der Küche und wusch sich die Hände. Ansonsten war niemand zu sehen. In der Ferne bellte ein Hund.

An der Hauswand lehnten zwei Fahrräder. Mads nahm das eine, ein älteres Herrenfahrrad, und schob es vorsichtig über den Weg. Beide Reifen hatten genug Luft, das Rad schien in einem guten Zustand zu sein. Er blieb eine Weile stehen und sah sich um. Der Hof strahlte Ruhe und Frieden aus. Voller Dankbarkeit dachte Mads an den Bauern und schwang sich aufs Rad.

Er fuhr schnell. Jedesmal wenn er ein Auto hörte, hielt er an, stieg vom Rad und versteckte sich am Straßenrand. Nach einer Weile veränderte sich die Geräuschkulisse. Ein gleichmäßiges Rauschen war zu hören. Mads stieg vom Rad und spitzte die Ohren. Er mußte sich in der Nähe einer Hauptstraße befinden, vielleicht einer Autobahn. Weit vor ihm war der Himmel erleuchtet. Als er näher kam, erkannte er, daß es sich um einen großen Rastplatz handelte. Die Straße, auf der er fuhr, bog in die entgegengesetzte Richtung nach links ab. Er legte das Fahrrad in den Straßengraben und ging über die Felder in Richtung Rastplatz.

Die Anlage war groß, vor der Auffahrt zur Hauptstraße standen Lastwagen in Reih und Glied. Mads wäre gern in den Rasthof gegangen, um sich ein bißchen aufzuwärmen, doch er traute sich nicht. Vielleicht hielt dort jemand nach ihm Ausschau. Zielstrebig lief er über den großen, asphaltierten Parkplatz zu den Lastwagen und studierte die Nummernschilder. Schließlich entschied er sich für einen dänischen LKW mit einer Plane über der Ladefläche. Nachdem er sich vergewissert hatte, daß ihn niemand bemerkte, löste er drei der Gummiringe, mit denen die Plane befestigt war, und kroch auf die Ladefläche.

Der Anhänger war bis auf ein paar Paletten in der einen Ecke leer. Mads wartete. Es war halb elf. Mit etwas Glück würde ihn der Lastwagen nach Dänemark bringen.

Nick hatte eine ganze Weile versucht, etwas über Mads' Aufenthaltsort herauszufinden, doch Line hatte sich standhaft geweigert, etwas zu sagen. Zu guter Letzt hatte er ihr die Bilder gezeigt. Mads war darauf zu sehen, und es war unschwer zu erkennen, daß er auf diesen Bildern Sex mit Elise, der Sekretärin von Finanzpartner, hatte.

Es war so verrückt, so unwirklich und verletzend. Wie konnten sie an solche Bilder gekommen sein?

»Ich möchte mich oben im Schlafzimmer ein bißchen hinlegen. Ihr glaubt doch wohl nicht, daß ich mit diesem Bauch aus dem Fenster klettere, oder?« Line war erschöpft und brauchte Zeit für sich allein. Sie hatte keine Lust, die ganze Nacht mit diesen beiden Männern im Wohnzimmer zu verbringen. Sigrun hatte sich schon vor einiger Zeit im Kinderzimmer schlafen legen dürfen.

Nick musterte sie, während er mit einem Holzstäbchen in seinen Zähnen herumstocherte.

»Ich bin schwanger, ich bin müde, und es würde mir niemals gelingen, dort oben aus dem Fenster zu steigen. Darf ich hinaufgehen und mich hinlegen?« Sie rang mit den Tränen.

»Geh mit ihr nach oben und check ab, ob es wirklich so unmöglich ist, wie sie behauptet«, sagte Nick.

Boxer drückte die Zigarette zwischen den Essensresten auf dem Teller aus und blies den Rauch in Richtung Line. »Komm mit.«

Er bedeutete ihr vorzugehen, und Line stieg die Treppen hinauf und zeigte Boxer die Schlafzimmertür.

Er trat ein, öffnete das Fenster und sah hinaus. Bis hinunter zur Erde gab es nur eine senkrechte Wand. Er schloß das Fenster wieder und öffnete den Kleiderschank. Mit der Hand tastete er jedes der Fächer ab. Dann kniete er sich hin und blickte unter das Bett, doch dort fand er nur ihre Reisetasche. Er untersuchte sie und schob sie zurück. Auf dem Nachtschränkchen lag die Tasche mit dem Notebook. Er sah hinein und zog den Reißverschluß wieder zu. In einer der Seitentaschen steckte das Handy.

»Die Tasche nehme ich mit«, sagte er.

»Nur zu. Bist du jetzt zufrieden?« wollte Line wissen.

»Ein schönes, weiches Bett«, sagte er und setzte sich auf die Matratze.

»Sieh zu, daß du verschwindest. Ich bin müde.«

Boxers Augen ruhten auf ihren Brüsten, die in den letzten Monaten groß geworden waren.

»Also?«

Er stand auf. Im Vorübergehen strich er mit seiner Hand über ihren Körper. Line schob ihn weg und knallte die Tür hinter ihm zu. Sie setzte sich aufs Bett und hielt sich mit beiden Händen den Bauch. Das Baby war unruhig. Sie spürte, wie es sich bewegte und strampelte. Line versuchte beruhigend auf das Kleine einzureden, doch dann konnte sie die Tränen nicht länger zurückhalten.

48

Zu Beginn quälte Mads der starke Abgasgeruch im Laderaum, doch mit der Zeit gewöhnte er sich daran. Lange hockte er da und döste vor sich hin. Der leere Anhänger schlingerte stark. Zwischendurch versuchte Mads, sich zu bewegen, um warm zu bleiben, doch es war nicht leicht, sich bei den heftigen Erschütterungen auf den Beinen zu halten. Durch ein Loch in der hinteren Plane konnte er manchmal ein Straßenschild erkennen. Sie fuhren in die richtige Richtung. Der Lastwagen passierte Norrköping, Jönköping und Malmö.

Um neun Uhr vormittags überquerten sie die große, neue Öresundbrücke nach Dänemark. Mads war durchgefroren. Der Fahrer war seit dem Rastplatz ohne Pause gefahren und hielt erst an der großen Tank- und Rastanlage kurz hinter der Brücke.

Es dröhnte in Mads' Ohren, als der Wagen endlich anhielt und der Motor ausgeschaltet wurde. Der Lastwagen hatte dicht neben einem anderen Trailer gehalten, so daß er ungesehen die Ladefläche verlassen konnte. Er ging zu den Toiletten und schloß sich ein. Sein Gesicht, seine Hände und seine Kleider waren schmutzig. Er wusch sich und wischte mit Toilettenpapier die übelsten Flecken von den Kleidern. Seine verschlammten Schuhe waren nicht sauber zu bekommen. Er hätte viel für eine Dusche gegeben.

In einer kleinen Bankfiliale auf dem Rastplatz wechselte er achttausend norwegische Kronen in dänische und bestieg gleich darauf einen Bus, der ihn in Richtung Kopenhagen brachte.

In seinem Kopf reifte ein Plan, vielleicht die einzige Chance, mit heiler Haut aus der Sache herauszukommen.

Ringdal parkte seinen Wagen auf dem beinahe leeren Parkplatz am Sognsvann und joggte zum Weg hinunter, der um den kleinen See führte. In den frühen Morgenstunden drehten hier viele Menschen ihre Runden, vor allem Studenten, die im großen Wohnheimkomplex gleich nebenan wohnten. Ringdal trug eine Trainingshose und ein großes, weißes T-Shirt. Er war mit Schwartz verabredet.

Als er den See beinahe zur Hälfte umrundet hatte, tauchte Schwartz neben ihm auf. Im Gegensatz zu Ringdal lief er locker und leichtfüßig. Sie joggten eine Weile nebeneinander her, ehe sie langsamer wurden.

»Hektische Zeiten?« meinte Schwartz, ohne Ringdal anzusehen.

Dieser keuchte schwer. »Wir müssen durch eine Mauer von Journalisten, um ins Büro zu kommen. Die Börsenaufsicht hat gestern alles auf den Kopf gestellt, Rechner beschlagnahmt und eine ganze Reihe von Kartons mit Unterlagen mitgenommen. Aber da droht uns keine Gefahr. Sie werden nichts finden. Etwas Neues von Hammer?«

»Das einzige, was wir bis jetzt haben, ist die Nachricht auf dem Anrufbeantworter von Klas Bergman. Leider können wir die Anrufe in Schweden nicht zurückverfolgen. Es sind noch immer fünf Mann in der Gegend, wo er verschwunden ist. Aber das ist natürlich zu wenig. Er kann schon weit weg sein.«

»Wohin kann er geflohen sein?«

»Schwer zu sagen. Seine Bewegungsfreiheit ist begrenzt. Ich habe gehört, daß er bereits über Interpol gesucht wird.«

»Shit!« Ringdal begann wieder zu laufen.

Schwartz folgte ihm. »Wenn die Polizei ihn schnappt, wissen wir immerhin wo er ist«, sagte Schwartz. »Er weiß zu wenig, um wirklich großen Schaden anrichten zu können. Außerdem wird er im Gefängnis nicht allzu lange überleben.«

»Da drinnen ist es aber schwieriger, ihn zu schnappen.«

»Aber nicht unmöglich«, erwiderte Schwartz.

»Ich fliege heute noch in die USA. Ich halte dich auf dem laufenden, wo du mich erreichen kannst.«

»Willst du nach Übersee, um dein Geld zu zählen?« Schwartz grinste.

Ringdal blieb wie angewurzelt stehen und packte Schwartz am Arm. Dieser begriff, daß er etwas Falsches gesagt hatte.

»Es gibt gewisse Sachen, über die du niemals zu reden hast, kapiert? Mein Geld gehört auch dazu.« Er wartete, bis ein Jogger vorbei war und bohrte die Finger seiner rechten Hand in Schwartz' Oberarm. »Ich bezahle dir und deiner Firma verflucht viel Geld, damit ihr einen Job für mich macht. Was ich selbst verdiene, geht dich einen Scheißdreck an.«

Schwartz schnitt eine schmerzverzerrte Grimasse. Sein Grinsen war verschwunden.

Ringdal ließ ihn los und joggte weiter, gefolgt von Schwartz. Ein paar Minuten später blieb Ringdal erneut stehen und begann an einem Baum Dehnübungen zu machen. »Wie ist der Stand auf den Lofoten?«

»Sobald sie Kontakt zu Hammer haben, bekomme ich Bescheid.« Schwartz setzte sich auf den Boden und rieb sich die schmerzende Stelle am Oberarm. »Boxer ist ein Mann, der wenig Worte macht, aber eine ganz besondere Fähigkeit besitzt, den Leuten klarzumachen, was er will. Wenn Hammer auch nur das Geringste für seine Familie empfindet, wird er tun, was man von ihm verlangt. Boxer hat ein großes Repertoire und verrichtet seine Arbeit mit Freude.«

Die Kinder spielten in ihrem Schlafzimmer. Nach dem Aufwachen hatten sie Angst gehabt, doch Sigrun und Line hatten sie beruhigen können und ihnen versichert, daß alles gut werden würde. Die zwei Männer würden nur eine kurze Weile bei ihnen bleiben und dann wieder verschwinden.

Erst am Nachmittag kam Torstein nach Hause. Sie alle hörten das Auto, das auf dem Hofplatz hielt. Die Kinder stürmten aus ihrem Zimmer. Nick befahl Sigrun, sie zu beruhigen und wieder ins Schlafzimmer zu bringen. Er setzte sich neben Line aufs Sofa und legte seinen Arm um sie. In seiner Hand hielt er ein großes Jagdmesser. Boxer stand mit der Pistole in der Hand am Fenster. Alle blickten zur Tür und warteten.

Sie hörten ihn eine Weile im Flur hantieren, ehe die Wohnzimmertür geöffnet wurde.

»Sigrun, ich ...«

Torstein blieb stehen und sah sich verwundert um. Links neben ihm stand Boxer und zielte mit einer Pistole auf ihn, und direkt vor ihm saßen Line und Nick auf dem Sofa.

Nick ergriff das Wort. »Alles wird gut, Torstein. Deine Frau ist bei den Kindern im Schlafzimmer und kümmert sich um sie. Es geht ihnen ausgezeichnet. Deine Schwägerin«, er wandte sich zu Line und lächelte, »hat begonnen, sich an uns zu gewöhnen. Setz dich, ich werde dir alles erklären.«

Boxer sah furchteinflößend aus. Er schien jeden Moment abdrücken zu wollen. Torstein warf ihm einen raschen Blick zu und setzte sich. Seine Kiefer arbeiteten.

»Was wollt ihr?« Seine Stimme klang unsicher.

»Deinen Bruder. Sobald wir ihn in sicheren Händen wissen, werden wir verschwinden. Bis dahin halten wir uns an sie hier.« Er drückte Line an sich.

»Line, geht's dir gut?« fragte Torstein.

Line nickte. Sie hatte Angst. »Mads ist kein Betrüger, Torstein. Das weißt du. Er ist dein Bruder.«

Torstein übersah sie und blickte zu Nick. »Ihr wollt bloß Mads?«

»Sonst nichts«, sagte Nick. »Mads hat etwas zuviel Gepäck mitgenommen, als er sich abgesetzt hat. Es gibt Leute, die das gerne zurückhätten.«

»Ich will Sigrun und die Kinder sehen.« Torstein machte Anstalten aufzustehen, aber Boxer war sofort zur Stelle und drückte ihn wieder nach unten.

»Natürlich«, sagte Nick. »Mein Freund Boxer mag nur keine abrupten Bewegungen. Außerdem wollen wir die Waffen wegstecken, ehe die Kinder herauskommen. Wir wollen sie doch nicht erschrecken, nicht wahr?« Er lächelte breit und schob sein Jagdmesser in die Scheide, die an seinem Gürtel befestigt war. Dann stand er auf und öffnete die Schlafzimmertür. Die Kinder stürmten heraus und warfen sich ihrem Vater an den Hals. Sigrun kam hinzu. Sie schien erleichtert, daß Torstein wieder da war.

»Hört mal zu.« Nick erhob seine Stimme. Die Kinder verstummten sofort. »Mein Freund Boxer und ich kennen uns mit Kindern nicht aus. Wir wollen, daß ihr Kinder euch soviel wie möglich mit eurer Mutter im Schlafzimmer oder in der Küche aufhaltet. Hier im Wohnzimmer wollen wir Erwachsenen für uns sein. Wenn alle lieb sind und tun, was wir sagen, passiert nichts. Wir brauchen nur ein bißchen Hilfe von eurer Tante. Bis dahin werden wir alle versuchen, das Beste aus der Situation zu machen. Habt ihr mich verstanden?«

Die Kinder nickten ernsthaft. Sie verstanden gut, was der große Mann sagte.

»Gut. Dann schlage ich vor, daß die Erwachsenen ein bißchen Kaffee und Kuchen bekommen und die Kinder in der Küche, was immer sie wollen. Könntest du dich darum kümmern, Sigrun?«

9

Mads verließ den Bus am Kopenhagener Hauptbahnhof. Er war schon ein paarmal zuvor in der Stadt gewesen und kannte sich gut aus. Doch er hatte nicht vor, lange zu bleiben.

Er ging zu einem Herrenausstatter. Bei einer freundlichen Bedienung kaufte er einen dunklen Anzug, zwei weiße Hemden, einen Schlips, Strümpfe, ein Päckchen mit drei Unterhosen und ein paar schwarze Schuhe für insgesamt viertausendfünfhundert dänische Kronen. Nebenan besorgte er sich einen kleinen Koffer, in dem er die Plastiktüten mit seinen neuen Kleidern verstaute.

In einem Friseursalon erfuhr er, wo es Perücken zu kaufen gab, und ein junges, kräftiges Mädchen erklärte ihm mit einem freundlichen Lächeln den Weg.

Mads versuchte den Blicken der Passanten auszuweichen. Das Perücken-Geschäft war leicht zu finden. Er wollte gerade die Tür öffnen, als es geschah: Jemand rief dicht hinter ihm seinen Namen. Sein Herz hämmerte wie wild. Er drehte sich um, jederzeit bereit zur Flucht.

»Mads!«

Jemand kam auf ihn zu, ein relativ großer Mann im Anzug. Mads ließ die Tür los und ging vorsichtig ein paar Schritte weiter.

»Mads!«

Es war Jack, ein früherer Studienkollege von der Handelsschule. Sie waren befreundet gewesen, bis Jack ein paar Jahre vor Mads seinen Abschluß gemacht hatte. Seither hatten sie sich kaum gesehen. Mads fluchte innerlich. Da gab es so viele Menschen in Kopenhagen, und er mußte ausgerechnet einen Bekannten treffen. Jack hatte sicher die Zeitung gelesen. Mads blieb stehen.

Jacks Augen glänzten. Er hatte mindestens zwanzig Kilo zugenommen, weshalb Mads ihn nicht sofort erkannt hatte.

»Hallo!« Sie schüttelten sich die Hände. Jack musterte ihn von Kopf bis Fuß und lächelte. »Wie siehst du denn aus?«

Mads rang sich ein Lächeln ab. »Ferien«, murmelte er. »Das … das ist ja eine Überraschung!«

»Dito.« Jacks Gesicht stank nach Essen und Alkohol. »Fünf Tage hintereinander dänisches Frühstück, so nennen die das hier, nicht wahr?«

»Was machst du hier?«

Jack drehte sich um und blickte einigen besonders gutgekleideten Menschen nach, die die Straße entlanggingen. Dann wandte er sich wieder zu Mads und deutete mit dem Daumen auf die Gruppe. »Du weißt doch, daß ich in der Modebranche bin?«

Mads schüttelte den Kopf und blickte auf die Uhr. Konnte es wirklich sein, daß Jack nichts von den Nachrichten mitbekommen hatte?

Jack redete weiter, ohne zu bemerken, wie ruhelos sein Gegenüber war. »Workshops, Seminare, Kundentermine. Vor morgens um fünf war ich nie im Bett. Du«, er klopfte Mads auf die Schulter, »die Dänen können vielleicht trinken. Vier Schnäpschen zum zweiten Frühstück, und ich schwebe beinahe schwerelos zum Abendessen mit den Cocktails.«

Mads beruhigte sich. Sein Herz schlug nicht mehr so schnell. Jack war in den letzten Tagen wohl kaum einmal nüchtern gewesen. Sein Doppelkinn hing über dem gelockerten Schlipsknoten, und der oberste Knopf seines Hemdes stand offen. Er schien nichts vom Trosvik & Partners-Skandal zu wissen.

Jack warf einen Blick auf die Perücken im Schaufenster. »Du wolltest *da* rein?« meinte er belustigt.

Mads spürte, daß er errötete. »Ich wollte mich nur ein bißchen umsehen«, antwortete er und zuckte mit den Schultern.

»Genug Haare hast du noch«, sagte Jack und fuhr sich mit der Hand über seine eigenen Haare, die schütter zu werden begannen. »Das wäre eher etwas für mich. Sag mal, trinken wir ein Bier auf unsere alte Freundschaft? Mein Flugzeug geht erst in vier, fünf Stunden.«

Mads sah auf die Uhr. »Ich würde gerne. Aber ich habe einen dringenden Termin ...«

»Was machst du eigentlich hier?« Jack ließ seinen Blick noch einmal über Mads' schmutzige Jacke und die verschlammten Schuhe gleiten. Mit seinem Dreitagebart und den fettigen Haaren sah er fast wie ein Penner aus.

Mads dachte nach. Er mußte ihn loswerden. Auf der Stelle. »Mein Vater hat Lymphdrüsenkrebs im Endstadium. Er macht hier eine Spezialtherapie. Ich ... begleite ihn.«

Jack zuckte zurück. »Verflucht, ich wußte ja nicht … Tut mir leid. Dann ist die Perücke für ihn?«

»Ja. Chemotherapie«, sagte Mads. »Die Haare fallen ihm büschelweise aus.«

Jack sah auf die Uhr. »Du, ich will dich nicht länger aufhalten.« Er nahm Mads' Hand. »Dann trinken wir demnächst mal ein Bier in Oslo, wenn du …«

Mads nickte. »Klar.«

»Tut mir leid, das mit deinem Vater. Wir sehen uns …« Jack drehte sich um und ging.

Mads' Hände zitterten und er schwitzte. In ein paar Stunden würde sich Jack in ein Flugzeug nach Hause setzen. Dann würde er bald wissen, was geschehen war.

Mads ging in das Geschäft und wählte eine dunkelblonde Perücke mit einem Pferdeschwanz im Nacken. Er kaufte Mascara, Puder, eine Schere und eine Sonnenbrille, ehe er sich ein Motel in einer Nebenstraße suchte.

Im Hotelzimmer riß er sich die Kleider vom Leib und ging unter die Dusche. Sein Körper war noch immer von blauen Flecken übersät. Als er sich abgetrocknet hatte, nahm er die Schere und begann sich die Haare abzuschneiden. Es dauerte länger, als er gedacht hatte.

Eine Stunde später war er soweit. Er trug den neuen Anzug, die Perücke, die Sonnenbrille und hatte sich etwas geschminkt. Mit dem Bart im Gesicht war die Verwandlung perfekt. Er sah wirklich aus wie ein Zuhälter und wäre nicht einmal in Jacks Gesellschaft aufgefallen.

Mads packte seine alten Kleider in den Koffer und verließ das Motel. An der Rezeption saß niemand. Er warf den Schlüssel auf den Tisch und trat auf die Straße.

Dann nahm er sich ein Taxi in die Zinnsgade 1, laut Telefonbuch das nächstgelegene Internetcafé. Er ging hinein und entdeckte gleich einen freien Computerplatz. Schnell tippte er eine E-Mail:

Von: mahammer@hotmail.com
An: line.hammer@shibsted.no
Betreff:

Line!
Ich brauche Hilfe. Vor einigen Wochen habe ich Dir eine Mail mit einer Menge Attachments geschickt. Ich hoffe bloß, Du hast sie nicht gelöscht. Ich brauche so schnell wie möglich Zugang zu diesen Dateien. Damit kann ich beweisen, daß ich die Wahrheit sage. Schick sie so schnell wie möglich an meine Hotmail-Adresse.
Ich hab Dich gern.
Mads

Er zahlte und nahm sich ein Taxi zum Bahnhof. Dort ging er direkt zum Bahnsteig, an dem der Zug zum Flughafen Kastrup abfuhr. Es waren nur noch wenige Stunden, bis Jack auf irgendeine Weise erfahren würde, daß Mads von der norwegischen Polizei gesucht wurde. Wenn er die Polizei informierte, würden sie bald überall in der dänischen Hauptstadt nach ihm suchen. Ganz sicher auch am Flughafen. Vielleicht war der Fahndungsaufruf auch schon bis Kastrup weitergegeben worden, doch dieses Risiko mußte er eingehen.

In Kastrup herrschte Hochbetrieb, was Mads gelegen kam. In zwei verschiedenen Banken wechselte er zehntausend Kronen ein. Dann kaufte er sich ein Flugticket nach London, Abflug 18.15 mit British Airways. Anschließend ging er zur KLM und erstand ein einfaches Ticket nach München, ehe er bei SAS einen einfachen Flug nach Madrid buchte. Die Abflugzeiten lagen alle innerhalb einer Stunde. Das würde seine Verfolger verwirren.

Mads stieg als einer der letzten in das Flugzeug nach London. Er rechnete jeden Moment damit, daß ihn jemand auffordern würde, das Flugzeug zu verlassen, oder daß die Polizei durch den Mittelgang stürmen würde, um ihn festzunehmen. Aber nichts dergleichen geschah. Die Tür wurde geschlossen, und die Maschine rollte langsam zur Startbahn. Erst als sie abhoben, gelang es ihm, sich etwas zu beruhigen.

Anderthalb Stunden später landeten sie in Heathrow. Dort fühlte Mads sich sicherer. Er folgte dem Menschenstrom zum Terminal 2 und kaufte sich am Schalter der Air France ein Tikket nach Miami via Paris. Er mußte seinen Paß vorzeigen, doch die Frau verzog keine Miene als sie ihn mit dem Foto verglich. Das Flugzeug sollte um 1.15 Uhr starten, um acht Uhr morgens Ortszeit würde er dort sein. Bis zum Abflug waren es noch vier Stunden.

Mads besorgte sich ein Hot dog und eine Cola und preßte sich auf einen Sitz in der überfüllten Wartehalle. Jetzt hieß es einfach warten.

Jack verschlief die erste halbe Stunde im SAS-Flieger nach Oslo. Er wachte erst auf, als das Essen serviert wurde. Nachdem er den gebratenen Fisch mit Reis und zwei Brötchen mit Butter in sich hineingeschaufelt hatte, lieh er sich von seinem Nebenmann die Zeitung und frischte sein Wissen über die neuesten Nachrichten aus Norwegen auf, während er an einem Glas Rotwein nippte.

Da sah er ein Foto von Mads Hammer neben einer Schlagzeile über den letzten Stand der Dinge in Sachen Trosvik & Partners und bekleckerte sein letztes sauberes Hemd mit Rotwein.

Als das Flugzeug eine Stunde später ans Gate rollte, schaltete Jack sein Mobiltelefon ein und informierte die norwegische Polizei.

50

»Für wen arbeitet ihr?« wollte Torstein von Nick wissen, der auf einem Stuhl saß und sich mit dem Jagdmesser die Fingernägel reinigte. Boxer stand an der Tür und beobachtete Line.

»Wir arbeiten für diejenigen, die bereit sind zu zahlen, was es wert ist«, antwortete Nick.

Boxer grinste.

»Sie arbeiten für Finanzpartner«, sagte Line.

Torstein warf ihr einen raschen Blick zu. »Wie meinst du das?«

»Die Vorstände von Finanzpartner stehen hinter der Sache«, erklärte Line. »Sie brauchen Mads als Sündenbock. Es soll so aussehen, als hätte er gemeinsam mit dem Vorstand von Trosvik & Partners diesen Betrug eingefädelt. Jetzt müssen sie ihn loswerden. Er weiß zuviel.«

Nick legte das große Messer auf den Tisch, die Klinge auf Line gerichtet. »Dein Mann war an einem Riesenschwindel beteiligt und ist abgehauen. Wir brauchen dich, um ihn davon zu überzeugen, daß er unseren Anweisungen zu folgen hat. Alles kommt auf den Kerl an, der dir das da angehängt hat.« Er starrte auf ihren dicken Bauch.

»Aber vielleicht ist es ja gar nicht von ihm«, sagte er grinsend zu Boxer, der wiehernd lachte.

Line hatte einen Kloß im Hals. Noch immer quälten sie die Bilder. Jedesmal, wenn sie die Augen schloß, sah sie Mads und diese Sekretärin vor sich. Beide nackt. Sie auf ihm sitzend. Wie hatte er ihr das nur antun können?

Und wie waren die beiden an diese Fotos gekommen?

Sie sah zu Torstein hinüber. Mads und er hatten die gleichen Augen. Ansonsten sahen sie sich nicht besonders ähnlich. Torstein war schmächtiger und viel unruhiger. Aber die Augen – die waren gleich.

»Sie werden ihn töten«, sagte Line wie zu sich selbst. »Wenn er spurlos verschwindet, wird man ihm alle Schuld geben, während die Vorstände von Finanzpartner und alle, die sich mit ihnen verbündet haben, davonkommen. Mads ist unschuldig. Sein einziger Fehler war es, sich für diese Scheißfirma so vollkommen aufzureiben.« Sie konnte die Tränen nicht mehr zurückhalten, die ihr über die Wangen liefen, und wischte sie mit einer ärgerlichen Handbewegung weg.

»Unsere schwangere Freundin weint«, sagte Nick und wandte sich an Boxer. »Vielleicht solltest du sie ein bißchen trösten.«

Boxer grinste und richtete sich auf.

»Laß die Finger von ihr, du Schwein«, sagte Torstein. Seine Augen funkelten.

Alle Blicke richteten sich auf Torstein. Nick ergriff das Messer. Boxer war in zwei Sätzen neben ihm. Er holte zu einem Tritt aus, der Torstein in die Rippen traf. Torstein unterdrückte ein Stöhnen. Boxer trat noch einmal zu und traf ihn am Oberarm.

»Schluß!« schrie Line und stand auf.

Aber Boxer hörte nicht auf. Torstein lag zusammengekrümmt auf dem Boden und versuchte seinen Kopf mit den Armen zu schützen. Mit zusammengebissenen Zähnen trat Boxer weiter auf ihn ein. Er wirkte wie von Sinnen.

Line schob den Tisch beiseite und ging auf Boxer zu. Nick erhob sich gerade, als plötzlich das Telefon klingelte. Line blieb stehen, Boxer hielt inne. Mit einem Mal wurde es vollkommen still. Dann wurde die Küchentür aufgerissen, und Sigrun tauchte in der Türöffnung auf. Mit einem leisen Aufschrei rannte sie zu ihrem Mann und kniete sich neben ihn. Die Kinder blieben in der Tür stehen und starrten entsetzt zu ihren Eltern hinüber. Das Telefon klingelte weiter.

Nick forderte Sigrun auf, den Hörer abzunehmen, und bedeutete Line, sich auf das Sofa zu setzen. Sigrun ging zum Telefon, das auf einem kleinen Holztischchen an der Wand neben der Tür stand, und hob ab. Line blieb stehen.

»Hallo? Ja, sie ist hier. Warte einen Augenblick.« Sie hielt Line den Hörer hin. Tränen liefen ihr über die Wangen. »Er ist es.«

Ehe jemand reagieren konnte, ging Nick zu Sigrun und nahm ihr den Hörer aus der Hand. »Mads Hammer?«

Eine kleine Pause entstand. Nick lächelte. »Deine Frau ist hier, ebenso dein Bruder und seine Kinder. Sigrun auch, aber mit ihr hast du ja schon gesprochen.«

Mads sagte etwas. Nick hörte zu.

»Wir vertreten jemanden, der sehr gerne Kontakt mit dir aufnehmen würde.«

Nick lauschte wieder, lächelnd.

»Natürlich kannst du mit Line sprechen. Einen kleinen Augenblick.« Er streckte ihr den Hörer entgegen.

Line ging mit schweren Schritten zum Telefon und nahm ihm den Hörer ab. »Mads?«

»Was zum Teufel ist geschehen?« fragte er. Sie konnte die Angst in seiner Stimme hören.

»Zwei Kerle sind bei uns eingedrungen. Sie behaupten, daß sie auf der Suche nach dir sind, und wollen dich mit uns erpressen.«

»Die verdammten Schweine!« Mads rang nach Luft. »Wie geht es euch?«

»Vorläufig hat Torstein am meisten zu ertragen. Und die Kinder, sie haben Angst.«

»Und du?«

»Sie haben mir Fotos gezeigt.«

»Fotos?«

»Fotos von dir und ... dieser Sekretärin, im Bett.«

»Wovon redest du?«

»Sie haben mir Fotos von dir und dieser ... Elise gezeigt, in voller Aktion.« Line sank auf einen Schemel. Am anderen Ende wurde es einen Augenblick lang still. Sie konnte seinen Atem hören.

»Ich gebe es zu, Line. Aber es ist nur einmal passiert, ehrlich. Nie wieder, hörst du! Nur einmal, als es mit uns gerade richtig schlecht lief. Ich war sturzbesoffen, und die Schweine haben das also auch noch fotografiert.« Mads seufzte. »Elise muß darüber Bescheid gewußt haben. Wir waren in ihrer Wohnung. Scheiße! Es hätte niemals geschehen dürfen. Laß mich bitte mit den anderen reden.«

Line legte den Hörer hin und setzte sich an den Eßtisch. Sie wich den Blicken der anderen aus. Nick ergriff den Hörer.

»Hör mir zu, Mads Hammer. Wenn du klug bist, arbeitest du mit uns zusammen. Andernfalls können wir dir live am Telefon etwas bieten, wovon du nie zuvor zu träumen gewagt hast. Kapiert?«

»Ich höre«, sagte Mads. Seine Stimme zitterte.

»Erste Frage: Wo befindest du dich?«

»Am Flughafen von Miami.«

»Wie bitte?«

»Ich bin am Flughafen von Miami, in Florida.«

Nick hielt mit der Hand die Sprechmuschel zu und sagte zu den anderen: »Verdammt, der ist in Miami.«

Dann sprach er weiter mit Mads: »Hör mir gut zu. Wir müssen uns mit unserem Auftraggeber besprechen, wo er dich treffen will. Deshalb leg jetzt auf und ruf genau in einer Viertelstunde wieder an. Verstanden? Wenn ich eine Viertelstunde sage, meine ich damit exakt fünfzehn Minuten. Oder willst du erst hören, was wir mit deiner Frau anstellen können, damit du verstehst, wie ich das meine?«

»Nein, ich rufe in genau fünfzehn Minuten wieder an«, antwortete Mads.

»Du Arsch«, kam es zischend von Torstein. Sigrun saß bei ihm und umarmte ihn. Boxer trat ihm gegen den Arm, um ihn zum Schweigen zu bringen, und Sigrun warf ihm wütende Blicke zu.

Nick legte auf und ging in den Flur hinaus. Er nahm das Handy mit. Die Kinder weinten still vor sich hin. Sie saßen in der Küche auf dem Boden und sahen verzweifelt zu ihren Eltern hinüber. Sigrun und Line gingen zu ihnen. Boxer protestierte nicht.

Einige Minuten später kam Nick wieder herein. Sein Gesichtsausdruck war ruhig. Er hatte seine Anweisungen erhalten.

51

Im Inneren des klimatisierten Flughafengebäudes war die Temperatur angenehm. Doch davon merkte Mads nach dem Telefonat nichts mehr. Schweiß lief ihm über die Stirn. Vorsichtig hängte er den Hörer ein und sah auf seine Armbanduhr, die er mittlerweile auf Ortszeit umgestellt hatte. Sie zeigte drei Minuten nach neun. Spätestens um 9.18 Uhr mußte er wieder anrufen. Vielleicht besser um 9.15 Uhr. Sigrun, Line, Torstein und den Kindern durfte auf keinen Fall etwas zustoßen. Alles war seine Schuld. Sie alle waren in die Sache hineingezogen worden.

Er murmelte die Uhrzeit immer wieder vor sich hin, während urlaubsmäßig gekleidete Menschen mit großen Koffern im Schlepptau an ihm vorbeieilten.

Es war aus. Es war sinnlos, noch länger zu kämpfen. Er würde tun, was immer sie von ihm verlangten, wenn nur Line frei kam.

Mads nahm wieder den Hörer ab und starrte auf die Uhr. Sie zeigte 9.06 Uhr. Dann sah er nach, ob er noch genug Kleingeld in der Tasche hatte. Mads tat so, als telefoniere er, während die Sekunden langsam verstrichen. Niemand auf der Welt sollte ihm dieses Telefon abspenstig machen. Er durfte nicht eine Sekunde zu spät anrufen.

Punkt 9.15 Uhr rief er an. Der Mann, mit dem er gesprochen hatte, nahm ab. Er nannte ihm eine Adresse in Miami und befahl ihm, sich dort innerhalb einer Stunde einzufinden.

»Wie kann ich wissen, daß ihr sie wirklich freilaßt?«

»Du hast mein Wort«, antwortete Nick. »Sobald du an der besagten Adresse auftauchst, bekomme ich Bescheid, und dann verschwinden wir von hier. Deiner Frau wird kein Haar gekrümmt werden.«

»Laß mich mit Line sprechen«, sagte Mads.

Er hörte sofort, daß sie weinte. Sie versuchte, ihr Schluchzen zu unterdrücken, doch es gelang ihr nicht. Mads schloß die Augen und umklammerte den Hörer.

»Ich muß mich wohl auf diesen Drecksack verlassen«, sagte er. »Ihm vertrauen, daß er euch wirklich freiläßt.«

»Tu das nicht, Mads«, flüsterte sie. »Sie werden dich töten.«

»Es wird schon gutgehen.« Er hörte selbst, daß er alles andere als überzeugend klang. »Ich will kein Risiko eingehen. Du und das Kind, ihr seid das Wichtigste in meinem Leben. Das einzige, was mir etwas bedeutet, ist, daß ihr freikommt. Alles andere ist mir im Augenblick scheißegal.«

»Tu das nicht!« rief sie.

»Es ist das einzige, was ich tun kann. Ich liebe dich«, sagte Mads und legte auf.

»In ein paar Stunden wird er hier sein«, sagte Ringdal. Er stand am Rand des großen Schwimmbeckens mit eingebautem Wasserfall und trug ein kurzärmeliges, weißes Hemd, das am Kragen offenstand.

Ollie legte das Handy weg. Er hatte gerade mit dem Büro in Miami gesprochen. »Was hat er wohl vor?«

»Frag ihn doch selbst.«

»Die Jungs überprüfen gerade, ob er verfolgt wird. Glaubst du, er hat einen Deal mit der norwegischen Polizei gemacht?«

»Unmöglich. Dazu war nicht genug Zeit. Außerdem habe ich das von Schwartz überprüfen lassen. Seine Quelle bei der Polizei hat bestätigt, daß sie keine Ahnung haben, wo Mads sich befindet. Aber er ist weit gekommen in den wenigen Tagen. Imponierend weit.«

»Es ist doch wohl ein bißchen viel Zufall, daß er ausgerechnet hier landet. Das gefällt mir gar nicht. Gibt es etwas, wovon ich nichts weiß?«

»Absolut nicht.«

Natürlich war es verrückt, daß Mads ausgerechnet hier in Florida auftauchte. Was zum Teufel hatte er vor?

Torstein stöhnte, senkte den Kopf und schlang die Arme um die Knie. Boxer betrachtete seinen Komplizen und zog die Augenbrauen hoch.

Nick lächelte. »Alles klar«, sagte er kaum hörbar zu Boxer.

Dann erhob er sich und verschwand auf dem Flur. Sie alle hörten, wie Nick die Tür zur Toilette hinter sich schloß.

Auf eine solche Gelegenheit hatte Torstein gewartet. Unter dem großen Sessel neben sich hatte er zufällig einen der weichen Stoffbälle entdeckt, mit denen die Jungs Baseball spielten, und etwas weiter hinten den Holzschläger.

Boxer beobachtete die vier in der Küche. Er bemerkte nicht, daß sich Torstein auf die Seite legte und mit der rechten Hand vorsichtig nach dem Baseballschläger griff. Line sah es aus dem Augenwinkel und ahnte, was Torstein vorhatte. Er warf ihr einen eindringlichen Blick zu und kniete sich langsam hin.

Line wischte sich die Tränen ab und schob sich die langen Haare hinter die Ohren. Dann lächelte sie Boxer an, während sie langsam eine Hand auf ihre Brust legte und sie zu massieren begann. Boxer lehnte sich grinsend zurück. Sie hob ihre Brust an, massierte weiter und blickte ihm dabei fest in die Augen. Die Kinder hörten auf zu schluchzen und sahen ihre Tante verwundert an. Sigrun zog ihre Kinder an sich und hielt sie beschützend im Arm. Sie wußte, was geschehen würde. Boxer beugte sich vor. Sein wollüstiges Grinsen mischte sich mit so etwas wie Verwunderung. Doch dann ging ihm auf, daß irgend etwas faul sein mußte. Allerdings kam seine Reaktion den Bruchteil einer Sekunde zu spät.

Ein gewaltiger Schwinger traf ihn am Hinterkopf. Der Schlag riß Boxer aus dem Stuhl und warf ihn zu Boden. Eines der Kinder schrie laut auf. Torstein blieb einen Moment mit dem Baseballschläger in der Hand stehen und blickte schockiert auf Boxer, dessen Hinterkopf eine einzige unförmige Masse aus Fleisch und Knochensplittern war.

Die Wohnzimmertür wurde mit einem Krachen geöffnet. Da stand Nick, das Messer in der Hand. Er füllte die ganze Tür aus. Seine Brust hob und senkte sich bei jedem Atemzug. Beide Kinder begannen zu weinen.

Line ging ins Wohnzimmer hinüber und warf die Küchentür hinter sich zu. Nick und Torstein starrten sich an. Gerade holte Torstein zu einem neuen Schlag aus, als sich Nick ohne Vorwarnung auf ihn stürzte. Torstein versuchte noch beiseite zu springen, doch die Möbel standen im Weg. Nick war zu nah, als daß ihm der Schlag wirklich etwas anhaben konnte. Er stach zu, und sein Messer drang von unten in Torsteins Bauch. Line schrie auf und stürzte auf die beiden zu.

Torstein bekam die Hand mit dem Messer zu fassen und hielt sie fest. Die Klinge war rot vor Blut. Sie fielen auf den Boden zwischen Sofa und Wohnzimmertisch. Nick gelang es seinen Körper so zu drehen, daß er Torstein unter sich bekam. Line packte eine Blumenvase und haute sie Nick so fest sie konnte auf den Kopf, doch Nick bemerkte es kaum. Er schlug nach Line, so daß sie zu Boden stürzte. Dann packte er Torsteins Hand, drückte sie nach unten und löste sich aus der Umklammerung, um Torstein gleich darauf das Messer zweimal in den Bauch zu rammen.

Line kroch auf die beiden zu. Boxer lag vor ihr auf der Seite. Der Schaft der Pistole ragte noch immer aus seiner Hose. Es gelang ihr, die Waffe herauszuziehen. Nie zuvor hatte sie so etwas in der Hand gehabt. Sie zitterte.

Torstein kämpfte noch immer, und Nick stach mit dem Messer auf seinen Oberkörper ein, bis er schließlich still dalag. Die Blutlache wurde immer größer. Line umklammerte die Pistole mit beiden Händen. Als Nick sie sah, schüttelte er den Kopf und lächelte. Sie richtete den Lauf auf ihn. Er ließ das Messer los und stand langsam auf. Das Lächeln in seinem Gesicht war erstarrt.

Line schloß die Augen und drückte mit beiden Zeigefingern den Abzug. Der Rückstoß der Waffe war so stark, daß ihr die Pistole aus den Händen fiel. Die Kugel drang in Nicks linkes Auge, und riß die Hälfte seines Gesichts in einer Wolke hellroten Blutes weg.

Line schrie und rollte sich auf die Seite. Dann rappelte sie sich auf und kroch in Richtung Tür. Sie hielt einen Moment inne und drehte sich um. Überall war Blut. Sie stand auf und ging mit mechanischen Bewegungen zu Torstein. Ihr Gesicht war aufgelöst von Tränen. Der Knall des Schusses dröhnte noch immer in ihren Ohren. Mit letzter Kraft schob sie Nicks Beine von Torstein und fiel neben ihm auf die Knie. Sie hob seinen Kopf in ihren Schoß. Die Augen starrten sie leblos an. Dann drückte sie Torsteins Kopf an sich und weinte wie ein Kind.

2 Mads nahm nicht wahr, was um ihn herum geschah. Sein Körper fühlte sich taub an. Er hätte das ahnen müssen. Wie konnte er nur glauben, daß sie Line im Haus seines Bruders nicht finden würden? Das war naiv. Und natürlich benutzten sie sie – seinen allerschwächsten Punkt.

Mads wählte zum x-ten Mal Klas' Handynummer, doch wieder meldete sich bloß der Anrufbeantworter. Entweder hatten sie ihn geschnappt, oder Klas war abgetaucht. Er hinterließ ihm eine Nachricht, wo er sich befand, und erklärte ihm kurz, was geschehen war.

Dann nahm er den Koffer und verließ langsam die Ankunftshalle. Draußen schlug ihm die feuchte Hitze entgegen. Es war wie in einer Sauna.

Als er endlich ein Taxi ergattert hatte, war er vollkommen durchnäßt. Mads gab dem dunkelhäutigen Taxifahrer den Zettel mit der Adresse. Während der Fahrt versuchte er sich den Weg einzuprägen, doch es waren so viele Schilder und Ausfahrten, daß er aufgeben mußte.

Mit wem würde er sich treffen? Würden sie ihn überhaupt in die Nähe des Großinvestors Ollie lassen? Oder würden sie ihn sofort umbringen? Er hatte doch nichts getan. Sein einziger Fehler war, zum falschen Zeitpunkt am falschen Ort gewesen zu sein. Sie hatten einen Sündenbock gebraucht und ihn auserkoren. Mußte er dafür wirklich sterben?

Das Taxi blieb vor einem langgestreckten grauen Gebäude stehen, das wie eine Mischung aus Bürogebäude und Lager aussah. Vor jeder Gebäudesektion standen Schilder mit den Namen der jeweiligen Firma. Das Ganze hatte etwas Schmutziges, Ungepflegtes.

Mads zahlte, und der Fahrer holte seinen Koffer aus dem Kofferraum. Wenige Sekunden später stand Mads allein auf dem großen, leeren Parkplatz. In der brennenden Sonne war es unerträglich heiß. Dicht an der Hauswand gab es ein bißchen Schatten. Er stellte sich an ein Schild, auf dem »Howard, Inc.« stand, und wartete. Seit er mit ihnen gesprochen hatte, waren fünfundzwanzig Minuten vergangen. Er hatte noch über eine halbe Stunde, bis sie ihn holen würden.

Line hörte von Ferne, wie sich eine Tür öffnete. Sofort dachte sie an die Kinder. »Macht die Tür zu, geht raus!« schrie sie.

Sigrun steckte ihren Kopf durch den Türspalt. »O mein Gott, was ist passiert?«

»Nimm die Kinder und verschwinde!« schrie Line. »Du kannst hier nichts mehr tun. Fahr! Hol die Polizei! Bitte, Sigrun! Bring die Kinder hier weg!«

»Und Torstein?«

»Du kannst nichts mehr tun.« Line schluchzte leise. »Geh, Sigrun. Geh, laß die Kinder nicht rein. Bitte.«

Ein paar Minuten später hörte sie den Motor eines Wagens starten. Sie fuhren weg.

Torstein war tot. Er atmete nicht mehr. Er hatte keinen Puls mehr. Vorsichtig legte Line seinen Kopf auf den Boden, stand auf und warf rasch einen Blick auf die beiden anderen. Das blutige Loch in Nicks Schädel glotzte sie an, und ihr wurde übel. Sie stürzte durch die Tür ins Bad und kniete sich vor die Toilette. Ihr Mageninhalt schoß in heftigen Wellen nach oben, und zwischen den Krämpfen sprach sie verzweifelt zu dem Kind in ihrem Bauch. »Alles wird gut. Mami paßt auf dich auf. Hab keine Angst, mein Kleiner.«

Irgendwann konnte sie sich nicht weiter übergeben. Sie stand auf. Immer wieder kamen unkontrollierte Laute aus ihrer Kehle.

Mads. Mein Gott. Noch ist Zeit. Mads.

Sie taumelte über den Flur und stieg die Treppe zum Schlafzimmer hoch, doch dann blieb sie plötzlich stehen, drehte sich um und ging wieder nach unten. Sie mußte noch einmal ins Wohnzimmer. Neben dem Sofa stand die Tasche mit dem Notebook und dem Handy. Boxer hatte sie dort abgestellt, nachdem er sie aus dem Schlafzimmer mitgenommen hatte. Zögernd betrat sie den Raum und zwang sich selbst, nicht auf die drei

Toten am Boden zu blicken. Sie schnappte sich die Tasche und ging nach oben.

Im Seitenfach lag noch immer das Handy. Als sie es herauszog, merkte sie, daß ihre Hände voller Blut waren. Sie schauderte und wischte sie an ihren Kleidern ab. Mit zitternden Fingern suchte sie Mads' Handynummer heraus. Ihr Atem ging rasch, und sie spürte, daß sie kurz davor war zu hyperventilieren. Sie zwang sich, ruhiger zu atmen. Das Telefon klingelte. Als sie Mads' Stimme hörte, zuckte sie zusammen, doch es war nur seine Mailbox.

Wie konnte sie mit ihm in Kontakt kommen? Ihm erzählen, was geschehen war, und ihn bitten abzuhauen? Vielleicht war es noch nicht zu spät.

Wieviel Zeit war eigentlich vergangen, seit sie mit Mads gesprochen hatten? Eine halbe Stunde? Eine Stunde? Sie hatte jegliches Zeitgefühl verloren. Wo befand sich Mads? In Miami, hatten sie gesagt. Kannte sie dort jemanden? Auf dem Seminar in London hatte sie Barbara aus Tampa kennengelernt. Das war nicht weit von Miami. Sie hatten sich gut verstanden. Vor kurzem hatte sie eine E-Mail von ihr bekommen. Vielleicht konnte sie helfen und die Polizei in Miami informieren. Sie mußte es versuchen.

Line schaltete das Notebook ein, und wenige Minuten später hatte sie eine Verbindung zum Server in Oslo. Die Liste der ungelesenen Mails war lang. Sie überflog sie rasch und spürte den Adrenalinstoß, als sie Mads' Nachricht entdeckte. Sie war zwei Tage alt. Mads fragte nach den Dateien, die er ihr geschickt hatte und die beweisen würden, daß er die Wahrheit sagte.

Natürlich hatte sie die E-Mail mit den Attachments nicht gelöscht. Sie hatte sie bei ihren privaten Dokumenten abgespeichert. Mit wenigen Tastenkombinationen holte sie alles auf den Bildschirm. Einige der Anlagen hatte sie sich damals angeschaut, doch sie hatte nicht viel davon verstanden. Jetzt öffnete sie die Dateien, eine nach der anderen, und überflog sie.

Irgendwo darin mußte die entscheidende Information stehen.

Ein großer, schwarzer Lincoln mit getönten Scheiben näherte sich. Fünfzig Meter von Mads entfernt blieb er stehen. Die hintere Tür öffnete sich. Mads ging langsam auf den Wagen zu und sah hinein. Ein Mann mit Anzug und dunkler Sonnenbrille saß auf dem breiten Lederrücksitz und forderte ihn auf einzusteigen. Mads zögerte einen Augenblick, stellte dann aber seinen Koffer auf den Sitz und stieg ein. Vorne saß der Fahrer. Auch er trug einen dunklen Anzug. Die Männer waren um die Dreißig und hatten weiße Haut, unglaublich weiße Haut für einen Ort, an dem das ganze Jahr über die Sonne schien.

»Welcome to Florida«, sagte der Mann auf dem Rücksitz. In einer anderen Situation hätte Mads geglaubt, der Mann meine das aufrichtig. Doch jetzt beugte er sich vor und tastete ihn mit routinierten Händen ab. Mads ließ diese Durchsuchung widerstandslos über sich ergehen.

Der Wagen war klimatisiert, und die kühle Luft ließ Mads schaudern. Immerhin war es besser als der stickige, feuchte Backofen draußen. Er atmete schwer. Wieder saß er mit zwei Fremden in einem Auto und wurde an einen unbekannten Ort gebracht. Nur daß es diesmal sinnlos gewesen wäre zu fliehen.

Sein Herz hämmerte wie wild, und er hatte einen trockenen Mund. Was würden sie tun? Ihn an einen abgelegenen Ort bringen, ihm einen Genickschuß verpassen und ihn liegenlassen? Sie fuhren auf die Autobahn, die aus Miami hinausführte, und verließen sie nach einer Weile in Richtung Fort Lauderdale. Schließlich kamen sie in ein Viertel mit Hotels, großen Villen und grünen Parkanlagen, und die Häuser wurden immer größer und prunkvoller.

Der Wagen hielt vor einem pastellgelben Gebäude, das wie eine Mischung aus einem kleineren Hotel und einer Villa aussah. Der gigantische Eingangsbereich war mit weißen, römischen Säulen dekoriert. Die Garagentür öffnete sich automatisch, und das Auto rollte langsam hinein. Die beiden Männer stiegen aus, und gleich darauf wurde auch die Tür auf Mads' Seite geöffnet.

Mads war schlecht. Er hoffte, es würde schnell gehen. Das Gefühl, daß er sterben würde, war langsam zur Gewißheit geworden. Sie führten ihn durch eine Tür, die ins Haus führte, passierten eine Halle und betraten ein fensterloses Zimmer, in dem ein Kaminfeuer brannte. Dort befahlen sie ihm, sich zu setzen.

Mads nahm in einem weichen Sessel Platz. An allen Wänden waren Bücher, es mußte die Bibliothek des Hauses sein. Einer der Männer stellte sich neben die Tür, der andere verschwand. Mads wartete.

Die Tür ging mit einem Ruck auf, und ein unglaublich dicker Mann trat in die Türöffnung. Sein lockiges Haar war schwarz, und er trug einen grauen Vollbart. Der Stoff seines kurzärmligen, weißen Hemdes spannte sich über seinen Bauch wie die Haut einer Trommel. Die Finger waren überladen mit dicken Ringen. Er starrte Mads ausdruckslos an. Das mußte Ollie sein. Gleich dahinter tauchte Ringdal auf. Mads zuckte bei seinem Anblick zusammen. Im Vergleich zu Ollie sah Ringdal beinahe zart aus. Zunächst empfand Mads ein Gefühl von Sicherheit, als er ihn sah. Das änderte sich aber, sobald er den großkalibrigen Revolver in Ringdals Hand erblickte.

»So this is the bastard that caused the trouble«, sagte Ollie.

»Was wollen Sie?« fragte Mads.

»Vor wem verstecken Sie sich, Mads? Mit dieser Perücke sehen Sie aus wie eine Schwuchtel.«

»Ihr habt mir die Schuld für den Trosvik & Partners-Deal gegeben. Ein Verrückter hat mich durch Oslo verfolgt, und ich mußte abhauen. Verflucht, ihr habt alle an der Nase herumgeführt, mich eingeschlossen. Wieviel hat euch der Deal gebracht? Eine Milliarde?«

»Es ist Ihre Schuld«, sagte Ringdal. »Warum, zum Teufel, hauen Sie eigentlich ab, wenn es nicht Ihre Schuld ist?«

»Ich bin abgehauen, weil ich Ihre Leute auf den Fersen hatte.«

»Meine Leute?« Ringdal trat näher und baute sich vor Mads auf. »Was wollten Sie eigentlich in Miami?«

»Das da ist Ollie, nicht wahr?«

»Ich habe keine Ahnung, wovon Sie reden, Mads. Antworten Sie mir. Was wollten Sie?«

Mads schloß die Augen. Er hatte noch einen Trumpf, und ihm blieb keine andere Wahl, er mußte diese Karte ausspielen. »Es gibt da ein paar Dokumente, aus denen hervorgeht, was eigentlich passiert ist. Und es gibt eine Person, die bezeugen kann, wie der ganze Betrug abgelaufen ist. Ein erfahrener Finanzspezialist, der den Betrug bis ins Detail erklären kann.«

Ringdal drehte sich lächelnd zu Ollie um. »Er sagt, daß es Dokumente gibt.« Dann wandte er sich wieder an Mads. »Und wie sind Sie bitteschön an diese Dokumente gekommen, Mads?«

Mads schwieg.

Ringdal versetzte ihm mit der Rückseite seiner linken Hand einen Schlag. »Los, antworte, du Arsch!«

Mads starrte ihn an. Seine linke Wange war feuerrot. »Sollte mir oder Line etwas zustoßen, wird dieser Jemand an die Öffentlichkeit gehen. Alles wird auffliegen, auch die Sache mit Petlund und Hoff.«

»Wie meinst du das?«

»Dahinter steckt auch ihr, genau wie bei mir.«

Ringdals Gesichtsausdruck veränderte sich. Mads konnte den Anflug eines Lächelns erkennen.

»Wer ist denn der tüchtige Finanzexperte, der mit all diesen haarsträubenden Informationen an die Öffentlichkeit gehen wird?«

Mads faßte sich an die Wange. »Das kann ich nicht sagen.«

»Oh«, Ringdal drehte sich wieder zu Ollie um, »er kann es uns nicht sagen.«

»Fucking pity«, meinte Ollie.

Ringdal begann zu lachen. Mads schauderte. Dann hatten sie Klas also geschnappt. Sie hatten auch ihn umgebracht.

»Klas!« rief Ringdal.

Mads sah ihn verwirrt an.

»Klas!« rief Ringdal erneut. Diesmal lauter.

Dann stand er plötzlich in der Tür.

Klas Bergman.

Mads versuchte sich zu erheben, wurde von Ringdal aber wieder in den Sessel gedrückt. Mads starrte seinen Freund entgeistert an.

Klas ging zu Ollie und blieb neben ihm stehen. Er sah gut aus. Soweit Mads erkennen konnte, war er unverletzt. Nur die Augen sahen anders aus. Sie starrten ihn kalt und gefühllos an.

Allmählich ging ihm auf, was los war.

»Ist das der Finanzexperte, von dem du gesprochen hast?« fragte Ringdal.

Das konnte doch nicht wahr sein. Nicht Klas Bergman. Nicht er. Klas, der wie ein Vater für ihn gewesen war. Mads' Augen füllten sich mit Tränen.

Ringdal und Ollie lächelten. Klas hielt Mads' Blick noch immer stand. »Du bist so naiv«, sagte Klas. »Du bist immer so verflucht naiv gewesen.«

»Wir hätten mit den Dokumenten, die ich herangeschafft habe, zur Polizei gehen können«, sagte Mads. »Du hast mich angelogen.«

»Natürlich habe ich das«, antwortete Klas.

Eine unglaubliche Wut stieg in Mads auf. Er hatte nichts mehr zu verlieren, absolut nichts. »Laß mich raten«, zischte Mads zwischen seinen zusammengebissenen Zähnen hervor. »Du hast die ganze Zeit für Ollie gearbeitet. Ich darf doch Ollie sagen, oder?«

Ollie reagierte nicht. Alle drei starrten Mads an.

Mads wich Klas' Blick nicht aus. »Du bist Ollies privater Berater. Natürlich. Denn wer kennt sich besser damit aus, wie man große Geldsummen von einem Steuerparadies ins nächste transferiert, ohne daß es jemand verfolgen kann?«

Klas Bergman lächelte.

»Aber da ist noch mehr. Viel mehr.« Mads verstand plötzlich, wie alles zusammenhing. Er sah Klas noch immer in die Augen, während ihm die Tränen weiter über die Wangen liefen. »Natürlich, du warst es, der Ringdal den Tip gegeben hat. Damals, als ich arbeitslos war. Ich war der nützliche, hungrige Idiot, den es auszunutzen galt.«

»Ich habe es doch schon immer gesagt«, bemerkte Ringdal, »dieser Junge kapiert schnell.«

»Und du hast mein Vertrauen ausgenutzt, um mich an diesem Abend in Oslo in die Flucht zu jagen. Und ihr habt mich sogar von irgend jemandem im Auto verfolgen lassen, damit es möglichst realistisch wirkte. Für jeden anderen mußte es so aussehen, als hätte ich wegen dieser Betrügereien das Feld geräumt. Danach hast du mich in deiner Hütte weit draußen in den Schären untergebracht, damit mich diese Killer ohne Probleme holen konnten. Aber du wolltest nicht, daß sie mich in deinem Sommerhaus töten, nicht wahr, Klas? Sie sollten mich wegschaffen und irgendwo anders umbringen. Sie sollten dir dein Sommerhäuschen nicht versauen, oder?«

Klas sah zu Boden.

Plötzlich stürzte sich Mads nach vorn auf Klas, doch es war hoffnungslos. Er spürte einen harten Schlag auf den Hinterkopf, und alles wurde blendend hell. Er fiel auf den Teppich.

»Nicht hier«, sagte Ollie. »Bringt ihn in die Garage. Ich will keine Schweinerei auf meinem Teppich.«

53

Zwei Männer trugen Mads aus dem Raum. Er bemerkte es kaum. Sie schleppten ihn in die Garage und legten ihn auf dem Betonboden ab. Mads richtete sich auf. Die Wunde an seinem Hinterkopf pochte. Die beiden Männer hatten sich rechts und links neben ihn gestellt. Vor ihm stand Ringdal und hatte den Lauf des Revolvers auf ihn gerichtet.

»Es ist an der Zeit, daß wir unseren Deal abschließen – richtig abschließen.« Er lachte laut.

Klas stand mit Ollie im Hintergrund. Er trat ein paar Schritte vor und stellte sich neben Ringdal. Mads beugte seinen Oberkörper nach hinten, holte Schwung und spuckte sie an. Er traf die Hose seines Chefs am Oberschenkel. Ringdal holte zu einem Tritt aus, der Mads im Gesicht traf. Er schlug mit dem Kopf gegen die Betonwand und war für einen kurzen Augenblick bewußtlos.

Klas kniete sich neben Mads. »Das war nun wirklich nicht nötig«, sagte er zu Ringdal.

Dieser hob seinen Revolver und zielte. Mads richtete sich auf.

Dann geschahen zwei Dinge gleichzeitig. Klas schrie ein lautes »Nein!« und stürzte sich nach vorn, als Ringdal abdrückte. Ringdal versuchte die Waffe hochzureißen, doch er konnte nicht mehr verhindern, daß sich der Schuß löste. Die Kugel traf Klas unter dem Ohr, trat am Nacken wieder aus und drang Mads, der laut aufschrie, in den Rücken.

Er hörte laute Rufe. Dann tat es nicht mehr weh. Er versuchte, die Beine zu bewegen, doch es ging nicht. Jegliches Gefühl war verschwunden. Klas' Gesicht lag dicht vor seinem. Seine Augen waren weit offen. Speichel rann ihm aus dem Mund. Mads konnte seinen Kopf nicht wegdrehen. Ein Fuß drückte ihn zu Boden, und kalter Stahl preßte sich auf seine Schläfe. Von Ferne hörte er, wie ein Abzug gespannt wurde. Dann war alles vorbei.

Die Garagentür wurde aufgerissen, und laute Rufe erfüllten den Raum. Ringdal richtete sich auf. Zwei Männer stürmten auf Ollie zu. Einer von ihnen reichte ihm ein Papier.

»Where is Mads Hammer?« fragte der andere, während er nach Luft rang.

Ollie deutete auf Mads und begann die Papiere zu lesen, die man ihm gegeben hatte. Der andere Mann schob Ringdal beiseite und kniete neben Mads nieder, um seinen Puls zu fühlen.

»Call the doctor!« schrie er. »He's still alive.«

Ollies Kiefer arbeiteten. Er las konzentriert.

Die beiden Männer hoben Mads vorsichtig hoch und trugen ihn ins Haus.

Ollie las so lange, daß es Ringdal wie eine Ewigkeit vorkam.

»You have a problem«, sagte Ollie und reichte Ringdal die Papiere.

Er spürte, wie das Blut aus seinem Kopf wich. Ungläubig griff er nach den Unterlagen und begann zu lesen.

Der erste Zettel war eine E-Mail von Line Hammer. Sie war an Ollies E-Mail-Adresse in Miami adressiert. Dieselbe Adresse, die Ringdal selbst in den letzten Jahren unzählige Male genutzt hatte. Line Hammer verlangte ein Lebenszeichen von Mads, und zwar im Lauf von drei Stunden nach Absenden der E-Mail. Ringdal sah auf die Uhr. Zweieinhalb Stunden blieben ihnen noch. Er las weiter.

Sollte sie vor Ablauf der Frist nichts von Mads hören, würde sie das gesamte Material, das sich in ihrem Besitz befand, an die Börsenaufsicht in Oslo und das FBI weiterleiten. Als Attachement hatte sie einige Dateien mitgeschickt.

Das Material war überzeugend. Kopien von Absprachen zwischen Ringdal und Ollie, eine Geldanweisung und ein Überweisungsauftrag an die Bank in Panama, die Kopie eines Briefes an ihren Anwalt in Panama und streng vertrauliche E-Mails zwischen Ringdal und Ollies Büro aus den letzten Jahren. Die Dateien gaben Firmennamen und Konten in Panama preis, informierten über Überweisungen an Schwartz und umfaßten sogar eine schematische Beschreibung der Operationen beim Trosvik & Partners-Deal. Wenn das an die Öffentlichkeit käme, hätte das katastrophale Folgen für alle, Ollie eingeschlossen.

Ringdal blickte von den Papieren auf.

Ollie starrte ihn an. »Warum hast du Klas erschossen?«

»Er ist in die Schußbahn geraten.« Ringdal deutete mit dem Revolver auf Klas. »Dieser Idiot. Er ...«

Ollie schwieg. Seine Augen wurden schmal.

»Ich ...« Ringdal zuckte mit den Schultern.

»Hast du alles gelesen?«

Ringdal las weiter. In den letzten Abschnitten erklärte Line, daß sie bereit sei, einen Deal mit ihnen zu akzeptieren, wenn Mads gesund wieder zurückkäme. Sie beschrieb ein Computerprogramm, durch das sichergestellt wäre, daß alle Bedingungen ihres Deals auch in Zukunft eingehalten würden. Es war wie ein Virus programmiert. Wenn ein Freund von ihr nicht regelmäßig von ihr hörte, würde der Virus nach sechs Stunden automatisch aktiviert. Die verräterischen Dateien würden sich über die abgespeicherten Adreßbücher der E-Mail-Konten aller möglichen User weltweit von Rechner zu Rechner verbreiten. Sie würden bei Tausenden von Zeitungsredaktionen, der Polizei, bei Unternehmen und Privatpersonen landen. Niemand würde den Virus mehr stoppen können, ehe sich nicht Millionen von Kopien der Dateien verbreitet hätten, und keinem Menschen auf der Welt, der des Lesens mächtig war, würde verborgen bleiben, was geschehen war.

Line beendete ihre Mail mit dem Hinweis, daß sie eine der begabtesten Programmiererinnen Norwegens sei und ohne Probleme einen solchen Virus erstellen könne. Referenzen dürften sie gerne bei ihrem Arbeitgeber einholen, falls sie an ihren Fähigkeiten zweifeln sollten.

Ringdal ließ die Hand mit den Papieren sinken. Ollie starrte ihn noch immer an. Dann trat er einen Schritt vor. »Wie konntest du diese Informationen rauslassen?«

»Rauslassen? Ollie, ich ...«

Ollie trat dicht vor ihn und nahm ihm den Revolver und die Papiere ab. Ringdal ließ es geschehen.

»Know what?« sagte Ollie. »Ich habe Respekt vor dieser Frau. Ich glaube, es wird mir gelingen, einen Deal mit ihr zu machen. Es wird sicher teuer, aber wie ich die Sache sehe, hat sie alle Trümpfe in der Hand.«

Ringdal spürte, wie sich seine Nackenhaare aufstellten.

Ollie richtete den Revolver auf ihn. »Wenn ich dich nicht noch brauchen würde, hätte ich dir schon längst eine Kugel in deinen kahlen Schädel gejagt. Aber du hast noch eine Aufgabe zu erledigen.«

Ringdal schwitzte. Er sah seinen Geschäftspartner fragend an.

»Jetzt, da Mads Hammer die Schuld nicht mehr auf sich nehmen kann, brauchen wir einen Ersatzmann. Das wirst du sein.«

Ringdal öffnete seinen Mund und schloß ihn wieder.

»Wie du das machst und was du der norwegischen Polizei erzählst, ist mir egal. Falls du mich in die Sache hineinziehst, hat dein letztes Stündlein geschlagen. Habe ich mich klar genug ausgedrückt?«

Ringdal nickte.

»Du und deine Familie, ihr werdet alle umgebracht. Deine Eltern, deine Geschwister, deine Kinder. Und ich persönlich werde dir die Eier abschneiden, mit einem stumpfen Messer.«

Ringdal glaubte ihm aufs Wort.

»Verschwinde von hier. Und laß dich nie wieder blicken.« Der Revolverlauf zeigte auf Ringdal, der rückwärts zur Tür hinausging.

Sobald Ringdal verschwunden war, befahl Ollie seinem Sekretär, ihn auf der Stelle mit Line Hammer zu verbinden.

54

Die Kapelle in Asker war klein, aber schön. Die Sonne schien von einem wolkenlosen Himmel, und die Blätter an den Bäumen waren saftig grün.

Die kleine, dunkelgekleidete Gesellschaft umringte das Grab von Torstein Hammer, während der Sarg langsam hinabgelassen wurde. Sigrun und die Kinder traten vor und warfen ihre roten Rosen auf den schlichten weißen Holzsarg. Die Kinder weinten still. Sigrun legte ihnen die Hände auf die Schultern. Niemand konnte ihr Gesicht sehen, sie trug einen schwarzen Schleier.

Der Pastor sprach ein Gebet und warf ein wenig Erde auf den

Sarg. Dann war die Zeremonie vorüber, und die kleine Gesellschaft löste sich auf. Die meisten gingen langsam zum Parkplatz, während einige stehenblieben. An den Autos wartete die Presse. Die Fotografen hatten sich während der Beisetzung zurückgehalten, doch jetzt stürzten sie sich wie Geier auf die Trauergesellschaft.

Nicolai stellte sich neben Mads, der seinen Rollstuhl in seine Richtung drehte.

»Weißt du was«, sagte Nicolai, »ich bin mir sicher, daß Orkla Finanz auch für dich einen Platz hat. Die sind erfolgreich und bauen keinen Mist.« Er zeigte seine großen gelben Schneidezähne. »Die Bonuszahlungen zählen zu den höchsten in ganz Norwegen.«

»Danke, Nicolai, aber ich bin zu dem Schluß gekommen, daß diese Branche doch nicht das Richtige für mich ist.« Mads lächelte. »Ich habe andere Pläne.«

»Im Finanzbereich?«

Mads schüttelte den Kopf. »Mein Bruder hatte eine Firma, und ich trage mich mit dem Gedanken, sie weiterzuführen. Außerdem möchte ich mich um seine Frau und seine Kinder kümmern, sie brauchen mich.«

»Was hat dein Bruder gemacht?«

»Touristentouren auf den Lofoten. Er hatte ein großes Fischerboot und hat Tagestouren mit Hochseefischen und anschließendem Essen des eigenen Fangs angeboten. Die Touristen haben davon geschwärmt. Vielleicht investiere ich in ein paar weitere Boote.« Mads überlegte. »Oder auch nicht.«

»Und was ist mit deiner Frau?«

»Line ist Programmiererin. Sie kann überall arbeiten.«

»Aber wirst du denn keine Probleme bekommen …?« Nicolai deutete auf den Rollstuhl.

»Die Ärzte meinen, ich werde mit etwas Training wieder laufen können. Meine Karriere als Sprinter kann ich natürlich vergessen.« Mads fuhr sich mit der Hand durch die kurzgeschnittenen Haare und lächelte müde.

»Auf die Lofoten ziehen?« Nicolai sah ihn entgeistert an. Für ihn selbst war das ein absurder Gedanke.

»Warum nicht?«

Mads gab ihm zum Abschied die Hand, wendete den Rollstuhl und fuhr zu seiner Mutter. Sie stand neben Line und sah zu Mads' Vater hinüber, der allein an Torsteins Grab stand. Line nahm Mads' Hand und umklammerte sie fest.

»Er hat es auch nicht leicht gehabt«, sagte Mads' Mutter leise. »Du mußt ihm vergeben, Mads.«

»Noch nicht. Später vielleicht einmal.«

»Vergib ihm, Mads. Mach nicht den gleichen Fehler wie er.«

Mads zog seine Mutter zu sich herunter und umarmte sie. Dann wandte er sich an Line. »Wollen wir los?«

»Ihr wollt schon fahren?« fragte seine Mutter.

Line nickte. »Die Wehen können jeden Moment losgehen. Ich will, daß er da geboren wird, wo wir leben werden. Es soll dort oben ein schönes Krankenhaus geben.«

Mads' Mutter half Line unter dem Blitzlichtgewitter der Fotografen ins Auto. Sie ignorierten die Fragen der aufdringlichen Journalisten und verabschiedeten sich. Line fuhr langsam auf die Hauptstraße.

Eine ganze Weile lang sagten sie nichts. Mads brach als erster das Schweigen.

»Ich denke noch immer an Klas. Ich verstehe es einfach nicht.«

»Die Gier stellt mit den Menschen die verrücktesten Sachen an. Dieser Ollie hat sicher gut gezahlt. Ich habe Klas im übrigen nie gemocht. Ich fand ihn vom ersten Moment an zu glatt.«

»Aber du hast nie etwas gesagt.«

»Ich wußte, wieviel er dir bedeutete.«

Mads atmete schwer und sah aus dem Seitenfenster. »Ich weiß noch immer nicht, was du diesem Ollie gesagt hast.« Es juckte am Schenkel, das Gefühl in den Beinen kehrte allmählich zurück.

Line starrte nach vorn. »Alles mußte so schnell gehen«, sagte sie. »Ich habe versucht auszurechnen, wieviel wir brauchen, um den Rest unseres Lebens sorgenfrei leben zu können. Und dann habe ich alle Kredite draufgerechnet.« Sie wandte sich an Mads und lächelte neckisch. »Er hat eine sehr angenehme Stimme.«

»Mein Gott, Line. Du hättest viel mehr verlangen können.«

»Mag sein, aber er hat sofort akzeptiert. Vielleicht solltest du endlich aufhören, wie ein Investmentbanker zu denken.«

»Ich werde es versuchen.«

Eine Weile saßen sie beide schweigend da.

»Woher willst du eigentlich wissen, daß es ein Junge ist?« fragte Mads und legte seine Hand auf Lines Bauch.

Sie nahm seine Hand und hielt sie fest. »Habe ich das gesagt?«

»Du hast zu meiner Mutter gesagt, daß *er* dort geboren werden soll, wo wir wohnen werden.«

»Die Ärzte, die mich untersucht haben, waren sehr gründlich und haben mir verraten, daß es ein Junge wird.«

»Das hättest du mir auch ein bißchen früher sagen können«, sagte Mads.

»Es gibt noch eine Sache, die ich dir nicht gesagt habe«, sagte Line.

»Was denn?«

»Ich habe entschieden, wie unser Kind heißen soll.« Sie drückte seine Hand noch fester.

Mads verstand sofort. Noch einmal an diesem Tag spürte er die Tränen kommen.

»Er soll Torstein heißen.«

Dagbladet

Vorstand von Finanzpartner gesteht

Von Eirik Bjørndalen

Der frühere Chef der Corporate-Finance-Abteilung der Firma Finanzpartner, Ove Ringdal, wurde gestern in Untersuchungshaft genommen. Ringdal hat gestanden, einer der Hauptverantwortlichen für den Milliardenbetrug an norwegischen Investoren zu sein, behauptet aber weiterhin, nichts über die tatsächliche Identität seiner ausländischen Geschäftspartner zu wissen. Inzwischen hat sich auch bestätigt, daß Ringdal versucht hat, seinem früheren Mitarbeiter Mads Hammer die Schuld für den Finanzskandal zu geben. Weder Mads Hammer noch die anderen Geschäftspartner und Angestellten stehen bislang im Verdacht, in die Sache verwickelt zu sein. Die Polizei vermutet, daß Ringdal hohe Provisionen für seine Beteiligung an dem Betrug kassiert und dieses Geld in einer Steueroase plaziert hat. Die Ermittlungen zum Verbleib des erschwindelten Geldes sind in vollem Gange.

Nach wie vor ist unklar, was mit Mads Hammer, dem früheren Angestellten von Finanzpartner, geschah, ehe er von einem noch nicht identifizierten Wagen zum Northside Hospital in Atlanta, USA, gefahren wurde. Es gibt keinerlei Spuren von dem oder den Tätern, die ihn auf offener Straße in Atlanta überfallen und niedergeschossen haben sollen. Ove Ringdal leugnet jede Beteiligung an diesen Ereignissen.

Gleichzeitig gehen die Behörden davon aus, daß der dramatische Vorfall vor Svolvær aufgeklärt ist. Die zwei polizeilich bekannten Straftäter aus Tromsø, die in das Haus von Mads Hammers Bruder eingedrungen sind und dessen Familie als Geiseln genommen haben, scheinen im Auftrag von privaten Kreditgebern gehandelt zu haben. Der ermordete Torstein Hammer hatte hohe Schulden und war außerstande, diese Summen zu begleichen.

Mads Hammer und seine Frau haben sich auf den Lofoten niedergelassen, wo Line Hammer vor zwei Tagen einen gesunden Sohn zur Welt gebracht hat. Das Paar weigert sich aber nach wie vor, sich gegenüber der Presse zu den Vorgängen der letzten Wochen zu äußern.

chbemerkung Corporate Finance – Unternehmensfinanzierung – ist ein umfassender Begriff. In Investmentgesellschaften ist Corporate Finance der Name einer Abteilung, in der die Angestellten als Berater für Unternehmen auf der Eigenkapitalseite arbeiten. Eine typische Aufgabe ist die Beratung in Verbindung mit Fusionen, Übernahmen und Aktienemissionen. Die Tätigkeit umfaßt die Evaluierung von Gesellschaften und die Ausarbeitung von Verkaufsprospekten mit einer Beschreibung des Unternehmens, dessen Marktaussichten und der Transaktion, die durchgeführt werden soll, aber auch Präsentationen bei potentiellen Investoren oder Aufkäufern. Mads Hammer, die Hauptperson dieses Buchs, arbeitet in einer solchen Abteilung.

Die Bonuszahlungen von erfolgreichen Investmentbankern bewegen sich oft in der Größenordnung von einer Million norwegischer Kronen, die Berater sind meistens jung und häufig Männer. Eine solche Umgebung erzeugt interessante Persönlichkeiten und ist daher ein dankbarer Ausgangspunkt für einen Roman.

An einigen Stellen des Buchs sind bekannte norwegische Investoren namentlich genannt. Dadurch soll eine authentische Atmosphäre erzeugt werden – ähnlich wie mit Straßennamen und bekannten Orten, die der Geschichte einen Anschein von Realität verleihen. Die Handlung dieses Romans hat dagegen mit der Wirklichkeit nichts zu tun.

Den folgenden Personen möchte ich für Ermutigung, gute Ratschläge und Hilfe bei der Entstehung des Buchs danken: Janne Gro Rygg, Øyvind Pharo, Lektor des Verlags Aschehoug, Jon Morten Melhus, Ketil Melhus sowie guten Freunden und Bekannten in der Investmentbranche, die nicht namentlich genannt werden wollen.

Vor allem aber möchte ich meiner Familie für ihre Liebe und ihre Unterstützung danken. Ihr bedeutet mir alles.

Tom Kristensen

Arne Dahl

Misterioso

Kriminalroman. Aus dem Schwedischen von Maike Dörries. 345 Seiten. Serie Piper

Kaum ist Paul Hjelm, Inspektor der Stockholmer Polizei, zur Sondereinheit für besonders schwierige Fälle berufen worden, da hat er es schon mit einem kaltblütigen Serienmörder zu tun: drei unbescholtene Geschäftsleute – hingerichtet mit Kopfschüssen aus nächster Nähe, nach einem präzisen Ritual. Eine erste Spur, die zu einer Geheimloge führt, erweist sich als Sackgasse. Ist womöglich die russische Mafia in die Morde verwickelt? Doch dann die heiße Spur: ein Jazzstück mit dem bezeichnenden Titel »Misterioso« …

»Sein Erzählstil ist dicht, seine Figuren sind glaubwürdig gezeichnet, seine Geschichte gut durchdacht und geschickt konstruiert.«
Westdeutsche Zeitung

05/1525/01/L

Tor Åge Bringsværd

Die wilden Götter

Sagenhaftes aus dem hohen Norden. Aus dem Norwegischen von Tanaquil und Hans Magnus Enzensberger. 312 Seiten mit 77 Illustrationen von Johannes Grützke. Serie Piper

Originell und humorvoll ist diese rasante Nacherzählung der nordischen Göttermythen. Die nordischen Götter verblüffen nicht zuletzt dadurch, daß sie weder allmächtig noch allwissend sind: So kann Odin zwar eine Welt erschaffen, doch verstehen tut er sie nicht. Die Liebesgöttin Freia kann allen helfen, nur sie selbst leidet unter Liebeskummer …
Diese unterhaltsame »Edda«-Version des Norwegers Tor Åge Bringsværd basiert auf gründlichem Quellenstudium und räumt mit den gängigen Klischees auf.

»Bringsværd vollbringt das Kunststück, die gesamte altnordische Mythologie zu erzählen, frei von Nebelschwere und Waberlohe, als einen anmutigen und leichtfüßigen Roman von Aufstieg und Fall der Götter und ihrer Welt.«
Frankfurter Allgemeine Zeitung

05/1647/01/R

SERIE PIPER

Kerstin Ekman

Am schwarzen Wasser

Roman. Aus dem Schwedischen von Hedwig M. Binder. 462 Seiten. Serie Piper

Mutig faßt die junge Hebamme Hillevi Klarin den Entschluß, ihrem heimlichen Verlobten Edvard nach Nordschweden zu folgen, wo er eine Pfarrstelle in einer kleinen Gemeinde antreten soll. In der kargen Landschaft der schwarzen Seen und dunklen Wälder scheint die Zeit stehengeblieben zu sein: Die alten Mythen und der Aberglaube der Menschen sind noch lebendig. Aber wird Edvard sie überhaupt zur Frau nehmen, wie Hillevi es sich erträumt? Eine spannungsreiche Erzählung von Schuld und Vergebung und vom Kampf zwischen Vernunft und Leidenschaft.

05/1376/01/L

Kerstin Ekman

Mittsommerdunkel

Roman. Aus dem Schwedischen von Hedwig M. Binder. 243 Seiten. Serie Piper

Als Helga Wedin den Dorfladen ihres Onkels in dem kleinen nordschwedischen Dorf erbt, macht sie eine Entdekkung: im Lagerraum befinden sich große Mengen an Zucker und Hefe. Mit ihrer Stieftochter Åsa und ihrem Geliebten Edvard hat sie die vielversprechende Idee, illegal Schnaps zu brennen. Doch Neid, Eifersucht und Gier machen allen einen Strich durch die Rechnung. Kerstin Ekman erzählt die spannungsgeladene Geschichte einer ungewöhnlichen Dreiecksbeziehung.

»In origineller volkstümlicher Sprache und starken Metaphern ersteht das Bild einer Gemeinschaft, die verunsichert in die Zukunft blickt.«
Ostthüringer Zeitung

05/1428/01/R

Anne Holt

In kalter Absicht

Roman. Aus dem Norwegischen von Gabriele Haefs. 365 Seiten. Serie Piper

Packend und beklemmend zugleich ist der brisante Kriminalroman der Bestsellerautorin Anne Holt über eine Serie von dramatischen Entführungsfällen: Am hellichten Tag verschwindet in Oslo die kleine Emilie, wenig später wird der fünfjährige Kim vermißt. Schließlich findet man den Jungen tot auf, mit einem rätselhaften Zettel in der Hand. Hauptkommissar Stubø beschließt, die sensible Psychologin Inger Vik einzuschalten. Schließlich erinnern die Umstände fatal an den Fall, in dem sie gerade recherchiert: ein Verbrechen, das über vierzig Jahre zurückliegt …

»Gegen diesen Serienkiller-Thriller ist ›Das Schweigen der Lämmer‹ eine Gute-Nacht-Geschichte. Hätte Anne Holt mit Inger Vik nicht eine absolut vertrauenerweckende Heldin in die böse Welt geschickt, man würde nach der Lektüre ihres neuen Psychokrimis kein Auge mehr zukriegen.«

Brigitte

05/1425/01/L

Anne Holt

Blinde Göttin

Roman. Aus dem Norwegischen von Gabriele Haefs. 320 Seiten. Serie Piper

Karen Borg, eine Osloer Wirtschaftsanwältin, findet einen grausam zugerichteten Toten. Mit der Aufklärung des Falls werden die Polizeikommissarin Hanne Wilhelmsen und Håkon Sand beauftragt, Jurist im Polizeidienst und seit der gemeinsamen Studienzeit unsterblich in Karen verliebt. Schon bald stellt sich heraus, daß hinter dem brutalen Mord eine Drogenmafia steckt, deren Verzweigungen bis in die höchsten gesellschaftlichen Kreise reichen … Der erste Kriminalfall der bekannten und beliebten Osloer Kriminalkommissarin Hanne Wilhelmsen.

»Wenn man fragt, ob es ein weibliches Pendant zu Henning Mankell gibt und wie ihr Name lautet, ist für mich die Antwort klar: Anne Holt.«

Gert Scrobel, Westdeutscher Rundfunk

05/1054/01/R

SERIE PIPER

Karin Fossum

Stumme Schreie

Roman. Aus dem Norwegischen von Gabriele Haefs. 318 Seiten. Serie Piper

In dem abgelegenen Flecken Elvestad sieht sich der wortkarge und sensible Kommissar Konrad Sejer mit dem Fall einer grausam zugerichteten Frauenleiche konfrontiert. Niemand kennt die Fremde. Sejers Ermittlungen führen in eine geschlossene Gemeinschaft, die von guten Absichten und zerstörerischem Haß geprägt ist. In meisterhafter Sprache erzählt Karin Fossum vom Mord an der schönen Inderin Poona. Ein poetischer und fesselnder Roman, der zum Besten gehört, was die norwegische Kriminalliteratur zu bieten hat.

»Die Geschichte ist intelligent konstruiert, ohne Klischees, ruhig erzählt und dennoch höchst spannend.«
Norddeutscher Rundfunk

05/1011/01/L

Karin Fossum

Dunkler Schlaf

Roman. Aus dem Norwegischen von Gabriele Haefs. 263 Seiten. Serie Piper

Sie gehört zu den Meisterinnen ihres Genres: die Norwegerin Karin Fossum. In diesem packenden Kriminalroman recherchiert der wortkarge Kommissar Konrad Sejer den Fall der sonderbaren Irma Funder: In deren Keller liegt ein sterbender junger Mann – und für Sejer beginnt ein Wettlauf gegen die Zeit, den er nicht gewinnen kann ... Ein fesselndes Psychogramm, in dem sich die Grenzen zwischen Opfer und Täter immer mehr verwischen.

»Seit Jahren schon erweist sich Karin Fossum mit ihren anspruchsvollen, lebensklugen Sozialthrillern als ebenbürtige Kollegin von Henning Mankell.«
Der Spiegel

05/1482/01/R

Emma Vall

Lautloser Fluß

Roman. Aus dem Schwedischen von Lotta Rüegger und Holger Wolandt. 286 Seiten. Serie Piper

Als eine Frauenleiche im Selångerfluß gefunden wird, ist die Polizei in Sundsvall ratlos. War die junge Estin eine Prostituierte, die im neu eröffneten Kasino gearbeitet hat? Oder hat der Mord etwas mit der großen Kunstmesse zu tun, die Besucher aus dem ganzen Land anlockt? Ein Fall für die engagierte Journalistin Amanda Rönn, die sich für die Ereignisse hinter den Kulissen zu interessieren beginnt. Gibt es da eine Wahrheit, die nicht ans Tageslicht darf? Als wenig später ihre beste Freundin, die Künstlerin Sara, kurz vor der Eröffnung ihrer umstrittenen Ausstellung spurlos verschwindet, ahnt Amanda, daß jede Sekunde zählt …

»›Lautloser Fluß‹ ist ein temporeicher und spannender Journalistenkrimi, und die drei Frauen hinter dem Pseudonym Emma Vall scheinen ein fest zusammengeschweißtes Team zu sein.«

Vadstena Tidning

05/1526/01/L

Unter Mördern und Elchen

Neues aus Schweden von Mankell bis Edwardson. Herausgegeben von Holger Wolandt. Aus dem Schwedischen von Hedwig M. Binder, Susanne Dahmann, Annika Krummacher, Verena Reichel und Lotta Rüegger. 281 Seiten. Serie Piper

Rote Holzhäuschen an einsamen Seen, endlose Wälder mit Elchen und kleine Schären im Meer – das ist nur die eine Seite des langgestreckten Landes im Norden Europas. Daß Schweden auch ganz anderes zu bieten hat, zeigen die erfolgreichen Krimiautoren, die in den vergangenen Jahren die deutschen Bestsellerlisten gestürmt haben. In diesem Buch sind sie alle versammelt: nicht nur Henning Mankell, Åke Edwardson, Håkan Nesser und Jan Guillou, sondern auch Astrid Lindgren, Kerstin Ekman und Majgull Axelsson. In ihren spannenden, humorvollen, leidenschaftlichen und manchmal auch nachdenklichen Geschichten erzählen sie vom Leben in einem Land der vielen Facetten, in dem es mehr gibt als nur Mörder und Elche.

05/1530/01/R

SERIE PIPER